# 아, 유럽!
## 그, 세월 속의 빛과 그림자를 찾아

• 조규익 : 숭실대 국어문학과 교수

아, 유럽!
그, 세월 속의 빛과 그림자를 찾아

2007년  1월  15일 1판 1쇄 초판 인쇄
2007년  1월  25일 1판 1쇄 초판 발행

지은이 조규익 · 임미숙
펴낸이 한 봉 숙
펴낸곳 푸른사상사

등록 제2-2876호(1999.8.7)
서울시 중구 을지로3가 296-10 장양B/D 701호
대표전화 02) 2268-8706(7) 팩시밀리 02) 2268-8708
메일 prun21c@yahoo.co.kr / prun21c@hanmail.net
홈페이지 www.prun21c.com
편집 디자인 심효정/이선향/지순이 기획마케팅 김두천/한신규
ⓒ 2007, 조규익 · 임미숙

값 17,000원
ISBN 89-5640-520-4-03810

*저자와의 합의에 의해 인지 생략함

■ 조규익 · 임미숙의 유럽 자동차 여행기

아, 유럽!

그, 세월 속의 빛과 그림자를 찾아

푸른사상

 머리말

# '나'를 찾아 유럽 길을 떠나며

지금은 세계화의 시대. 외국 나가길 어릴 적 이웃집에 놀러 가듯 하는 시절이다. 이웃 사람이 하루 이틀 안 보인다 싶으면 중국이요 미국이며 호주에 가 있는 요즈음이다. 신라 때 최치원이 중국 유학에 나선 것이 12살 때 일. 그러니 요즘 젖 떨어진 아이들 '조기유학' 떠난다고 비아냥거릴 일만은 아니다. 스물아홉의 유길준이 미국에서 유럽으로 떠난 해가 1885년이니 지금으로부터 120년 전의 일이다. 그러니 다 늦은 21세기 초입에 유럽여행 한 번 떠난다하여 호들갑 떨 일은 아니다. 아직 엄마 품을 떠날 나이도 아닌 '애기'들이 손을 흔들며 비행기의 트랩을 오르는 마당에, 오십을 바라보는 중늙은이가 느지막이 '서유西遊' 좀 하는 게 무에 그리 대단하단 말인가.

잃어버린 나를 찾아 동방을 여행한 헤르만 헤세처럼, 나도 내 자아를 찾기 위해 유럽을 가기로 한다. 유럽을 백번 갔다 온들 '자아를 찾지 못한다면' 내겐 의미 없는 일이다. 지금 그 땅에 살아 숨 쉬는 과거의 영화와 애환을 통해 현재의 나를 확인하고, 미래의 나를 설계하는 것이 유럽여행에 나서는 나의 포부다. 나는 누구이며, 어디로 가고 있는가. 물론 그 땅에 가보아도 해답을 찾기가 쉽진 않겠지만, 그래도 혹시나 하여 가보려는 것이다.

전혀 다른 시공으로 들어가려는 지금, 경건하게 '과거에 이루어진' 나 자신을 응시한다. 이른바 '회광반조廻光反照'의 정신으로 '지난날의 나'를 버리고 '새로운 나'를 찾아 돌아오리라.

2005. 8. 30. 밤
백규서옥에서
창밖의 풀벌레 소리를 들으며
백규

여행 기간 동안 120개가 넘는 도시들을 돌았습니다만, 이곳에는 겨우 30
여개의 도시들만 실었습니다. 그마저도 분량 때문에 줄인 글들이 대부분입니
다. 예컨대 파리 같은 경우는 20일 가까이 머물렀는데, 이곳에선 뺄 수밖에
없었습니다. 대부분의 여행기들에서 빼놓지 않고 다뤄지는 곳이 파리라는 점
도 고려가 되었습니다. 제 홈페이지 백규서옥(http://kicho.pe.kr)의 '유럽
여행기'를 클릭하시면 여기에 실리지 않은 글들을 보실 수 있습니다.

# ❖노 정

서울 출발 2005 9/1

〈일본〉

　일본 동경 9/1(1박)

〈프랑스〉

　파리Paris 9/2(8박)

　몽생미셸Mont.-St. Michel 9/10(1박)

　생 말로St. Malo 9/11

　옹플뢰흐Honfleur 9/11(1박)

　에뜨르따Etretat와 페깜Fecamp 9/12(1박)

　뻬론Péronne 9/13(1박)

〈벨기에〉

　브루헤Brugge 9/14(1박)

　엔트워프Antwerpen 9/15(1박)

〈네델란드〉

　아인트호벤Eindhoven 9/16(1박)

〈독일〉

　아헨Aachen 9/17(2박)

　쾰른Köln 9/19(1박)

　본Bonn 9/20

　레마겐Remagen 9/20(1박)

　코블렌츠Koblenz 9/21

　트라이스Treis 9/21(2박)

　트리어Trier 9/23(1박)

〈룩셈부르크〉

　룩셈부르크Luxembourg 9/24(2박)

〈독일〉
　　뷜클링겐Völklingen 9/26
　　자르브뤼켄Saarbrücken 9/26(1박)
　　하이델베르크Heidelberg 9/27(3박)
　　슈파이어Speyer 9/30(1박)
　　바덴바덴Baden-Baden 10/1(1박)
　　칼브Calw 10/2(2박)
　　헤렌베르크Herenberg 10/4
　　튀빙겐Tübingen 10/4(2박)
　　헤힝겐(호엔쫄레른)Hechingen 10/6
　　헤팅겐Hettingen 10/6(1박)
　　지그마링겐(호엔쫄레른)Sigmaringen 10/7
　　메어스부르크Meersburg 10/7(2박)
　　콘스탄츠Konstanz 10/9

〈스위스〉
　　취리히Zürich 10/9(1박)
　　베른Bern 10/10(2박)
　　라우터브루넨Lauterbrunnen 10/12(2박)
　　루체른Luzern 10/14
　　붸기스Weggis 10/14(1박)
　　리기쿨름Rigikulm 10/15
　　글라루스Glarus 10/15(1박)

〈리히텐슈타인〉
　　리히텐슈타인Liechtenstein 10/16

〈스위스〉
　　알트슈테텐Altstätten 10/16(1박)
　　아우Au 10/17
　　생 갈렌St. Gallen 10/17

〈독일〉

　린덴 베르크Lindenberg 10/17(2박)

　호펜호수Hopfensee 10/19

　슈방가우Schwangau, 브루넨Brunnen 10/19(2박)

　비스Wies 10/21

　오버아머가우Oberammergau 10/21

　그라스방Graswang 10/21(1박)

　린더호프Linderhof 10/22

　에탈Ettal 10/22

　미텐발트Mittenwald 10/22

〈오스드리이〉

　치를Zirl 10/22(1박)

　인스브룩Innsbruck 10/23(1박)

　잘츠부르크Salzburg 10/24(2박)

　붸르펜Werfen 10/26(1박)

　할슈타트Hallstatt 10/27(2박)

　알트아우스제Altaussee 10/29

　로제르산Mt. Loser 10/29

　린츠Linz 10/29(1박)

　바하우Wachau계곡, 쉔뷔헬Schönbühel 10/30(1박)

　빈Wien 10/31(4박)

〈체코공화국〉

　체스케 부데요비체České Budějovice 11/4(1박)

　체스키 크룸로프Český Krumlov 11/5(2박)

　프라하Prague 11/7(5박)

　쿠트나호라Kutná Hora 11/12(1박)

　비소케미토Vysoké Mýto 11/13(1박)

　리토미슬Lytomyšl 11/14

　올로모우치Olomouc 11/14(1박)

　호르니 토사노비체Horni Tosanovice 11/15(1박)

〈폴란드〉
  아우슈비츠Auschwitz 11/16
  크라쿠프Cracow 11/17(2박)
  라비키(지코펜)Rabiki 11/19

〈슬로바키아〉
  오라바Orava 11/20
  즈볼렌Zvolen 11/20(1박)

〈헝가리〉
  부다페스트Budapest 11/21(6박)

〈크로아티아〉
  바라즈딘Varaždin 11/27(1박)
  자그레브Zagreb 11/28
  카를로바치Carlovac 11/28(1박)
  스플릿Split 11/29
  포드스트라나Podstrana 11/29(1박)
  두브로브닉 Dubrovnik 11/30(2박)
  자드바리예Zadvarje 12/2
  트로기르Trogir 12/2(1박)
  코리야Korija 12/3(1박)

〈헝가리〉
  세게드Szeged 12/4(2박)

〈루마니아〉
  아라드Arad 12/6
  디바Deva 12/6(1박)
  부쿠레시티Bucuresti 12/7(1박)
  쥬르쥬Giurgiu 12/8

〈불가리아〉

　벨리코 타르노보 Veliko Tărnovo 12/8(1박)

　노바자고라Nova Zagora 12/9(1박)

　라드네보Radnevo 12/10

〈그리이스〉

　오레스티아다Orestiáda 12/10(1박)


〈터키〉

　이스탄불Istanbul 12/11(4박)

　앙카라Ankara 12/15(1박)

　카파도키아(괴레메)Cappadocia 12/16(3박)

　베이쉐히르Beyşehir 12/19(1박)

　파묵칼레Pamukkale 12/20(2박)

　에페소Effes, 셀축Selçuk, 12/22(2박)

　체쉬메Çeşme 12/24(3박)

〈그리이스〉

　키오스Chios 12/27

　아테네Athína 12/28(2박)

　코린트Corinthos 12/30(1박)

　파트라Patras 12/31

〈이탈리아〉

　바리Bari 2006 1/1

　폼페이Pompei 1/1(2박)

　나폴리Napoli 1/3(2박)

　로마Rome 1/5(5박)

　오르비에또Orvieto 1/10

　아씨시Assisi 1/10(2박)

　피렌체Firenze, 피에솔레Fiesole 1/12(3박)

　베니스Venice 1/15(3박)

　쿠네오 Cuneo 1/18(1박)

<프랑스>

악상 프로방스Aix-En-Provence 1/19(1박)

아비뇽Avignon 1/20(2박)

리용Lyon 1/22(2박)

파리Paris 1/30(8박)

<영국>

런던London 1/31(1박)

<일본>

간사이(關西) 2/1(1박)

서울 도착 2/2

노르웨

덴마크

아일랜드

영국
20

네덜란드

독일
4

벨기에
2

룩셈부르
5

스위스

리히텐수
7

6

프랑스19
1

모나코

이탈

포루트칼

스페인

바티

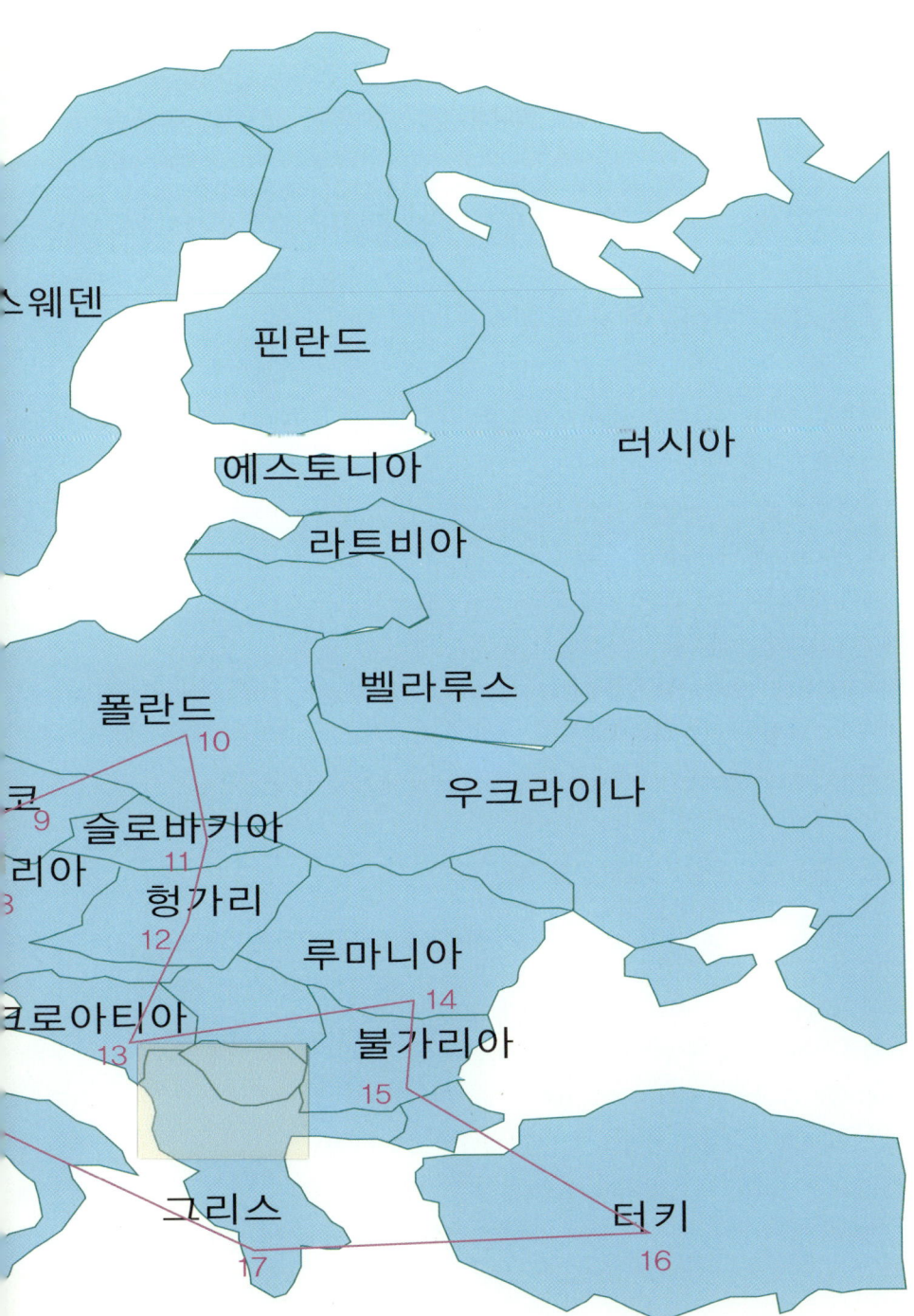

◆ 유럽지도

스웨덴

핀란드

러시아

에스토니아

라트비아

벨라루스

폴란드
10

코
9

슬로바키아

우크라이나

리아
3

11

헝가리

12

루마니아

크로아티아

14

13

불가리아

15

그리스

터키

17

16

차례 __ 아, 유럽!

■ 머리말 – '나'를 찾아 유럽 길을 떠나며


# *1* 도시를 찾아, 역사를 찾아

낙원으로 구현된 생말로St. Malo의 꿈 __ 21

대서양의 조각품, 에뜨르따와 페깡 __ 25

부르헤에서 겪은 이산離散의 위기 __ 29

베토벤과의 만남–본의 추억 __ 34

로마와 게르만의 만남, 그 환상의 조화 – 트리어Trier의 감동 __ 37

배우러 갔다가 큰 과세를 안게 된 도시, 룩셈부르크 __ 41

세계문화유산으로 환생한 뷜클링겐의 고철덩어리, 자르제철소 __ 46

네카강에 핀 불멸의 꽃, 하이델베르크 __ 50

알펜가도Alpen Straße의 아름다운 농가에 묵으며 __ 57

칼브에서 헤르만 헤세를 만나다 __ 62

지성의 도시 튀빙겐에서 횔덜린을 만나다 __ 67

아레Aare강이 휘감아 도는 국제도시, 베른 __ 76

라우터브루넨과 융프라우요흐의 서정 __ 79

루체른Luzern, 과연 '비너스의 탄생'인가. __ 91

리기쿨름Rigikulm, 재생을 위한 제의의 현장 __ 95

생 갈렌St. Gallen과 신의 세계 __ 98

독일인의 미학 훔쳐보기–담벼락 그림들이 빛나는 오버아머가우와 미텐발트__ 101

인강River Inn과 노르트케테Nortkette의 봉우리들이 빚어낸

티롤Tirol주의 보석, 인스브룩 __ 109

잘차흐 강변에 꽃핀 영욕의 현장, 잘츠부르크 __ 114

호수에 가라앉은 마음을 건지는 곳, 할슈타트 __ 122

덮어쓰기 __ 127

알트아우스제의 소금광산과 오스트리아의 예술혼 __ 130

문화와 예술, 그 열정이 출렁이는 너른 바다, 빈 __ 136

보헤미아의 문화적 자존심과 아름다운 자유혼

　　　　－체스키크룸로프에 중세와 르네상스는 살아 있었네! __ 144

피비린내를 극복한 문화 · 예술의 향기－프라하의 자부심 __ 149

폐광에 꽃 핀 세계문화유산－쿠트나호라의 은광과 바르보라 성당 __ 160

잦아들지 않는 아우슈비츠의 광기여, 야만이여! __ 165

찬란한 문화와 역사, 그리고 홀로코스트－두 얼굴의 크라쿠프 __ 172

살아 움직이는 역사와 문화의 큰 바다, 부다페스트 __ 176

부다페스트 부인과 병원을 헤매다 __ 185

아드리아틱 블루, 그리고 돌의 도시 두브로브닉 __ 190

자드바리예와 트로기르의 추억 __ 195

부다페스트의 축소판인 세게드, 그 환상적인 돔과 아름다운 거리 __ 199

공존과 조화, 그리고 발효의 공간, 이스탄불 __ 204

암굴巖窟 속에 꽃 핀 인간의 생존본능, 카파도키아 __ 210

욕망과 허무, 그 파노라마의 현장, 파묵칼레 __ 217

무너진 천년의 영화, 폐허 속에 잠든 인간의 꿈과 시간들, 에페소와 셀축 __ 221

마음을 헹구는 에머럴드 빛 바닷물, 에게해변의 체쉬메 __ 229

카오스와 코스모스의 공존, 아테네 __ 233

폐허로부터 소생한 펠로폰네소스의 보석, 코린트 __ 238

삶은 축복인가 고통인가—폼페이의 비극 __ 243

역사와 문화의 대양, 로마에 빠지다 __ 248

안타깝도다, 미켈란젤로여! __ 254

오르비에또Orvieto와 중세의 꿈 __ 259

프란치스꼬 성인의 숨결이 살아 있는 아씨시 __ 263

돌 속에 숨 쉬는 피렌체와 피에솔레 __ 267

청록 빛 물길이 휘감아 만든 아드리아 해의 환상 공간, 베니스 __ 275

유럽여행과 먹거리 __ 282

## 2 신을 찾아, 인간을 찾아

몽마르뜨Montmartre, 그 성聖과 속俗의 향연 __ 291

내 안의 신기神氣를 자극한 노뜨르담 대성당 __ 294

우연이 선사한 즐거움과 감동, 샤르뜨르 대성당 __ 296

아헨 대성당의 동양적 풍미 __ 298

아, 쾰른 대성당! __ 300

슈파이어Speyer, 세계문화유산으로 빛나는 작지만 큰 마을 __303

종교개혁의 역사적 현장, 취리히 __308

비스교회Wieskirche의 감동, 그리고 예술가의 길 __311

슈테판 성당의 충격 __316

신이 살아있는 중세의 왕도, 벨리코타르노보 __318

바티칸의 감동 __321

## 3 고성을 찾아, 영욕을 찾아

역사가 살아서 소용돌이치는 공간, 하이델베르크 고성 __327

아름다운 호엔쫄레른Hohenzollern성 __331

끔찍하게 생생한 옛 삶의 모습-메어스부르크Meersburg의 고성 __335

허황한 제왕의 꿈과 현실- 호엔슈방가우성과 노이슈반슈타인성 __338

폐성의 고적함과 수도원의 호화로움-와인 익어가는
                         바하우Wachau 계곡의 언밸런스 __343

길 가다가 주운 보석, 오라바 성 __349

시간이 멎어버린 역사의 공간, 루아르강과 앙부와즈 성 __353

  ■ 유럽여행을 마치며 __356

# 1 도시를 찾아, 역사를 찾아

아프로디시아스의 테트라파일론

# 낙원으로 구현된 생말로St. Malo의 꿈

　몽생미셸을 뒤로 하고 50여km를 달려 찾아간 생말로. 프랑스 부르타뉴 지방의 일에빌렌 주에 있는 항구도시다. 웨일스의 수도사 말로의 이름에서 이 도시의 이름은 유래되었다. 가는 길의 창밖으로 펼쳐지는 전원의 풍경이 아름다웠다. 시가지에 들어가 만난 한 여성에게 지도를 들이대니 그녀 역시 알 수 없는 불어로 설명을 했다. "뚜도아 뚜도아"란 말만 짐작으로 알아듣고 손가락으로 짚어준 방향으로 나아가니 바닷가로 이어지고, 그만 숨 막히는 경치를 만나고 말았다. 새파랗게 펼쳐진 대서양에 요트들의 행렬이 꿈처럼 펼쳐지고 있었다. 그곳에 그림 같은 옛 성이 자리 잡고 있었다. 그녀가 유일하게 사용한 'old city' 라는 외마디 영어단어가 바로 이 고성을 의미했음을 비로소 깨달았다.

　엄청난 곳이었다. 돌만으로 이 어마어마한 성채와 건물들을 모두 지었다니! 모든 건축물들을 만든 그 많은 돌들. 그 돌들의 크기도 크기려니와 흡사 밀랍을 다루듯 정교하게 다듬어 온갖 모양들을 모두 형상한 점이 놀라웠다. 14~17세기에 쌓아올린 높은 성벽에 올라 성을 한 바퀴 돌았다. 성벽에 오르니 성 안의 모습이 생생했다. 중심에는 성당(생뱅상 교회)이 우뚝 솟아있고, 주택가가 방사형으로 늘어서 있었다. 성벽 북동쪽의 가장자리에는 큰 규모의 원형탑 네 개가 있었고, 그 가운데 한 곳엔 유명한 항해

생말로 성에서 바라본 앞 바다

사들을 추모하는 박물관이 있었다. 성벽 옆 주택가에는 상가와 호텔 촌이 형성되어 있었고, 때마침 점심시간이라 많은 관광객들이 식당 안팎에 **빽빽**이 앉아 음식들을 먹고 있었다. 성 위에서 바라보는 대서양은 얼마나 광활하며 아름다운가! 성 건너 1~2km 쯤 되는 거리의 작은 섬에도 또 하나의 작은 성이 만들어져 있었다. 그곳을 중심으로 요트대회가 열리고 있는 걸까. 수많은 요트들이 밀집되어 있었고, 그들을 보호하는 헬리콥터가 계속 선회했다.

성의 동북쪽으로 돌아가니 긴 백사장이 있고, 아직도 수영을 즐기는 사람들이 보였다. 성벽에 걸터앉아 하염없이 먼 바다를 바라보며 생각에 잠긴 젊은 부부도 있었고, 손을 잡고 걸어가는 노부부들도 보였다. 중심부의 성당엘 갔다. 그 곁에는 제1차 대전 때 희생된 레지스땅스 대원들의 추모비를 중심으로 작은 공원이 조성되어 있었다. 때마침 시간이 되었는지 성당 안팎으로 30분이나 넘게 종소리가 울렸다. 성당을 나온 다음 상가 쪽 주택가의 길을 걸었다. 집집마다 발코니에는 꽃바구니가 내걸려 있고, 아

생말로 성 안의 상가 및 주택가

생말로 성 위에서 바다를 바라보는 관광객들

름다운 꽃들이 그득 했다. 먹자골목으로 내려왔으나 성벽 위에서 내려다 보이던 게 요리와 홍합 요리를 먹는 사람들은 보이지 않았다. 이미 점심시 각이 훨씬 지나 노천 까페를 철시한 듯. 하는 수 없이 골목으로 다시 들어 가 한 식당에서 팬케익 정식을 시켜 먹었다. 영어를 한 마디도 못하는 주 인아줌마에게 음식을 시켜먹는 건 즐거운 고역이었다. 식당 주변에는 섹 스샵도, 편의점도, 고급 디자인의 옷가게들도 있었다. 개인의 자유와 본능 을 추구하는 프랑스인들의 취향이랄까. 프랑스어에 대한 고집만 빼곤 관 광에 대한 프랑스 사람들의 감각은 매우 뛰어났다.

우리는 3시간 넘게 생말로를 느껴보았다. 프랑스는 성자聖者의 나라인 가. 실제 사적이건 만들어 붙였건 어딜 가나 '생St.'이 없는 곳이 없다. 몽 생미셸이나 생말로와 같이 잘 알려진 곳 뿐만 아니라 어디라도 그렇다. 많 은 성자들을 만들어 놓고 경모하는 프랑스의 모습이 이채로웠다. 그들 대 부분은 살아 있을 때 권력으로부터 소외되었으나 죽은 뒤 비로소 영광을 누리는 인물들일 것이다. 성자들 덕분에 후손들이 큰 혜택을 입고 있는 점을 몽생미셸이나 생말로에서 확인할 수 있었다. 그런 점은 분명 프랑스인들의 지혜였다. 개인의 천부적 자유를 중시하면서도 자기 나라와 전통문화에 대한 공통의 자부심을 갖고 있는 프랑스인들. 그 모습을 생말로에서 확인할 수 있었다.

# 대서양의 조각품, 에뜨르따와 페깜

9월 12일. 오전에 실낱같은 비가 흩뿌리다가 갰다.

기대와 두려움. 옹플뢰흐를 떠나 노르망디대교를 건너며 새삼스럽게 확인한 우리의 마음 상태였다. 갈수록 아름다워지는 도시들과 보고배울 것이 많아지는 노정들. 그러나 시간은 짧은데 갈 길은 멀었다. 20개 나라를 밟아보겠노라는 야심 찬 계획이 출발지인 프랑스에서부터 주춤거리기 시작한 것이다. 앞으로 만나게 될 도시들은 얼마나 아름다우며 얼마나 고풍스러울까. 성당을 중심으로 조성된 시가지는 어떤 역사적 의미를 담고 있을까. 여행이란 '만남'임을 새삼 느끼는 나날이다. 카메라 렌즈를 어디에 들이대도 모두가 작품이 되어 나오는 이곳 도시들의 풍모는 부러움과 짜증을 동시에 불러일으켰다. 천수백년의 나이테는 유럽의 도시들이 지닌 가장 아름다운 요소였다.

*** 

꽃의 도시, 옹플뢰흐를 떠나 노르망디의 또 다른 꽃 에뜨르따Etretat와 페깜Fecamp으로 향하는 길. 프랑스인들이 세계에서 최고로 멋진 다리라고 자부하는 노르망디 대교를 만났다. 우리가 타고 넘은 그 다리의 형상미가 대단했다. 다리 상판을 지탱하는 줄들의 미세한 아름다움은 말할 것도 없고 가운데가 삼각형의 꼭짓점 같이 뾰족이 솟아오른 점은 매우 특이했

페깜의 베네딕틴 수도원

다. 다리 중간지점까지 위로 솟아오르다가 중간지점을 넘기면서 땅으로 곤두박질치는 다리의 디자인은 종래의 미학과 공학의 상식을 초월하는 것이었다. 다리를 건너자마자 르하브르Le Havre로 들어가는 길이 나타났다. 잘은 모르겠으나 영어의 '항구harbor'라는 말과 상통한다고 보는 것은 그 도시가 운하를 통해 바다로 연결되는 도시로서 갖가지 공업이 발달한 항만도시이기 때문이었다. 몽생미셸에서 같은 B&B에 묵었던 프랑스 아줌마도 이곳 출신으로, 아침 밥상머리에서 자신의 고향에 대한 자부심이 대단했다.

르하브르에서 D940번 도로를 타고 에뜨르따로 향했다. 가는 도중 도저히 그냥 지나칠 수 없을 만큼 아름다운 마을들이 두엇 있었다. 여기에도 성당을 중심으로 수백 년 된 주택들이 늘어서 있었고, 중심에는 광장이 형성되어 있었다. 몇 십 분을 달리자 깨끗하고 아름다운 고풍의 도시가 나타났다. 에뜨르따였다. 집 한 채, 거리 하나 예외 없이 모두 보석처럼 빛나는 곳. 에뜨르따의 멋은 두 가지로 요약되는 듯 했다. 깨끗하게 보존된 옛집들로 이루어진 시가지의 아름다움, 깎아지른 절벽의 아름다움이 그것들이었다. 자갈돌 깔린 널찍한 해변을 따라 오르니 하얀색 절벽이 끝 간 데 없이 늘어서 있었다. 그 중의 압권은 코끼리 바위. 코끼리가 코를 바다에 박고 물을 마시는 형국이었다. 그 옆의 바위를 아내는 '말 바위'로 명명했다. 흡사 말이 물을 마시는 형국이었다. 에뜨르따의 절벽은 소설 「괴도 루팽」과 「여자의 일생」의 배경이 되었던 곳이다. 모네는 이곳의 절경을 「바다」라는 제목의 그림으로 남겼다. 그러니 에뜨르따는 문학과 예술의 산실이라 할 수 있을까.

에뜨르따로부터 D940번 도로를 타고 30분 정도 달리니 또 하나의 보석 페깜이 나왔다. 에뜨르따와 마찬가지로 수km에 이르는 해안과 끝없이 펼쳐진 하얀 절벽이 명물이었다. 가톨릭이 도시의 정신을 지탱하고 있었다. 에뜨르타, 이뽀르뜨Yport, 페깜 등으로 연결되는 이 지역은 노르망디를 대표하는 문화의 중심이기도 했다. 전통적으로 어업 중심인 페깜은 다른 지역과 마찬가지로 관광업에 주력하고 있었으며, 정신적 지주는 베네딕틴 수도원으로 대표되는 가톨릭이었다. 베네딕틴 수도원은 출범한지 1000년 이상이나 되었으며, 현재는 양조산업의 중심이기도 하다. 페깜의 베네딕틴 수도원은 성당·수도원·어부의 성당 등으로 분산되어 있었다. 성당 안의 박물관에는 각종 성화·기록물·기념물·골동품 등이 소장·진열되어 있으며, 맞은편은 양조박물관과 양조장으로 구성되어 있었다.

베네딕틴 성당 가까운 중심가의 한 호텔에서 일박한 다음 날 베네딕틴 수도원을 찾았다. 돌을 떡 주무르듯 다듬어 세운 각종 부조물들이 수도원의 장엄미를 더해주고 있었다. 규모와 건축미가 불가사의에 가까웠다. 이것을 그저 예술이라 할 수 있을까. 인간이 예술을 만드는가. 아니면 신앙이 예술을 만드는가. 프랑스의 성당들을 돌아보면서 우리는 더욱더 미궁에 빠져들게 되었다.

더욱 당혹스러웠던 것은 성당 안에 양조장을 차리고 술을 빚어 판다는 점이었다. 베네딕틴이 세계적인 술의 브랜드로 정착한 사실을 어떻게 이해해야 할까. 지하의 양조시설과 술의 재료로 쓰이는 각종 약초들까지 자

도시를 찾아, 역사를 찾아

27

세히 구경시키는 그들의 의도는 무엇일까. 꼬냑 맛의 베네딕틴 술을 시음한 나는 약간의 취기 속에서 하나의 깨달음을 얻었다. '술은 인간의 이성을 얼마간 마비시킨다. 마비된 이성을 대신하는 것은 감성이다. 이성과 감성이야말로 인간의 세속성을 완성시키는 두 측면이다. 그러니 신성한 성당에서 술을 빚는 행위는 신성에 대한 모독이 아니라 한 울타리 안에서 인간의 삶을 완성시키는 한 축으로 보아도 무방할 듯하다'는 것. 하나님의 말씀으로 인간의 내면을 정화시키고, 술을 통해 인간의 괴로움을 소멸시킬 뿐 아니라 삶을 윤택하게 할 수 있다면, 그것만으로도 술의 존재이유는 확실해지는 것이다.

언덕 위의 성당에 올랐다. 아기예수를 안은 성모 마리아가 성당 첨탑에 서서 바다를 굽어보고 있었다. 이 지역이 어촌이었음을 감안하면, 어로작업에 나간 어부들의 무사귀환은 이들의 가장 큰 소원이었을 터. 그런 연유로 높은 곳에 성당을 짓고 바다를 굽어보는 마리아상을 첨탑 끝에 모셔 놓았을 것이다. 성당으로부터 이삼십 미터쯤 바다 쪽으로 걸어가니 끝없이 펼쳐진 흰색 절벽이 장관이었다. 절벽 위에는 2차 세계대전 때 독일군들이 사용한 시멘트 벙커들이 고스란히 남아 나찌의 허망한 꿈을 보여주고 있었다. 우리는 나찌의 벙커들과 주변의 절벽들을 보며 언젠가 흥미롭게 관람한 영화 〈나바론 요새〉를 떠올렸다. 바로 이곳이 노르망디 상륙작전의 전장이었을까. 영화 속의 참상을 잊지 못하는 우리는 절벽을 내려다보며 몸을 떨었다.

*＊*

9월의 따가운 햇볕과 대서양의 서늘한 바람이 만들어 내는 박무薄霧 속에 잠겨 있는 페깜. 술을 빚어 파는 양조장과 수도원이 한 울타리 안에 공존하는 이 모순의 현장은 참으로 이채로웠다. 그러나 이 모순의 양자는 크게 보아 보다 높은 차원에서 '인간에 대한 신의 은혜'로 승화될 수 있으리라. 성과 속의 결합은 분리된 상태보다 오히려 바람직하지 않겠는가. 그처럼 페깜은 우리에게 분명한 메시지를 보내고 있었다.

# 브루헤에서 겪은 이산離散의 위기

벨기에의 브루헤가 '이쁘고' 자그마한 도시라는, 사람들의 말을 믿은 것이 화근이었다. 프랑스의 광활한 대지를 누비고 다닌지라, 우리는 얼마간 얕보는 마음으로 브루헤에 들어섰다. 그러나 사람들의 말처럼 손바닥만한 도시는 아니었다. 더구나 온 세상 사람들이 다 모인 듯 시가지는 관광객으로 북적였다. 우리의 1차 목표인 인포메이션 센터 쪽으로 진입하는데만도 도시 순환도로 즉 링ring을 세 바퀴쯤이나 돌아야 했다. 진입하고 나서도 목표지점에 도달하는 일이 쉽지 않았다. 차선도 없는 옛날 그대로의 도로에 형형색색 그득한 사람들이 이리저리 밀려다니기 때문이었다. 미로가 따로 없었다. 규모 면에서 브루헤는 지금까지 돌아본 프랑스의 여느 도시들 못지않았다. 성당을 중심으로 주택가와 상가들이 늘어서 있었고, 그 지점으로부터 방사상의 도로가 나 있는 점도 마찬가지였다. 그러나 다른 점도 있었다. 성혈성당, 성모성당, 구세주대성당, 성 안나 성당, 성 발뷔르기 성당, 성 야콥스 성당, 베긴회 수도원 등등 눈에 보이는 여러 개의 성당이나 수도원들이 도시의 요소마다 버티고 서 있었다. 그러니 그 성당들을 중심으로 다수의 부도심들이 형성된 것은 당연한 일. 그 때문에 우리처럼 처음 오는 사람들은 당황하는 듯 했다.

29

브루헤 운하 주변의 모습

***

늦기 전에 인포메이션 센터를 찾아야 숙소 정보며 관광 정보를 얻을 수 있었다. 그런데 대충 추산해본 결과 인포메이션 센터와는 정반대 방향의 도심 주차 공간에 차를 댈 수밖에 없었다. 처음부터 주차시간을 넉넉히 해두었더라면 좋았을 것을. 동전 몇 푼 아끼려고 그랬을까, 아니면 그 때까지도 브루헤를 얕보았기 때문일까. 채 1시간도 안 되는 주차 가능 시간을 확보한 채 우리는 도심을 가로질러 발에서 땀이 나도록 걸었다. 주변에는 기념비적인 건축물들과 고풍스런 시가지의 풍광들이 그득하건만, 이미 숙소문제로 '뜨거운' 맛을 본지라 그런 것에 눈길을 줄 마음의 여유가 없었다.

인포메이션 센터에 도착하니 사람들이 줄을 서 있었다. 그들은 상담원들을 붙들고 별 시시콜콜한 걸 다 물어보았다. 그래서 차례는 좀처럼 오지 않았다. '짜식들, 빨리빨리 숙소 물어보고 자료나 받고 끝낼 일이지 무슨 말들이 그리도 많나?' 욕설이 목구멍 밖으로 나오려 했다. 한 참 만에야 차례가 되어 몇 마디 정보를 받고 나니 남은 주차시간이 10여분에 불과했다. 우리는 네 굽을 놓다시피 잰 걸음으로 차를 향해 돌진하기 시작했다.

인색하기 짝이 없는 '프랑스 녀석들'에게 두 번씩이나 당하고 난 터라, 불안하기 짝이 없었다. 더구나 시가지가 이토록 복잡할 때야 단속의 손길은 오죽 맵겠는가? 벨기에 사람들은 영어 잘 하고 인상 좋고 친절도 하더라만, 원래 웃으며 뺨치는 게 이쪽 동네 친구들의 특기 아닌가! 만약 4, 50유로의 벌금이나 때려보라. 하루 숙박비가 날아가는 것은 고사하고 그 뭣같은 기분으로 어떻게 관광이며 문화답사의 고상한 대업大業을 수행할 수 있으리오? 기분이 좋아도 하루 종일 다니다 보면 다리가 끊어질 듯 아픈 게 상례이거늘, 난생 처음 온 곳에서 벌금딱지나 받는대서야 무슨 흥으로 관광이든 문화답사이든 할 수 있겠는가?

***

걸음 빠른 내가 우선 가서 차를 구해내기로 아내와 암묵적인 합의를 보았다. 뒤쳐진 아내는 좀 늦더라도 어차피 그곳으로 올 수 있을 것이니. 이

도시를 찾아, 역사를 찾아

• • •

*31*

나이 먹도록 늘어난 건 눈치뿐인가. 아까 온 대로 돌고 돌아 차 있는 데까지 가려면 아무래도 많은 시간이 초과될 것 같았다. 그래서 내가 서 있는 곳과 주차한 곳을 직선으로 쭉 그어보았다. 그 선을 따라 걸으면 대충 남은 시간 5분 안에 도달할 수 있을 것 같았다. 옛날 집들이 가득 들어찬 주택가, 사람들의 그림자도 거의 보이지 않는 그 지역을 종단고자 한 것이다.

그런데 일단 들어서니 생각과 달랐다. 간단치 않은 미로였다. 이 골목이 저 골목 같고 저 골목이 이 골목 같았다. 아무리 애를 써도 애당초 그어놓은 직선을 유지할 수 없었다. 가도 가도 다시 제 자리로 돌아오는 것이었다. 그 옛날 제갈량의 '팔진도'가 그랬다던가. 잘못하여 적군이 한 번 들어가기만 하면 뱅뱅 돌다가 다시 제 자리로 돌아오게 되므로, 그만 탈진하여 잡히고 만다는 그 미로였다.

처음의 자리로 돌아오려 했으나 그도 여의치 않았다. 바야흐로 해는 져서 어둑어둑해지니 이젠 차보다 아내가 걱정이었다. 이미 주차 허용시간을 훨씬 넘겨버린 지금 벌금 수십 유로 아니 수백 유로가 부과된다한들 그건 문제도 아니었다. 어젯밤 간신히 차숙을 면한 우리가 오늘은 어쩌면 이산가족이 될지도 모를 일이었다. 그간 오순도순 잘 살아오던 우리가 남북 이산가족도 아닌 브루헤의 이산가족이 되다니, 생각할수록 억울했다. 그녀도 아마 나를 걱정하고 있을 것이었다. 아름다운 도시 브루헤에 와서 자만과 어리석음으로 이산가족이 된다면, 조상님들께도 면목 없는 일이었다.

이곳 사람들도 프랑스 사람들처럼 오후 너 댓 시면 모두 일을 마치고 집으로 돌아가 콕 박혀버린다. 그러니 사람을 잃어버린들 어느 누구에게 찾아가 하소연을 한단 말인가. 동네 유원지라면 안내방송이라도 하겠지만, 국제도시에 와서 방송국을 찾아갈 수도 없고 경찰서에 '실종 신고'를 할 수도 없는 일 아닌가. 아무리 생각해도 방법이 없었다. 날이 어두워질수록 불안감은 더 커지고, 불안감이 커질수록 당황함은 더해져 왔다.

평소부터 그다지 길눈이 밝은 처지는 아니었으나, 브루헤가 이토록 복잡하고 험한 곳일 줄이야 꿈에도 몰랐다. 그러다가 최후로 한 방법을 생각해냈다. 인포메이션 센터를 가면서 광장을 가로지를 때 자전거 대여점을 본 듯한 기억이 떠올랐다. 자전거를 빌려 타고 골목골목 다니며 아내를 찾으리라 마음먹었다. 그런데 이 수준으로 그 자전거 대여점은 과연 쉽게 찾을 수 있겠는가? 더욱 암담해졌다.

***

두 시간 가까이 헤매다가 암담한 마음으로 터덜터덜 걸어 나오는데 언뜻 저 앞쪽에 많이 본 듯한 동양인 아줌마가 서 있었다. '어쩌면, 저 아줌마도 관광차 이곳에 왔나보다.' 생각하면서 좀 더 다가가니 낯익은 빨간색 푸조 차 한 대가 그녀의 앞 쪽에 주차되어 있는 게 아닌가? 다시 그 아줌마의 얼굴을 보았다. 이뻘씨, 그녀는 바로 내 마누라였다! 내가 헤매고 있는 사이에 그녀는 벌써 그곳에 당도하여 '차를 구해놓고' 돌아오지 않는 남편을 기다리고 있었던 것이다. 나를 보자 그녀는 성호를 그었다.

이번 여행길에 내비게이터 역할을 맡겼더니 그녀는 유럽의 도시구조를 벌써 익혔단 말인가. 안도의 한숨을 내쉬면서도 계면쩍기 짝이 없었다. 차에서 떠나기 전 지형지물을 익혀 두었다는 그녀의 말을 듣고 한동안 대책 없이 서두른 내가 한 없이 부끄러워졌다. 이렇게 우리는 간신히 이산의 비극을 면할 수 있었고, 또 한 번 찾아온 차숙의 위기를 넘길 수 있었다. 아내는 그것이 '주님의 은혜'라고 말하면서 또 한 번 성호를 그었다.

이 사건으로 얻은 교훈 세 가지는 다음과 같다.

첫째, 아무리 작고 한산한 곳일지라도 방심은 금물.

둘째, 새로운 도시에서 주차를 할 경우엔 주변의 지형지물을 기억해둘 것.

셋째, 기억에 자신이 없다면 갖고 다니는 디지털 카메라로 주변을 찍어
    둘 것.

넷째, 도시의 골목길은 복잡하니 절대 일직선으로 거리를 추산하지 말 것.

# 베토벤과의 만남-본의 추억

퀼른 대성당의 감동을 품에 안은 우리는 9월 20일 오전 10시 30분 본 Bonn을 향해 돔블릭 호텔을 나섰다. 들어올 때처럼 퀼른의 젠트룸을 빠져나가는 일 역시 만만치 않았다. 라인강변의 큰 도시 퀼른. 다리를 건너긴 했는데, 도무지 이정표에는 본이란 글자들이 나타나지 않는다. 하는 수 없이 횡단보도 앞에 정차한 옆 차의 독일청년에게 물으니, 자기 차를 따라오란다. 20분이 넘어 걸린 그 청년의 헌신적인 인도로 무사히 본 행 565번 도로를 타게 되었다. 벌써 몇 번째 우리는 고마운 현지인들을 만나 그들의 결정적인 도움을 받았는지 모른다.

본이 한 때 서독의 수도였다는 사실은 우리에게 큰 의미가 없었다. 우리는 베토벤과, 바로크 양식의 궁전을 교사로 사용하고 있는 명문 본 대학을 만나고 싶었을 뿐이다. 본에 도착했으나, 마찬가지로 젠트룸은 혼잡했다. 가까스로 인포메이션 센터에 들러 방 정보를 물으니 지금 본 시내의 호텔엔 빈 방이 없단다. 고압적인 아주머니 상담원의 불친절에 혀를 내두르며 본에서의 일정을 단축하기로 마음먹었다.

무엇보다 먼저 베토벤 광장엘 들렀다. 독일에 오면 들르고 싶은 곳이 많았지만, 그 중 베토벤 생가, 아헨 대성당, 퀼른 대성당, 하이델베르그 대학, 흑림지대와 로맨틱 가도 등은 반드시 거쳐 가리라 마음먹고 있었다. 음악에 대해서는 문외한이나 그의 불우함과 예술적 성취라는 역설적 결합이 어려서부터 내게 큰 감동을 주었다. 태어나고 뜻을 세운 그의 집에 들어가 그 분위기를 느끼고 싶었다. 본 중심가가 복잡하면 그냥 다른 곳으로 떠날 수도 있었으련만, 기어코 이곳까지 온 이유이기도 했다.

베토벤 하우스는 중앙광장에서 걸어서 5분이 채 안 걸리는 거리에 있었다. 두 채의 독립 건물들로 이루어졌는데, 베토벤은 뒤채에서 태어났다. 대문을 열고 들어서니 작은 정원에 베토벤의 흉상이 어두운 모습으로 서 있었다. 조용히 악상을 떠올리고 있는데, 웬 불청객들이 이리도 많이 찾아와 방해하느냐는 불만스런 표정이었다.

1호실에는 베토벤의 출신, 생활환경, 그의 삶과 작곡 활동 연보 등이 설명되어 있었고, 2~5호실에는 그가 본에서 활동하던 시절이 설명되어 있었다. 6호실에는 오스트리아 빈 시절 그의 스승이었던 하이든, 알브레히츠베르거, 살리에리 등의 동판 초상화가 걸려 있었으며, 특별 전시실인 7호실에는 필사본·서한·초상화 등을 바탕으로 베토벤 작품 활동의 새로운 면모가 밝혀져 있었다. 8호실에는 베토벤의 빈 시절 자료 및 사건들이 '우정/사랑/귀 먹음'의 세 주제로 분류·전시되어 있었다. 9호실에는 스위스의 의사인 한스 콘라드 보트머가 1956년 베토벤 하우스 협회에 기증한 수집품들 가운데 상당수가 선정·전시되어 있었다. 10호실에는 베토벤의 마지막 거처 슈바르쯔슈파이너 하우스 내부 사진이 전시되어 있었고, 베토벤이 태어난 11호실에는 그의 라이프 마스크와 데드 마스크가 있었으며, 설교단 위에는 레미기우스 교회의 세례 장부를 초록한 기록이 전시되어 있었다.

방들을 걸을 때마다, 계단을 오르내릴 때마다 마룻바닥은 심하게 삐걱거렸다. 이곳에서 독한 아버지의 감시 아래 숨을 죽이며 애태웠을 어린 베토벤. 그의 마음이 그 소음과 함께 우리에게 전해져 왔다. 그의 고독과 좌절이 세상의 풍파를 헤쳐 나갈 수 있게 하는 돛대는 결코 되지 못했음을 우리는 비로소 깨달았다. 다른 사람들에게 감동을 주기 위해 한 영혼이 불행

1 바로크 양식의 아름다운 본대학 건물
2 베토벤 생가 건너편 건물 벽에 걸린 베토벤의 초상

해야 한다면, 나는 과연 그런 삶을 감내할 수 있을까. 베토벤처럼 그것을 '운명'으로 받아들일 수 있을까. 알 수 없는 일이었다.

베토벤 하우스 옆의 한국음식점('맛있는 청혼')에서 시장기를 달랜 우리는 농산물과 음식물 번개시장이 열린 광장을 건너 본 대학을 찾았다. 1705년에 건축된 바로크 양식의 화려한 건물로서 쾰른의 선제후가 살던 궁전이었다. 교사校舍가 무척 길었고, 중간에는 2차선의 차로가 통과하는 아치형의 문이 있었다. 교사 뒤편의 공간은 주택가와 상가, 광장이어서 소음이 약간 거슬렸으나, 앞쪽은 드넓은 잔디밭 호프가르텐이 펼쳐져 있었다. 마침 방학 때라서 몇 안 되는 학생들은 그 풀밭에 누워 잠을 자거나 담소를 나누고 있었다. 화려하긴 하나 길게 뻗은 3층의 단순 구조. 그 캠퍼스로부터 자부심 넘치는 본 대학의 분위기를 맛본 우리는 길을 서둘렀다.

콘스탄디누스 대제가 만들게 했으면서도
정작 그는 한 번도 사용하지 않았다는, 엄
청난 규모의 목욕장

서기 2세기 후반경 유
마인들이 세운 트리어
성의 북문

로마와 게르만의 만남, 그 환상의 조화
# 트리어Trier의 감동

9월 23일, 우리는 트리어의 센트룸으로부터 10km쯤 떨어진 슈바이히
Schweich의 한 펜션에 묵었다. 독일어로 '바인굿－펜지온 쉬프Weingut-
Pension Shiff' 란 집. 포도밭 한 가운데 있었다. 넓고 쾌적한 방에서 피로
를 푼 다음 날 오전 10시쯤 트리어의 센트룸*으로 나왔다.

큰 기대 없이 트리어에 들른 우리였다. 룩셈부르크로 이동하기 위해 거
치는, 작은 국경 도시 쯤으로 이해한 것. 그러나 그게 아니었다. 트리어야
말로 지금까지 만난 독일의 어느 도시보다도 역사적 의미가 깊은 곳이었다.

로마와 게르만의 만남을 확인할 수 있는 공간이 바로 트리어였다. 센트
룸의 광장에 도착한 시각이 10시 30분. 이미 그곳은 발 디딜 틈이 없었다.
독일은 물론 각국에서 몰려든 관광객들로 만원이었다. 대부분 가이드를
동반한 단체 여행객들이었다. 가이드의 열정적인 설명도 설명이려니와 그
들의 말을 경청하는 지긋하신 노인들의 표정이 놀라웠다. 로마제국의 지
배를 받은 치욕의(?) 흔적들이 도시를 가득 채우고 있는데, '때려 부수자!'
는 말이 나오기는커녕 역사교육의 현장으로 관광자원으로 두루 활용하는
독일인들의 금도襟度와 지혜가 무서웠다.

로마와 게르만이 만난 곳, 트리어. 칼 맑스가 태어났고 괴테가 한 때 머

▲ 트리어 대성당의 모습,
◀ 트리어 시가지에서 만난, 1230년에 세운 집(세 왕의 집)

물며 집필하던 곳이다. 모젤강이 휘감아 흐르는 빼어난 승지勝地이기도 하다. 외곽에 있는 로마시대의 유적부터 살피기로 했다. 팔라스트 정원, 선제후의 궁전, 콘스탄틴 바실리카 성당, 카이저의 목욕장, 원형 경기장 등의 순으로 돌아보았다. 아름답고 아담한 선제후의 궁전과 정원에서 특별한 호감을 느꼈다.

탁한 물이 가득한 연못 속의 오리들은 고개를 박고 물속을 뒤지다가도 스스럼없이 관광객들에게 먹이를 구걸하곤 했다. 연못가의 석상들도 오랜 세월의 때를 이기지 못하고 거뭇거뭇해진 것들이 많았다. 나무도 잔디도 그 시절의 그것들은 아니겠으나, 로마시대의 건축술과 어울리려 스스로 노력하는 듯한 모습들이었다.

팔라스트 정원을 지나면 만나게 되는 카이저 목욕장. 그 규모와 제도야말로 우리의 상상을 불허했다. 남아있는 지하와 지상의 유적들은 정교하고 단단했다. 250m×145m에 달하는 방대한 규모의 욕장을 통해 우리는 콘스탄틴 대제의 꿈과 현실을 읽을 수 있었다. 4세기 후반이면 지금부터 1700년 전의 시점. 정작 욕장을 건설하도록 한 대제 자신은 한 번도 사용한 적이 없었다는 사실은 무엇을 의미할까. 그보다 훨씬 전부터 도시의 상·하수도나 도로 등을 합리적으로 설계·시공해온 로마인들의 지혜와 능력으로 이곳 트리어에 그렇게 큰 욕장을 건설했다. 황제 자신만 쓰려고 그것을 만든 건 아니었다고 한다면, 지나친 억측인가.

목욕장으로부터 헤르메스가Hermes St.를 따라 20분 이상 걸어가니 원형경기장이 나왔다. 서기 100년경에 세워져 당시 무려 2만 여명을 수용할 수 있었다! 서기 100년이라면 지금부터 1900년 전의 일. 경기장을 지탱하고 있는 암식이나 벽돌은 아직도 딘단히게 굳어 있고, 흙으로 덮인 스탠드에서는 환호성이 들리는 듯 내 가슴도 덩달아 뛰었다. 황제인 양 큰 문으로 들어갔으나 사방을 둘러보아도 내가 앉을 자리는 없었다. 그들이 시간의 힘에 밀려 이처럼 단단한 자취만을 남기고 갔듯이 나 또한 그럴 것이니 자리는 탐해서 무엇 하랴. 어쨌든 1900년 전 이곳 사람들은 자신들의 애환을 이 원형경기장에서 대부분 해소했으리라.

돔을 찾았다. 엄청난 규모와 화려함으로 나는 몸을 가누기 어려웠다. 이 성당의 기초는 베드로가 보낸 성직자에 의해 기초가 마련되었다고 한다. 실제 건축은 콘스탄틴 대제 치세(306~337년)에 이루어지기 시작했고, 그 후 상당한 시간에 걸쳐 이 건물들이 지어짐으로써 현재와 같은 다양한 양식과 모습의 성전 구조를 보여주게 되었다. 11세기 이후의 로마네스크 양식을 주로 하여 1716년에 렐릭 채플이 이루어짐으로써 대성당은 완성을 보았다. 따라서 대성당의 부분적 건축 시기는 4세기, 11세기, 12세기, 13세기, 18세기 등으로 나뉜다. 이 가운데 13세기 중·후반에 건축된 성모성당은 독일 최초의 고딕양식이다.

대성당의 본당에 들어가니 문으로부터 제대까지 멀고도 웅장했다. 좌우 양쪽에는 화려한 조형물들이 빈 틈 없이 배치되어있고, 제대가 있는 부분의 천정도 화려한 조형물로 장식되어 있었다. 말하자면 대성당의 존재를 통해 우리는 4세기인 로마시대부터 이미 이곳에 교회가 있었음을 알 수 있게 되었으니, 대단한 일이었다.

또 하나 빼놓을 수 없는 것은 로마인들의 유적 포르타 니그라Porta Nigra였다. 둘레가 6.4km나 되던 로마 시대 시가지 벽의 북쪽 문으로 2세기 후반에 건립된 것이다. '포르타 니그라'를 번역하면 '검은 문.' 과연 그곳에 검은 돌의 어마어마한 구조물이 우뚝 솟아 있었다. 트리어에 들어와 사람들에게 길을 물으면 그들은 으레 '빅스톤big stone'을 기준으로 삼곤 했다. 그것이 바로 포르타 니그라였다.

2세기라면 지금으로부터 1800년 전인데, 그 돌들은 그 시기의 일을 그대로 담고 있으니 놀랄만한 일이었다. 더구나 그 돌들은 모두 사암이고, 돌들을 고정시킨 것은 '쇠 꺽쇠' 뿐. 뛰어난 토목기술이었다. 이대로 보존하면 앞으로도 누천년 지속될 것이고, 사람들은 찾아와 로마인들의 힘과 기술을 찬양할 것이다. 그것을 보존하는 독일 사람들의 넓은 가슴과 지혜 또한 오래 기억될 것이다.

\*\*\*

놓칠 뻔 하다가 운 좋게 건진 트리어. 트리어에 남아있는 옛 사람들의 발자취는 문명 교류의 실체와 역사의 힘을 우리에게 보여주었다. 엄청난 대성당을 보면서 정치와 결합된 종교의 힘을 깨달았고, 포르트 니그라를 보면서 문명의 내일을 예감하게 되었다. 남의 장점을 부단히 흡수하여 내 것으로 만들고, 내 단점을 고쳐나가는 작업은 우리가 살아있는 한 지속해야 할 의무다. 그러기 위해서라도 우리가 가져야 할 것은 넓은 가슴과 관용, 그리고 역사에 대한 겸허함이다. 룩셈부르크로 넘어가는 오늘, 독일의 트리어에서 우리는 이런 대어를 낚은 것이다.

*같은 독일인데 트리어와 달리 앞의 도시들에서는 젠트룸Zentrum으로 표기했다. 대표적인 관공서가 서 있는 도시의 중심부를 지칭하는데, 프랑스에서는 썽뜨르Centre, 벨기에와 네덜란드에서는 센트룸Centrum, 독일에서는 젠트룸Zentrum이라 했다. 독일의 도시인 트리어에서 센트룸으로 표기하는 것은 룩셈부르크의 영향 때문으로 생각되었다. 같은 낱말이라도 철자가 달라지는 양상을, 국경을 넘나들며 비교·확인하는 것도 여행의 한 재미였다.

룩셈부르크 아롱광장에서 공연중인 초등학생들   룩셈부르크 노뜨르담 대성당

## 배우러 갔다가 큰 과제를 안게 된 도시, 룩셈부르크

　　독일의 트리어Trier에서 우리는 피곤했다. 룩셈부르크 쪽에 있는 독일의 마지막 도시 트리어. 로마문화의 흔적들이 강렬한 느낌으로 다가왔다. 이해의 용량이 턱 없이 모자란 우리에겐 힘겨운 대상이었다. 독일의 역사와 문화, 자연은 생각보다 무거웠다. 게르만 민족이 거쳐 온 역사의 물굽이나 좌절과 영광의 흔적들은 가는 곳마다 의연하고 당당했다. 한 때 문명의 양지에 서 있던 라틴족에 비해 형편없는 야만의 음지에서 전전하던 게르만 민족. 도전의 역사는 역전逆轉의 원리를 근간으로 하는가. 지금 그들은 과거의 역사적 굴곡들을 중요한 자산으로 간직한 채, 정신적 · 물질적 대국으로 정착해 있었다. 긍정적이든 부정적이든 과거 역사와 문화의 흔적들을 소중히 하며 미래를 차분하게 대비해 나가는 그들을 보며, 새삼 내 자신을 가다듬는다. 약간의 피곤을 느낀 것도 그 때문이고, 그래서 독일의 노정들을 잠시 뒤로 미루고 이웃나라의 천년 고도 룩셈부르크를 다녀오기로 한 것이다.

＊＊＊

　　9월 24일 오후 3시 조금 넘어 우리는 49번 도로를 타고 트리어를 떠났다. 트리어의 중심가를 벗어나자마자 이정표에 '룩셈부르크' 가 나타났다. 지금까지 거쳐 온 어느 나라도 이정표만으로는 나라를 구분하기 어려웠다. 이정표의 '룩셈부르크'는 나라 이름이 아니라 룩셈부르크란 나라의 도시였다. 그래서 정신 차리지 않으면 모르는 사이에 국경을 넘는 경우가 대부분이었다. 우리도 이번에야말로 실감하면서 국경을 넘어보리라 마음을 다져 먹고 차를 몰았다. 정확한 경계선은 알 수 없었으나, 다리 하나를 건너니 그곳이 바로 이웃 나라 룩셈부르크란다. 책으로만 보아오던 유럽의 '강소국' 룩셈부르크를 드디어 밟은 것이다. 정확히 오후 4시였다.

유럽의 부국답게 룩셈부르크로 들어가는 길은 넓고 깨끗했다. 마침 토요일이어선지 길 위엔 자동차도 많지 않았다. 파크하우스에 주차를 하고, 혹시 문을 닫은 건 아닌지 걱정하면서 중심가의 인포메이션 센터를 찾았다. 지나가는 주민에게 길을 물으니 유창한 영어로 친절하게 가르쳐 주어 안심이었다. 거리의 표지판이나 주차장 출구·입구의 표시 등으로 미루어 룩셈부르크는 프랑스의 영향을 많이 받은 듯했다. 인포메이션 센터의 청년 상담원은 또렷또렷한 영어에 친절함까지 겸비하고 있었다. 덕분에 우리는 공항 옆의 깔끔하면서도 저렴한 에탑호텔에 방을 잡게 되었다.

다음 날 호텔에서 차려준 아침식사. 독일처럼 삶은 계란은 없었으나 따끈한 우유와 동글동글한 빵이 일품이었다. 식사 후 차를 몰아 중심가에 도착하니 오전 10시 반. 일요일 아침이라 아름광장엔 사람이 보이지 않고, 악단 관계자 몇 사람만 공연 준비에 분주했다. 이제 곧 관광객들이 몰려들 것을 알고 있는지 까페들도 비로소 문을 열고 거리에 좌석을 준비하기 시작했다. 우리는 인포메이션 센터의 청년 상담원이 알려준 루트를 따라 투어를 시작했다.

기마상이 늠름하게 서 있는 기욤2세 광장, 그리고 대공의 궁전이 바로 옆에 있었다. 원래 네덜란드의 왕이자 1840년부터 1849년까지 룩셈부르크의 대공을 지낸 기욤 2세. 그는 대공으로 있던 기간에 룩셈부르크의 자치권을 허용하고 정부를 조직할 수 있도록 해주었다. 이 기마상은 그에 대한 감사의 표시로 세운 것이었다.

광장 앞쪽에는 대공의 궁전이 있고, 우측 뒤쪽에는 시청사가 있었다.

룩셈부르크 기욤2세 광장

룩셈부르크 벤첼의 고리성과 그 내부 모습

1418년 건립되었으나 화재를 입어 1573년에 재건된 대공 궁전. 기욤 2세의 대공 재위 시기였던 1841년부터 대공의 궁전으로 사용되었으나 기욤 3세가 사망한 뒤부터는 대공의 거처가 아닌 공식 행사에만 쓰이게 되었다. 그 앞에 근위병 한 사람이 인형처럼 부동자세로 직립해 있었다. 기욤 2세 광장과 대공의 궁전을 중심으로 룩셈부르크의 아픈 역사는 살아 있었다.

잘 정비된 길을 따라 많은 역사 유적들이 산재해 있었고, 고풍스런 주택들도 빽빽했다. 우리는 노뜨르담 대성당을 찾았다. 지금까지 거쳐 온 국가들의 도시마다 엄청난 규모와 기품 있는 성당들을 목격했지만, 이곳도 예외가 아니었다. 성당을 중심으로 도심이 이루어진 것은 룩셈부르크도 마찬가지였다.

1613년 예수회 수사 블록Jean du Blocq이 후기 고딕 양식으로 건축한 대성당은 룩셈부르크의 정신적 구심점이었다. 마침 오전 미사가 시작되고 있었다. 독실한 가톨릭 신자인 아내는 룩셈부르크에서 일요일의 미사에 참여하기를 원했었고, 그 소원을 이룰 수 있었다. 지금까지 보아온 유럽 지역의 미사들 가운데 가장 많은 신도들이 앉아 있었다.

내부 역시 다른 성당들처럼 화려했다. 특히 스테인드글라스들이 두드러졌다. 다른 성당의 스테인드글라스들이 서정적이라면, 이곳의 그것들은 서사적이었다. 성인들의 모습이 그려진 것도 여럿 있었는데, 분명 작가는 그림들을 통해 어떤 스토리를 말하고 있었다. 제대 왼쪽으로 깃발 세 개가 걸려 있는 것, 무릎 받침 달린 의자 아닌 개별 의자로 되어 있는 신도석 등은 특이한 점이었다.

룩셈부르크에서 만난 벤첼의 고리 모양 성벽. 오랜 세월 사라지지 않은 역사의 흔적이었다. 사람들은 이곳을 룩셈부르크의 빼어난 경관으로만 말하지만, 우리는 거기서 아픈 역사의 상처들을 보았다. 돌과 흙으로 단단하게 쌓인 높은 성벽이 고리 모양으로 둘려 있는 안쪽으로 사람들의 주거지가 형성되어 있었다. 한 줄기 강도 흐르고, 두 곳에 큰 다리가 놓여 구시가와 신시가를 연결하고 있었다.

보크의 포대Casemates du Bock로부터 시작되는 이 성은 말 그대로 요새였다. 서기 963년 아르덴의 백작 지그프리트Siegfried가 보크Bock라는 산에 성채를 세웠고 미셸 성당 근처에 첫 시장을 만들었는데, 그것이 바로 이 도시의 시작이었다. 해가 지나면서 두 번째 세 번 째 성채가 서쪽 면에 세워졌고, 이것들은 계곡의 바위들과 함께 자연의 방어벽이 된 것이었다.

도시를 둘러싸고 있는 고리 모양의 성벽들은 14세기 말부터 15세기에 걸쳐 대공 벤첼Wenzel 2세 때 세워졌다. 그러나 1867년 룩셈부르크가 영세중립국이었을 때 대부분 파괴되었으며, 현재는 일부만 남아있었다. 이 유적은 1994년 유네스코가 세계문화유산으로 지정했다. 우리는 포대를 출발하여 성벽 위를 걸었다. 걸으면서 처절한 파괴와 살육, 저항의 흔적들을 읽어냈다. 지금은 평화롭게 냇물이 흐르고 성당이 서 있으며, 사람들은 일상을 즐기고 있지만, 그 위로 창을 비껴들고 날뛰는 병사들의 모습이 오버랩 되는 것은 무엇 때문인가.

***

룩셈부르크는 작은 나라였다. 시련과 영광의 역사적 흔적들을 많이 안고 있으면서도 미래를 지향하는 유럽의 강소국. 강 건너 새롭게 개발된 지역에는 최신식 빌딩들이 즐비했다. 그 가운데 타워빌딩Batiment Tour은 두드러졌다. 유럽 연합의 각료 이사회가 열리는 곳. 컨퍼런스 센터Centre de Conference, 회의장Hemicycle 등에서는 각종 국제회의도 열린다고 했다. 현재의 질서를 주도하며 미래를 지향하는 모습이 두드러진 공간들이었다.

룩셈부르크를 통해 우리는 과거와 현재를 어떻게 연결시킬 것이며, 미래를 어떻게 준비해야 하는가를 배웠다. 룩셈부르크에서 새로운 과제를 부여받은 우리는 다시 독일 행 아우토반으로 접어들었다.

# 세계문화유산으로 환생한 뵐클링겐의 고철덩어리, 자르제철소

9월 26일 아침 9시 40분쯤 약간 흐린 날씨. 아쉬움 속에 룩셈부르크를 떠나 20분만에 독일 영내로 재진입했다. 620/E29 아우토반을 타고 독일의 자르브뤼켄으로 방향을 잡았다.

자르브뤼켄 12km 전방에서 만난 소도시 뵐클링겐. 독특한 세계문화유산이 있다고 했다. 열기가 식어버린 제철회사의 녹슨 굴뚝이 우뚝한 곳, 그래서 우리의 호기심이 발동되었다. 유네스코가 지정한 세계문화유산을 27개나 지닌 나라 독일. 지금도 살아 숨 쉬는 옛 성이나 대성당, 옛 시가지 등이 그 대부분이었다. 그 중 하나인 뵐클링겐의 세계문화유산은 이미 숨이 끊어진 고철덩어리였다. 그로테스크의 미학이랄까. 불만 지피면 지금이라도 용광로는 펄펄 끓는 쇳물을 쏟아낼 것만 같은 이 거대한 고철의 침묵. 숨이 멎을 듯한 충격이었다. 세상에, 문 닫은 제철소를 곱게 모셔 두었다가 세계문화유산으로 등극시키다니! 죽어버린 고철 덩어리에 '문화'를 수혈하자 다시 살아난 뵐클링겐 제철소Völklinger Hütte.

1881년 건립된 이후 한 세기 동안 세계의 산업에 크게 기여한 뵐클링겐 제철소. 건립 후 20세기 중반에는 17000명 이상을 고용할 정도로 번창했다. 불어 닥친 철강위기로 1986년 폐쇄되었고, 1992년 유네스코 지정 세계문화유산으로 등재되었다. 숨이 멎었다가 새로 살아난 60만 평방미터의

◀ 뵐클링겐의 세계문화유산 자르
제철소
▼ 자르제철소에서 열리고 있는
'천일야화' 보물전의 포스터

고철 덩어리는 이곳 사람들의 자랑거리였다.

　주차장에 차를 세운 우리는 제철소를 눈앞에 보면서도 그곳 사람들에게
'세계문화유산' 가는 길을 물었다. '설마 저게 세계문화유산이랴?' 우리
의 무지에서 나온 의혹 어린 자문이었다. 처음엔 '폐광촌' 혹은 '지금은
몰락한 옛 산업도시'의 흉물스런 흔적쯤으로 생각했다. 그것이 설마 세계
문화유산일 줄은 전혀 몰랐다. 우리의 물음에 그들은 입에 침을 튀기며 가
는 길을 설명해 주었다. 우리 같으면 말도 필요 없이 턱만 살짝 들어 '쩌어
기~'하고 말 것을, 그들은 우리의 손을 잡고 손가락으로 그어가며 뻔한 길
을 설명했다. 자부심으로부터 나온 친절이었으리라.

　쉽게 찾아갔으나 참으로 낯선 풍경이었다. 한 때는 매 24시간마다 6천

톤 이상의 용액 원철原鐵이 생산되던 곳. 1300도의 뜨거운 용광로 아궁이, 굴뚝으로 배출되는 1200도의 뜨거운 공기, 냉각을 위한 3백만 톤의 물, 고로의 불을 피우기 위한 62000 입방미터의 공기, 12000톤의 원광이 항상 필요했던 곳. 그런데 지금 그곳은 썰렁한 쇳덩이로 남아 있었다. '세계문화유산'이란 팻말만 없었어도, 그냥 '흉물'에 불과했으리라.

마침 그곳 한 구석에서는 '천일야화' 특별전이 열리고 있었다. 비록 세계문화유산으로 지정되었다곤 하나 '죽어버린' 제철소를 그냥 방치하지 않으려는 그들의 노력이 돋보였다. 터키를 비롯한 아랍세계의 보물들이 'Treasures from 1001 Nights'라는 제목 아래 이곳에 전시되고 있었다. 지금껏 접하지 못했던 아랍세계의 보물들이었다. 고철 덩어리와 황금으로 치장된 아랍세계의 보물들! 묘한 대비였다. 물론 반달 모양으로 휘어진 아랍의 칼이나 살벌한 창도 모두 철로 만들어진 것들이고 보면, 양자의 대비를 부조화로만 말할 수는 없으리라. 사실 우리의 주안점은 제철소 관람에 있었다. 그러나 아랍의 보물전이 그곳에서 열리고 있었다. 그들은 아랍 보물전의 입장권을 팔고는 그 입장권으로 제철소까지 보도록 했다. 국내외 관광객들 뿐 아니라 학생들도 단체로 와 있었다. 어린 학생들이야 누가 벌겋게 녹슨 그곳을 제 발로 찾아오겠는가. 아마도 아랍 보물 전을 미끼로(?) 학생들에게 제철소를 보여주어 그들의 전통적인 '철강 마인드'를 되살려보려는 의도가 아니었을까.

예로부터 철강을 지배하는 자가 세계를 지배했다. 1, 2차 세계대전의 주역들 모두 철강산업의 선두주자들이었다. 역사의 발전 단계에서 가장 중요한 역할을 한 물질은 철이었다. 철기시대가 열리면서 인류의 삶이 획기적으로 발전한 것. 어쩌면 산업의 패러다임을 바꾼 IT 혁명, 그 핵심에 반도체가 있듯, 과거에는 그 핵심에 철이 있었으리라. 말할 필요 없이 독일은 철강산업의 선두주자였고, 지금도 그렇다. 미국 · 일본 · 유럽의 강국들이 지금까지 철강산업을 두고 자존심 다툼을 벌이고 있는 현실을 보라. 철강산업은 그들의 식민지 개척사와 함수관계를 갖는다. '철에 대한 철학'은 불모지에 가깝지만, 우리도 이미 철강산업의 경쟁에 뛰어들었다.

아랍 보물전을 관람하고 본격적인 제철 플랜트의 투어에 나섰다. 외면적으로는 고철 덩어리였으나, 안으로 들어가니 생생하게 살아 있었다. 영상으로 소리로 실물로. 당시의 모습을 찍은 것인 듯, 그 영상은 실감나도록 구성되어 있었다. 흐르던 쇳물이 형틀의 구멍을 통해 사출되면서 성형된 쇠줄들을 한 줄기씩 잽싸게 찍어 옮기는 노동자들의 동작. 아슬아슬하면서도 리드미컬한 그들의 몸짓이 내게 전율로 전달되었다. 영상을 본 뒤 방문한 작업장. 흐릿한 조명으로 어둑한 그곳에는 콘베이어벨트, 각종 철광석, 기계, 전시실 등이 그득 들어차 있었고, 작업의 소음도 재생되고 있었다. 그들이 입던 작업복과 헬멧도 걸려 있었다. 아마도 그 옷들에는 땀이 배어 있을 것이다. 금방이라도 작업반장 브란트가 헬멧을 벗고 땀을 훔치며 소리를 지를 것만 같은 긴장에 온몸이 조여들었다. 갑자기 콘베이어벨트가 중간에 끊어져 수십 톤의 쇳물이 쏟아질 것만 같은 불안감, 1300도로 부글부글 끓는 용광로의 쇳물이 냇물처럼 흘러와 감쌀지도 모른다는 불안감에 우리는 서둘러 밖으로 나와 제철소의 죽어있는 모습을 확인하곤 안심했다.

옛날의 시가지나 고성들, 대성당들만을 보아오던 우리에게 뷜클링겐의 자르제철소는 색다른 감동으로 다가왔다. 이미 죽은 몸이지만 문화의 수혈을 받아 다시 태어난 제철소. 그것은 이전에 보았던 대성당들과 달리 정신과 물질이 골고루 섞여 승화된 제3의 존재였다. 정신이나 물질 일변도로 인간의 삶을 꾸려나갈 수는 없다는 것. 그것을 '죽어서 다시 태어난' 뷜클링겐의 제철소는 웅변으로 말해주고 있었다. 그래서 우리는 무거우면서도 가벼운 마음으로 다음 행선지 자르브뤼켄을 향할 수 있었다.

# 네카강에 핀 불멸의 꽃, 하이델베르크

9월 27일 날씨 맑음. 자르브뤼켄에서 만하임 방향 6번 아우토반을 타고 가다가 란트슈툴부터 국도로 내려섰다. 독일의 작고 아름다운 마을들에 대한 미련을 버리지 못했기 때문이었다. 바트뒤르크하임Bad Dürkheim 등, 도중에 그냥 지나치기 아쉬울 만큼 아름다운 곳들을 여러 곳 만났으나 하이델베르크에 대한 기대가 무겁고 두꺼워 그냥 지나쳤다.

만하임부터 다시 6번으로 복귀, 오후 3시경 하이델베르크 젠트룸의 반 호프 앞에 도착했으나 시내의 마땅한 호텔 방들은 모두 예약이 완료되었거나 체크인 된 상태였다. 교외로 무작정 차를 몰고 가다가 멋진 전원도시 네카하우젠Neckarhausen을 만났고, 그곳의 호텔 페를레Hotel Perle에서 드디어 방을 구했다. 하이델베르크까지 감싸 도는 네카 강이 뒤쪽으로 흐르는 네카하우젠. 한적한 고급 주택가에 제방의 산책로가 환상적인 곳이었다. 주민들도 순박하고 친절했다.

\*\*\*

고등학교 2학년 때 사다리문고로 출간된 영어 원서 『황태자의 첫사랑』을 읽은 적이 있다. 그 책을 읽던 당시부터 지금까지 '대학생 황태자의 사랑, 하이델베르크의 낭만' 등이 내 마음 속에 각인된 채 남아 있게 되었다.

그 후 언젠가 장모께서 영화 〈황태자의 첫사랑〉을 아주 오래 전에 보았노라는 말씀을 하셨다. 1954년 미국의 MGM 영화사에서 제작한 앤블라이스 주연의 영화였다. 아, 그래서 하이델베르크 혹은 하이델베르크 대학에 대한 우리나라의 올드 팬들이 그리도 많았구나! 원작은 영어 뮤지컬 〈스튜던트 프린스Student Prince〉. 그것을 올드 팬들은 영화로, 나는 소설로 접한 것이었다. 유럽여행을 계획하면서 독일을, 독일의 여정을 짜면서 하이델베르크를 반드시 집어넣은 것도 그런 이유 때문이었다.

놀랍게도 인포메이션 센터에는 한글로 된 안내서가 있었다. 더구나 몇 군데의 선물가게 간판에도 '선물'이란 우리 글자가 뚜렷이 박혀 있었다. 그만큼 한국인들이 많이 찾는다는 증거였다. 혹시 영화 〈황태자의 첫사랑〉 때문일까.

이곳에서 무엇을 어떻게 볼 것인가. 밤늦도록 고민했으나, 결론이 나지 않았다. 27일 8시, 식사를 하기위해 내려간 호텔 식당. 옆 자리의 미국인 부부와 대화가 이루어졌다. 2주간을 하이델베르크에 머물다 아침식사 후 미국으로 돌아간다는 중년 부인 낸시Nancy와 짐Jim Hale. 상냥하고 교양미 넘치는 미국의 중산층 부부였다. 하나하나 지도를 짚어가며 들려준 그들의 조언으로 계획을 확정할 수 있었다.

오전 10시. 간간이 빗방울 떨어지는 강변도로를 달려 하이델베르크 중심가에 도착했다. 지금까지 만난 도시들치고 아름답지 않은 곳은 하나도 없었다. 어쩌면 그리도 이야기 속의 요술궁전을 꾸며 놓듯이 '이쁘게' 치장들을 하고 산단 말인가. 그런데, 하이델베르크로부터는 또 다른 차원의 아름다움이 느껴져 왔다.

알트 슈타트Alt Stadt라고들 부르는 구시가지. 마치 옛날 영화를 찍기 위해 일부러 만들어 놓은 듯이 빼놓은 것 하나 없는 곳. 그러면서도 기품과 연륜, 고상과 우아가 넘치는 곳이었다. 산 중턱의 고성과 아랫동네의 수백 년 된 건물들, 베드로 교회·예수회 교회·성령교회·신의 섭리 교회 등의 고풍스런 성당과 교회들, 그리고 아름다운 첨탑들. 그것들이 상하·좌우로 조화를 이루어 어느 부분 하나 버릴 데라곤 없었다.

네카강 크루즈 선상에서 바라본 하이델베르크 성의 모습

　인포메이션 센터의 젊은 상담원 얀Jan Funk으로부터 '똑 소리 나는' 안내를 받았다. 하이델베르크 대학의 건물들, 고성, 각종 성당 및 교회 등 구시가지의 역사유적들을 둘러 보는 일, 철학자의 길을 산책하고 네카 강을 크루즈하는 일, 까페 크뇌셀이나 제플 등을 비롯한 전통 학사주점에 잠입하여 그곳에서 대학생들과 맥주잔을 기울이며 '드링크! 드링크!'를 외칠 일 등등. 볼 곳들과 해야 할 일들이 너무 많았다.

　13번 주차장 주위로 보와세레 궁전·대공의 궁전·미터마이어 하우스·그랭베르 백작의 집·프린츠 카알 등이 있었다. 우리는 하이델베르크 대학부터 살피기로 했다. 사실 이곳 관광협회가 추천하는 관광코스 역시 대학광장이 출발점이었다. 대학 광장엔 하이델베르크 시의 상징인 사자상이 서 있었다. 혀를 빼어물고 있는 귀여운 사자상이었다. 와인에 취한 사자의 형상이란다. 하이델베르크성 안에 세계 최대의 와인 저장 통이 있고,

성 안에 혀를 내민 사자상이 있는 것도 그 때문이었다. 바로크식 지붕을 갖고 있는 바로 뒤의 구 대학. 지붕에는 종 달린 시계 탑이 있고, 아치형의 덮개가 있는 문이 둘이었다. 침착한 단색 지붕의 굴곡과 벽면과 창틀의 색상이 아름다운 조화를 이루고 있었다. 설계자는 요한 브로이닉. 1712년~1728년 선제후選諸侯 요한 빌헬름이 짓게 한 건물이란다.

바로 이 건물에 충격적인 공간이 있었다. 학생감옥Studenten Karzer. 총장실, 대강당, 박물관 등이 있는 이 건물의 뒤쪽 거리 아우구스티너가쎄 Augustiner Gasse에 면한 공간이었다. 좁고 어두컴컴한 그곳, 쇠창살로 막힌 독방들에는 뼈대만 남은 철제 침상, 상처 투성이의 나무책상 만 덩그러니 남아 있고, 4면이 벽과 천정에는 낙서들로 가득했다. 물감이나 양초, 그을음 등 그릴만한 도구나 재료들은 모두 동원한 듯, 대부분 시커먼 바탕에 울긋불긋 요란스러웠다. 갇힌 자들의 울분을 토로한 것이라면, 그 표현 동기가 얼마나 절실했으랴! 절실한 동기에서 나온 예술은 결코 도락道樂이 아니다. 그들은 낙서와 그림들을 통해 오연한 패기와 낭만을 마음껏 분출했으리라.

학생감옥을 보면서 당시의 당당했던 '교권教權'을 상상했다. 1712년부터 1914년까지 사법권을 갖고 있던 당시의 이 대학 행정당국. 과음·행패·소동 등 질서를 위반한 학생에게 최고 2주, 국가권력에 반항하는 학생에게 4주의 금고형을 내렸다니 대단한 일이었다. 학생들의 입장에서도 금고형에 처해지는 것을 오히려 '남자다움'의 징표로 생각하고 명예롭게 여겼다고 한다.

대학 박물관으로부터 발길을 옮겼을 때, 우리의 마음과 눈을 강하게 때리는 것은 교수들의 면면이었다. 가다머, 칼 만하임, 칼 야스퍼스, 헤겔, 막스 베버, 로데, 군돌프, 헬름홀츠 등 철학·사회학·물리학의 세계적인 대가들이 그 속에서 빛을 발하고 있었다. 헬름홀츠 같은 물리학자는 우리와 워낙 거리가 멀지만, 다른 사람들이야 책상머리에 꽂아둔 저서들을 통해 익히 알고 있는 거장들이었다. 별같이 반짝이는 대가들, 그들이 하이델베

르크대학을 세계적
인 대학으로 키워냈
을 것이다. 특히 야
스퍼스 교수는 미군
정 하에 있던 2차
세계대전 직후 의학
자 칼 바우어와 함
께 대학의 재 개교
를 발의하여 성사시

하이델베르크대학 도서관

켰다. 최고의 지성은 최고의 용기와 통한다는 사실을 그는 보여준 것이다.
9개 학부 총 3만여 명의 학생들이 젊음을 불사르는 곳. 인문학을 제외한
대부분의 전공들이 노이엔하임으로 옮겨갔으나, 하이델베르크 대학의 정
신은 여전히 그곳에 살아있었다.

베드로 교회 건너편의 하이델베르크대학 도서관. 1901~1905년, J. 두
름이 건립한 유겐트 양식의 건물이다. 학생도 시민도 자유로이 드나들며,
3개월 이상만 체류하면 외국인도 자유로 이용할 수 있는 곳이 바로 이 도
서관이었다. 또 한 곳, 신 대학Neue Universität 서남쪽에 서 있는 마녀탑
Hexenturm. 중세에 건축된 성탑인데 여자 감옥으로 쓰이다가 1차 세계
대전 전몰학생 추모관으로 바뀐 곳이다. 거기서 약간만 걸어가면 1750년
에 건립된 콜레기움 아카데미쿰Collegium Academicum이 나타난다. 현
재 대학 행정본부가 자리 잡은 건물이다. 카알 대제 신학교·예수회 수도
원 등을 거쳐 대학의 소유로 바뀌었는데, 양파 모양의 탑 상단부가 특히
아름다웠다.

이처럼 구시가지에 흩어져 있는 하이델베르크 대학 캠퍼스는 아름다움
과 진지함, 그리고 미래에 대한 통찰이 번뜩이는 공간이었다.

\*\*\*

다음 날, 우리는 철학자의 거리를 걷기로 했다. 그러나 이날 하이델베르

크는 궂은비로 차갑게 식어가고 있었다. 이대로 포기해야 하는가. 호텔에 돌아와 자면서도 그 생각뿐이었다. 언제 다시 하이델베르크에 올 수 있단 말인가. 하이델베르크 대학에서 '존재의 의미와 나의 정체성'을 질기게 추구하던 철학자들이 걸었을 그 길을 우리도 걷고 싶었다.

9월 30일. 하이델베르크를 떠나는 날. 우리를 놀리듯 날씨는 너무나 화창했다. 도저히 그냥 떠날 순 없었다. 그래서 다시 구시가지로 향했다. 알테브뤼케Alte Brücke를 건넜다. 쌍탑의 다리 문 옆에 거울을 들고 오가는 사람들에게 말을 거는 원숭이의 표정이 밝았다.

다리를 건너자 '철학자의 길'이란 표지가 나왔다. 구 시가지의 도로들처럼 돌로 포장된 가파르고 좁은 길. 옛날 다리 쪽 초입의 길은 흡사 좁은 굴 모양이었다. 올라갈수록 고성은 손에 잡힐 듯 또렷해지고, 구시가지 또한 정겨웠다. 무성한 나무숲, 각종 들꽃, 담쟁이 덩굴도 자라고 있었다. 누군가 심어놓은 장미는 빨갛게 피어있었고, 이름 모를 하얀 꽃은 지천으로 널려 있었다. 익어가는 산딸기도 몇 알 보이고, 소담스런 열매를 맺은 땅꽈리도 보였다.

길을 따라 더 앞으로 가니 작은 정원이 나왔다. 빨강·노랑꽃들이 흐드러지게 피어 있었다. 그곳에 요셉 폰 아이헨도르프Joseph von Eichendorff(1788~1857)의 얼굴과 약력이 새겨진 작은 돌비가 서 있었다. 하이델베르크대학에서 공부한 로맨티시즘의 시인 아이헨도르프. 네카 강변의 낭만을 읊은 법학 전공의 시인 빅토 폰 쉐펠과 함께 철학자의 길에 족적을 남긴 아이헨도르프. 하이델베르크 시민들은 그들을 철학자의 길에서 떠올리고 싶었을 것이다.

작은 정원의 윗길. 1620년 마테우스 마리안(1593~1650)은 이 길에서 하이델베르크 고지도를 그렸다. 나도 거기에선 하이델베르크 시가지를 그려보고 싶은 충동을 느꼈다. 그 쉽지 않은 일을 디지털 카메라가 대신했지만. 철학자의 길이 끝나는 곳, 알테브뤼케 앞의 강변에 하이델베르크 시가지 지도가 세워져 있었다. 산 쪽에는 고지도가, 강 쪽에는 요즘의 지도가 그려져 있고, 건물과 거리 이름들도 적혀져 있었다. 어쩌면 그 고지도가 마테우스 마리안의 작품은 아니었을까.

***

그 길을 걸으며 그 옛날 하이델베르크의 교수들을 떠올려 보았다. 이 길을 칼 야스퍼스도, 칼 만하임도, 헤겔도, 가다머도 걸었을 것이다. 어쩜 대학 재건의 기치를 내건 야스퍼스가 가장 애용한 길이었을지도 모르지. 물론 '철학자의 길'이라 하여 철학자들만 걸으란 법은 없었을 것이다.

왜 이 길이 '철학자의 길'로 명명되었는지 나는 모른다. 누구는 관광의 수단으로 개발한 것이라고 말하겠지만, 설사 그렇다 해도 상관은 없다. 이렇게 아름다운 길을 걸었고, 그 길에 '철학자의 길'로 명명한 그들의 마음을 배우고 싶었다. 그들과 함께 철학자의 길을 걸으며 하이델베르크의 낭만적 열정을 느껴보고 싶었던 것이다.

# 알펜가도Alpen Straße의 아름다운 농가에 묵으며

길 찾기와 집 찾기.

여행의 90% 이상을 차지하면서도 쉽지 않은 일이다. 물론 어딜 가나 지도가 잘 구비되어 있고, 사람들이 친절하니 길 찾는 일은 수월한 편이었다. 그러나 숙소 구하는 일은 결코 만만치 않았다. 한 발만 가면 호텔이나 모텔, 하다못해 러브호텔까지 도처에 널린 우리나라에서야 가는 곳이 곧 내 집인 셈. 그러나 이곳에선 방값도 방값이려니와 '분위기' 자체가 우리를 긴장시켰다. 철저한 '사생활 보호'로부터 조성되는 분위기가 바로 그것이었다.

유럽에 오니 'PRIVATE' 혹은 'PRIVAT'라고 쓰인 주차장이 종종 눈에 뜨였다. 이곳엔 절대 주차하면 안 되었다. 국가가 개인의 권리를 보장하는 공간이 바로 '프라이빗' 혹은 '프리밧'이었다. 스위스의 호숫가를 지나는 길이었다. 호수와 산이 어울린 경치가 아름다워 한 컷 찍고 싶었으나, 비좁은 길에 차를 세울 수가 없었다. 우연히 길 가에 비어있는 주차공간이 있었다. 차를 세우고 카메라를 꺼내는데 누군가 지나며 차를 세우지 못하는 곳이라는 신호를 한다. 이상하여 내려 보니 바로 'PRIVAT' 아닌가. 사방을 둘러보아도 집 한 채 보이지 않는 한적한 도로변에 금을 그어 놓고 '자기 것'이라 한단 말인가. 알고 보니 그게 아니었다. 거미처럼 절벽

에 붙어사는 스위스인들. 개중엔 아마도 이곳에 차를 주차시킨 다음 언덕 위의 자기 집으로 걸어 올라가는 이들도 있었던 모양. 국가에서 보장한 공간이었다. 아차 싶어 즉시 떠난 건 물론이다.

　이런 분위기. 만약의 경우 날이 저물어 잘 곳을 찾지 못한다 해도, 민가의 문을 두드릴 상황은 결코 아니다. 우리나라를 비롯한 동양에서야 다급하면 남의 집 대문도 두드릴 수 있다. 말만 잘 한다면, 비어있는 방 하나쯤 못 빌릴까. 그러나 이곳에선 다르다. 일터에서 돌아와 문을 탁 걸어 잠그면 그들의 집은 난공불락의 성이 된다. 몇 년 전 서양 어느 나라에서 친구의 집을 찾던 일본 청년이 실수로 남의 집 문을 두드렸다가 총에 맞아 죽은 사건도 있지 않은가. 그런 점이 서구사회의 어두운 단면이다. 개방 사회를 표방하지만, 철저히 폐쇄된 사회. 우리가 '열린 마음'으로 번역해 쓰는 'open-mind(ed)'. 그들이 왜 이 말을 자주 쓰는지 역으로 생각해보면 그 분위기를 알 수 있을 것이다.

　이런 상황에서 해가 기울기 시작하면 나그네들은 초조해진다. 물론 떠나기 전 숙소 예약을 해둔 경우야 별 문제 없을 것이다. 그러나 바퀴 굴러가는 곳이 여행 코스인 자동차 여행자들은 예약을 할 수가 없다. 가다 보면 눈이 번쩍 뜨일 만큼 멋진 곳들이 널려있다. 이곳저곳 들르다보면 어디서 석양을 맞을지 알 수 없다. 아무데나 호텔이 있는 것도 아니고, 있다 해도 그 가격 또한 만만찮다. 선뜻 호텔에 들었다 해도 세계 공통인 그 시스템 속에서 현지의 분위기를 맛본다는 건 '절에 가서 삼겹살 찾는' 격이다.

*\*\**

독일의 농촌마을이나 농가들처럼 아름다운 곳이 세상에 또 있을까. 울창한 숲에 둘러싸여 있거나 널따란 초원 위에 올라앉은 집들, 그리고 마을들. 창틀에 올려놓은 화분들엔 알록달록 '이쁜' 꽃들이 흐드러지게 피어 있고. 초원에선 소 울음소리, 숲에선 까마귀들의 우악스런 노래도 들려온다. 여분의 방을 내 놓고 손님을 맞이하는 농가들이 적지 않다는 것. 우리가 독일 코스를 좋아한 것도 그 때문이었다. 우리가 지나온 스위스의 경우, 자연은 더 할 나위 없이 멋진 곳이었다. 그러나 스위스의 참맛을 느끼기란 어려웠다. 숙소 때문이었다. 독일처럼 스위스의 아름다운 농가 주택에서도 자볼 수 있었다면, 얼마나 좋았을까.

*\*\**

지금 우린 아름다운 독일의 알펜가도를 달리고 있다. 독일에는 일곱 개의 가도가 있다. 그 가운데 독일의 남부를 동서로 잇는 것이 알펜가도다. 오스트리아와의 접경 린다우Lindau에서 베르히테스가덴Berchtesgaden에 이르는 도로. 그 가운데 가장 아름다운 구간으로 손꼽히는 '알고이Allgäu' 의 한 농가 3층 방에서 우리는 이틀째 묵고 있다.

이 구간을 달려오다가 '짐머 프라이Zimmer Frei' 라 쓰인 표지들을 여럿 보았고, 그 가운데서 고른 집이 바로 이곳이다. 오버슈타우펜Oberstaufen의 라우펜엑Laufenegg 5번가에 있었다. 이 집의 정식 명칭은 '프라이엔호프 미카엘 운트 카린 링겐헬Ferienhof Michael und Karin Lingenhel. 우리말로 '미카엘 링겐헬과 카링 링겐헬의 민박' 쯤 될까.

녹색의 널따란 목장 한 가운데 서 있는 3층의 목조 건물. 한 폭의 그림처럼 아름다운 집이다. 젊은 부부가 노부모를 모시고 이십여 마리의 젖소를 치고 있다. 목장 한켠에는 송아지도 10여 마리 뛰어놀고 있었다.

'우움! 우움! 우움! 우움!' 뿌옇게 밝아올 무렵, 밖에서 들려온 이상한 소리였다. 잠자리에서 서둘러 일어나 창문을 열었다. 놀라워라! 거무튀튀한 소들이 거대한 젖무덤을 출렁이며 집 앞 풀밭으로 나오는 게 아닌가. 흡사 집 안에서 잠을 자고 출근하는 사람들처럼, 그들은 질서정연하게 풀밭으로 나가고 있었다. 좀 전의 그 소리는 주인이 우리를 열어주자 우두머리 소가 낸 신호였다. 우두머리 소의 신호에 따라 그들은 풀밭으로 나가고 있었다. 우리를 나간 대부분의 소들은 목장 저 끝의 언덕에서 풀을 뜯고, 목마른 몇 마리는 집 앞에 설치한 음수대로 다가갔다. 작은 바가지만한 그릇에 졸졸졸 흘러나오는 물을, 그들은 맛있게 핥아먹었다. 그들 사이에도 분명 서열이 있었다. 웅얼거리며 잠자코 차례를 기다리는 그들이 신기했다.

린덴베르크Lindenberg를 관광하고 돌아온 석양 무렵. 퇴근시간(?)이 되었는지, 그들은 옹기종기 집 앞에 모여 있었다. 우리의 출현이 신기했는가. 큰 눈을 뒤룩거리며 우리를 응시했다. 웅얼거리는 녀석도 있고, '움머어!' 하고 큰 소리를 내는 녀석도 있었다. 처음 보는 인종들이 신기했는지, 자기들 사이에 말을 주고받는 듯 했다. 한동안 우리는 녀석들을, 녀석들은 우리를 관찰했다. 목장 사이 길로 산책하러 내려가자, 두 녀석이 따라오면서 '움머어~' 하고 불렀다. 집에 들어갈 시간이니 멀리가면 안된다고, 걱정하는 말인 듯 했다. 그래서 우리도 돌아설 수밖에 없었다. 그제서야 그 녀석들은 주인의 유도에 따라 자신들의 우리로 들어갔고, 우리도 방으로 들어왔다.

***

젊은 안주인 카린Karin. 다섯 마디만 뱉고 나면 밑천이 달리는 영어지만, 우리와 의사소통을 하려고 무척 애를 쓰는 친절한 여성이었다. 아침을 먹으러 가니, 아기자기 꾸며진 식당에 갓 구운 빵과 치즈 · 햄 · 사과잼 · 삶은 달걀 등이 뜨거운 차와 함께 이미 차려져 있었다. 잠시 후 그녀는 자신의 집에서 짰다는, 상큼한 우유도 가져왔다. 집 근처의 관광정보와 함께.

내가 이 집을 소개하고 싶다 하니 겨울에 찍은 사진들을 수도 없이 내온다. 1층 처마에까지 눈이 쌓인 광경들이었다. 이 지역이 스키 등 겨울 스포

츠의 중심이라는 말을 확인할
수 있었다.

라우펜엑Laufenegg의 농가 숙소에서 만난 소들

독일 농가의 아름다운 식당
에서 맛본 독일식 아침식사.
라인강변의 레마겐에서도, 모
젤강변의 트라이스에서도 비

슷한 숙소에 머문 적이 있었다. 그러나 이런 목장 속의 그림 같은 농가들
은 아니었다. 그런 점에서 이 집이 유럽 여행을 시작한 이래 만난 가장 멋
진 숙소라고 할 수 있으리라. 우리가 묵었던 도시의 어느 호텔보다도 쾌적
하고 신선한 곳. 독일 농가의 아름다움, 전통적인 독일식 삶을 비로소 엿
보았다고 할 수 있을까.

*주소

Ferienhof Michael und Karin Lingenhel

Laufenegg 5

87534  Oberstauten

Tel. 08386 14 14

e-mail : Ferienhoflingenhel@freenet.de

*찾는 방법

알펜가도를 린다우에서 퓌센 방향으로 갈 경우 린덴베르크를 지나
10km 정도에서 '오버슈타우펜Oberstaufen'이란 표지를 만날 것이다. 그
로부터 2~3km를 더 달리면 오른쪽에 "Zimmer Ferienhof-
Lingenhel/frei"란 이 집의 표시가 나타난다. 퓌센에서 린다우 쪽으로 가
는 경우는 왼쪽에 보일 것이다. 들어가면 초입에 또 하나의 전문숙박업소
(Ferienhof maltner)가 있다. 그 앞쪽으로 난 길을 따라 20초 정도만 내려
가면 된다. 초입에 있는 집도 아름다워 보였으나, 길옆이라 소음이 만만치
않을 것이고, 무엇보다 드넓은 목장과 소들을 볼 수 없는 것이 흠이었다.

# 칼브에서 헤르만 헤세를 만나다

10월 2일, 오후 2시 26분 바덴바덴의 브람스하우스 출발. 500번 도로를
타고 가다가 294번 도로를 만나는 것. 그 코스만이 칼브를 향한 안정적 지
름길이었다. 게른스바흐Gernsbach-바트헤레납Badherrenalb-도벨
Dobel을 지나 직진하다가 비로소 294번 도로를 만났다. 캄바흐Calmbach
에서 296번을 만나 계속 달리니 히르사우Hirsau마을이 나오고, 그로부터
몇 분이 지나자 칼브가 눈앞으로 닥쳐왔다. 오후 4시 39분이었다.

참으로 좁은 마을이었다. 나골트Nagold라는 작은 강이 시가지를 좌·
우로 나누고 있었다. 그러나 시가지의 대부분은 우측에 있고, 좌측은 산비
탈에 주택가만 형성되어 있었다. 젠트룸으로 간신히 들어갔다.

시가지는 아름다웠으나 거대한 주차장 겸 대형 마트인 카우플란트
Kaufland가 흉물처럼 도심에 버티고 서 있었다. 칼브를 목가적인 전원풍
의 마을로 상상하고 달려온 우리를 좌절시킨 것이 바로 그 주차장이었다.
주차장을 보고나서야 우리가 상상해온 대로 과연 꽃바구니를 내건 작은
집에 'Zimmer Frei'의 아름다운 팻말이 내걸려 있을지 강한 의문이 생
겼다.

정말로 숙소가 없었다. 호텔은 몇 되지 않는데, 모두 예약이 끝났거나
가격이 엄청 비쌌다. 이곳에서 잠까지 자는 사람들은 거의 없는 듯 했다.

하는 수 없이 올 때 보아둔 히르사우로 차머리를 돌렸다. 5분쯤 달리자 히르사우 초입에 아담한 호텔의 간판이 보였다. 비르트하우스Wirthaus 뢰벤Löwen이란 이름의 레스토랑을 겸한 호텔이었다. 호탕한 여장부 형의 주인은 흔쾌히 방을 내주었다. 넓고 안락한 새 방이었다. 뜨거운 물로 샤워를 하고 나자 칼브의 서운함이 비로소 풀렸다.

체크인을 마친 우리는 히르사우를 산책했다. 갑자기 거대한 건축물과 그 잔해들이 우리의 앞을 막아섰다. 어둑어둑해질 무렵이었다. 우리는 폐허로 남은 그 건축물의 안으로 빨려들 듯 걸어 들어갔다. 아, 전쟁 통에 포를 맞아 부서진 것이나 아닐까. 지붕이나 내부구조는 대부분 사라지고 돌벽들만 썰렁하게 남아 있었다. 두꺼운 돌 벽들 곳곳에는 '탄흔彈痕'으로 뵈이는 상처들이 무수했다. '베드로와 바울 수도원Kloster St. Peter und Paul'.

예배당과 몇 동의 건물들은 아직 무사했다. 11세기 경 건립되었다는 이 수도원. 왜 이 한적한 시골에 거대한 몸집으로 서게 되었으며, 무슨 이유로 이처럼 처절하게 파괴되었는지. 지금껏 우리는 '영광의 장소들'만 거쳐 왔다. 화려함과 장중함. 그리고 완벽한 보존. 그런데 이런 폐허야말로 처참한 패배의 현장에서나 볼 수 있는 광경 아닌가. 가톨릭의 천국 유럽에서 그 단단하고 거대한 수도원이 이렇게 처참한 몰골을 보여줄 수 있단 말인가.

그러나 역설적이지만, 그 모습이 참으로 좋았다. 개인이나 국가가 어찌 승리의 영광만 누릴 수 있을까. 때에 따라서는 비참한 패배와 좌절도 피해 갈 수 없는 게 개인이나 공동체의 운명인 것을. 지금까지 우리는 화려한 영광에만 익숙해져 온 것이다. 그러나 지금 인간에겐 비참한 패배가 더 많을 수도 있음을 저 수도원의 폐허는 '몸으로' 보여주고 있지 않은가. 그래서 감동적이었다. 그 감동의 현장 바로 곁에서 우리는 하룻밤을 묵었다. 영광과 치욕의 교직交織으로 이루어지는 게 인생임을 배우면서.

\*\*\*

10월 3일 월요일. 우리나라의 개천절이자 독일의 국경일. 동·서독이 통합된 날이란다. 그러니 우리의 개천절과 독일의 이 날은 의미적으로 통한다고나 할까. 이왕이면 우리도 개천절 날 통일되면 좋지 않겠는가. 갈라졌던 민족이 다시 통합된다면 그게 바로 진정한 '개천開天'이 아닌가.

그런데 창문을 여니 비가 내리고 있었다. 흑림 지대의 초입이라선지 울창한 숲으로 사방은 컴컴한데, 집집마다 굴뚝에선 연기가 솟아올랐다. 그 연기를 시샘해서인가, 빗줄기의 굵기가 예사롭지 않았다. 이 좋은 곳, 헤세를 만나러 그의 고향에 온 날 하필 비가 내릴 건 무언가. 날씨가 야속했다. 호텔 식당에서 조반을 마친 후 우산을 쓰고 걸어서 칼브에 갔다. 가면서 마을의 아름다운 집들을 감상하기로 한 것이다. 다양한 모양의 집들, 다양한 색깔의 지붕들이 울창한 숲과 조화를 이루어 환상적이었다. 집 주변의 꽃밭에는 원색의 꽃들이 피어있고, 창틀에는 꽃바구니가 매달려 있었다.

칼브에 도착. 빗속의 마르크트 광장에는 난전이 준비되고 있었다. 휴일에는 거의 모든 상점들이 문을 닫는 서유럽의 도시들. 그 기회에 개인들은 물건(주로 골동품이나 소품들)을 들고 나와 판매할 수 있다고 했다. 수많은 사람들이 작은 포장들을 둘러치고 자잘한 물건들을 진열하고 있었다. 그것도 하나의 좋은 구경거리였다. 쓰던 그릇, 그림, 장식품, 책 등등 없는 게 없었다. 이동하는 길만 아니라면 싼 값에 사고 싶은 물건들도 더러 있었다.

헤세 광장Hesse Platz이 있었고, 나골트강을 가로지르는 다리 위에는 실물대의 헤세 동상도 서 있었다. 그 옆엔 니콜라우스 성당이 있고. 그의 70회 생일과 바로 한 해 전인 1946년에 받은 노벨문학상을 기념하기 위해 이 광장에 헤세의 이름을 붙였다 한다. 광장 중심부의 헤세 분수 역시 1920년 이래 이곳에 있었다.

1886년부터 1889년까지 이 광장을 가로질러 학교를 오갔을 헤세. 「고향 Heimat」(1918)이라는 작품에서 이 광장을 '자신이 이 마을에서 가장 좋아하는 곳'이라고 적었을 만큼 그는 이곳을 사랑했다. 시청 건너편의 멋진 집. 1692년 무역회사로 지어진 이 집에서 1877년 그는 태어났다. 마르크트 광장을 약간 벗어나 헤세 광장 쪽으로 발길을 옮기면 또 하나의 멋진 집이 나타나는데, 바로 1874년부터 81년까지 헤세 가족들이 살던 곳이었다.

걷다보면 칼브 시내 곳곳에 헤세와 관련된 표지들이 붙어있었다. 칼브 자체가 그의 공간이라 할 만큼 헤세에 관한 정보들로 그득했다. 그중 빼놓을 수 없는 것이 바로 헤세 뮤지엄. 아홉 개의 방으로 구성된 이 뮤지엄에는 그의 삶과 그의 작품들이 일목요연하게 정리·진열되어 있었다.

친가·외가를 불문하고 조부모들도, 부모도 모두 뛰어난 재질을 지니고 있

칼브시의 한 건물-헤세의 가족이 한 때 살았던 곳

었다. 헤세의 자질 또한 그들로부터 대물림 되었으리라. 50편 이상의 소설들과 600편 이상의 시를 발표했고, 노벨문학상을 탄 헤세. 사실 60대 이후로 접어들면서 헤세의 위상은 더욱더 높아졌고, 특히 미국과 일본에서 헤세를 주목했다. 독일어권의 헤세 뮤지엄만 해도 칼브를 포함 15개나 되고, 우리나라의 경우 최근 헤세학회가 결성되었고 인터넷 사이트까지 개설될 정도.

34세 때인 1911년 인도를 여행한 헤세. 그러나 인도에 실망한 채 귀국하여 병에 걸렸다. 이사하여 스위스의 베른에 살던 중 1차 세계대전이 발발하자 참전하려 했다. 지독한 근시 때문에 거절당하긴 했지만. 그런 이유로 그는 전쟁포로들을 위해 힘을 쏟았다. 전쟁에 관한 글들의 출판이 금지되자 「에밀 싱클레어Emil Sinclair」란 풍자적 작품을 썼는데, 그 때문에 「데미안」의 출판도 쉽지 않았다. 1916년 그의 부친이 사망하면서 그간 쌓여온 여러 문제들로 정신치료를 받아야 할 정도에 이르고 말았다. 그만큼 그의 생애는 고뇌의 연속이었다. '잃어버린 자아'를 회복한다거나 자아의 근저를 모색하려는 것이 헤세가 문학을 통해 추구한 목표였다. 당연히 현실에

서 초탈하여 구원久遠의 세계를 묘사할 수밖에! 많은 젊은이들의 가슴을 아리게 만든 그의 작품세계도 본질은 바로 여기에 있었으리라.

「데미안」, 「싯달타」 등에 심취해있던 나처럼 헤세의 작품을 읽으며 사춘기의 격랑을 헤쳐 왔다는 아내. 특히 그의 「수레바퀴 밑에서」를 반복해 읽으며 눈물을 많이 흘렸다고 했다. 우리가 맨 처음 유럽행을 결정할 때 그녀는 헤세와 그의 고향 칼브를 말했다. 칼브에 와서 확인할 게 있다고 했다. 오늘, 그녀의 얼굴을 유심히 관찰했다. 그런데, 말은 안 하지만 그녀의 표정에 실망의 빛이 역력했다. 농 반 진 반으로 그녀는 자신의 느낌을 다음과 같이 정리했다.

첫째, 헤세의 작품에서 느껴지는 분위기에 비해 칼브는 너무 번잡하고 크다. 특히 도심에 버티고 서 있는 대형주차장과 마켓이 눈에 거슬린다. 둘째, 그의 작품은 세상 젊은이들의 가슴을 아리게 했고, 그 때문에 자살한 아이들도 적지 않다. 그럼에도 정작 그는 세속적인 영예와 86세의 천수를 누리고 갔다. 좀 배신감이 들지 않는가.

***

그렇다. 바덴바덴으로부터 시작되는 판타지 가도를 달리며 작은 마을들을 수 없이 지나온 우리. 우리가 본 것은 그림처럼 아름다운 마을과 집들이었다. 그런 빼어난 서정성과 '작음'의 진수眞髓로 존재하는 칼브를 우리는 상상했었다. 아름다움의 극치로 존재하는 칼브, 상업성보다는 헤세의 고뇌가 별처럼 빛나는 곳, 그런 곳이어야 했다.

물론 칼브는 아름다웠다. 시가지를 그득 채운 그 많은 목조건물들을 다른 곳 어디에서 볼 수 있으랴. 도란도란 흐르는 작은 강 '나골트' 역시 거대한 라인강이나 모젤강, 다뉴브강, 혹은 네카강과 달랐다. 친절하고 순박한 주민들도. 그러나 무엇보다도 헤세의 존재, 곳곳에 배 어있는 그의 숨결과 체취를 칼브 아닌 다른 어디에서 찾을 수 있으랴? 그래서 우리는 칼브를 계속 사랑하기로 했다.

# 지성의 도시 튀빙겐에서 횔덜린을 만나다

10월 5일 수요일, 날씨 흐림. 뷜Bühl의 호텔 게르마니아를 떠나, 봐일하이머Weilheimer의 파밀리 샤바나Familie Schabna에 숙소를 얻었다. 짐을 푼 다음, 집 앞 정류장(뷜하임켈튼그랍)에서 19번 버스를 타고 튀빙겐 네카브뤼케에서 하차. 인포메이션 센터에서 시내 지도를 한 장 더 얻은 뒤 관광에 나섰다.

***

박형! 우리는 지금 튀빙겐에 있소. 이전에 한 번도 밟아본 적은 없지만, 우리가 하이델베르크와 튀빙겐을 좋아하는 줄을 형은 알고 있을 것이오. 이 도시들의 분위기야 말로 막연하나마 내가 꿈꾸어온 이상이 아닐까 하오. 대학에 몸담고 있는 사람이라면 누구나 이 도시들을 선망할 것이오. 물론 그 속에도 현실적인 문제들이야 없지 않겠지만.

독일 서남부의 여정. '하이델베르크-슈파이어-바덴바덴-칼브-헤렌베르크-튀빙겐'은 우리가 '흑림지대'라 부르는 슈바르쯔발트Schwarzwald와 일부는 겹치고, 일부는 그것과 나란히 달리는 코스였소. 정말로 아름다운 노정이었소. 자연과 인공의 적절한 배합, 아니 자연과 맞추어 살아가려는 이곳 사람들의 생각이 두드러지는 코스였다고 보면 될 것이오. 강이 흐르고 나무가 자라도록 놔두는 것. 그것을 흐뭇하게 바라보면서 삶의 질을 높이려는 것. 모두가 자연과 인간이 공존하는 최상의 길 아니겠소?

박형! 짧은 시간, 튀빙겐에서 확인하고자 한 것은 바로 인문주의적 대학 정신이오. 결국 대학을 중심으로 이 도시들이 수백 년 지속할 수 있었던 것도 바로 인문주의 덕분일 것이오. '인문' 이란 별것 아니지요. 바로 '사람 중심' 이란 겁니다. 천년이 넘는 도시의 기반을 고스란히 유지하면서 행복한 삶을 누리고 있는 이들의 모습. 그건 그 속에 깃든 정신을 중시하기 때문이란 사실을 깨달았소.

어째서 집을 한 번 지으면, 성을 한 번 쌓으면, 도로를 한 번 포장하면 수백 년을 지탱할 수 있을까요? 그게 단순히 기술의 힘이라고 보시는지요? 관공서를 짓든 주택을 짓든 십 수 년 만에 와장창 깨버리기를 자랑스레 반복하는 우리의 천박함. 그 문화에 절어온 나로서는 참으로 신기하기만 한 일이었소. 5천년의 역사를 늘 자랑하는 우리. 그런데 남은 게 없소. 사실 전쟁도 우리만 겪은 게 아니지요. 다니면서 보니 이들도 전쟁의 참화는 무수히 겪었습디다. 고비마다 일치단결하여 문화와 정신의 파괴만은 막아보려는 의지와 실천, 그것만이 그들과 우리의 차이였소.

파괴와 재건, 그런 과정 속에 빛나는 건 바로 인문주의적 지성의 힘과 철학이었소. 만약 이들이 현재의 우리처럼 망치와 장도리만 들고 설쳤다면, 그들 역시 지금의 우리와 같은 어리석음을 아마도 수백, 수천 년간 반복하고 있을 것이오. 사실 우리가 그들보다 못난 건 하나도 없소. 다만, 그들과 달리 우리는 인문주의적 지성의 힘을 상실했다는 것뿐이오.

용서하시오. 사설이 너무 길어진 것 같소. 나는 구시가와 신시가를 가로지르는 네카 강변의 아름드리 플라타너스 길을 걸으면서 많은 상념들을 떠올렸소. '이 길을 어쩌면 헤르만헤세도 천재시인 횔덜린도 대철학자 헤겔도 걸었겠구나' 하는 생각을 하면서 말이오. 이곳에 오기 전에 들른 칼브. 그곳 출신의 문호 헤르만헤세는 이곳에 지금도 남아 있는 헤켄하우어 서점의 점원으로 일했었지요.

네카강은 참으로 신비합디다. 독일의 강물은 대체로 흐려요. 어제 오늘

1 플라타너스 길에서 건너다 본 슈티프트교회
2 호엔튀빙겐성 문앞
3 횔덜린투름(정신착란에 걸린 천재시인 횔덜린이 36년간 살았음. 네카강변에 있고
  현재는 횔덜린 뮤지엄으로 사용되고 있음)
4 튀빙겐대학 박물관(튀빙겐 성 안에 있음)의 소장품—나일강 유역에서 발굴된 것들

도 상류 쪽에 비가 많이 내려서인지 흙탕물이 그득 흐르고 있었어요. 물은
흐리지만 하이델베르크를 아름답게 한 것도 바로 네카강이었어요. 그런데
그 강이 튀빙겐에 와서도 그와 비슷한 문화를 이룩했거든요. 라인강, 모젤
강, 네카강, 도나우강 등. 강을 따라가면서 형성된 문화는 어쩌면 독일의

도시를 찾아, 역사를 찾아

힘을 상징하는지도 모르겠소. 흙탕물 네카강에는 어제도 오늘도 튀빙겐 대학생들이 젓는 작은 배(슈토퍼칸)들이 관광객을 태우고 오르내린단 말이오. 변함없이.

네카브뤼케를 건너 휠덜린투름Hölderlinturm을 찾았소. 지금은 그렇게 불리고 있지만, 원래 13세기 이래 이 도시의 남·북 경계선이자 성채의 한 부분으로 세워진 탑이었소. 네카브뤼케로부터 약 150m쯤 강을 따라 올라가면 이 탑이 있지요. 1770년생인 휠덜린이 37세 나던 1807년부터 그가 죽던 1843년까지 이곳에 살았으니 장장 36년 동안을 이곳에서 지낸 것이지요. 정신착란증으로 고생하면서 말이오.

3유로씩 입장료를 내고 탑에 들어가니 2층과 3층의 여러 방에 그의 육필원고들과 출판된 자료들, 사진들이 전시되어 있었소. 성우들이 낭송한 그의 시들을 직접 들을 수 있도록 녹음테이프도 준비되어 있고요. 창밖으로 네카 강을 바라보며 시심을 다독였을 휠덜린. 흘러가는 물을 내려다보며, 정신착란증에 괴로워하던 그의 고독이 손에 잡힐 듯 했소. 절대로 사진을 찍지 못하게 하는 바람에 몹시 서운하긴 했지만. 흡사 정신착란으로 울부짖는 휠덜린을 골방에 처박아 두고 나오는 기분이었소.

휠덜린투름에서 나와 골목길을 조금 올라가니 튀빙겐 대학 건물들이 나옵디다. 특히 '부르제Burse'라는 건물. 대학본부에 이어 지어진 이 건물에는 강의실, 연구실, 도서관, 기숙사 등의 시설들이 들어 있어요. 인문주의 개혁가 필립 멜란히톤Philipp Melanchthon이 오랫동안 강의를 한 곳이라 하오. 1803년과 1805년 사이엔 신고전주의 양식으로 바뀌어 튀빙겐의 첫 병원으로 사용되기도 했지요. 그 병원의 첫 환자들 가운데 하나가 바로 휠덜린이었소. 치료 불가능한 정신착란으로 판정되어 결국 1807년 3월에 퇴원을 하긴 했지만.

형의 전공이 철학 아니오? 그래서 철학세미나 책임교수 방엘 찾아가 보았소. 방학이라 책임을 맡은 교수들Prof. Dr. Michael Heidelberger/Prof. Dr. h. c. Manfred Frank은 보이지 않았소. 조교인 코흐Koch선생을 만나 그곳의 강좌 진행방법을 들어보았소. 한 학기 전에 완성된 계획과 세미나 내용이 학생들에게 배포된다는 것이오. 그 책자를 받아보니 세미나의 세부 주제와 내용 및 교수별 과제, 참고문헌 등이 소상히 실려 있었소. 물론 철학전공 교수들이 세미나를 공동으로 진행한답디다. 나도 우선 다음 학기부터라도 뜻이 맞는 몇 분과 이런 공동 세미나를 한 번 운영해볼 작정이오.

몇 발짝 걸어 올라가니 프로테스탄트 신학원이 있었소. 1534년 뷔르템베르크Württemberg에서 종교개혁운동이 시작된 이후 이곳은 신학생들을 양성하는 교육장으로 바뀌었소. 이 건물의 역사적 영향은 튀빙겐이나 뷔르템베르크의 범위를 넘어서는 것이었소. 그것이 바로 '슈티프트'라는 것이오. 녹일에 넘어온 이래 여러 지역에서 '슈티프드교회Stift Kirche'들을 목격했는데, 바로 프로테스탄트 개혁주의를 표방한 신교회들이었소. 그 진원지가 바로 여기였소! 말하자면 유럽 지성사 혹은 종교사의 한 부분이 여기서 쓰인 것이지요.

당시 유명했던 학생들 가운데 케플러Johannes Kepler, 슈와브Gustav Schwab, 뫼리케Eduard Mörike, 쿠르츠Hermann Kurz 등은 우리들의 귀에도 설지 않았소. 그러나 무엇보다도 중요한 사실. 헤겔, 휠덜린, 쉘링Schelling 등 18세기 이곳의 지성을 대표하는, 이른바 삼총사는 이 건물에서 함께 생활하고 공부한 지기知己들이었다는 점이오. 놀라운 지성사의 한 페이지를 장식한 인물들이라고 할 수 있지 않소?

박형! 우리는 신학원을 뒤로 하고 호엔튀빙겐Hohentübingen성으로 올라갔소. 그런데 그 통로 또한 대단했소. 건물에는 건립 연대가 새겨져 있었는데, 빠른 건 1300년대 늦어도 1600년대였소. 그런데, 그토록 견고한 모습으로 서 있을 수 있다니! 이 거리가 가장 이른 시기에 형성되었고, 집들 또한 가장 오래되었다고 하오.

바로 앞에서 내가 신학원 이야기를 했잖소? 그 학생들 가운데 케플러가 있었지요. 형 혹시 고등학교 물리학 시간에 배운 '케플러의 법칙'이 생각나오? 그 케플러를 가르친 미하엘 마스틀린Michael Mastlin이란 천문학자의 집이 바로 이 거리에 있다는 사실, 흥미롭지 않소?

5분 정도 걸어서 우리는 드디어 성에 도착했소. 파괴된 곳 하나 없이 아름다운 모습을 보존하고 있었소. 튀빙겐의 성으로 처음 언급된 것이 1078년부터라니, 이미 1000년 가까운 세월이 지난 셈이오. 16세기부터 이 성의 대부분은 튀빙겐 대학의 각종 연구소와 박물관으로 사용되어 왔소. 무엇보다 성의 아름다운 문, 그 장식들이 눈부시었소. 1606년에 로마의 아치형 개선문을 모델로 만든 것이라고 하오. 그곳에 오르니 그야말로 일망무제一望無際! 네카와 암메르Ammer의 계곡들, 시가지와 주변 경치들이 걸림 없이 눈에 들어오는 것이었소. 이곳에 입주해있는 튀빙겐 대학사람들이 여간 부러운 게 아니었다오.

박물관에 들어가 보았소. 대단합디다. 서양고대사 교과서에서나 보던 유물들이 상고시대부터 근세에 이르기까지 망라된 듯 했소. 독일은 물론 이집트, 그리스, 로마, 터키, 남태평양 연안의 나라들, 동남아 등의 유물들이 그득 전시되어 있었소. 특히 내 눈을 끈 것은 빼어나게 아름다운 미케네문명의 유물들이었소. 전시된 것들만 그러하니 소장되어있는 유물들의 양과 질은 어떠할지 짐작할 수 있지 않겠소?

좀 더 앞으로 나가 옆문으로 나가보았소. 거기엔 한 여성이 각종 도구들을 늘어놓고 어떤 작업을 하고 있었소. '이곳이 어디며, 여기에 있는 미술품들은 뭐요?' 그랬더니 그녀는 생긋 웃으면서 조각품을 복제하여 전시하는 곳이라고 태연히 말하는 것이었소. 뭐요? 그럼 내가 진짜로 믿고 사진까지 찍어댄 것들이 모조리 이미테이션이란 말이오? 그렇다는 거였소. 나는 또 물었소. '당신은 예술가요? 아니면 인류학자 혹은 역사가요?' 라고. 그러자 그녀는 자신이 미술가가 아니라 문화인류학자라는 것이었소. 튀빙겐 박물관에서는 아동들에게 인류 문화의 유물이나 유적을 교육시키기 위해서 이미테이션을 정교하게 만든다는 것이었소.

아, 나는 뒤통수를 한 대 얻어맞은 듯 했소. 대학 박물관이 유물의 소장·전시·연구 뿐 아니라, 아동들의 교육에까지 신경을 쓰고 있다는 데 놀라고 말았던 것이오. 어쨌든 이 대학은 건물들부터가 '박물관의 소장품들' 인 셈인데, 박물관의 컬렉션은 더욱 대단했소.

피곤한 다리를 끌고 근거리의 시가지로 나왔소. 바로 넵튠의 분수대가 서 있는 마르크트 광장. 마침 각종 꽃, 야채, 과일, 빵, 가전품, 장식용 미니어쳐 등의 난전이 벌어지고 있었소. 이곳이 구시가지의 중심 광장인데, 날짜와 시간을 정해놓고 난전을 벌이게 하는 것 같았소. 참으로 장관입디다.

마르크트 광장과 거의 붙어있다시피 가까운 홀츠광장엘 가보았소. 작은 광장인데, 중앙에는 성 죠지St. George 분수대가 서 있고, 뒤에는 거대한 슈티프트 교회가 광장을 내려다보며 서 있었소. 이 광장의 한 모퉁이에 지금도 남아있는 헤켄하우어 서점. 우리가 칼브에서 만난 헤르만헤세는 1895년부터 1899년까지 5년간 이 서점에서 점원으로 일했던 모양이오. 대문호의 아름다운 자취가 아니오?

우리는 슈티프트 교회에 들어가 보았소. 참 아름답고 화려합디다. 이 교회가 기록에서 처음으로 언급되기는 1191년이라 하오. 1477년 튀빙겐 대학의 재단과 관련을 맺고 슈티프트 교회로 전환되었으며, 그 기간 중 로마네스크 양식의 교회건물은 후기 고딕 양식으로 바뀌었다 하오.

지하에 들어가니 뷔르템베르그가 지배자들의 무덤 수십 기가 있었소. 한결같이 성장盛裝하고 누운 그들은 두 손을 합장한 자세로 가슴에 올려붙인 자세들이었소. 살아서 권력의 정상을 누리던 자들이 죽으면서 하늘의 은총을 갈구하는 모습. 야릇한 느낌이었소. 물론 후기 고딕시대와 남부 독일 르네상스 시대의 뛰어난 조각가들에 의해 '만들어진' 모습들이지만. 모두 한결같이 생생한 모습들이어서 섬뜩해지기도 했다오.

교회 내부와 무덤을 구경한 우리들은 나선형 계단을 타고 종탑에 올라가 시가지 구경을 했소. 아름답다는 말밖엔 할 수가 없었소. 보이는 광경들 가운데 하나도 버릴 게 없는 곳이었소. 괜히 남의 동네에 가서 부러워만 한다고 흉볼지 모르겠소만, 왜 우린 단 하루라도 저토록 아름답게 꾸미고 살 수 없는가 자탄할 정도였소. 수백 년 된 목조주택들의 그림 같은 자태가 도시 전체의 색감을 따스하고 정감 있게 만들고 있었소. 물론 내부구조야 현대식으로 개조들을 했겠지만, 겉모습만이라도 원래대로 지켜나가려는 그들의 노력이 예사로이 보이지 않았소.

그런데, 슈티프트 교회는 프로테스탄트 교회였소. 가톨릭 중심인 유럽에서 우리는 대부분 구교의 성당들을 만났었는데, 이쪽 지역으로 오면서 신교 교회를 자주 만나게 되었소. 종교개혁의 발원지이며, 신 · 구교 간의 충돌이 심했던 스위스와 가깝기 때문이 아닌가 생각해 보는데, 확실한 근거는 없소. 튀빙겐에 오는 도중 들렀던 헤렌베르크의 슈티프트 교회도 그랬소. 그 교회의 목사님도 말씀하셨듯이 어느 시기까지는 신 · 구교가 공존했던 것 같소. 그러다가 점점 분리되었겠지만. 그래서 그런지 이쪽 신교 교회들의 내부를 돌아보면 구교의 성당들에서 익숙히 보아오던 내부구조로 되어 있는 곳이 많았소. 그 뿐이 아니오. 신교 교회의 제대 앞에 예수님의 고상도 걸려 있더란 말이오. 내가 놀란 것은 우리나라에서 예수고상을 걸어놓은 교회를 나는 아직 본 적이 없기 때문이오.

우리는 시가지를 누비며 많은 것들을 보고 느꼈소. 사람들이 비교적 개방적이면서도 친절한 것은 대학인(학생, 교직원 및 기타)들이 주민의 40%를 차지하기 때문인 듯 했소. 학생들 가운데는 국내의 외지 출신이거나 해외 유학생들이 많지 않겠소? 사람들의 마음이 당연히 열릴 수밖에 없으리라 보오. 하이델베르크와 마찬가지로 이 도시에 특별한 애착이 가는 이유도 바로 그런 데 있는 게 아닐까요. 이 외에도 학생감옥이나 네카바트, 네카할데, 네카브뤼케, 야곱교회 등등 가본 곳들은 아주 많지만, 너무 길어져서 줄이겠소.

아참, 이것만은 꼭 말하고 넘어가야겠소. 튀빙겐에서 헌책방 여러 곳을 발견한 일이오. 내가 시내를 배회하며 목격한 곳만도 대 여섯 군데는 되는 것 같았소. 꽤 큰 규모의 책방들이었소. 단순히 헌 책을 싸게 파는 곳. 학기를 마친 학생들이 팔아먹은 교과서를 되파는 그곳이 아니었다는 말이오. 왜 형도 가끔 들르지 않소? 고서점 말이오. 오래 된 책들 가운데는 진짜로

'값나가는 책'이 있기 마련이오. 유럽은 출판의 역사가 길어서 이삼백년 된 책들은 예사로이 볼 수 있는 곳이오. 짐을 줄여야 하는 나그네 신세만 아니라면, 가는 곳마다 맘에 드는 책들을 좀 사고 싶었소. 그러나 몸도 무겁고, 짐도 무겁고, 마음도 무거운 게 나그네 아니오? 그래서 요즘은 꾹 참고 있소. 내겐 책을 너무나 좋아하는, 멋진 친구가 있소. '책 욕심이 하늘보다 높고 땅보다 두껍다'는 친구요. 아마도 그 친구라면 이곳에서 관광 때려치우고 고서점들이나 '도거리' 하자고 달려들지도 모르겠소.

*** 

박형! 이것저것 주워섬기다보니 말이 길어졌소. 하이델베르크와 같으면서도 다른 곳이 바로 이곳 튀빙겐이요. 네카강으로 연결되는 두 지역. 대학을 중심으로 시가지가 이루어졌고, 고성을 중심으로 시가지가 이루어진 곳. 철학과 신학·문학 등 인문학을 바탕으로 학문의 최고봉을 이루어낸 곳. 어쩌면 강줄기를 통해 서로의 정서가 통했을지도 모르오. 그러나 다른 점도 많을 것이오. 느낌으로는 다른 점들을 인식하고 있지만, 아직 말로 구체화할 단계는 아닌 듯 하오. 다른 기회를 찾아보도록 하겠소.

튀빙겐. 오래도록 보고 싶던 곳이었소. 튀빙겐의 추억이 내 마음 밭에 씨앗으로 뿌려져 싹 트고 꽃 필 날이 분명 있을 것이오. 그 때를 기다리며 의미를 다져 가려 하오.

이제 내 발길을 튀빙겐 남쪽 호엔쫄레른 성으로 돌리고자 하오. 그곳에 가서 다시 연락하리다. 편히 계시오.

2005. 10. 6. 밤
헤팅겐Hettingen의 호텔방에서
백규

베른시가지-'Prison's tower'
앞으로 천천히 다가오는 트램

베른대학 전경

# 아레Aare강이 휘감아 도는 국제도시, 베른

10월 10일, 날씨 맑음. 2시 반 경 취리히 출발, 4시 반쯤 도착, 반호프에 있는 인포메이션 센터를 찾아 정보를 얻었다. 인포메이션의 상담원 아가씨는 친절하고 똑똑했으며 유창한 영어가 일품이었다. 구 시가지에서 대대적인 블록 교체 작업이 진행 중이었으나 도시 전체는 매우 아름답고 잘 짜여 있었다. 시내를 감싸듯 안고 도는 아레강이 베른의 모습을 흡사 '말발굽'처럼 보이게 만들었다.

10월 11일, 맑은 날씨에 오전 10시 경 호텔을 나와 트램으로 반호프까지 이동. '베른대학→우체국→성령교회→프리즌 타워→의사당→뮌스터교회→역사박물관→아레강→니덕교회→불란서 교회→시립극장→성베드로와 바오로의 교회' 순으로 시내를 돌았다. '베른Bern'이란 이름은 '곰Bear'에서 왔다. 이 도시를 창설한 베흐톨트 5세 즉 제링건 공작이 1191년 곰을 잡았다는 고사가 바로 그것이었다. 한국의 공주公州 역시 곰에 관한 연기설화를 갖고 있다. 곰나루 전설이 그것이다. 언제부턴가 '곰 고을'로 불렸을 것이고, 그것은 '곰주州'로 되었다가 한자 표기의 필요상 '공주'로 바뀌었을 것이다. 어쨌든 아레강이 휘감아 도는 베른과, 비단 강 즉 금강이 휘감아 도는 공주의 분위기가 얼마간 상통했다. 안동의 하회마을도 물이 휘감아 도는 마을. 우리는 하회마을의 물굽이와 베른시의 물굽이가 어쩌

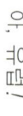

면 비슷할지도 모른다는 생각을 했다. 그만큼 우리는 스위스에 오기 전부터 베른을 꿈꾸었고 사랑했었다. 실제 만나본 베른은 더욱 아름다웠다.

구시가지 전체가 세계문화유산으로 지정된 베른. 6km 길이의 중세 거리는 운치 가득한 세계 최대의 쇼핑가였다. 상점 밖으로 사람들이 왕래할 수 있는 회랑이 만들어져 있고, 양 옆으로 뻗어있는 상점가 사이의 중앙통로는 자동차와 트램이 왕래하는 공간이었다. 빨간 색 트램이 유유히 오가면 사람들은 각자 자신이 갈 방향으로 흩어져 갔다. 사람들이 아무리 무질서하게 움직여도 트램은 결코 화를 내는 법이 없었다. 사람들이 비켜주기를 기다리며 천천히 제 궤도만 고수하는 곳. 그래서 베른의 시가지에서는 어느 누구도 짜증낸 이유가 없었다. 모두가 여유로운 모습. 그러면서도 친절했다. 열린 마음의 소유자들이라고나 할까.

베른대학엘 갔다. 시가지를 내려다보는 곳에 위치한 건물들이 아름다웠다. 캠퍼스를 한 바퀴 돌고 건물 안으로 들어가니 몇몇 교수들의 흉상이 서 있었다. 공로가 많은 교수들이었다. 유럽의 대학들 대부분은 교수들에 대한 신뢰가 두터웠다. 아인슈타인도 이곳에서 세 학기 정도 강의를 했다고 한다. 작은 인연이나마 살리려고 애쓰는 그들이었다. 교수가 대학을 빛낸다는 사실을 진작부터 알고 있었던 것일까.

대학에서 나온 우리는 'Die Post'란 간판이 커다란 시 우체국을 찾았다. 유럽에 온 이래 가는 곳마다 엽서를 부치기 위해 늘 찾는 곳이 우체국이다. 우체국 내부가 참으로 흥미로웠다. 단순히 우편업무만 처리하는 곳이 아니었다. 은행·보험 업무는 물론, 각종 카드와 IT 프로그램, 디지털 제품 등을 팔기도 했다. 그곳에서 엘지와 삼성의 제품들이 일본의 소니와 나란히 진열된 모습을 보기도 했다. 이곳에서는 우리나라의 제품들이 대접을 받고 있었다.

구 시가지의 프리즌타워Kofigturm. 이곳에서는 종소리가 울리는 순간을 전후하여 특이한 세리머니가 벌어졌다. 탑에 설치된 삐에로, 공작, 곰돌이 등이 움직이며 종소리를 내는 것이었다. 그래서 많은 관광객들은 그 앞에 모여 종치는 시간을 기다리고 있었다. 관광대국 스위스의 반짝이는 지혜였다.

성령교회Heiliggeistkirche, 뮌스터 교회Stiftsgebäude, 불란서 교회 Franz Kirche, 성 베드로와 바오로 교회Kirche St. Peter und Paul, 니덕교회Nydeggkirche 등. 모두 프로테스탄트 교회들이었다. 취리히에 이어 베른도 도심에는 개신교의 교회들이 대부분이었다. 종교개혁의 기치가 높았던 스위스의 진면목이라고나 할까. 뮌스터 교회의 첨탑(57m) 매표원 아가씨가 손가락으로 가리켜준 도심 외곽의 한 교회. 그것만이 구교의 성당이었다.

강 건너의 역사박물관·자연사박물관·라이플 박물관·알파인 박물관 등을 거쳐 아레강으로 내려갔다. 맑은 물, 깨끗한 모래와 자갈, 강가의 울창한 숲, 강변을 따라 걷기 좋게 만든 산책로... 베른시민들이 누리는 삶의 질을 보여주었다. 그들 역시 물을 좋아하는 듯. 고급 주택들은 대개 강을 끼고 있었다. 붉은 색깔의 주택들, 그 뒤로 우뚝 솟은 뮌스터 교회의 첨탑은 베른시를 한층 더 아름답게 만들었다.

***

취리히, 베른 등 스위스 대도시들의 물가는 확실히 비쌌다. 스위스 프랑보다 유로화가 1.5배 정도 비싸나, 호텔비나 물가 등은 스위스가 높았다. 그럼에도 불구하고 사람들의 표정은 밝고 명랑했다. 약간 헤매는 기색이라도 보일라치면 즉시 달려들어 도와주려했다. 두 국제도시가 보여주는 개방적 면모였다.

스위스의 수도 베른. 최장 아케이드를 가진 도시, 꽃이 아름다운 도시, 박물관·콘서트홀·극장 등이 잘 갖추어진 예술의 도시, 사람들이 몰려들어 여유롭게 즐길 수 있는 휴양의 도시. 전통과 현대가 잘 접목된 국제 도시 베른의 다양한 면모였다. 우리는 미련 속에 베른을 떠나 인터라켄과 라우터브루넨으로 향했다.

# 라우터브루넨과 융프라우요흐의 서정

　10월 12일 날씨 맑음. 10시 15분 베른의 숙소 출발. 11시 55분 목적지 라우터브루넨Lauterbrunnen 도착. 알프스의 설봉들이 손에 잡힐 듯한 작고 아름다운 마을이었다. 해발 796m의 고지대.

　제자 신지윤의 권유에 따라 해발 1274m의 벵겐Wengen 마을로 갈까 했으나 그보다 낮으면서도 아름다운 라우터브루넨에 그냥 눌러 앉기로 결정하고 인포메이션 센터에서 지도와 호텔정보를 입수했다. 12시부터 오후 3시까지 장장 3시간에 걸친 그네들의 점심식사와 휴식 때문에, 우리는 마을을 배회할 수 밖에 없었다. 오후 3시, 캠핑융프라우Camping Jungfrau에 들러 더블베드룸 하나를 이틀간 쓰기로 결정했다.

　숙소 뒤편의 장관 슈타우프바흐Staubbach를 감상. 세계 최장의 낙폭落幅을 자랑하는 폭포. 떨어지며 은사실처럼 풀어지는 물줄기가 장관이었다. 폭포가 바라보이는 마을 어귀에서 자그마한 비석 하나를 발견했는데, 괴테의 시 「물 위로 퍼져 오르는 영혼들의 노래Gesang der Geister über den Wassern」가 새겨져 있었다. '1779년 10월 9일부터 11일까지 괴테가 라우터브루넨에 있으면서 이 시를 지었다' 는 글귀를 보곤, 우리가 이곳으로 온 날짜와 대충 겹치는 듯하여 잠시 흥분을 감추지 못했다. 그 자리에 퍼질러 앉아 시 전문을 수첩에 베꼈다.

도시를 찾아, 역사를 찾아

79

Gesang Der Geister über Den Wassern


Des Menschen Seele

Gleicht Dem Wasser:

Vom Himmel kommt Es,

Zum Himmel Steigt Es,

Und Wieder Nieder

Zur Erde Muss Es,

Ewig Wechselnd.


Strömt Von Der Hohen,

Steilen Felswand

Der Reine Strahl,

Dann Stäubt Er Lieblich

In Wolkenwellen

Zum Glatten Fels,

Und Leicht Empfangen

Wallt Er verschleiernd,

Leisrauschend

Zur Tiefe Nieder.


Ragen klippen

Dem Sturz Entgegen,

Schäumt Er Unmutig

Stufenweise

Zum Abgrund,

Im Flachen Bette

Schleicht Er Das Wiesental Hin,

Und In Dem Glatten See

Weiden Ihr Antlitz

Alle Gestirne.

Wind Ist Der welle

Lieblicher Buhler;

Wind Mischt Vom Grund Aus

Schäumende wogen

Seele Des Menschen,

Wie Gleichst Du Dem Wasser!

Schicksal Des Menschen,

Wie Gleichst Du Dem Wind!

Johann Wolfgang von Goethe

In Lauterbrunnen

In Der Zeit vom 9. Bis 11. Oktober 1779.

물 위로 퍼져 오르는 영혼들의 노래

인간의 영혼은
물과 같구나.
물은 하늘에서 와서
다시 땅으로 내려가야 한다,
영원히 번갈아가면서.

깨끗한 물줄기가
높고 깎아지른
암벽에서 쏟아진다.
그런 다음 귀엽게 흩어져서
구름이 되어 파도처럼
매끄러운 암벽을 향한다.
그리고 가볍게 받아들여져서
암벽을 가리면서
은은한 소리를 내며
심연으로 떨어진다.

바위가 돌출해서
낙하를 막으면
물줄기는 기분이 상한 듯 포말을 일으키며
한 층 한 층
심연으로 내려간다.

물은 평평한 하천을 따라

초원의 계곡을 흘러간다.

모든 성신은

잔잔한 호수에서

용모를 뽐낸다.


바람은 물결의

귀여운 연인,

바람은 포말을 일으키는 파도를

밑바닥으로부터 뒤섞는다.


인간의 영혼이어,

너는 어찌 이리 바람과 같으냐!

인간의 운명이어,

너는 어찌 이리 바람과 같으냐!

- 윤도중(숭실대 독문과 교수)역

\*\*\*

숙소에 짐을 푼 다음 차를 달려 라우터브루넨 가까이에 있는 트륌멜바흐Trümmelbach 폭포를 찾았다. 유네스코가 지정한 세계 자연유산. 산속의 바위를 뚫고 흘러내리는 폭포의 굉음에 전율을 느꼈다. 산 위의 빙하로부터 발원한 열 개의 폭포가 산 속을 뚫고 떨어져 내리는 모습이 장관이었다! 아이거 Eiger(3970m), 몽크 Monk(4099m), 융프라우 Jungfrau(4158m) 등 알프스 최고봉으로부터 흘러내리는 빙하들이 집결

되어 이루어진, 유럽 지역 유일의 빙하 폭포. 암벽을 뚫고 흘러내리는 물길이 연면적 24㎢. 초당 20000리터의 물을 쏟아낸다고 했다.

10월 13일 아침 9시쯤 숙소 출발. 9시 40분 라우터브루넨역에서 융프라우요흐 행 산악열차에 탑승. 가는 도중 벵겐Wengen, 벵거납Wengernalp, 클라이너샤이덱Kleinescheidegg, 아이거반트Eigerwand 역 등에서 휴식을 위해 약 5분씩 정차. 이들 역에는 아래쪽 경관을 내려다 볼 수 있는 유리창 전망대가 설치되어 있었다. 이들 역에서 5분씩 정차하는 것은 승객들의 화장실 문제 해결과 함께 고도 적응이 목적인 듯 했다.

스위스 라우터브루넨의 폭포수

11시 40분쯤 종착역인 융프라우요흐에 도착. 해발 3454m. '유럽의 지붕Top of Europe'이라는 글자들이 선명했다. 스핑크스 전망대에 올라 알프스의 연봉들을 보다가, 설원으로 내려갔다. 대략 2km의 눈길을 1시간 이상 걸어 해발 3630m 높이에 있는 지상 최고의 까페 '뮌히스요흐휘테Mönchsjochhütte'에 도착. 바로 앞에 보이는 4107m 높이의 뮌히Mönch 봉의 이름을 따서 까페의 이름을 지은 듯. 바위 절벽에 아슬아슬하게 매달린 형국이었다.

까페에서 따끈한 차와 빵으로 허기를 채운 다음 다시 눈길을 걸어서 스핑크스 전망대로 돌아왔다. 오는 길엔 아름다운 스위스인 모녀도 만났다. 융프라우요흐 역에서 산악열차를 타고 하산, 기분이 좋아 캠핑융프라우의 명물 '통닭과 맥주'로 융프라우의 성공적 등정을 자축했다.

우리는 며칠 전 독일의 콘스탄츠에서 자동차로 5분 거리의 스위스 국경을 넘었다. 그 다음 취리히에서 1박 2일, 베른에서 2박 3일을 보냈다. 그리고 곧바로 인터라켄 부근의 라우터브루넨으로 달려온 것이다. 참으로 아름다운 도시들, 취리히와 베른. 그러나 그 아름다움은 여느 유럽의 빼어난 도시들과 크게 다르지 않았다. 비록 베른의 구시가지 전체가 유네스코 세계문화유산으로 지정되긴 했지만.

사실 우리는 스위스 국경을 넘으면서 약간 실망을 금치 못한 것도 사실이었다. 그간 '스위스만의 모습'에 너무 큰 기대를 갖고 있었던 걸까. 이미 거쳐온 프랑스와 독일의 농촌마을들은 가슴이 아릿해질 만큼 아름다운 모습들이었다. 그런데 취리히와 베른에 이르는 연도의 마을들은 별 특징을 갖고 있지 않았다. 오히려 우중충하기까지 했다. 그러나 스위스의 진정한 정취는 알프스가 가까워지면서 느낄 수 있었다.

베른의 숙소를 일찌감치 출발. 다음 행선지를 향해 오전 10시에 출발해 보기는 처음이었다. 베른에서 가까운 라우터브루넨. 숙소가 충분하다는 정보도 미리 입수한 터였다. 모처럼 느긋하게 서행하면서 주변의 달라지는 풍경을 감상할 수 있었다. 날씨도 우리를 도와주었다. 파란 하늘의 강렬한 태양이 하얀 알프스의 설봉을 마구 달구는 모습이라니! 알프스가 가까워지면서 길이 가팔라지고 심하게 굴곡지기 시작했다. 아, 이제 정신 좀 차려야겠구나. 유럽의 도로에서 늘 마음 편하게 운전을 해온 나였지만, 오르막길의 굴곡도로에선 마음의 끈을 조일 수밖에 없었다.

갑작스런 일이었다. 바다같이 넓은 호수. 그득한 쪽빛 물에 하늘 높이 솟아오른 산이 하나 잠겨 있었다. 건너편 산의 거대한 그림자였다. 그 산의 실물을 올려다보았다. 거의 수직으로 솟은 산. 그 산에는 중턱부터 꼭대기까지 아름다운 집들이 다닥다닥 붙어 있었다. 그 집들이 이룬 마을들, 호수에 알록달록 떠 있는 요트들, 그리고 유람선. 그제야 보이기 시작한 폭의 그림. 우리가 상상해온 스위스의 풍광, 바로 그것이었다.

***

인터라켄Interlaken의 동쪽 지역엔 브리안저 호수Brienzersee가, 서쪽 지역엔 투너호수Thunersee가 있었다. 두 호수는 작은 물길로 연결되어 있었다. 그 다리를 건너면서 본격적인 알프스 투어가 시작되는 셈이었다. 대부분의 마을들이 해발 수백 미터 이상의 고지대에 위치하고 있기 때문이었다. 어느 마을에서나 보이는 알프스의 봉우리들. 그곳을 좀 더 가까이 보거나 알프스의 핵심인 융프라우요흐에 가기 위해서는 이들 마을들에서 연결되는 산악열차를 타야 했다. 인터라켄은 해발 567m, 빌더스빌 Wilderswil은 584m, 즈봐일뤼치넨Zweilütschinen은 682m, 라우터브루넨은 796m, 벵겐은 1274m에 달했다. 그 뿐인가. 열차를 갈아타야 하는 클라이너샤이덱은 무려 2061m. 우리는 그곳에 사는 사람들의 행복한 얼굴도 보았다.

융프라우Jungfrau(4158m), 묀히Mönch(4107m), 아이거Eiger(3970m), 쉬렉호른Schreckhorn(4078m), 베터호른Wetterhorn(3701m), 브라이트호른Breithorn(3782m), 칭겔호른Tschingelhorn(3557m), 스팔텐호른Gspaltenhorn(3437m), 슈바르츠호른Schwarzhorn(2928m) 등이 대충 꼽아본 알프스의 연봉들이었다. 이중 융프라우는 높이나 생김새로 단연 발군拔群. 융프라우요흐는 융프라우보다 100m 남짓 낮은 3454m. 엄청난 곳이었다.

존경할만한 스위스 국민들이었다. 거미처럼 절벽에 붙어사는 그들. 발 디딜 틈만 있으면 삶의 뿌리를 내린 그들이었다. 더욱 놀라운 것은 산악열차였다. 등산장비를 제대로 갖춘 전문 산악인들도 헤매기 십상인 돌산들이었다. 밤나무벌레가 밤톨 뚫듯, 그곳을 말끔히 뚫어 레일을 깔고 역사驛숍를 지어낸 그들이었다. 라우터브루넨의 숙소에서 하염없이 건너편 산 정상 가까이의 아스라한 마을들을 올려다보던 우리에게 의문이 하나 생겼다. 대체 저들이 거미인가 인간인가. 교통수단은 무엇인가. 그런데 잠시 후 골짝을 울리는 소리가 들려왔다. 비유는 좀 뭣하지만, 송충이가 나무줄기를 기어오르듯, 그림 같은 산악열차가 수직으로 깎아지른 절벽을 천천

스핑크스 전망대에서 잡은 알프스의 설원

히 기어오르는 것이었다. 아하, 바로 저거였구나. 사람이 있는 곳에는 그림같이 아름다운 집이 있고 쇠 방울 딸랑거리는 소나 양도 있었으며 탈 것도 있었다. 그들과 관광객을 실어 나르는 산악열차. 참으로 튼튼하고 정감 가는 존재들이었다.

　그들을 올려다보며 우리는 미국의 산악지대에서 흔히 보던 '마운틴고트 mountain goat'를 떠올렸다. 수직의 돌벼랑을 디디고 살아가는 마운틴고트들. 맹수로부터 자신을 보호하기 위해 그들은 그런 척박한 삶을 택한 것이었다. 그 벼랑에서 사랑을 나누고 올망졸망 새끼들까지 키우는 그들을 보았다. 그러니 어느 맹수가 그들에게 범접이나 할 수 있으리?

　역사상 그들을 괴롭힌 주변의 강국들. 프랑스, 독일, 오스트리아 등에 둘러싸인 스위스. 산골짝뿐인, 타고난 땅덩어리. 그걸 운명으로 체념하지 않고 새로운 삶의 방식으로 바꾼 그들. 남을 침탈하기보다는 남들이 침탈

해오지 않도록 벼랑의 삶을 영위하고 있는 그들. 천혜의 요새 속에서 자기 방어의 본능을 공존의 철학으로 승화시킨 그들이었다. 한국의 백규 부부까지 찾아와 찬탄을 금치 못할 지경이니 세계의 관광객들이야 그 얼마나 몰려오리. 물가는 좀 비싸지만, 그것 역시 그들을 탓할 일만은 아닐 터. 비싸도 세계인들이 몰려오는 것이 단순히 경치가 좋아서일까. 아닐 것이다. 침탈 당해온 역사, 그 교훈에서 새로운 삶의 원리를 찾아낸 그들. 그것을 관광산업으로 전환시켜 세계인들로 하여금 호주머니를 털게 하고, 쓴 돈을 아까워하지 않도록 하는 그들이었다. 한 세기 가까이 타고 다닌, 덜컹대는 산악열차에 모든 것을 내맡기고도 태연하게 천 길 나락 밑의 경치를 즐기는 세계인들. 시련의 세월을 허송하지 않고 삶의 원리를 개발한 스위스 국민들을 신뢰하기 때문일 것이다.

***

Top of Europe!

정말로 그곳은 유럽의 지붕이었다. 존재하는 건 주변의 봉우리들과 발밑에 깔린 솜털구름 뿐이었다. 스핑크스 전망대에서 고요한 알프스의 연봉들을 내려다보며 상념에 잠겼던 우리는 햇살 쏟아지는 설원으로 내려섰다. 아득히 언덕이 보이고, 그 언저리를 태곳적 고요가 점령하고 있었다. 보이는 건 하얀 눈과 암벽, 그리고 간간이 날아다니는 까마귀 떼와 경비행기 뿐. 그들이 '풍속風速 제로'라는 기상 표시를 유독 강조하는 건, 이렇게 좋은 날씨가 드물다는 반증일 것이다. 파란 하늘과 순백의 설원. 그리고 그 사이를 가득 채운 햇살들. 눈을 뜰 수가 없었다. 그나마 선글라스가 없었다면, 만년설의 벌판에서 우리는 한 번도 눈을 떠보지 못했으리라.

저 멀리 깃발 꽂힌 언덕 너머에 뭔가 있을지도 모른다고 생각한 우리는 몇몇 사람들이 가는 그곳을 향해 무작정 걸었다. 산소가 모자란 때문인지 아내는 몇 발짝 걷다가 주저앉곤 한다. 숨이 가쁜 건 나도 마찬가지였다. 사정없이 내려 쪼이는 햇살. 목덜미에서는 땀이 배어나고, 주변의 언덕에서는 눈 녹는 소리가 들렸다.

가까스로 언덕을 넘으니 노란색의 경비행기 두어 대가 이륙을 준비하고 있었다. 그 훨씬 뒤로 참새 둥지 같이 돌벼랑에 매달려 있는 목조 건물 하나. 'Herzlich Willkommen!' 환영사를 앙증스럽게 써 붙인 문을 열고 들어갔다. 따뜻했다. 창가에 앉아 내다보니, 바로 앞에 4107m의 묀히Mönch봉이 버티고 서 있었다. 그 봉우리의 언저리엔 처녀성을 간직한 설원이 누군가의 손길을 기다리고 있었다.

설원을 내다보며 마시는 스위스 차 맛도 일품이었다. 들어가자 눈이 녹듯 몸속의 피로가 말끔해졌다. 그냥 사람들이 붐비는 들판에 내려놓았다면, 볼품없었을 저 봉우리들. 장소와 거리에 따른 미감美感의 조화였다. 아무도 보아주는 이 없는 이곳에서, 그 많은 세월을 빚어 저토록 아름다운 피사체를 만든 누군가의 손길. 그의 정체가 새삼 궁금해졌다. 산을 보며, 대자연을 보며 신의 존재를 떠올리는 사람들의 심상을 어렴풋이나마 깨닫게 되었다.

***

알프스의 설원에서 원시의 공기를 호흡한 때문일까. 내려오는 발걸음은 가벼웠다. 까페에서 미소를 남기고 먼저 나간 스위스 모녀를, 내려오면서 다시 만났다. 이곳엔 처음이라 했다. 우리는 놀랐다. 아니, 스위스 사람들이 알프스에 처음이라니? 비싼 곳이라 올 엄두도 못 내다가 비수기인 지금 딸과 함께 왔다고 했다. 산 중턱 마을 벵겐에서 엿새 동안 묵으면서 알프스를 감상하는 중이라고. 베른에서 공부하던 딸의 대학졸업을 기념하는 여행인 듯 했다. 그렇다. 스위스 사람들에게도 알프스 여행이 수월한 일이 아님을 비로소 깨달았다. 제주도와 설악산이 그렇게 유명해도 한국인들에게 그곳 여행이 그리 수월치 않은 일임을 여기서 깨친 것이다. 먼발치에서 바라보는 스위스 인과 현실 속의 스위스 인. 그 차이를 비로소 알게 되었다.

산악열차가 고도를 낮출수록 알프스의 연봉들은 다시 우리로부터 멀어져 갔다. 무채색의 암벽들이 석양을 받자 알록달록 색깔을 바꾸기 시작했다. 태고의 정적 속에 펼쳐져 있던 알프스의 설원. 천만 갈래로 주름진 암벽들이 들려주는 무한의 투쟁과 고통의 이야기를 우리는 들었다. 설원에서 우리가 만난 알프스는 냉혹한 현실, 영웅들이 난무하던 서사시의 현장 그 자체였다. 그러나 잡답雜沓의 일상 속으로 내려가면서 그 얼굴은 급격히 바뀌고 있었다. 알프스로부터 사정없이 우리를 끌어내리는 산악 열차. 그 저항할 수 없는 힘에 갇힌 채 우리는 서정의 피사체로 바뀌는 알프스의 모습을 무력하게 바라볼 뿐이었다.

인간존재의 하찮음과 무한함. 정적 속에 포효하던 알프스가 우리에게 준 깨달음이었다. 경건한 마음으로 땀을 흘려야 한다는 것. 그것만이 하찮음을 극복하는 유일한 길임을 알프스는 우리에게 알려 주었다. 그걸 깨닫고 실천할 때 비로소 무한한 힘을 가질 수 있다는 점도 우리에게 알려 주었다. 알프스가 존경스런 선생님으로 우리의 마음속에 좌정하게 된 것도 그 때문이다.

# 루체른Luzern, 과연 '비너스의 탄생'인가.

10월 14일 금요일. 떠나기 싫을 정도로 날씨가 맑음. 10시 23분 라우터 브루넨의 캠핑 융프라우 출발, 6번도로를 타고 달리다가 A8로 바꾸어 탄 다음 루체른에 12시 반쯤 도착. 반호프의 주차장에 차를 대고 인포메이션 센터에서 루체른 관광 정보를 얻었다. 점심 식사 후 반호프광장-카펠 다리Kapellbrücke-빈사의 사자 상-크루즈 선으로 루체른 호수 탐사. 구 시가지를 둘러보는 것으로 루체른 투어를 마치고, 16시 46분 다음 행선지인 리기Rigi 전망대로 출발하여 17시 30분쯤 베기스Weggis의 숙소에 도착했다. 짐을 푼 다음 호수 주변을 산책하고 저녁 식사를 마친 후 휴식을 가졌다.

*** 

루체른. 숨 막힐 듯 아름다운 곳이었다. 가슴 깊은 곳으로부터 터져 나오는 탄성 외에 달리 표현할 말이 없는 곳이었다. 세상에 이렇게 아름다운 도시가 있을 수 있다니! 대동강의 아름다움을 시로 그려내리라 부벽루에 올랐던 시인 김황원. 하루 종일 고심 끝에 얻은 것이 "장성일면용용수長城一面溶溶水/대야동두점점산大野東頭點點山"이란 단 두 구. 결국 시 한 편을 이루지 못한 그는 끝내 붓을 던지고 통곡하며 내려왔다는 옛 이야기가 있다. 루체른의 카펠 다리 위에서 우리는 그런 절망적 심정을 공유하게 되었다.

▲ 루체른 신시가지에서 바라본 카펠
교와 물탑–카펠브뤼케 및 바써투름
Kapellbrücke mit Wasserturm,
그리고 구시가지
▶ 루체른 크루즈 선상에서 바라본
구시가지의 건물들

　끊임없이 녹아내리는 빙하. 그 순수의 물은 더 이상 갈 곳 없어 이곳에
멈추었는가. 구시가지와 신시가지로 도심을 가르고, 저 멀리 번져나가 바
다처럼 질펀하게 가로 누운 호수. 푸르고 맑은 호수엔 오리와 백조들만 둥
둥 떠다니며 먹이를 탐하고 있었다.

　스위스의 빼어난 자연, 그 자연의 핵심은 산과 물이었다. 아무렇게나 빚
어놓은 듯한 알프스의 봉우리들. 그리고 그곳을 하얗게 덮은 만년설. 그로
테스크와 엘레강스의 미학적 조화랄까. 사람들은 일방적인 아름다움에 식
상하기 마련인가. 미와 추의 대극적 개념도 언젠간 만나는 것으로 생각하
게 되었고, 그래서 세계인들은 조화미의 극치, 알프스를 탐하는지 모른다.

　따가운 햇살에 솔솔솔 녹아내리는 만년설. 미학적 조화로 태어나 흘러
내린 물은 호수를 이루고 새로운 아름다움을 빚어냈다. 그 곁에 둥지를 튼
사람들은 마을을 만들고 도시를 이루었다. 그리고 이곳에 몰려들어 그 아

름다움에 취하는 세상 사람들. 스위스의 어느 곳에 가도 알프스가 보이고, 거기서 흘러내린 물이 있었다. 맑고 푸른 물. 그 물에서 태어난 도시들 중의 하나가 루체른이었다. '비너스의 탄생'에 비견될 수 있을까.

여러 가지로 매력적인 독일에서도 물만은 불만스러웠다. 지그마링겐에서 도나우 강을 만날 때까지 그 나라의 강들에는 탁한 물만 그득 흐르고 있었다. 스위스에서 물을 사러갔다가 누군가에겐가 물었다. 수돗물을 그냥 마셔도 되냐고. '물론'이라는 단 한 마디의 대답이 돌아왔다. 깨끗한 자연, 맑은 물에 대한 자부심의 표현이었다.

## 호수에서 태어난 루체른

호수를 가로질러 신시가지와 구 시가지를 잇는 카펠 다리. 그 안의 매점에서 기념품을 파는 스위스 아줌마에게 물었다. '이렇게 아름다운 루체른에 사니 행복하냐?'고. 그러자 '로잔Lausanne이 여기보다 훨씬 아름답다'는 엉뚱한 대답이 나왔다. 스위스의 아름다움을 강조하려다 보니 그랬겠지만, 루체른에 살면서 로잔이 훨씬 아름답다니! 우리로선 루체른도 감당 못할 지경인데, 로잔이라? 그랬다. 그 아름답다던 레만Leman, 갑자기 드라마 〈레만 호에 지다〉가 생각났고, 문득 로잔에 가고 싶어졌다.

그러나 잠시 후 루체른의 아름다움에 우린 정신을 차려야 했다. 보이지 않는 로잔보다 눈앞의 아름다움이 훨씬 소중하고 확실했다. 맑고 푸른 물, 예와 지금이 조화를 이룬 도심, 잔잔한 미소를 머금은 사람들. 사실 우리에겐 루체른을 분석하는 일 조차도 버거웠다.

'유럽을 밟아보자, 유럽이란 거울을 통해 우리의 정체를 확인하자!' 여행을 떠나면서 가졌던 야심이었다. 그래서 우린 만나는 도시들마다 곳곳을 헤집고 다녔다. 시간은 짧고 들를 곳과 볼 것들은 많았다. 그러나 루체른의 아름다움에 압도당한 지금. 그런 의욕과 힘을 잃고 말았다. 그동안의 장정長征으로 많이 지쳐 있었던 걸까. 루체른 역시 헤집고 다니면 엄청난 것들이 보이리라. 그러나 그럴 기분이 아니었다.

아름다움의 극치를 자랑하는 카펠 다리. 우린 그 다리를 한 뼘씩 걸어가며 루체른의 아름다움을 곱씹었다. '빈사의 사자 상'을 보면서는 스위스와 스위스 인들이 겪은 고난의 역사에 공감했다. 비슷하게 수난의 역사를 살아온 한민족의 후손으로서 그들에게 표할 수 있는 최소한의 예의이기도 했다. 무엇보다도 더 이상은 헤집고 다닐 수 없을 만큼 우리는 탈진해 있었다. 그래서 호수에서 바라보이는 '먼 거리'의 루체른을 사랑하기로 했다. 루체른을 오래도록 마음에 간직하기 위해서라도 적당한 미학적 거리가 필요했다. 우리가 시내 투어를 포기하고 호수를 한 바퀴 돌아오는 크루즈 선상에 오른 것도 그 때문이었다.

호수를 중심으로 여러 도시들이 늘어서 있었다. 메겐Meggen, 퀴스나흐Küssnach, 그레펜Greppen, 붸기스, 뷔츠나우Vitznau, 게르사우Gersau, 브루넨Brunnen, 플뤼엘렌Flüelen, 베켄리트Beckenried, 에네트뷔르겐Ennetbürgen, 헤르기스빌Hergiswil, 호르브Horw 등등. 루체른을 출발하여 한 바퀴 돌아오는 크루즈 선상에서 눈에 담아온 아름다운 도시들이었다. 크루즈선 '루체른의 정신Spirit of Luzern'호 관리원 아가씨에게 호수의 이름을 묻자, 머뭇거리다가 '루체른 호'라고 대답했다. 루체른 사람들은 그냥 '루체른 호수'라 하고 다른 지역 사람들 역시 그들만의 이름을 사용할 것이다. 아니나 다를까. 같은 호수를 두고 지역에 따라 '비어발트Vierwald, 슈테터제Stättersee, 우르너제Urnersee' 등 별도의 이름들이 지도엔 표기되어 있었다.

우리는 크루즈 선상에서 루체른과 호반 도시들의 아름다움에 취했다. 잔잔한 물결 위에 백조는 둥실 떠 있고, 스크루 소리조차 숨을 죽이고 있었다. 가끔씩 마이크를 통해 들려오는 선장의 안내방송만 호수의 적막을 깰 뿐이었다. 호수가 만드는 서정적인 분위기. 호수 주변의 마을들과 도시들은 그 분위기 안에 속절없이 갇혀 있었다. 그래서 그 분위기에 취한 우리의 갈 길도 좀 더 지체될 수밖에 없었다.

# 리기쿨름Rigikulm, 재생을 위한 제의의 현장

　루체른 호수 크루즈에서 돌아온 4시 반쯤 리기Rigi 전망대를 향해 루체른을 떠났다. 호반 도시들의 아름다움을 감상하며 서행. 출발로부터 한 시간쯤 후 가까운 뷔기스Weggis에 당도했다. 운 좋게도 우리는 마을 초입의 스위스 민가에서 방 하나를 얻을 수 있었다. 아름답고 넓은 침실과 주방, 꽃들이 피어있는 작은 정원이 인상적이었다. 그러나 무엇보다 큰 매력은 창문만 열면 하얀 알프스의 설봉들과 마을 앞 호수가 보인다는 것. 처음으로 스위스 주택의 맛과 멋을 경험하는 셈이었다.

　호숫가를 산책한 다음 저녁식사를 했다. 하루를 정리한 우리는 다음날의 쾌청한 날씨를 기원하며 잠자리에 들었다. 어딜 가나 들려오는 청량晴朗하고 즐거운 '소 방울 소리'를 자장가로 삼아서. 스위스에서 가장 정겨운 소 방울 소리. 양들의 목엔 조막만한 방울이, 큰 소의 목엔 사발만한 방울이 매달려 움직일 적마다 '딸랑' 혹은 '떨렁' 거리곤 했다. 큰 규모의 목장은 아예 24시간 '소 방울의 오케스트라'가 열리는 셈이었다. 스위스를 떠날 때쯤 사발만한 소 방울 한 개를 꼭 사겠노라 아내는 노래를 불렀다. 아침에 일어나서야 집 뒤 켠에 작은 목장이 있음을 알았다.

　15일 아침 일찍 일어나 창문을 여니 안개가 자욱했다. 우리가 자는 동안 쉬지 않고 안개를 피워 올린 호수. 알프스 중턱까지 그득한 안개로 천지는 옴짝달싹도 못하고 있었다. 끊임없이 피어오르는 안개는 공중에서 구름으로 바뀌었다. 구름은 안개보다 훨씬 무거워 보였다. 음산한 날씨. 아, 리기 쿨름Rigikulm에 올라 '발밑의 세상'을 내려다보려던 우리의 꿈은 안개가 부서지듯 무산되는 것인가. 불안했다. 그러나 그냥 포기할 순 없었다.

아침식사를 대충 마치고 케이블카가 떠난다는 지점으로 차를 몰아 올라갔다. 그러나 실수로 그곳을 그냥 지나친 모양. 수직의 산에 만든 꼬불꼬불 산길은 아무리 올라가도 끝이 없었다. 산길을 가면서 거미들처럼 용케도 절벽에 둥지를 틀고 사는 사람들을 보았다. 그리고 그들이 과연 행복할 것인가에 대하여도 생각해 보았다.

가끔씩 곁눈질로 안개 가득한 천 길 낭떠러지를 확인할 때면 가슴이 서늘해지기도 했다. 안개는 스멀스멀 나무숲 사이로 올라오고 있었다. 우리의 몸까지 휘감을 태세였다. 이 지역의 안개는 참으로 집요했다. 어제도 오후 3시나 되어서야 안개가 걷히고 해가 보였었지.

고도 때문에 고막이 구겨지는 느낌을 받은 곳으로부터 십여 분이나 더 올랐을까. 더 이상 차가 갈 수 없다는 표지가 나왔다. 간신히 주차한 다음 걷기 시작했다. 그러나 갈 길이 바쁜 나그네가 걸어 오를 수 있는 코스가 아니었다. 길이 매우 가파르고 험했다. 다시 차를 몰고 내려가며 더듬더듬 케이블카의 출발점을 찾았다. 주차장의 빈 곳이 없을 만큼 관광객들로 득실거렸다. 이 안개 속에 그들은 과연 무엇을 보겠다고 몰려든 것일까. 의아해 하면서도 우리는 케이블카에 올랐다.

호숫가 마을 붸기스에서 해발 1453m의 리기칼트바트 역까지만 운행하는 케이블카. 비행기로 이륙하는 느낌이었다. 숲 속의 안개를 뿌리치고 올라갈수록 발밑은 깊고 넓은 운해雲海로 바뀌어갔다. 호수에 넘실대는 물처럼 보이기도 했다. 대홍수 때 방주를 타고 산 위로 도망치던 노아의 느낌도 이랬을까.

리기칼트바트 역에 도착하자 햇살이 강하게 내려 쪼였다. 음산한 아랫동네와 햇빛 찬란한 윗동네. 우린 한동안 넋을 잃고 운해를 내려다보았다. 아랫동네에 있을 때 우리는 햇빛 찬란한 윗동네의 존재를 알지 못했다. 이제 비로소 찬란한 햇빛을 받으며 짙은 운해에 갇힌 아랫동네를 내려다 볼수 있었다. 하나의 무대 위에서 펼쳐지고 있는 지상과 천상. 장관이었다. 세상에 꽉 찬 구름들이 부글부글 끓으며 천태만상을 빚어내고 있었다. 바로 우리의 발밑에서. 구름 덮인 아랫동네는 바로 내가 살다가 도망쳐 온 '발밑세상'이었다.

리기칼트바트 역에 도착한 산악열차를 타고 정상에 있는 리기쿨름 역으로 향했다. 10분 만에 슈타펠회헤 역, 슈타펠 역 등을 거쳐 리기쿨름 역까지 도달했다. 해발 1453m에서 1800m까지 단숨에 오른 것이었다. 정상엔 하늘을 찌를 듯한 탑이 세워져 있고, 호텔과 레스토랑도 있었다. 수많은 선남선녀들이 노천 까페에 앉아 구름 덮인 아랫동네를 굽이보고 있었다.

***

햇볕 받아 따스한 이곳은 선계였고, 리기쿨름에서 신기한 표정으로 아랫동네들을 내려다보는 사람들은 신선들이었다. 구름 덮인 아랫동네. 우리가 돌아가야 할 현실세계를 내려다보면서 우리는 마음속의 찌꺼기들이 갑자기 정화됨을 느꼈다. 선계에서 속진俗塵을 정화시킨 듯 했다. 그런 의미에서 리기쿨름은 제의祭儀를 행한 제단이었다.

우리는 늘 제의의 현장에서 재생을 경험한다. 제의의 시공時空은 현실의 인간을 정화시켜 새로운 인간으로 만든다. 옛날의 선각자들은 왜 높은 곳만 골라 제단을 만들었는가. 단군 할아버지는 왜 높은 산만 골라 제단을 만들었는가. 교회들의 첨탑은 무엇을 의미하는가. 엘리아데가 발견하여 보고한 '우주목宇宙木'이란 바로 신과 인간이 교감하던 접점이 아니던가. 그렇다면 오늘 이 리기쿨름 역시 단순한 놀이의 장소가 아니라 바로 신과 인간이 교감할 수 있는 접점 혹은 우주산, 우주나무라 해도 과언은 아니리라. 인간의 마음속에 찌든 때를 말끔히 씻어내는 제의의 현장. 재생을 위한 정화의 시공임이 분명하다.

리기쿨름에서 구름 덮인 인간세계를 내려다보며 과연 나는 얼마나 정화되었는가. 나의 정체를 확인하고 찾았는가.

생갈렌 성당의 내부

생 갈렌의 성 로렌스 교회

# 생 갈렌St. Gallen과 신의 세계

10월 17일 월요일, 흐린 날씨 속에 생 갈렌으로 가는 길은 복잡했다. 자욱한 안개가 길을 막은 탓도 있지만, 독일의 가도를 달리고 싶다는 조바심 때문이었을 것이다. 전날 묵은 알트슈테텐의 하룻밤은 악몽이었다. 해는 지고 있는데 숙소는 없었다. 괜찮다 싶어 찾아들어가는 곳마다 방이 없었다. '골라 골라 삼 승 베'라고, 맘에 들지 않는 어느 곳에서 별로 맘에 들지 않는 호텔을 잡았다. 방은 넓었으나 난방도 제대로 되지 않는데, 아침밥도 주지 않으면서 100프랑이나 요구했다. 울며 겨자 먹기로 하룻밤을 자고, 새벽에 쓴 원고를 아침나절 다 날리는 불운까지 겪었다. 그래서 부랴부랴 독일 행을 서두른 것이다.

국도를 따라 독일로 가다가 참으로 아름다운 돔을 먼발치에서 보게 되었다. 아무리 바빠도 도저히 그냥 지나칠 수 없었다. 들어갔다. 아우Au라는 스위스 변경도시의 마리아 성당이었다. 내부의 장식들은 화려하면서도 기품이 있었다. 그러나 아무도 만날 수 없었다. 이 성당의 내력이나 연혁을 알만한 아무 자료도 없었다. 소개 책자를 파는 가게도 없었다. 아름답게 그려놓은 피에타 상. 그러나 마리아의 슬픈 눈매가 더욱 가슴을 저리게 했다.

그곳을 떠나 몇 번의 실수 끝에 생 갈렌에 진입했다. 생 갈렌 수도원 Abbey of St. Gallen. 수도원을 중심으로 이루어진 도시. 그래서 도시 이

스위스 생 갈렌
St. Gallen의 성당

름도 '생 갈렌'이었다. 참으로 아름답고 대단한, 스위스의 성역이었다. 대성당과 도서관이 유네스코 세계유산으로 지정되어 있었다. 그러나 정작 우리를 크게 놀라게 한 것은 가까운 거리를 사이에 두고 성당과 개신교인 성 로렌스 교회가 공존한다는 사실이었다. 물론 두 교회 모두 오랜 역사를 지니고 있는 만큼 어느 시기까지는 서로 협조 내지는 공동체의 관계를 유지하고 있었을 것이다.

대성당에 들어갔다. 화려함이 우리를 압도했다. 특히 프레스코화로 보이는 천정화의 규모와 사실성, 세련된 필치는 더욱 놀라웠다. 가운데 부분의 삼위일체 상을 중심으로 요셉, 성모 마리아, 세례 요한, 안나 요아힘 등이 시계방향으로 배열되어 있고, 그 바깥에는 갈루스Gallus, 콜롬반 Columban, 요한네스 칼리비타Johannes Kalybita, 오트마르Otmar, 프란시스Francis, 시릴Cyrill, 베네딕틴Benedictine 등 47위의 성인들과 무수한 천사들이 그려져 있었다.

우리는 목이 아프도록 천정화를 올려다보며 그 비유적 의미와 상징성에 대하여 생각했다. 삼위일체상은 낙원 즉 천국을 형상하고, 그 주변의 성인들은 그 낙원을 옹위하는 역할을 하고 있는 것으로 보였다. 순백의 대리석과 바로크양식의 조화로 성당의 내면은 화려함의 극치를 보여주었고, 그것을 통해 신의 영광이 현양되는 듯 했다. 지금까지 보아온 성당들 가운데 화려함과 웅장함으로 단연 돋보이는 내부였다.

다음으로 들어간 곳은 수도원의 도서관. 사진을 찍지 못하게 했다. 2~3m에 한 사람씩 늘어선 직원들. 감시의 눈초리가 삼엄했다. 눈앞에 8세기~12세기의 자료들이 산처럼 쌓여 있는데. 사진도 찍지 못하게 하다니! 이 도서관엔 15만권의 보물 같은 서적들이 소장되어 있었다. 그 가운데 2천여 건의 손으로 쓴 원고야말로 무엇보다 소중한 보물들이리라. 그 대부분의 시기는 생 갈렌이 활약하던 중세 초기나 후기까지 올라간다고 했다. 더욱 놀라운 일은 1년에 두 번씩 전시물들을 바꾼다는 사실. 그만큼 전시할 소장품이 많다는 증거일 것이다. 수도원이 정치적 변화에 따라 없어지게 된 1805년에도 살아남은 이 도서관. 성서학, 예술사학, 라틴 문헌학, 독일어, 법과 의학사 등등, 오늘날에도 세계의 학술에 이 도서관이 기여하는 바는 엄청나다고 했다.

✳✳✳

시내에서 점심을 마친 후, 개신교회를 찾았다. 성 로렌스 교회. 겉으로는 오래되어 보이지 않았으나, 아름다운 교회였다. 복원·보수의 과정을 거쳐 이 교회가 다시 문을 연 것은 1979년 5월 20일. 그리 오래지 않은 신고딕양식의 이 교회 건물이 건축사적으로는 큰 가치가 없다고 생각될지 모르나, 실은 스위스 정부로부터 크게 보호받고 있는 중요한 교회였다. 교회의 내부 역시 곱고 화려했다. 특히 화려함이 돋보이는 부분은 스테인드 글라스나 파이프 오르간이었다. 천정의 장식은 비교적 단순했으나 좌우 회랑이나 열주列柱들, 벽에 부착된 그림들이나 조형물 등 뛰어난 것들이 많았다.

✳✳✳

우리는 중세에 세워진 교회나 사원이 학문의 발전에 기여해온 물증을 이곳 생 갈렌에서 확인했다. 생 갈렌 성당의 천정화에 그려진 성인들의 모습을 보며, 도서관에 소장·진열된 그 많은 보물들을 보며 하잘 것 없는 인생의 몸부림이 갖는 무의미함을 절감하게 되었다. 그 무의미함의 깨달음이 우리 인생의 발전에 약이 될지 독이 될지는 두고 보아야 알 일이겠지만...

# 독일인의 미학 훔쳐보기-담벼락 그림들이 빛나는 오버아머가우와 미텐발트

10월 21일 12시가 약간 넘을 무렵, 비스교회의 감동을 되새기며 우리는 인근의 오버아머가우로 출발했다. 오버아머가우와 미텐발트는 건물들의 담벼락에 그려진 프레스코화로 유명한 마을들. 그러나 위치상 비스교회와 오버아머가우를 21일에 들렀고, 린더호프 성과 에탈 수도원, 그리고 미텐발트를 22일에 들렀다.

알펜가도와 로만틱가도가 교차하는 퓌센. 그곳을 기점으로 비스교회는 30km, 오버아머가우는 50km, 린더호프 성은 45~50km, 에탈 수도원은 55km, 미텐발트는 70km 정도 떨어져 있었다. 서로 인접한 이 지역들은 대체로 알펜가도 중반 이후의 고지대에 속하며 아름다운 산천을 배경으로 하고 있었다. 22일에 1박을 한 그라스방Graswang은 해발 868m, 린더호프는 943m, 에탈은 877m, 미텐발트는 912m 등 대체로 우리나라의 계룡산보다 높은 지역들이 대부분이었다. 그러나 지나다 보면 고지대라는 느낌은 전혀 없었다. 운전하면서 오르내릴 때 고막이 한 번씩 접혔다 펴지는 것 외엔. 그래서 고통보단 즐거움이 많았다. 알 수 없는 곳을 찾아갈 때의 기대감과 야릇한 불안감도 즐거움을 배가시키는 요소들이었다. 그 뿐만이 아니었다. 산길을 넘어 이동하다보면 저 멀리 보이는 알프스의 만년설이

에탈 바실리카 성당Ettal Basilica

우리의 시선을 잡아끌어 운전을 방해하는 것도 즐거움 중의 하나였다.

대체로 비슷한 높이의 이들 지역이 인접해 있는 까닭에 지나고 보면 그 순서가 어그러지는 경우도 없지 않았다. 그러나 좀 어그러지면 어떠랴. 우리는 우리만의 기준으로 선택한 곳들을 지날 수밖에 없었다. 그 많은 땅과 마을들을 어이 다 밟아보리? 선택된 곳들의 대표성을 강변할 마음도, 그럴 수도 없었다. 요컨대 산하의 같고 다른 점을 감식鑑識할 수 있는 눈이 있어야 하는데, 그게 생각대로 쉽지 않았다.

***

비스교회와 에탈 수도원은 성격상 통하고, 오버아머가우와 미텐발트 역시 담벼락 예술로 통했다. 남는 것은 린더호프 성. 린더호프 성은 루드비히 2세가 만든 성이다. 우린 이미 슈방가우에서 두 개의 성(호엔슈방가우 성, 노이슈반슈타인 성)을 보고 왔다. 슈방가우에서 두 성을 보며 우리는 낭만주의자 루드비히 2세를 동정하고, 그에게 일종의 편애를 보인 바 있었다. 그러나 린더호프 성을 보면서 그에 대한 우리의 마음은 바뀌고 말았다.

린더호프. 우린 그 성을 보기 위해 인근의 그라스방에서 하룻밤을 묵었다. 아침 일찍 산에 올랐으나 그 성은 11시에나 문을 열었다. 주변이 절경이었다. 뛰어난 화가의 솜씨인 듯 고운 단풍과 어우러진 린더호프의 단아한 모습. 단풍 산 너머로 아련히 보이는 알프스의 설봉들까지 눈에 넣으면 린더호프야말로 최고 걸작의 그림이었다.

문을 열고 가이드를 따라 들어서자마자 숨이 막혔다. 화려함의 극치였다. 모두가 황금이었다. 어쩌면 이렇게 화려할 수가 있는가. 가이드의 말에 따르면 모두 24k라 한다. 프랑스의 베르사이유 궁전을 부러워한 루드비히. 그걸 본 뒤 이 성을 만들고 헤렌킴제 성을 만들었다 한다. 인간의 힘으로 만든 것 같지 않던 베르사이유의 기억이 떠올라 잠시 머리가 띵했다. 마리앙뚜와넷의 어리석음을 질타한 우리였다. 잠시 혼란했다. 슈방가우에서 우리는 비운의 왕 루드비히를 동정했다. 그러나 지금 이 좋은 자연 속에 황금으로 꾸민 성을 보면서 그를 버리기로 했다. 용서할 수 없었다. 아, 그는 그 때까지 철 들지 않았음이 분명했다. 왕이 무엇 하는 직책인지를 몰랐을 그. 어쩌면 그는 백성들의 고혈을 짜 내어 환상의 성이나 구축하는 것이 왕의 유일한 책무라고 착각했었으리라. 궁의 뒤쪽에는 계단들이 있었고, 그 계단들의 위에는 동굴 비슷한 것이 있었다. 설명에 따르면 그 위로 물을 흘리고 배를 타고 나오면서 바그너의 오페라 〈탄호이저〉를 감상하려 했다니, '에라 이 *같은 **!' 그렇게 우린 루드비히를 책망하고 허탈한 마음으로 산을 내려왔다. 다만, 그런 귀중한 문화유산을 때려 부수지 않고 오늘날까지 고스란히 간수해온 독일국민들은 위대했다.

*** 

린더호프 때문에 허탈해진 마음을 달래보고 싶어서였을까. 근처의 에탈에 들렀다. 수도원을 보기 위해서였다. 작은 마을 에탈. 민가는 몇 채 보이지 않았다. 시가지래야 호텔 몇 개, 잡화 파는 집, 수도원의 상표를 붙인 술 파는 가게 등등. 빵집마저 닫으니 점심 먹을 곳이 없었다. 그러나 수도원의 규모는 컸다. 그리고 그 중심인 성당 또한 대단한 규모였다.

바실리카 성당은 화려하고 아름다웠다. 순백의 대리석에 박아놓은 각종 문양들은 살아 움직였다. 인물들이 살아 움직이는 천정화도, 수백 개의 크리스탈로 이루어진 샹들리에도 아름다운 천국의 당위성을 강조하고 있었다. 그러나 성당을 제외한 다른 부분들에는 접근할 수 없었다. 우리는 수도원의 내부를 보고 싶었다. 어떤 교육을 시켰는지, 어떤 시설에서 생활은 어떻게 했는지도 알고 싶었다. 박물관도 보고 싶었다. 그러나 어느 곳도 나그네를 받아들이지 않았다.

에탈 바실리카 수도원 앞 술가게
에 붙어있는 광고지

흥미로운 사실 하나. 수도원 앞에는 두 개의 술 가게가 있었다. 모두 성당에서 나온 술, 특히 맥주를 파는 곳이었다. 그런데 한 집의 벽에는 아주 오랜 광고 포스터 하나가 붙어 있었다. 술병 세 개가 나란히 겹쳐 있는 그림과 수도원의 사진이 합성된 포스터였다. 그렇다면 수도원에서 술을 만들어 팔았다는 것인가. 우린 이미 프랑스 페깜의 베네딕틴 수도원을 방문했고, 거기서 술을 양조하여 수도원의 이름으로 판매하고 있는 것도 확인한 바 있었다. 종교와 술의 관계. 두 번째로 경험하는 이 문제에 대하여 어떤 결론을 내려야 할지 아직은 알 수 없었다. 에탈은 아름다운 곳이고 그곳의 수도원 또한 아름다웠을 것이라는 추정만 가능할 뿐. 술까지 만들어 파는 곳이라면 더욱 그러했을 것 아닌가. 가끔씩 가는 곳마다 흔하디흔한 와인으로 객고客苦를 달래곤 하는 우리의 판단이었다.

\*\*\*

독일인들의 미학은 무엇인가. 아니 그들의 성격은 어떤가. 유럽에 오기 전 여러 사람들로부터 독일과 독일인들에 대한 이야기를 들었다. 대체로 투박하고 원리원칙에 투철하며 명철한 구석도 가끔 보인다는 것. 게르만의 민족성까지 들먹이면서 역설하는 말을 들어보면 대체로 '재미없다는' 쪽이 우세였다.

▲ 오버아머가우의 아름다운 건물 -
　　필라투스하우스Pilautshaus
▶ 독일 미텐발트-프레스코화로 벽면을
　　장식한 아름다운 집

　　그러나 그들의 미의식에 대해서만은 선입견들을 크게 수정해야 하리라
본다. 우리가 보기에 독일인들만큼 조화의 아름다움을 중시하는 경우가
드물었다. 몇 나라를 돌아보면서 갖게 된 단편적 느낌이었다. 개별과 전체
의 조화, 자연과 인간의 조화, 현실과 이상의 조화 등등. 독일의 마을들 특
히 농촌을 돌아다니면서 자연과 인간, 개인과 전체를 조화시켜 아름다움
을 창조해내는 그들의 독특한 의식을 발견하게 되었다.

　　계곡들 사이와 강 가 등 양지 바른 평원에 터를 잡고 부락을 이루며 사
는 그들. 중뿔나게 튀어나는 집을 짓고 사는 사람이 없었다. 모두 그만그
만하게 조화를 이루며 살아가고 있었다. 그러나 각자의 집을 치장하는 것

은 또 모두가 남달랐다. '튼실하게 집을 짓고 아름답게 꾸미고 산다' 는 공동의 목표라도 있는 듯. 그들의 집과 마을은 매우 아름다웠다. 그들의 아름다움은 획일 아닌 조화에서 나왔다.

우리가 이틀을 묵었던 라우펜엑의 농가. 아침마다 머리에 수건을 쓰고 집 앞 텃밭에서 일하는 그 집 할머니를 보았다. 채소나 곡식이 아니라 꽃을 가꾸고 있었다. 자기 집 창틀의 장식에 소요되는 꽃을 스스로 조달하는 일이었다. 우리의 선입견대로 실용 지향적인 독일인이라면 응당 곡식을 심어야 할 것 아닌가. 어찌하여 아무 도움도 안 되는 꽃을 심어서 자기 집 창틀에 올린단 말인가.

그러나 그게 아니었다. 이 늦가을에도 꽃이 흐드러지게 피어있는 창틀을 보며 우리는 독일인들에 대한 생각을 바꾸었다. 우리는 그 원인 중의 하나로 자연을 꼽았다. 알펜가도를 달리면서 아름다운 자연을 목격했고, 그 속에서 자연과 어울리며 살아가는 독일인들을 보게 된 것이다. 험준한 산악이 나오는가 하면 널따란 초원이 나오고, 울창한 숲이 나오는가 하면 맑은 시내와 호수가 나오는 곳. 그 사이에 꽃도 피고, 소들의 방울소리가 딸랑거리고, 새들은 노래했다. 15분마다 교회로부터 종소리는 울려 퍼지고, 학교에서 돌아오는 아이들의 재잘거림 또한 어김이 없었다.

이 속에서 독일인들의 미학도 나왔을 것이다. 칸트를 위시한 독일 미학의 꽃이야말로 그 원천은 빼어난 독일의 자연이 아니었을까.

***

오버아머가우에 들렀다. 건물이란 건물의 벽에는 모두 그림들이 그려져 있고, 대부분의 가게마다 목각인형들이 진열되어 있었다. 목각 공방도 많았다. 이 지역민들 상당수가 기술자들이라 할 만큼 목각은 주된 삶의 수단이었다. 말하자면 나무로 온갖 것들을 다 만드는 사람들이 살고 있는 동네였다. 그러나 목각은 생각보다 비쌌다. 만드는 자와 사려는 자의 예술적 관점이 다르기 때문일 것이다.

건물들의 벽에 그려진 대형 프레스코화. 대개 사실적인 벽 그림들이 자

독일 알펜가도 오버아머가우의
'예수수난극장Passion Play Theatre'

첫 '촌스럽게(?)' 보일 수 있으나 이 지역의 그것들은 달랐다. 바로 자신들의 삶을 그렸기 때문이다. 그들은 수백 년 아니 그보다 더 오래 보존될 집들에 그림으로 자신들의 메시지를 남기려 했던 것일까. 암호화된 추상화가 아니라 지극히 단순한 구상화를 통해서. 그래서 지금 그들의 후손은 그 그림과 목각을 밑천으로 삼아 관광수입을 톡톡히 올리고 있는 것이리라.

그림들 가운데는 수백 년 된 것들도 수두룩했다. 우리라면 김홍도나 장승업 등의 풍속화에서나 봄직한 시대의 화려한 그림들이 마을의 벽 어디에나 그려져 있었다. 그 뿐인가. 발걸음을 옮기기가 무섭게 나타나는 분수대나 조형물들 모두 예술이었다. 주로 나무를 이용해서 만든 것들. 나무가 풍부한 그곳에 맞는 예술미의 발견이었다.

마을 한 복판의 필라투스하우스Pilatushaus. 프레스코 화의 당대 최고봉 프란츠 제라프 츠빙크Franz Seraph Zwink의 걸작들로 담벼락을 장식한 집이었다. 아름다운 꽃들이 만발한 정원도 일품이었고, 정원 한 쪽 구석에는 큼지막한 예수고상이 세워져 있었다. 안에 들어가니 목각 공방이 차려져 있고, 공장工匠 서너 명이 작업 중이었다. 그리고 한 구석에 서 있는 막시밀리안 2세의 등신대等身大 목각상이 있는데, 2백년은 족히 되어 보였다. 막시밀리안 2세는 바바리아의 국왕이자 호엔슈방가우 성의 주인이자 비운의 왕 루드비히 2세의 아버지였다. 루드비히가 그토록 애착을 가졌던 린더호프 성 역시 이곳으로부터 몇 km 떨어지지 않았고. 이곳이 그들의 본거지였음은 여기서도 분명해졌다.

벽 그림들 중엔 기독교를 소재로 한 종교화가 많았고, 『빨간 모자』, 『헨

젤과 그레텔』 등 동화를 그린 것도 있었다. 목각 또한 십자가, 예수(고)상, 성모 마리아, 기독교 성인 등 기독교를 내용으로 한 것이 압도적인데, 그 이유를 쉽게 알 수 없었다. 그런데, 알고보니 1633년 유럽 일대에 페스트가 유행하여 엄청난 수의 사람들이 죽어나갔음에도 이 마을만은 무사했다는 것. 그것을 감사하며 이 마을에서는 10년마다 한 번씩 〈예수 그리스도 수난극Passion Spiel〉을 상연해왔다고 한다.

마을 어귀에 있는 '예수수난극장Passion Play Theatre'. 큰 규모의 훌륭한 극장이었다. 정기적으로 공연하는 수난극 이 외에도 수시로 연극을 상연하거나 무대예술들을 올림으로써 이 지역 문화에 기여한다고 했다. 이렇게 우리는 종교적으로 예술적으로 뿌리 깊은 그들의 자존심을 확인할 수 있었다. 동시에 독일인들이 지닌 미학의 한 부분, 특히 실생활에 뿌리를 둔 예술만이 오래 지속될 수 있고 더 창조적일 수 있다는 그들의 미학을 깨달을 수 있었다.

22일 오후에 들른 미텐발트에서도 그 점을 확인했다. 해발 2385m의 카르벤델Karwendel산이 우뚝한 국경 도시 미텐발트. 그 산 하나만 넘으면 오스트리아였다. 미텐발트의 시가지에서도 우리는 벽그림들을 만났다. 오버아머가우에 비해 양적으로는 뒤졌으나 더 고풍스러웠다. 벽그림들과 함께 목각예술을 자랑하는 오버아머가우. 그러나 미텐발트는 벽그림과 함께 바이올린 산업이 두드러졌다. 이곳에 바이올린 제작기술을 전한 마티아스 클로츠M. Klotz(1653-1743). 바이올린 제작 기술이 전해진 후 그것은 이 지역의 핵심 산업으로 정착했다고. 성당 앞 광장에는 바이올린 만드는 모습의 클로츠 동상이 서 있고, 시내에는 바이올린 명장 안톤 말러Anton Maller의 집도 있었다.

시내 한 복판으로 맑은 물이 흐르고, 그 주변의 노천까페엔 많은 사람들이 앉아 있었다. 커피 한 잔과 벽에 그려진 그림들과 끊임없는 대화. 석양 무렵 카르벤델의 그림자 속으로 독일인들의 미의식이 배어나는 미텐발트는 그렇게 밤을 맞을 준비를 하고 있었다.

## 인강River Inn과 노르트케테Nortkette의 봉우리들이 빚어낸
## 티롤Tirol주의 보석, 인스브룩

10월 22일 오후 4시 넘은 시각. 독일의 국경 도시 미텐발트를 떠나 카르벤델Karwendel산(해발 2385m)을 넘었다. 오스트리아에 진입, 인스브룩을 향하게 된 것. 긴 국경을 맞대고 있는 독일과 오스트리아. 이미 스위스에서 독일로 넘어가던 도중에도 우리는 오스트리아의 브레겐즈를 거친 바있다. 우리는 샤르니츠Scharnitz, 제펠트Seefeld 등 절경들을 안고 있는 중·소도시들마저 그냥 지나쳤다. 인스브룩이 우리를 기다리고 있다는 착각 때문이었다. 그러다 문득 생각하니 토요일. 휴일이었다. 가 보았자 인포메이션 센터도 상점들도 모두 문을 닫은 상태일 텐데. 숙소는 어떻게 구할 것이며, 끼니는 어떻게 때울 것인가. 더구나 날까지 어두워지고 있었다. 인스브룩 도심에서 7~8km 떨어진 치를Zirl을 찾아 들어간 것도 그 때문. 입구의 게스트하우스Gastehaus Margret에서 하룻밤을 묵었다.

*** 

10월 23일 일요일 아침 10시. 드디어 인스브룩 입성. 1964년과 1976년 등 두 차례의 동계올림픽으로 우리의 귀에 익은 인스브룩. 사방을 둘러보니 8부 능선부터는 나무 한 그루 자라지 않는 험준한 산악들이 병풍처럼 둘러쳐져 있었다. 멀리서 눈 내리기만 기다리는 스키 리프트도 보였고, 패러글라이딩을 즐기는 사람들도 보였다.

프리드리히 거리를 따라가자 멀리 보이는 개선문. 파리 개선문의 축소판이었다. 그리고 그 뒤 쪽으로 꽉 짜인 옛 건물들이 즐비했다. 이름하여 헬블링하우스Helblinghaus, 황금지붕Goldens Dachl, 왕궁Hofburg, 궁정교회Hofkirche, 야콥 성당Dom St. Jakob, 돔 광장과 접한 옛 대학 Alte Universitat 건물, 란트하우스Landhaus, 티롤민속예술박물관 Tiroler Volkskunstmuseum 등. 프리드리히 거리와 호프거리에 둘러싸인 건물들과 도심의 공원을 형성한 슈타트투름Stadtturm과 라트하우스 Rathaus 등이 구시가지를 형성하고 있었다.

구시가지와 인Inn강 사이엔 헤르초크거리Herzog Strasse와 오토거리 Otto Strasse가 달리고, 다리Innbrücke 하나가 건너편 마을 회팅Hötting 과 이어주었다. 구 시가지로부터 헤렌거리Herren Gasse를 건너자 콩그레스Congress가 나왔다.

밑져야 본전이라고 생각한 우리는 혹시나 하고 반호프를 찾았다. 일요일임에도 인포메이션 센터는 문을 열고 있었다. 나이 지긋한 안내원은 친절했다. 역사 유적과 관광 포인트들을 조근조근 설명하는 그의 표정이 너무나 진지했다. 그의 설명은 우리의 사전지식과 대부분 합치했다. 다시 구시가지를 향해 나오다가 보즈너 광장Bozner Platz에서 벌어지고 있는 군사 이벤트를 만났다. 광장의 한쪽에 가교를 설치하는 공병대의 시범을 시민들이 몰려들어 구경하고 있었다. 진지한 군인들과 시민들의 표정 모두 볼 만 했다. 거기서 비로소 오늘이 오스트리아 창군 기념일임을 알았다. 그러고 보니 도처에 군인들로 가득했다. 12만에 불과한 모든 시민들이 몰려나온 듯. 일요일임에도 구 시가지는 북새통이었다. 곳곳에서 동시다발적으로 행사들이 열리고 있기 때문이었다.

걷다 보니 구시가지의 중심에 성 안나 기념탑Annasaule이 서 있었다. 스페인 왕위 계승 전쟁 때 바이에른Bayern의 침공으로부터 도시를 지켜낸 것을 기념하여 1706년에 세워진 대리석 탑이라 한다. 맨 위에는 성모 마리

국군의 날 행사장에서 음식을 만들어 시민들에게 공짜로 나누어 주는 광경

아가, 대좌엔 성인들과 성 안나상이 세워져 있었다. 그 주변에도 군인들이 모여 있었다.

우린 흥겨운 주악소리를 따라 안나탑 건너편으로 갔다. 독일영사관 건물 안쪽 광장이었다. 군악대가 연주를 하는 무대 주위로 시민들이 가득 모여 있었다. 시민들은 의자에 앉아 음식을 먹으며 군악대의 음악을 감상하고 있었다. 뜨거운 수프와 빵을 시민들에게 공짜로 제공하는 광장 한 구석. 길게 줄을 서 있는 그곳에 우리도 동참한 건 물론. 군대 요리사들인 듯, 듬뿍 퍼주는 수프와 갓 구어낸 빵 맛이 일품이었다. 유럽에 온 이래 비로소 '손님'의 대접을 받는 듯하여 흐뭇했다. 우리가 인스브룩 입성의 날 하나는 기막히게 잡은 것인가.

목이 마르고 오슬오슬 추워지기 시작한 석양 무렵. 이곳에 다시 오니 잔치의 흥은 정점에 오르고 있었다. 빵과 수프를 나눠주던 맞은편에서 술과 음료수까지 공짜로 나눠주는 게 아닌가. 우리는 와인을 뜨겁게 데워 만든 '글뤼바인' 한 잔씩을 시켰다. 추적추적 비가 내리던 독일 칼브의 장터. 썰렁하던 그곳에서 마신 글뤼바인 한 잔의 추억이 떠올랐다. 뜨거운 글뤼바인 한 모금이 뱃속으로 들어가자 온몸이 훈훈해지던 기억. 그래서 우리의 차 트렁크 안에는 언제나 글뤼바인 한 병이 들어있었다. 어릴 적 막걸리를 뜨겁데 데워 드시던 아버지를 생각하며 우린 가끔씩 글뤼바인을 애용하게 된 것이었다. 해장술(?) 글뤼바인. 우리가 발견한 유럽의 빅히트 물건이었다.

국군의 날 행사는 시내 도처에서 하루 종일 열리고 있었다. 갓난쟁이부터 노인들까지 모든 시민들이 몰려나와 군인들과 하루를 즐기는 모습이 참으로 보기에 좋았다. 각종 무기를 진열해놓고 시민들에게 만져보게 하고 친절히 설명도 해주는 그들. 테러범 제압의 시범을 보여주기도 하고 교통사고 처리 시범을 보여주기도 했다. 가상의 산을 만들어 놓고 아이들로 하여금 암벽타기의 즐거움을 선사하기도 했다. 옛날 식 기념 엽전을 제조해주는 코너도 있었다. 우리 역시 참여하여 무거운 쇠메를 휘두르고, 기념 주화 하나를 챙긴 것은 물론이다. 민간과 군의 친선도모. 바로 그들 창군 기념 행사의 컨셉이었다. 시민과 동떨어진 군이 아니라, 시민의 친구로 조력자로 존재한다는 점을 끊임없이 알리려는 그들. 영세중립을 표방하면서도 역사의 경험을 통해 군대의 소중함을 알고 있는 그들이었다.

'시민과 함께 하는 군대'. 어느 나라인들 중요하지 않으랴. 요즘은 계룡대에서 열린다던가. 재미없는 우리나라 국군의 날이 생각났다. 전국의 놀이공원에 헌 탱크나 안 쓰는 미사일이라도 몇 대 갖다 놓고 시민들에게 설명해준다면, 오죽 좋으랴. 선량한 시민들 앞에서 '폼이나 잡아야' 군인인 듯 착각하는 우리의 수준이 슬퍼지는 하루였다.

늘 '오스트리아' 하면 겨울철 스키나 즐기는 곳으로 알고 있는 우리였다. 영세 중립국에 기껏 '모차르트의 고향 잘츠부르크' 정도만 알고 있는 우리. 그러나 근세 이전에는 유럽을 지배하던 강국, 화려한 역사를 갖고 있는 강국이었다. 합스부르크가의 역사를 조금만 훑어보아도 그 영광의 역사를 알 수 있는 나라다.

사실 이 도시의 구시가지는 프리드리히 3세의 아들인 황제 막시밀리안 1세에 의해서 구축되기 시작했다. 1477년 부르고뉴 공작의 딸 마리아와 결혼하면서 부르고뉴의 궁정문화는 오스트리아에 도입되기 시작했고. 이곳에 궁정이 들어서기 시작한 것은 막시밀리안 황제가 인스브룩을 방문한 1493년부터였다. 막시밀리안 황제 자신 뿐 아니라 그로부터 훨씬 후의 여 황제 마리아 테레지아도 이곳을 아주 좋아했다는 것. 그 이유 때문인가. 앞에 말한 것처럼 이곳엔 합스부르크 가의 영광을 보여주는 건축물들이 아주 많았다.

파리의 것에 비해 아주 작지만, 화려한 인스브룩의 개선문이 인상적이었다. 황제 마리아 테레지아의 아들 레오폴드 2세와 스페인 공주 루드비카의 결혼 기념으로 건립되었다는 개선문. 그러나 건립 중 황제의 부군 프란츠 슈테판의 갑작스런 사망으로 애당초 설계와는 달라졌다는데. 문의 남쪽에 '삶과 행복'이, 북쪽에 '죽음과 슬픔'의 뜻을 담은 그림이 새겨진 것도 그 때문이었다. 지배계층 역시 삶과 죽음의 수레바퀴는 피해갈 수 없는 공리公理임을 이 문은 보여주고 있는 것일까.

우리는 성 야콥 대성당, 헬블링 하우스, 황금지붕의 막시밀리언 박물관, 서비텐클로스터Servitenkloster 등을 둘러보았다. 웅장한 야콥 대성당과 헬블링하우스의 화려한 궁중문화가 놀라웠다. 잘 몰랐던 오스트리아의 옛 문화 역시 유럽의 보편성을 기반으로 하고 있다는 것, 지배세력의 통치 기반 위에서 문화가 전승되고 있다는 것 등을 확인할 수 있었다.

서비텐클로스터에서 우리는 참으로 '이쁘게' 꾸민 성모상를 만났다. 피에타상의 슬픈 얼굴과 대비되는 기쁘고 아름다운 성모를 발견하자 우리의 피로는 싹 가셨다. 오스트리아에는 어딜 가나 예수 고상과 성모상이 서 있었다. 90% 이상이 가톨릭교도인 오스트리아. 종교에 심취한다는 면에서, 인정이 많다는 면에서 어쩌면 우리 민족과 서로 통하는 면이 있을지도 모른다고 생각했다. 잘츠부르크에도 엄청난 성당들이 우리를 기다리고 있다는데, 과연 어느 정도일지.

해는 넘어가고, 집을 찾는 나그네의 마음은 초조해졌다. 우리는 인스부르크의 북쪽 노르트케테 연봉 아래쪽 높은 마을의 숙소를 찾기로 했다. 시가지를 한 눈에 내려다 보고 싶었고, 야경도 보고 싶었다. 어둑발이 완전히 깔릴 즈음 우리는 산 중턱 봐이헤르부르크가Weiherburggasse에서 멋진 숙소 하나를 구할 수 있었다. 펜션 파울라 가르니Pension Paula Garni. 꽃으로 아름답게 치장한 3층 목조건물의 꼭대기 층이었다. 창밖으론 인스브룩의 시내가 한 속에 잡힐 듯 정다웠다. 오후 잠깐 뿌리던 빗방울도 사라진 저녁. 마지막 황혼은 케르테 산을 넘었고, 시각을 알리는 교회의 종소리들만 남아 청랑하게 울리는 인스브룩의 밤. 우리는 다음 날 모차르트의 음악과 함께 펼쳐질 잘츠부르크의 화려함을 꿈꾸며 잠자리에 들었다.

# 잘차흐 강변에 꽃핀 영욕의 현장, 잘츠부르크

　10월 24일(월) 날씨 맑음. 오후 3시 7분, 잘츠부르크를 향해 인스브룩 반호프의 주차장을 출발. A1 고속도로를 타고 두 시간 남짓 만인 5시 20분경 잘츠부르크 도착. 공항 근처의 에탑호텔에 2박 예정으로 투숙했다.

　모차르트를 낳은, 음악과 축제의 도시 잘츠부르크. 열 손가락으로 꼽기에도 힘들만큼 엄청난 규모의 교회들, 레지덴츠와 잘츠부르크성 등 고 건축물, 게트라이데 거리를 중심으로 하는 주택 및 상가 등. 1997년 유네스코가 구시가지 전체와 신시가지 중 미라벨 궁전과 정원을 세계문화유산으로 인정했을 정도로 전통문화가 넘치는 도시다. 우리에겐 1920년에 창시된 음악페스티벌이나 〈피가로의 결혼식〉, 〈돈 죠반니〉, 〈마술피리〉 등 모차르트의 화려한 오페라 등으로만 기억되는 잘츠부르크. 그러나 잘츠부르크는 오스트리아의 역사가 복잡다단했던 만큼 순탄치 않은 세월을 겪어왔다.

　앞서 들렀던 인스브룩이야말로 막시밀리안 황제와 마리아테레지아의 작품임을 우리는 확인한 바 있다. 그들이 주역으로 활약했던 여러 단계의 제국, 그 정치적 산물이 오늘날엔 역사와 문화의 유산으로 남아있음을 그곳에서 볼 수 있었다. 잘츠부르크도 그런 점에서 예외가 아니었다. '소금의 성Castle of Salt'에서 유래한 이름 '잘츠부르크'. 기원전 700년부터 이 지역에서 생산된 소금은 이 지역을 풍요롭게 했고. 그 때문인가, 결국 로마제국의 지배까지 받게 되었다. 중세에는 소금이야말로 '백금'으로 불릴 정도로 귀한 물건이었기 때문이리라. 오죽하면 월급을 뜻하는 'salary'의 어원이 'salt'이겠는가. 어쨌든 잘츠부르크는 예로부터 인문지리적 입지나 풍토상 살기 좋은 곳이었다.

우리는 신시가지의 미라벨 궁전과 정원에서 잘츠부르크의 탐색을 시작했다. 미라벨 궁전의 주인공은 볼프 디트리히 대주교. 성직자의 신분으로 살로메 알트란 여인을 너무 사랑한 나머지 결혼을 해서 열 명 이상의 자식까지 보았다는 그였다. 그녀를 위해 잘차흐 강변에 지어준 것이 바로 미라벨 궁전과 정원으로, 1690년 피셔가 설계했다.

정원 중앙에는 높은 분수가 서 있고 오타비오가 만든 네 개의 조각상이 있는데, 그것들은 각각 물·불·공기·흙의 신화적 이미지를 갖고 있었다. 바다 위로 헬레나Helens를 훔쳐오는 패리스Paris, 땅 밑으로 페르소포네Persophone를 납치해오는 플루토Pluto, 공중으로 거인 안테우스Anteus를 들어 올리는 헤라클레스Heracles, 불타는 트로이에서 아버지를 구해오는 아에네스Aeneas 등이었다. 그 안에 있는 분수가 바로 페가수스 분수로, 1661년 카스파 글라스가 청동으로 만들었다. 용마가 날아갈 듯 달리는 모습을 하고 있었다. 분수 뒤쪽엔 난장이 정원도 있었다. 돌로 만든 난장이 상들은 모두 다른 성격이나 직업들을 나타내고 있었다.

미라벨 정원의 당시 이름은 알테나우성Schloss Altenau. '미라벨'이란 이름은 뒤의 대주교 마르쿠스 시티쿠스가 바꾸어 붙인 것. 도시의 대화재로 1818년 완벽하게 파괴되었으나, 1층의 대리석 홀과 라파엘 돈너의 상이 있는 서쪽 날개의 계단만은 온전히 남았다고 한다. 물 맑은 잘차흐강. 그 강변에 만든 미라벨 궁전도 아름답거니와 장미 만발한 그 정원의 꽃밭은 더욱 아름다웠다. 살로메 알트는 잘츠부르크 평민의 딸이었다. 그녀가 얼마나 사랑스러웠으면 사제의 신분으로 결혼하여 자식까지 둘 수 있었을까. 그 때문에 교계에서 갈등을 빚고 영주들과 대립하게 되었고, 결국 실각하여 요새에 갇혀 지내다가 외롭게 죽었다고 한다.

미라벨 광장과 접한 안드레 교회. 큰 규모의 성당으로 내부 역시 아름다웠으나 보수공사를 시작하려는지 교회 안의 모든 것들을 실어내고 있었다. 크게 인상적이었던 것은 예수고상과 성모마리아상. 어느 교회에서도 보지 못하던 모습과 성격의 상들이었다. 제대에 세워진 고상은 1959년 칼바이저 교수의 작품이고, 제대 오른쪽의 삼위일체 상은 1979년 아들하르트 교수의 작품이었다. 퍼지는 햇살을 배경으로 한 성모상은 1905년 요셉 바흐레흐너의 작품. 예수고상과 삼위일체상은 우리가 알고 있는 원상들로부터의 데포르마숑이라고나 할까. 두 천사가 양 옆에서 옹위하고 있는 성모상 역시 처음 목격하는 것. 보수 후에 어떤 모습으로 나타날지 자못 궁금했다.

안드레 교회 앞은 마르크트 광장. 그로부터 좌측으로 직진하면 나타나는 것이 삼위일체 교회. 1694~1703년에 걸쳐 건축가 피셔가 만든 걸작으로 엄청난 크기의 돔형 지붕이 시가지를 압도했다. 화려한 바로크 양식이었다.

그로부터 이어지는 린저 거리. 구시가지 오른쪽의 상가가 바로 그곳이었다. 그 왼쪽으로 린저가를 따라 올라가면 나타나는 성 세바스천 묘지. 울프 디트리히가 이탈리아식으로 설계한 이 묘역엔 파라셀수스 박사, 모차르트의 부친과 아내, 대주교 울프 디트리히 등이 묻혀 있었다.

삼위일체 교회에서 잘차흐강을 바라보고 왼쪽엔 모차르트 뮤지엄이 오른쪽엔 란데스 극장이 서 있었다. 모차르트가 살던 집은 지금 뮤지엄으로 변해 있었다. 우리는 모차르트의 음악을 들으며 그와 그의 음악에 관련되는 물건들을 살펴보았다. 그가 남긴 편린들을 통해 천재 음악가의 삶과 정신세계를 훔쳐보는 일. 쉽진 않았으나 즐거운 일이었다. 결국 우리의 최대 관심사는 인간 모차르트의 행복 여부였다. 그는 과연 행복했을까.

투명한 잘차흐 강물 위로 놓인 마카르트 다리를 건너 들어간 구시가지. 지금도 그 시절의 번화함은 남아 있었다. 아름다운 철제의 간판과 상호들이 무성하게 돌출된 쇼핑의 중심 게트라이데 거리. 금박을 입힌 간판들이

1 숙소에서 바라본 호엔베르펜성의 모습
2 성 안드레 교회Pfarrkirche St. Andra, Salzburg의
삼위일체상
3 페스퉁호엔잘츠부르크Festung Hohensalzburg에
서 내려다본 잘츠부르크 시가지
4 헬브룬Hellbrunn성의 분수

꽤나 많았다. 걸으며 그런 것들을 보는 것만도 큰 즐거움이었다. 거리를 빠져 나가자 성 블라시우스 교회가 나타났다. 본당은 잠긴 채 성모상과 예수고상이 모셔진 회랑만 출입할 수 있었다.

게트라이데 거리로 되돌아온 우리. 전문 음식점 노르트제에서 생선구이로 점심을 해결했다. 그 싱싱한 생선, 소금 뿌려 햇볕에 살짝 말렸다가 노릇노릇 구워냈으면 얼마나 맛있었을까. 포크를 대자 살점들이 부슬부슬 부서졌다. 정체 모를 맛. 그렇게 만들어 놓고 비싼 값을 받다니!

점심 후 모차르트 생가, 대학교회, 대성당, 프란치스카 교회, 레지던츠 및 광장 등을 숨차게 돌아다녔다. 웅장하고 화려한 규모와 제도에 우린 정신을 차릴 수 없었다. 알프스 북쪽 최고最古의 바로크 형 성당인 잘츠부르크 돔. 처음엔 로마네스크식으로 지었으나 1598년 대화재로 가운데 지붕이 무너졌고. 그러자 성당 전체와 주민들의 주택, 공동묘지 등을 헐어버리고 잘츠부르크에 '작은 로마'를 재현하려 한 볼프 디트리히 대주교. 앞서 말한 미라벨 궁전의 주인공이었다. 주민들의 원성이야 오죽했으랴. 그럼에도 불구하고 그 일을 밀어붙인 듯. 그 역사役事는 그 후 파리스 로드론 대주교에 의해 1628년 완공되었고, 1655년엔 아치형 통로도 완성되었다.

돔에 들어갔다. 통 속에 들어간 듯 둥근 천정이 드높았다. 그곳엔 아르제니오 마스카그니와 이간지오 솔라리 등의 일품 천정화가 빛을 발하고 있었다. 모차르트가 유아시절 세례를 받았다는 성수함도, 그가 연주했다는 파이프 오르겔도 그대로였다.

미라벨 궁의 주인공 볼프 디트리히 대주교가 세운 레지던츠. 그 안엔 당시 지배자의 생활 모습이 그대로 남아 있었다. 놀랍고도 우스운 일이었다. 성직자인 그가 이토록 세속의 영화에 집착했었다니! 우리의 생각이 너무 고루한 것인가.

구시가지에 온존해 있는 옛날의 자취들을 살피고 난 우리. 아픈 다리와 피곤한 몸을 전동열차에 실었다. 호엔잘츠부르크 성에 오르기 위해서였다. 성에 오른 것은 눈 깜짝할 사이였다. 일망무제一望無際! 그리고, 대단한 규모였다.

사실 이 성은 종교와 정치 간 갈등의 소산이었다. 교회가 정치에까지 관여하던 당시의 상황에서 교황과 황제의 갈등은 당연지사. 여기서 교황의 편일 수밖에 없던 대주교로서는 황제의 보복을 우려하지 않을 수 없었을 것이다. 그래서 당시의 대주교 겝하르트는 이 성과 함께 호엔붸르펜 요새를 짓기 시작했고. 뒤에 우여곡절은 많았으나 이 성들은 결국 오늘날과 같은 모습으로 남아있게 된 것이다.

성 안에서 우리는 대주교 레온하르트의 호화로운 삶을 훔쳐볼 수 있었다. 온통 황금으로 치장한 그의 방, 꽈배기 모양의 거대한 대리석 기둥, 찬란한 문양의 문들, 도자기로 치장한 벽난로, 심지어 기도실마저 호화찬란했다. 이곳저곳에 대포도 설치되어 있었다. 잘츠부르크의 정신세계만을 관장했어야 할 대주교. 세속적 권력까지 휘어잡은 데서 빚어진 무리가 곳곳에 배어 있었다. 모순과 역리. 그로부터 비틀린 역사는 태어났고, 그 속엔 죄 없는 민초들의 땀과 피가 절어 있었다. 신의 뜻을 참칭하여 세속의 권력까지 장악하고 백성을 괴롭힌 성직자들. 빼앗긴 세속의 권력을 탈환하기 위해 종교계와 힘을 겨루어 온 제왕들. 시간의 흐름 속에 매몰되어간 그들을 오늘날 우리는 무슨 방법으로 단죄할 수 있는가.

***

지친 몸을 이끌고 숙소에 돌아와 하룻밤을 지낸 우리는 다음날 일찍 잘츠부르크의 남쪽에 있는 헬브룬 궁으로 달렸다. 명당이었다. 400년 넘은 분수들은 아직도 작동되고 있었다. 대주교의 여름별장답게 도처에서 물이 뿜어져 나오도록 설계되어 있었다. 뿐만 아니라 이 궁의 뒤편인 헬브룬 산맥 끄트머리엔 헬브룬 동물원도 있었다.

1613년~1619년에 세워진 이 궁의 설계자는 잘츠부르크 대성당의 수석건축사 산티노 솔라리. 단순히 초대되는 손님들의 즐거움이나 휴식만을 위해 지은 것은 아니었다. 잘츠부르크 대주교의 힘을 보여주고자 한 것이 바로 그 실질적인 존재이유였다.

궁에 소속된 오스트리아 여성 안내원. 우리와 같은 시각에 입장한 관광객 20여명을 인솔하며 설명해주던 그녀는 가끔씩 분수를 틀어 우리를 놀라게 했다. 황홀한 조각들에 둘러싸여 파티를 벌였을 그들. 좌중이 와인 맛에 도취되어가는 순간 호스트인 대주교 마르쿠스 시티쿠스는 슬그머니 손을 내려 단추 하나를 누르고. 갑자기 좌석 밑에서 솟아오르는 물줄기. 물줄기를 맞으며 좌불안석 놀라 당황하는 귀족들. 그들을 바라보며 즐거워하는 대주교. 그래도 당시 대주교로부터 파티 초대장을 받는 것은 최고의 영광이었단다. 더욱 우스운 일은 대주교와 함께 앉았다가 먼저 일어날 수 없는 예법. 그 파티에 참석했던 귀족들 대부분은 분명 대주교가 퍼부은 물벼락에 흠뻑 젖었겠지. 그러면서도 얼굴엔 만족과 감사의 웃음을 띠워야 했을 것이고. 최고의 자재들만을 써서 최고의 요지에 지은 '아방궁'에서 '존경스러운' 대주교와 귀족들은 그런 장난질을 치고 있었던 것이다. 우리는 궁 안팎에 전시된 각종 예술품과 골동품들을 돌아보며 그들이 즐긴 행복과 민초들이 겪은 불행을 모두 경험할 수 있었다.

27일 11시쯤 호엔붸르펜 성에 도착했다. 텐넨산맥Tennengebirge과 하겐산맥Hagengebirge으로 둘러싸인 퐁가우-Pongau 지역을 제압하는 형국의 이 성이 흥미로웠다. 113m의 암벽 위, 붸르펜 시가지의 북쪽 끝 경치 좋은 곳에 솟아 있었다. 11세기 중엽 이후까지는 문헌에 언급되지 않는다는 호엔붸르펜성. 갖가지 우여곡절을 겪으면서 오늘에 이른 성의 모습이 호젓하고 아름다웠다. 겉모습은 비록 투박했으나 내부 구조나 제도는 어느 성채 못지않게 짜임새가 있었다. 올라가면서 성벽 틈으로 내다보이는 회색의 텐넨 연봉들. 성의 모습과 환상적인 조화를 이루고 있었다.

성에는 필그림, 잘차흐, 마돈나, 공작 꼬리 등을 비롯한 대략 9개의 타워들이 있었다. 모두 바깥을 내다 볼 수 있도록 만든 구조. 성 밖의 수려한 산들이나 민가들, 들판과 강을 한 눈에 내려다 볼 수 있는 위치의 이점을 살리는 동시에 효과적인 성의 방어를 목적으로 만든 듯 했다. 그 가운데 가장 인상적인 것은 시계의 정밀한 내부구조와 연결되어 정확도를 자랑하는 '큰 종탑'이었다. 일반 성당이나 교회의 그것과 같은 듯 했다.

성벽 틈 곳곳엔 밖을 향한 대포가 설치되어 있었고, 총·석궁 등 각종 무기들을 전시해 놓은 방들도 여럿 있었다. 그러고 보면 성을 만든 자들의 의도가 '자기 보호'에 있었을 텐데, 몇 문의 대포, 몇 자루의 총으로 그게 가능하다고 믿은 그들의 단견이 우스울 뿐이었다. 정작 1525년의 농민전쟁 때 격분한 농민들에 의해 대화재를 입은 뒤 16세기 중반 이후 요한 야콥 대주교의 시대에 와서야 다시 복구된 것을 생각하면, 언제나 적은 안에 있는 법. 밖으로 향한 대포로 안에 있는 적을 어떻게 쏠 수 있으랴.

가장 충격적인 장소는 성내 감옥과 각종 고문도구들. 끔찍했다. 지하 9m 깊이의 감옥도 그러려니와 고문 받는 모습과 고통의 신음소리를 재현해놓은 방의 사실성은 소름이 돋을 정도였다. 인권과 개인의 자유를 최우선시하는 선진국에도 그런 어두운 시절이 있었음을 비로소 목격하게 되었다. 중세의 고문도구들에 관해 많이 들어오긴 했으나, 실제로 목격한 것은 처음이었다. 치 떨리게 하는 그 살벌한 모습들이란!

예수고상과 성모상을 모셔놓은 성당도, 가구들을 잘 갖춘 대주교의 거실도 보았다. 깊은 우물도 부엌도 있었다. 이젠 희미해진 벽화들도 그 시대의 영화와 꿈을 보여주고 있었다. 견고하게 만들어진 성채. 지금까지 수백 년을 잘 견뎌왔으니 앞으로 천년인들 못 견딜까. 곳곳에 묻어있는 대주교의 세속적 욕망이 새삼 무서웠다. 당시의 대주교인들 어찌 양심과 양식에서 우리만 못했으랴? 우리보다 교리도 더 잘 알고 있었을 것이며 세상 돌아가는 이치도 더 잘 꿰고 있었을 것이다. 옳고 그름이 뭔지도 잘 알고 있었을 것이다. 그럼에도 세속의 욕망에서 자유롭지 못했다. 신의 뜻을 잘 알고 있었으면서도 우리 같은 범부들도 깨닫고 있는 삶의 덧없음을 깨치지 못했다니! 그렇다면 우리와 우리 주변에 명멸하는, 그 많은 성직자들에게도 그럴 개연성이 '다소간' 있을 수 있지 않겠는가.

우리는 호엔붸르펜성에서도 모순과 역리의 '마지막 흔적'을 찾지 못했다. 모순과 역리의 역사는 지금도 계속되고 있으니까.

***

아름다운 잘츠부르크. 그러나 옛 시가지는 거대한 바벨탑이었다. 아니 바벨의 기억을 되살려 주는 세트장이었다. 그곳에서 우리는 미래 지향의 거울들을 발견했다. 어떻게 살아야 꼬인 역사를 바로잡을 수 있을까. 종교와 세속의 경계는 무엇인가. 종교의 영역과 정치의 영역이 착종된 현실에서 우리가 추구해야 할 것은 과연 무엇인가. 그 해답을 잘츠부르크는 우리에게 들려주고 있었다. 모차르트의 장중한 레퀴엠과 함께.

## 호수에 가라앉은 마음을 건지는 곳,
# 할슈타트

　10월 28일(금). 창문을 여니, 할슈타트 호수가 밤새 피워 올린 안개는 숙소 주변의 목장에서 멈칫거리고 있었다. 사방의 풀잎을 깔아뭉갠 '된 이슬'은 곧 서리로 변할 것이다. 숙소에서 올려다 보이는 해발 2109m의 크리펜슈타인Krippenstein 산봉우리. 갓 올라온 말간 햇살을 머리에 이고 있었다. 조만간 저 햇살과 이 안개가 할슈타트 호면湖面에서 만나 맨 정신으론 보기 힘든 판타지를 만들어낼 것이다.

　잠시 후 크리펜슈타인의 햇살은 1768m의 자이달름Gjaidalm산봉우리로 내려앉고 있었다. 머지않아 우리 숙소의 지붕을 덮칠 태세였다. 그 햇살이 호숫가의 고요를 집어삼키기 전에 우린 서둘러 숙소를 나섰다.

　밤새 내린 된 이슬로 축축해진 길을 걸었다. 호숫가의 길이 늘 그렇듯, 길 가는 우리들은 비틀거렸다. 왼쪽은 단단한 아스팔트길, 그리고 무성한 숲. 오른쪽은 끝이 보이지 않는 맑은 물. 호수는 자꾸만 우리를 당기고 아스팔트는 우리를 밀어냈다. 병풍처럼 사방을 두른 산들이 호수의 거울에 아침단장을 하는가. 알록달록한 단풍들이 물속에 가득하고. 물속에 비친 '이쁜 얼굴들'이 자꾸만 우리를 유혹했다. 현실과 환상의 사이에서 겨우 균형을 잡은 우리. 물 밖의 단풍이 진짜인지 물속의 단풍이 진짜인지 구분

오버트라운의 숙소에서 도보로 할슈타트 가는 길에
만난 할슈타트호수Hallstättersee와 건너편 산들

할슈타트 구 시가지의 모습

할 수 없었다. 이렇게 비들거리며 우린
어디로 가는가. 걱정에서 헤어나기 어
려웠다.

　　잘츠카머굿Salzkammergut. 잘츠부
르크의 동쪽 산악지대를 말한다. '소금
의 영지領地'로 번역되는 '잘츠카머굿'으로부터 우리는 쉽게 벗어나지 못하
고 있었다. 잘츠부르크에서 뷔르펜을 거쳐 할슈타트로 오던 길을 생각해보
았다. 한없이 올라가는가 하면 끝없는 나락으로 내려가고. 뾰족한 봉우리를
새끼줄로 감아놓은 듯 빙빙 돌아가는 길이 혼란스럽기만 했다. 단 한 번도
평탄한 길을 5분 이상 달려본 기억이 없는 지역. 그러나 가파르고 폭 좁은
길을 그곳의 차들은 잘도 달렸다. 가끔씩 우리의 등마루에선 땀이 흘렀다.

　　깊은 계곡 아랫마을은 어둑어둑했으나, 산기슭의 마을들엔 한낮의 햇살
이 따가웠다. 소금광산들이 밀집해있는 지역. 서해안의 갯벌에서 따가운
햇살과 바닷물로 만들어지는 것만이 소금인 줄 알고 있던 우리였다. 험준
한 바위산에 광맥으로도 존재한다는 사실은 교과서에서 얻은 지식이다.
금 캐듯 소금을 캐어 부를 이룬 이곳 작은 마을들이었다. 근대 이후 대부
분의 소금광산이 폐쇄되어 해발 2,000m 안팎의 소금마을들은 낙후의 길
로 접어들었다. 그러나 얼마 안 가 '미개발이 복음福音'임을 알게 된 사람

들. 근대화의 패러다임에 갇혀 허덕이던 세계인들이 '근대화=환경의 파괴'임을 깨달으면서 비로소 이들 지역의 가치를 인정하게 되었기 때문이다. 가만히 앉아만 있어도 백규부부 같은 세계인들이 몰려와 돈을 쓰고 있지 않은가. 굴뚝산업으로 돈을 벌던 시대는 이미 지났다. 잘 보존된 산과 물, 그리고 공기가 재화의 원천임을 이들은 보여주고 있었다. 그래서 유네스코도 이 지역을 세계문화유산으로 지정했을 것이다.

세계인들이 몰려와 많은 돈을 뿌리기 때문인가. 주민들로부터 악착같은 모습을 발견할 수 없었다. 스위스와 오스트리아에서 아직도 이해되지 않는 것 한 가지. 너무 짧은 근로시간이다. 스위스에 들어간 언제이던가, 오후 세시까지 점심도 못 먹고 숙소 체크인도 못한 날이 있었다. 오전 10시쯤 열고 12시면 '칼 같이' 닫아거는 점포들. 오후 3시나 되어야 다시 열고 6시쯤엔 또 닫아건다. 휴일에는 아예 철시撤市해버리고. 유리창으로 바라보이는 진열대 속의 빵들. 배에서는 꼬르륵 소리가 나도 개점 시각 전엔 '그림의 떡'일 뿐이었다. 개점 시각 5분전쯤 '이젠 열겠지' 하고 찾아갔으나, 안엔 사람이 보이는데도 출입문은 굳게 닫혀있었다. '땡!' 하고 정각을 알려야 문은 열렸다.

이렇게 일 하고도, 아니 '일을 안 하고도' 밥 먹고 살 수 있는 나라들을 우린 돌아다니고 있다. 새벽같이 문을 열고 밤늦도록 일 해도, 심지어 휴일을 반납해가면서까지 일 해도 왜 우리의 삶은 나아지지 않는 것일까.

할슈타트에 도착했으나 기대했던 소금광산은 바로 이틀 전 하절기 관광을 끝내고 잠정 폐쇄 되었단다. 도착하던 날 폐쇄된 베르펜의 얼음동굴에서도 우린 절망을 했었는데, 할슈타트의 오늘 또 한 번 쓴 맛을 보아야 했다. 비수기의 대가치곤 매우 비싼 셈이었다. 언제 다시 와서 소금광산의 멋진 추억을 만들 수 있단 말인가. 그 대신 우리는 좁좁하면서도 아름다운 할슈타트의 모든 것을 즐기기로 했다. 차를 두고 온 홀가분함 덕분이었다. 구시가지는 참으로 좁았다. 간신히 차 두 대가 교행할 수 있는 도로가 대부분이고, 차 한 대 만 통할 수 있는 길들도 많았다. 그러나 호숫가 언덕에 겹쳐 지은 집들은 아름다웠다.

그 좁은 곳에도 있을 건 다 있었다. 거리를 걷던 우리는 작지만 아름다운 박물관에 들어갔다. '할슈타트의 7000년' 이 박물관의 테마였다. 선사시대부터 지금과 같은 마을이 생기기까지의 과정을 유물들을 통해 잘 보여주고 있었다. 시각 효과 뿐 아니라 음향효과도 만점이었다. 이 지역 번영의 기반이 소금광산이었음을 박물관은 실증적으로 보여주고 있었다. 작은 마을의 아름다운 박물관. 우리의 마음에 전해진 건 잔잔한 감동이었다.

다음으로 찾아간 곳은 마르크트 광장의 교회. 오스트리아에서 드물게 보는 개신교회였다. 오스트리아 문화유산의 하나로 지정되어 있었으며, 높은 첨탑이 인상적이었다. 놀라운 건 내부구조에 가톨릭이 냄새가 많이 배어있다는 점. 벽에는 예수고상도 걸려있고, 무릎 걸이만 떼어져 있을 뿐 좌석도 가톨릭교회의 그것들과 같은 모양이었다. 마침 교회를 구경하고 있던 수녀 한 분에게 물었다. 이 교회가 가톨릭인가 아니면 프로테스탄트인가. 한 마디로 '에반겔리세 처취'란다. 개신교회란 말이었다. 유럽 일대를 돌아다니며 번번이 개신교회에서 가톨릭의 냄새를 맡게 되는데, 그것은 구교와 신교가 분리되기 이전의 시기가 길었기 때문일 것이다.

개신교회를 나와 찾은 곳은 언덕 위에 있는 성당이었다. 규모도 대단하려니와, 내부구조 또한 독특했다. 제대 앞에 걸린 첨탑모양의 금빛 장식물들. 놀랄 만큼 화려하고 아름다운 예술품이었다. 교회를 돌아가며 뒤쪽으로 묘소들이 즐비했다. 십자가, 예수고상, 꽃들로 장식된 묘소들. 공동묘지의 음침함보다는 평화로운 쉼터의 이미지가 더 강했다. 묘소를 갖춘 교회가 그래서 아름다운 듯. 더구나 앞에는 파란 호수가 펼쳐져 있고, 하늘에선 찬란한 햇살까지 쏟아지고 있었다.

우린 연락선으로 호수를 건넜다. 할슈타트 건너편엔 기차역이 있었고, 대부분의 배낭여행객이나 주민들은 그 열차를 이용했다. 역에 내려 연락선을 타면 할슈타트로 건너갈 수 있었다. 호수를 가로질러 가며 파란 하늘과 호수, 그리고 알록달록한 할슈타트를 호흡했다. 주위로 높이 둘러쳐진

도시를 찾아, 역사를 찾아

산들과 어울린 할슈타트는 그림보다 '이뻤다.' 무거운 짐을 메고 열차로 이곳까지 온 배낭족들은 이 배 위에서 비로소 할슈타트와 만날 것이다. 얼마나 찬탄들을 할까. 그러니 여행기들을 남기는 배낭족들이 이구동성으로 할슈타트를 찬양하는 것이리라. 한국에서 노래 부르듯 할슈타트를 그리워하던 아내. 상상과 실제 사이에 약간의 차이가 있는지 오늘 하루 부쩍 불만이 많아졌다. 아마도 얼음동굴과 소금광산 때문이리라.

배에서 내린 우리는 잠시 트레킹을 즐겼다. 할슈타트에서 보이던 하얀 성 밑으로 나 있는 오솔길. 길 위엔 낙엽이 복닥하게 덮여 있었다. 그 오솔길 위쪽으로 철길이 나 있었다. 그 철길로 가끔씩 도시 간 셔틀 열차가 괴성을 지르며 달리곤 했다. 깨끗한 햇살의 세례를 받으며 우리는 배고픔도 잊고 걸었다. 길을 잘못 들어 말 목장까지 통과하느라 피곤하긴 했으나, 그게 무슨 대수이랴.

***

꿈의 할슈타트. 이곳에서 소금이 생산되기 시작한 것은 기원전 3천년 경부터란다. 그 소금은 각지로 운반되었고, 이 지역은 부를 구가했을 것이다. '할슈타트 시대'로 불린 기원 1000년부터 500년 사이의 기간도 그로부터 가능했을 터. 어쩌면 지금 새로운 '할슈타트 시대'를 맞이했다고 할 수 있지 않을까.

사실 우리는 호숫가에서 졸고 있는 할슈타트를 꿈꾸었다. 그런 할슈타트를 살짝 깨워 며칠 동안 함께 하고 싶었다. 그러나 할슈타트는 잠을 자고 있지도 않았고, 더욱이 꿈도 꾸고 있지 않았다. 너무나 생생하게 '또록또록' 눈알을 굴리며 영악한 모습으로 우리를 기다리고 있었다. 혼자 남은 호수는 외로운 듯 했다. 그래서 우리는 호수를 한 바퀴 반이나 돌았고, 배를 타고 건너기도 했다. 외로운 호수의 말벗이 되어준 것이다. 호수에 우리의 마음을 비춰보기도 하고, 헹궈내기도 했다. 산들은 그 자리에서 늘상 그 모습을 반복하는 것 같았다. 사람들만 그렇게 하지 않는 듯 했다. 그래서 우리는 믿음직한 산들에게 호수를 부탁하고 다시 길을 떠나기로 했다.

체코 올로모우치의 한 인터넷 까페에서–
함께 여행 중인 노트북

# 덮어쓰기

컴퓨터를 글쓰기에 본격적으로 이용하기 시작한 80년대 후반. 내겐 웃지 못할 일들이 많았었다. 가장 괴로웠던 일 하나가 '덮어쓰기' 다. 요즈음은 젖만 떨어지면 컴퓨터를 갖고 노는 게 아이들의 일이니 문서작성 정도야 가르치지 않아도 저절로 아는 시절. 이런 어처구니없는 실수를 범할 리 없다.

짧게는 며칠, 길게는 몇 주에 걸쳐 논문 한 편을 쓰다 보면 논문 쓰는 장소도 다를 수 있고, 저장 영역 또한 다를 수 있었다. 경우에 따라 연구실과 집에서 같은 논문을 동시에 진행할 때가 있었다. 학회지의 마감에 쫓길 때, 자료들이 집과 학교에 분산되어 있을 때는 어쩔 수가 없었다. 지금이야 이메일이 활성화되어 있으니, 작업하던 것을 이메일에 올려놓으면 어디서든 빼내 붙일 수 있다. 그러나 당시엔 공책 장 반 쯤 되는 크기의 플로피디스크나 손바닥 크기의 하드디스켓으로 퍼나를 수밖엔 없었다.

밤 11시가 넘어 들어가 책상에 앉으면 12시가 훌쩍 넘기 마련. 새벽 1시나 2시쯤 되면 졸음이 눈꺼풀을 내리눌러 제대로 작업이 될 리가 없었다. 기껏 한 두 페이지가 고작. 그래도 그게 어디냐? 대충 저장해갖고, 다음날 일찍 연구실에 나간다. 우선 힘겹게 작업한 것을 컴퓨터에 옮길 생각으로 디스켓을 넣고 키를 두드리면 '덮어쓰시겠습니까?' 란 물음이 나오고, 비

9월 7일 감동적으로 만난 베르사이유의 모습

몽 사 몽 당 연 히
'Yes'를 누른다.
강의가 끝난 다음
작업을 하려고 파
일을 꺼내면 10페
이지가 넘어 있어
야 할 논문은 달
랑 두 페이지 뿐.
정신이 번쩍 들면
서 가슴을 치지만
이 미 때 는 늦 었
고. 어처구니없는
우행愚行을 누구
에게 말도 못하고

며칠 간 허탈해 할 뿐이었다.

　이런 경우 말고도 일일이 기억할 수는 없으나, '덮어쓰기'의 실수로 고
통 받은 경험이 적지 않다. 논문 한 편을 날리고 나면 참으로 허무하다. 다
시 기억을 되살리거나 새로 써서 더 좋은 논문이 나온다 해도 허무하고 아
깝기는 마찬가지였다. 흡사 뱃속에서 잘 자라고 있던 아이가 유산되거나
사산되는 느낌. 그만큼 끔찍한 경험들이다.

＊＊＊

　여행하면서 '덮어쓰기'의 괴로운 추억을 떠올리는 때가 종종 있다. 유
럽 여행을 시작한지 오늘로 두 달이 지났다. 시작할 때부터 지금까지 사실
'엄청난 곳들'을 다녔다. 교과서에서나 보던 그림들이며, 건물들, 도시들.
모두 감동적이었다. 그런데 그런 감동들이 하루 이틀 사이에 사라진다는
것을 최근에서야 깨달았다. 그 이전의 것들은 찍어놓은 사진 혹은 써 놓은
글들을 통해서나 기억해낼 수 있게 되었다.

여기서 우리는 매일 새것들을 보고 새 도시에 간다. 그리고 새로운 사람들을 만난다. 새로 만나는 것들은 우리에게 감동을 준다. 갈수록 성당들은 더 크고 화려해지며, 자연은 더 아름다워지며, 음식은 더 맛있어지며... 그런데 새로운 견문이나 새로운 감동이 이전의 것들을 덮어버리는 것이었다. 전에 본 것들보다 지금 보는 것들이 반드시 더 좋은 것은 아니다. 그러나 새로운 것은 새로운 감동을 주며 최고의 것으로 마음에 자리를 잡는다. 그 감동이 마음에 저장되어 있던 이전의 것들을 지워버리면서 새로이 저장되는 것이다. 이른바 '덮어쓰기'를 통해서.

그래서 순간순간 찍은 사진들을 보관해놓지 않는다면, 기행문을 그때그때 써두지 않는다면, 우리는 늘 현재의 경험만을 기억하게 될지 모른다. 어쩌면 나중엔 내가 왜 여행을 왔는지, 어느 경로를 통해 현재에 이르게 되었는지 까맣게 모를 수도 있다. 그렇게 된다면 얼마나 허무한가. 여행의 발자취나 감동을 반드시 남겨두어야 하는 것은 아니다. 그러나 인간의 기억엔 한계가 있고, 보아야 할 것, 들어야 할 것들은 많다.

옛 말에도 있지 않은가. "무딘 붓끝이 총명보다 낫다"고.

그래서 나는 오늘도 열심히 찍고 기록한다. 덮어쓰기의 어리석음과 허무함을 막으려고.

10월 31일에 만난 바하우 계곡 크렘스의 글록켄슈필Glockenspiel

# 알트아우스제의 소금광산과 오스트리아의 예술혼

김형!

잘츠부르크에 입성한 10월 24일 이래 우린 아직도 오스트리아의 잘츠카머굿을 벗어나지 못하고 있소. 어제의 할슈타트를 끝으로 이곳을 떠나볼까 했지만, 그게 그리 쉽진 않구려.  깨끗한 자연, 수려한 풍광이 우리를 매혹시키는 점이야 오스트리아 어딜 가도 마찬가지일 것이오. 사실 우리로선 해결하지 못한 문제가 하나 남아 있기 때문에 이 지역을 쉽게 떠날 수 없었던 것이오. 바로 소금이오.

뵈르펜에서도 소금광산을 보지 못했고, 할슈타트에서도 그랬소. 할슈타트를 빨리 보고 싶다는 일념과 할슈타트에도 멋진 소금광산이 있다는 점때문에 뵈르펜의 소금광산을 지나쳤는데, 정작 할슈타트의 소금광산은 우리가 도착하기 하루 전에 여름 투어를 끝내고 폐쇄되어 있었소. 그래서 약간 일정을 바꾸어 알트아우스제의 소금광산을 찾게 된 것이오.

'그깟 소금, 뭣 땜에 그리도 보고 싶어 하오?' 이렇게 물어도 할 말은 없소. 그러나 난 유럽에 오면서 잘츠카머굿과 소금, 그리고 '소금광산'이란 말 자체에 큰 흥미를 느꼈소. '소금밭' 즉 염전에서 '만들어내는 소금'만이 전부는 아니라는 것. 광산에서 소금을 캐내기도 한다는 사실을 초등학교 때 배운 바 있소. 왜 역사책에도 나오지 않소? 중세에 소금은 백금보다

1 알트아우스제의 소금광산Berg der Schätze
안에서 설명을 듣고 있는 모습
2 알트아우스제의 소금광산에서 캐낸 소금으로
만든 램프들

귀한 물건이었다고. 그래서 '소금' 아닌가요? 소금 없다고 생각해보오. 우리가 매일 달고 사는 채소들과 그 많은 고기들을 어이 먹을 수 있겠소?

중세기 화학자들에게 소금은 아주 매력적인 물질이었던 듯하오. 고체이면서 물에 녹고, 물의 상태에서 다시 고체로 굳어버리는 가역성可逆性 말이오. 모종의 화학적 자극을 가하면 크리스탈로도 바뀐다는데, 정말인지는 알 수 없소. 모르겠소. 그들이 몰두했다는 연금술과도 무슨 관계가 있는지.

나는 서해안 갯벌 출신이오. 지금은 대부분 사라졌지만 고향 인근에 염전이 꽤 있었소. 지금은 중국산 저질 소금을 들여다가 국산소금으로 '세탁하는' 간이역 정도로 몰락했다지만, 서해안 염전 '끗발' 날리던 한 시절도 있었소. 어린 시절 가끔 그곳을 지나치다가 소금 만드는 모습을 본 적이 있었소. 염부鹽夫들이 수차水車로 염전에 퍼 올린 바닷물. 꽤 오랜 시간 따가운 햇볕을 쪼이면 바닷물은 증발되고 희끗희끗 소금밭이 보이기 시작하오. 염부들은 고무래를 들고 그 소금밭을 슬슬 염전 중앙으로 긁어모으고, 그렇게 한동안 하다보면 염전 한 복판엔 하얀 소금의 산이 생기는 것이오.

그걸 큰 바구니에 긁어 담소. 두 개의 바구니를 연결한 막대기를 어깨에 메고 '영차영차' 소금 창고로 나르는 게 염부들의 마지막 작업이었소. 고된 작업이지요. 우리의 밥상에 늘 오르는 소금. 그 만들어지는 과정을 보며 자라온 나요. 그래서 우린 오늘날의 잘츠카머굿을 만든 소금의 존재를 보고 싶었던 것이오. 잘츠카머굿의 부를 이룬 소금광산. 이 지역에서 800여년이나 캐온 소금. 과연 지금도 땅 속에 들어가 소금덩어리를 캐고 있는지. 철이나 금, 석탄이야 워낙 고가高價이니 막장에 들어가 고생하며 캐낼 만하다지만, 글쎄 소금을 캐러 그런 막장에 들어간다면?

　서두른 덕분에 우린 간신히 11시 투어에 댈 수 있었소. 그런데 소금광산의 이름이 심상치 않았소. 베르크 데어 쉘체Berg der Schätze, 즉 '보물산'이란 말이오. '관광객을 끌어 모으는 방법도 가지가지구나!' 처음엔 이렇게 생각했었소. '보물산'이란 이름만 붙이면 소금 폐광이 금광으로 변하는 이치라도 있단 말인가. 그렇게 생각하면서 우리는 그들이 시키는 대로 출발점인 슈타인버그하우스에서 흰 옷을 껴입었소. 흰 옷 입은 이십여 명의 관객이 두런두런 막장의 문이 열리기만 기다리는 대기실. '아우슈비츠의 개스실에 들어갈 순서를 기다리는 사람들 같다'는 끔찍한 농담을 소근거리며 우린 잠시 웃었소.

　레일이 깔린 좁은 갱도를 걸어가면서 경쾌한 음악이 흘러나오고, 가끔은 막장을 뚫는 드릴소리도 들려왔소. 효과음들이지요. 어둠 속에서 듣는 음악과 드릴 소리. 실감 나는 분위기였소. 수백m를 들어가니 난데없이 작은 성당이 나오는 것이었소. 성모상과 예수고상도 걸려 있는, 작지만 아름다운 성당이 그곳에 있었소. 그곳에서 우리는 가이드의 설명을 들었소. 1935년 알트아우스제의 광부들이 세워 성 바르바라St. Barbara에게 봉헌했다는군요. 당시 바트아우스제Badaussee의 자선교회에서 보낸 성화들이 이 교회에 아직도 생생한 모습으로 걸려 있었소. 온도와 습도가 일정한 곳에서는 그림이나 책이 변하지 않는다니, 광산의 막장이야말로 바로 그런 최적의 장소 아니겠소? 이 소금광산의 드라마는 바로 여기서 시작되는 것이오.

우리가 발견한 감동의 드라마. 그건 소금광산의 사건이면서 2차 세계대전의 비극적 결과를 극복해나간 오스트리아 국민의 지혜를 보여주는 하나의 물증이기도 했소. 나치에 점령된 오스트리아는 본의 아니게 2차 세계대전의 주전국이 되었고, 전쟁의 참화로 전 국토는 초토화되고 있었소. 그 상황에서 가장 걱정된 것이 바로 각처의 박물관과 교회 등에 소장되어 있던 보물, 즉 귀한 예술품들이었소. 인간의 목숨도 물론 중요하오. 그와 함께 한 번 훼손되거나 불타면 사라져 버릴 역사적인 예술품들 또한 말할 수 없이 중요하오. 그것들을 안전하게 보존할 방법을 찾아 헤맨 사람들이 바로 박물관의 전문가들이었소.

그들이 이 광산을 찾은 것은 1943년. 전쟁이 한창인 때였소. 아마도 이들은 전쟁의 비극적 결말을 예감하고 있었던 듯하오. 그들이 발견한 것은 잘 보존되고 있던 교회의 성화들이었소. 교회에 걸려있던 성화들의 양호한 보존 상태를 확인한 순간, 그들은 무릎을 쳤소. 즉시 오스트리아 전역의 박물관과 교회들에 있던 보물급 예술품들을 이곳에 피난시킨 건 물론이오. 그래서 성 바르바라 채플은 일약 유럽 예술의 보고로 탈바꿈된 것이오. 예술품들의 보관처로 바뀐 광산의 선반들. 참 재밌지요? 1945년까지 약 7천여 점의 보물들이 이곳에 운반되었소. 대부분은 오스트리아의 박물관으로부터. 그 과정에서 나찌는 그것들 일부를 약탈하기도 했다하오.

진짜 극적인 순간은 전쟁 막바지였소. 패전의 분위기가 짙어갈 무렵 나찌 사령부는 예술품들을 없애기 위해 광산을 파괴하기로 결정했었소. 그들은 중 폭탄 여덟 개를 도자기 상자로 위장하여 운반해 왔다하오. 그러나 곧바로 광부들은 진짜 내용물이 무언지를 알게 되었소. 그래서 명령권자의 생각을 바꾸기 위해 무진 설득을 했으나 결국 실패. 광부들은 생명의 위험을 감수하기로 했소. 1945년 5월 3일 밤 광부들은 명령을 듣지 않고, 폭탄들을 광산 밖으로 내 갔다 하오. 그래서 그 귀한 예술품들을 구한 것이오. 광부들의 결단은 단순한 애국심을 뛰어넘은 오스트리아인들의 자존심이었소. 모차르트와 요한슈트라우스, 슈베르트, 하이든 등등. 별처럼 빛나는 예술가들의 조국. 예술의 나라 오스트리아.

6·25 사변의 불바다에서 보물급 문화재들을 일본에 안전하게 도피시
켰다가 오늘날 숭실대 기독교 박물관의 모체를 만든 김양선 목사나 간송
미술관의 전형필 선생 등. 그 순간 우리는 그런 분들을 생각했소. 그건 보
통사람의 의지를 뛰어넘는 일이오. 그 분들이 그 예술품들을 불구덩이 속
에 던져두고 내 목숨이나 구하겠다는 본능만으로 움직였다면, 오늘 우리
는 정신적인 불모의 사막에서 헤매고 있었을 것이오. 예술적 유산이 없는
나라의 국민이 되는 것보다 더 무서운 일은 없을 것이오. 유럽을 돌아다니
며 이들이 갖고 있는 자존심의 근원이 바로 그들의 예술이나 사상에 있음
을 알게 되었소. 아울러 근원을 알 수 없는 부끄러움도 느끼게 되었소. 소
중한 깨달음이지요.

그런 역사적 우여곡절을 통해 소금광산은 환상적인 갤러리로 바뀌어 있
었소. 우리의 느낌일 뿐 아니라 그들 스스로도 그렇게 여기고 있었소. 사
실은 그럴만한 이유가 있었소. 예술품이 수장되어 있던 공간엔 다수의 멀
티비젼들이 설치되어 있었소. 우리는 투어 내내 멀티비젼 쇼를 통해 세기
적인 예술품들을 감상할 수 있었소. 박물관 대신 소금광산의 막장에서 최
고의 예술품들을 감상할 수 있다는 것. 생각만 해도 멋지지 않소? 그 뿐인
줄 아시오? 어느 통로에서는 우리들의 몸에 비쳐지는 그림들을 감상하기
도 했소. 한 줄로 늘어서서 걸어가는 우리들의 등판에 나타나는 그 그림들
을. 앞 사람의 등판에 비쳐지는 그림을 뒷사람이 볼 수 있도록 한 것이오.
투어를 시작하면서 왜 이들이 우리에게 흰 옷을 입혔는지를 그 때서야 비
로소 알게 되었소. 처음엔 우리들의 옷을 더럽힐까 우려하여 흰 색의 덧옷
을 입히는 줄 알았소. 그러나 갤러리를 통과하고 나서야 의도가 다른 데
있었음을 우리는 깨달은 것이오. 자신들이 목숨 걸고 지켜낸 예술품들을
멀티비젼의 레이저로 생생하게 보여주려는 의도. 바로 그건 그들의 자존
심이었소. 비록 멀티비젼으로나마 최고의 예술품들을 수장하고 있는 소금
광산. 그곳이 최고의 갤러리가 아니고 무어란 말이오? 최고의 갤러리로 변

소금광산투어의 대미를 장식한 연주회 모습

신한 소금광산. 이보다 더 극적인 사건이 어디에 있단 말이오?

　마지막 코스에서 우리는 오스트리아 예술의 클라이맥스를 경험했소. 바로 환상의 연주회. 어둠 속에 고여 있는 직경 80m의 연못. 그곳엔 큰 달 하나가 반쯤 잠겨 있었소. 말하자면 '달의 호수'라고나 할까. 연못의 중앙엔 무대가 마련되어 있고, 연주자 없이 악기와 악보만 놓인 의사들이 몇 개 있었소. 잠시 후 실루엣으로 등장한 지휘자. 열정적인 몸짓의 지휘에 따라 감동적인 음악이 흘러나왔소. 그 장중한 음악소리에 하얀 달은 서서히 황금빛으로 변해가고, 호수의 물도 출렁이는 듯 했소. 어둠 속 텅 빈 객석에서도 분명 찬탄의 한숨이 흘러나오고 있었소. 아, 그건 음악에 대한 오스트리아인들의 자부심, 바로 그것이었소. 레이저와 멀티비전을 통해 환상을 보여주려는 예술적·과학적 자부심의 발로였소. 우리는 드디어 감동의 바다에 빠지고 말았소. 결국 오스트리아의 저력을 인정하게 된 것이오.

　위기에 처한 예술품들을 소금광산에서 지켜낸 그들. 첨단기술을 통해 세계인들에게 보여줌으로써 이곳 소금광산은 오스트리아인들의 예술적·과학적 저력을 보여주는 보배로운 공간이 된 것이오. 오스트리아에 온 이래 우리는 비로소 '감동을 먹은 것이오.' 왜 사람들이 이곳에 오면 한사코 소금광산을 보려는지 알게 되었소. 놀랍지 않소? 오늘은 이만 하리다.

2005. 10. 29.
린츠 근처 아스텐의 호텔방에서
백규

도시를 찾아, 역사를 찾아

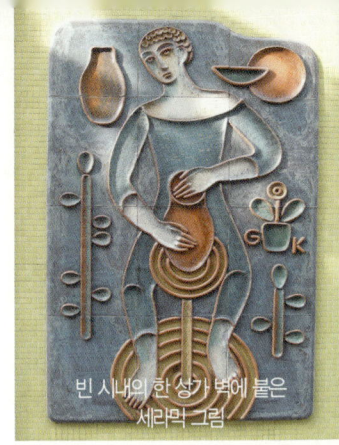
빈 시내의 한 성가 벽에 붙은
세라믹 그림

저녁 무렵의 빈 시가지 모습

## 문화와 예술, 그 열정이 출렁이는 너른 바다, 빈

끝 간 데 없이 넓고, 밑을 알 수 없는 바다. 빈은 바다였다. 도시를 꽉 채운 아름답고 장중한 건축물들, 그 건축물들의 공간을 꽉 채운 옛 문화, 그리고 비교적 산만한 듯한 오스트리아인들의 자유혼이 미래지향의 창조적 역량으로 분출되는 곳이었다. 우리는 인스브룩, 잘츠부르크, 바하우 계곡 등을 거쳐 빈으로 오면서 오스트리아와 그간 거쳐 온 나라들이 크게 다른 점들을 발견했다. 적극적이고 활발하며 친절한 오스트리아인들의 성격, 그러나 약간은 조급하며 거칠어 보이는 운전 습관 등. 한국인들의 성격과 통하는 면이기도 했다.

사실 우리에겐 오스트리아에 대한 사전 정보가 거의 없었다. 자연이 빼어나게 아름다우며, 자타가 공인하는 세계 최고의 음악적 전통을 지닌 나라라는 점, 모차르트, 슈베르트, 요한 슈트라우스와 프로이트의 나라라는 점 외엔 아는 게 없었다. 그러나 이번의 여행을 통해 오스트리아인들이 오랜 동안 질곡의 역사 속에서 터득한 삶의 지혜를 자산으로 멋지게 살아가고 있는 국민임을 비로소 알게 되었다.

인구 120여만의 큰 도시 빈. 서기 2세기 경 로마제국의 북쪽 방어선으로 삼기 위해 '빈도보나Vindobona' 라는 군사 캠프를 세운 데서 유래되었다. 5세기 로마제국의 멸망과 함께 로마인들은 물러갔고, 9세기 후반 잘츠부르크의 문헌에 비로소 나타난 '베니아Wenia'란 이름이 바로 빈의 전신이었다.

19세기 후반 경 빈의 인구는 1백만을 돌파했고, 1900년경엔 2백만을 넘어서기도 했다. 1, 2차 세계대전의 시련을 겪고 난 1945년 4월 27일, 오스트리아는 다시 건국되었다. 1955년 오스트리아 조약이 체결되면서 전후 분할 통치하던 외국의 군대들이 모두 철수하고, 오스트리아의 자치가 이루어지게 된 것이다. 그에 따라 빈 역시 비약적인 발전을 한 것은 물론이다.

엄청난 규모의 건축과 예술, 그리고 그 문화적 깊이야말로 이렇게 복잡다단한 역사 속에서 형성된 것들이었다. 초·중등학교 시절부터 익히 들어온 인물들이 바로 빈의 예술과 문화의 주역들이었다. 1756년 잘츠부르크에서 태어난 모차르트. 빈을 좋아한 그는 1791년 죽을 때까지 빈에 살았다. 1792년 이래 빈에 살고 있던 베토벤은 1805년 빈 극장에서 그의 오페라 〈피델리오〉를 올리기도 했다. 1797년 빈에서 출생한 슈베르트. 그는 이곳에서 유명한 작품들을 발표하면서 비더마이어Biedermeier시대를 열기도 했다.

그 뿐인가. 지그문트 프로이트, 구스타프 클림트, 아돌프 루스, 에른스트 마흐, 구스타프 말러, 요한 슈트라우스, 아르투르 슈니츨러, 아르놀트 쇤베르크, 테오도르 헤르츨, 에곤 쉴레, 오토 바그너, 슈테판 츠바이크, 안톤 브루크너, 엘리아스 카네티, 엘리저베드 시시, 에른스트 푹스, 크리스토프 빌리발트 글룩, 요셉 하이든, 후고 본 호프만슈탈, 막스 라인하르트, 칼 포퍼, 로버트 슈톨츠 등등, 이곳에서 태어났거나 이곳을 활동무대로 삼은 쟁쟁한 학자와 세기적 아티스트들. 빈의 위상을 세계적으로 높인 그들을 자랑스러워하는 오스트리아 국민들. 그들 모두의 자존심은 하늘을 찔렀다.

\*\*\*

빈의 남쪽 생 막스의 호텔에서 자동차로 두어 번, 트램으로 서너 번이나 알트슈타트를 돌아보았다. 어디든 무작정 내려서 답사를 시작할 수 없을

도시를 찾아, 역사를 찾아

137

만큼 시가지가 꽉 짜여 있기 때문이었다. 도심의 박물관만 해도 수십 개. 각종 궁전과 성, 교회 등의 숫자까지 감안한다면 몇 달이 걸려도 소화해내기 어려운 분량이었다. 왕궁 호프부르크와 길 하나 사이로 마주 보고 있는 미술사박물관과 자연사박물관, 그리고 그 인근의 루드비히박물관 등 규모가 큰 박물관들과 소규모의 개인 박물관들도 즐비했다.

11월 2일. 아침 일찍 미술사 박물관에 도착, 문을 열고 들어서는 순간 기가 질렸다. 화려한 내부는 아름다움의 극치였다. 위로 건물 끝까지 통하게 하고 맨 끝을 유리로 마감한 천정의 구조나 무늬 역시 돋보였다. 세상에 이토록 아름다운 박물관이 있을 수 있다니! 비록 맨 나중에 들를 계획으로 루브르를 빼놓긴 했으나, 그간 여러 나라의 유명한 박물관이나 미술관들을 두루 거쳐 온 우리였다. 그러나 여기처럼 아름다운 경우는 별로 경험하지 못했다. 더구나 우리의 혼을 빼놓은 것은 바로 지금 스페인 출신의 세계적인 화가 고야Goya의 특별전이 열리고 있다는 점. 과연 양과 질에서 발군拔群의 컬렉션이었다. 우리에겐 행운이었다.

오스트리아 왕가의 사적인 컬렉션으로부터 시작된 미술사 박물관! 과연 인류의 미술사를 망라한 듯 했다. 합스부르크가의 황제들, 왕들, 대공들. 그들이 예술품 수집에 개인적 흥미를 갖기 시작한 것은 대략 15세기쯤부터였다. 체계적이고 규모가 컸다는 점에서 그들 중 일부는 이른바 예술품 수집의 '큰 손'이었던 걸까. 빈과 마드리드의 합스부르크가 컬렉션이 세상에서 가장 두드러진 것들 중의 하나로 랭크될 수 있었던 것도 그 덕분이었다. 1871년과 1891년 사이 빈에 멋진 건물이 세워짐으로써 모습을 드러낸 '미술사 박물관'. 오랜 동안 모인 왕가의 컬렉션은 비로소 여러 범주로 나누어지고 조직적으로 관리되기 시작했다.

무수히 많은 전시실들. 그리고 각 방들은 엄청나게 넓었다. 갈수록 머리는 맑아지는데, 다리가 휘청거리고 눈이 아파왔다. 나중에는 거쳐 온 방과 새로이 들를 방들을 구분하기 어려웠다. 그 큰 방들을 가득 채우고도 모자라 방과 방을 연결하는 회랑에도 그림들은 휘황찬란한 빛을 발하며 전시되고 있었다. 대충 방들을 건너뛰며 종종걸음을 쳤음에도, 우리는 점심을 거를 수밖에 없었다.

미술사박물관 맞은편의 자연사박물관은 합스부르크가의 컬렉션 중 자연사와 인류학 관계 유물들을 모아놓기 위해 지은 박물관이었다. 겉모습과 크기가 똑같은 두 박물관을 탐사하려던 우리의 계획은 수포로 돌아갔지만, 빈 예술의 실체를 생생하게 체험한 하루였다.

슈베르트 뮤지엄 간판

## 슈베르트를 만나고

지하에 그득 쌓인 인골들. 타다 남은 그것들의 분노가 우리를 구역질나게 만든 슈테판성당의 충격을 쉽게 가라앉힐 수 없었다. 지저분한 쓰레기로 변해 쌓여 있는 인간의 몸. 한 줌의 정갈한 흙으로 돌아가 나무와 꽃을 키워내지 못한 채 지하에서 울분의 세월만 보내고 있는 그들! '내 죽으면 한 개 바위가 되리라'고 외쳤던 유치환처럼 차라리 굳어져 바위가 되었으면 얼마나 좋았을까. 부러진 삭정이들처럼 이리저리 굴러다니는 유골들. 그 허무의 충격을 견딜 수 없었다.

11월 3일, 그래서 화려한 왕궁 호프부르크로 달려갔다. 미하엘 문 밖 프란츠 요셉 황제의 기마상을 보며 마음을 추스르고자 했다. 1220년경부터 지어지기 시작하여 역대의 황제들이 차례로 증축해온 호프부르크. 미하엘 광장 쪽으로 향한 곳엔 황제의 아파트와 궁정박물관이 있고, 아우구스티너 거리 옆엔 스페인 승마학교, 왕실 예배당, 국립 도서관, 그래픽 미술관 등이 남쪽엔 헬덴 광장이 동쪽엔 신 왕궁이 서 있는 곳. 그러나 그곳에서도 마음은 편치 못했다.

그래서 우린 슈베르트를 만나기로 했다. 아직 우리의 마음에 서른 한 살의 청춘으로 남아 있는 슈베르트. 빈 교외 리히텐탈에서 태어나 독학으로

프로이트 뮤지엄의 진찰실Consulting Room

프로이트 뮤지엄에 전시된 David P
작 Sigmund Freud, Gestiftet v
der Familier des Bildhausers,19

음악을 익혔고, 6백여 가곡을 만든 천재 음악가 슈베르트. 교향곡, 관현악곡, 피아노 소나타 등 모든 장르에 능통했던 천재 음악가였다.

　우리는 트램 38번을 타고 카니시우스 가에서 하차하여 슈베르트하우스를 찾았다. 목조 건물 2층의 방 3개에 사진과 유품들이 전시되어 있었다. 진시장에서 아내는 슈베르트의 〈미완성 교향곡〉을, 나는 〈아베마리아〉를 반복해 들었다. 아내는 음악을 들으며 조용히 눈물을 떨구었다. 나도 마음이 촉촉해지는 감동을 느꼈다. 슈베르트의 악상을 기가 막히게 재현하는 오케스트라와 가수의 빼어난 음색에 우리는 끝없이 빠져들고 있었다.

　18세 때 그 유명한 〈마왕〉을 작곡했고, 31세의 청춘에 이승을 떠난 슈베르트. 늘 넘치는 악상으로 즐겁기도 괴롭기도 했을 슈베르트. 슈베르트를 그의 집에서 만난 것은 빈이 우리에게 안겨준 선물이었다. 슈테판의 충격이 슈베르트의 음악으로 천천히 정화되는 순간이었다.

### 프로이트를 만나고

　슈베르트와의 감동적인 만남 뒤에 또 다른 감동을 찾고 싶었다. 그래서 슈베르트 하우스로부터 그리 멀지 않은 프로이트 뮤지엄을 찾았다. 베르크가 19번지. 이 건물은 프로이트가 1891년에 세운 정신의학 실험실이었

우 독일!

다. 이 집에서 그는 인간 심리에 대한 기존의 이해를 근본적으로 바꾼 그의 학설을 개발하고 발전시켰다. 유태인에 대한 억압을 피해 영국으로 건너가기까지 여기서 그는 '정신분석'을 연구했고, 연구결과를 『꿈의 해석과 사례 연구』등의 책으로 펴내기도 했다. 사진, 자서전, 각종 기록들의 형태로 전시되고 있는 뮤지엄에서 우리는 그의 꿈과 현실을 목격했다. 비디오실에서는 프로이트의 사생활 관련 필름도 돌아가고 있었다. 행복했던 그의 가정생활이 눈에 띄었다. 대학자 프로이트, 그는 학문 뿐 아니라 가정 또한 잘 꾸려왔음을 필름은 보여주고 있었다.

전시실의 많은 자료들. 논문과 저서들 가운데 눈에 띄는 편지 한 통이 있었다. 1920년 11월 7일 친구 파울 아들러Paul Adler에게 보낸 자필 편지였다. 수신자 불명으로 반송되어 왔다는 설명이 붙어 있었다. 한 장의 편지 속에서도 정확한 근거를 바탕으로 어떤 사실을 언급했다는 프로이트, 그의 편지에 언급되는 사실들의 정확성 여부를 조사한 결과 모두 사실과 일치했다는 설명도 붙어 있었다. 그는 학문에서도 정밀함과 정확성을 중시했으리라.

프로이트의 특징을 잘 나타낸 그림들도 있었다. 다비드 파울David Paul, 요한 코렉Johann Korec, 아르놀트 슈미트Arnold Schmidt 등의 뛰어난 그림들은 인간 심리의 양면성에 관한 프로이트의 학문세계를 그림으로 나타내주고 있었다.

대학자 프로이트. 그는 갔지만 그의 학문은 남아있다. 후학들 중 일부가 프로이트를 극복했다고 말들 하지만, 프로이트 없이 그들이 나왔겠으며 그의 정신분석 패러다임을 바꾸었다고 할 수 있는가. 그래서 프로이트의 학설은 앞으로도 계속 학자들의 책상머리를 지키게 될 것이다.

### '바써'를 봤어요, 빈에서

훈더트 바써Hundert Wasser. 번역하면 백수라던가? 백수白手아닌 백

수百水를 우린 빈에서 '또' 만났다. 왜 '또'인가. 우린 이미 10월 8일에 그를 만났다. 독일 메어스부르크의 마르크트 광장에 있는 신성Neue Schloss에서 바써의 특별전이 열리고 있었다. 일본풍의 그림들, 디자인, 그래픽들이 인상적이었다. 화제畵題의 대부분이 일본글자들이었다. 기상천외한 발상의 그림들이 신선한 느낌을 주었다. 그 그림들에서 바써의 예술세계가 범상치 않음을 간파한 바 있다. 그러나 그가 그렇게 유명한 사람인지는 알 수 없었다. 그러다가 오늘(2005년 11월 4일), 그를 빈에서 다시 만난 것이다. 빈에는 바써와 관련되는 서너 곳이 있었다. 그가 세운 시영주택 '훈더트바써하우스Hundertwasserhaus', '쿤스트하우스 빈Kunsthaus Wien', 빈의 쓰레기 소각장 등이 그것들이었다. 바써하우스 앞에는 칼케빌리지Kalke Village가 있고, 그 내부에서도 바써를 만날 수 있었다. 화장실이 바로 그의 작품이었다. 냄새나는 화장실 앞에서 우린 바써의 예술혼이 내뿜는 향기에 흠뻑 취해 있었다.

11월 4일 아침녘, 차를 몰고 어렵게 찾아간 길이었다. 관광객들은 이미 그곳에 몰려와 바써의 자유로운 예술정신을 음미하고 있었다. 놀라웠다. 집의 모양을 곡선으로 비틀고 군데군데 각양각색의 타일로 변화를 준 디자인이며 곳곳에 나무를 심어 장식한 품이 예사롭지 않았다. '자연계에 직선은 존재하지 않는다'는 것이 그의 지론이라던가.

너무 완벽하게 짜인 빈 시내의 주택이나 건물들. 바로크 양식이든 로마네스크 양식이든 개별적인 건물들을 벗어나 전체를 대상으로 보면 '빈틈없는 상자들의 집합'에 불과한 빈 시내. 자유주의자 바써라면 환멸을 느꼈을 법하지 않은가. 바써는 그런 완벽한 짜임을 파괴하고 싶었던 것이나 아닐까.

빈에 파격을 크게 주려고 작정한 바써. 일직선의 창틀을 소용돌이 모양으로 만들기도 하고, 기둥을 노출시켜 원색을 가미하기도 했다. 상식을 초월하는 바써의 상상력, 그 근저에는 '아름다운 자유'가 자리 잡고 있었다. 얼핏 보면 산만하고 지저분해보이지만, 한참 음미하다보면 우리가 왜 '직

빈 시내의 훈더트 바써하우스Hundert Wasserhaus

선과 평면에 갇혀 살아야 하는가'라는 단순하면서도 본질적인 물음에 봉착하게 된다. 말하자면 즐거운 삶을 위해서 꽉 짜인 틀을 깨보자는 것이 건축가이자 화가인 바써의 근본의도였던 것.

빈에서 바써를 만난 것은 행운이었다. 장중한 빈의 알트슈타트. 빈틈을 찾아볼 수 없는 그곳에서 만난 바써는 우리에게 상상력의 무한한 가능성을 일깨워주었다. 그 상상력만이 새로움을 창조할 수 있다는 강한 메시지를 우리에게 남겨 주었다.

바써와 작별한 우린 다시 그림으로 돌아가기로 했다. 충격적인 기법으로 현대 미술계에 큰 족적을 남기고 스물여덟 청춘에 세상을 뜬 에곤 쉴레를 만나러 우리는 체코의 체스키크룸로프로 떠난다.

체스키크룸로프의 성탑에서 내려다 본 시가지와 블타바 강

보헤미아의 문화적 자존심과 아름다운 자유혼

# 체스키크룸로프에 중세와 르네상스는 살아 있었네!

11월 5일(토) 오후 1시 체스케부데요비치 출발. 가을 비 속의 아름다운 도로를 달려 한 시간 만에 체스키크룸로프에 도착했다. 블타바 강이 휘감아 도는 작은 도시, 중세 혹은 르네상스로 돌아산 느낌의 작은 마을이었다. 1992년 유네스코에 의해 시가지 전체가 세계문화유산으로 등록된 '체스키크룸로프'. '크룸로프'란 무엇일까. '구비구비 흐르는 강변의 풀밭'을 의미한다고. 말 그대로 동화 속에나 나올 법한 빨간 지붕의 집들을 안고 도는 블타바 강이 아름다웠다. 이미 풀밭은 사라졌지만, 그 옛날엔 아마도 이곳이 망아지들 뛰어노는 풀밭이었으리라.

아내는 빈에서 레오폴드 미술관을 꼭 가보고 싶어 했다. 일정에 쫓겨 포기할 수밖에 없었지만, 못내 아쉬운 모양이었다. 그녀의 말에 의하면 그곳에 에곤 쉴레Egon Schiele라는 천재 화가의 작품들이 많이 전시되어 있다는 것. 빈에서 그의 작품들을 친견하고 싶었다는데, 안타깝지만 시간이 없었다. 그 대신 택한 것이 체스키크룸로프 행이었다.

도시가 아름답기도 하지만, 더 중요한 것은 여기에 에곤 쉴레의 미술관이 있다는 사실이었다. 비록 빈의 레오폴드 미술관에서 그의 작품을 보지 못했지만, 체스키크룸로프의 에곤 쉴레 미술관에서 그의 자취와 함께 매혹적인 작품들을 본다? 그야말로 '꿩 먹고 알도 먹는' 격이었다. 그래서 우리는 설레는 가슴을 안고 이곳에 입성한 것이다.

과연 도시는 작고 좁았다. 관광객으로 득실거리는 좁은 옛날 도로를 조심조심 운전하여 센트룸으로 들어가니 드넓은 스보르노스티Svornosti 광장이 나왔다. 광장 주변엔 수백 년 된 호텔들, 펜션들, 상가들이 있었고, 그 가운데 인포메이션 센터와 시청사가 있었다. 광장의 중앙엔 플라그 타워 Plague Tower가 서 있고, 성모마리아가 그 위에서 마을을 굽어보고 있었다.

관광지도와 숙소정보를 받아들고 마땅한 숙소를 찾아 나섰다. 점 찍어 둔 위치는 블타바 강변. 거의 모든 집이 펜션Penzion이란 팻말을 걸어두고 있었다. 몇 집을 들러보고 난 우리는 다리 옆의 한 십으로 결정했다. 주차공간이 있었고, 바로 강 옆이어서 좋았다. 방도 깨끗하고 조용했다. 하루 900크로네에 이틀을 묵기로 했다. 가게에서 파는 우편엽서에도 등장하는 집이었다. 짐을 푼 다음 걸어서 시가지를 둘러보았다. 주택가와 상가, 교회, 고성, 강변 등 걸어서 한 두 시간으로 충분했다.

비 내리는 어둘 녘의 체스키크룸로프는 우리에게 아득한 옛 이야기를 들려주고 있었다. 주막집에서 술을 마시며 노래하고 주정하는 사람들의 이야기를 들려주려는 순간, 어떤 취객 하나가 소리를 지르며 지나가고 있었다. 그것은 살아있는 이곳의 모습이었다. 해만 지면 개미새끼 하나 찾아볼 수 없는 서유럽과 달리 이곳은 밤늦도록 시가지를 오가는 사람들을 볼 수 있었다. 새벽 2시까지 영업을 하는 까페나 술집도 있었다. 그래서 서구와 달리 동유럽의 체코가 좋아졌다.

*** 

11월 6일 아침. 펜션에서 잘 차려진 아침상을 받았다. 지금까지 다녀 본 어느 호텔보다 멋진 상차림이었다. 함께 식사를 한 오스트리아인과 나누던 대화를 서둘러 마치고, 우린 에곤 쉴레를 만나러 시가지로 나갔다.

에곤 쉴레 미술관은 센트룸의 시로카Siroka거리에 있었다. 그 옛날 양조장으로 쓰이던 건물이라 했다. 마침 에스토니아 작가들의 작품전이 함

체스키크룸로브 젠트룸의 에곤 쉴레 아트센트룸Egon Schiele Art Centrum에서 진행되고 있는 표현주의 전시회-아스토니아 작가의 포스터

께 열리고 있었고, 대만 화가 양춘선의 설치미술도 전시되고 있었다. 마침 오늘(11월 6일)이 마지막 날이었다. 우리에겐 행운이었다. 재미있게 꾸며진 내부였다. 원래 양조장이었던 목조빌딩에다가 통로도 바닥도 에곤 쉴레의 작품처럼 자유로운 모습들을 하고 있었다. 에곤 쉴레에 대한 소개를 첫 방에서 만났다. 어릴 적부터 죽을 때까지의 사진들이 순서대로 걸려 있었고, 시기별 행적 또한 상세히 설명되어 있었다.

1890년 6월 12일 빈 서쪽 40km 지점인 도나우 강가 툴른Tulln에서 출생. 1918년 8월 31일 빈에서 인플루엔자로 사망. 꽃다운 청춘 28세. 요절이었다. 1918년 당시 세계적으로 유행하여 수백만을 희생시켰던 인플루엔자. 아기의 출산을 기다리던 아내 에디뜨Edith는 인플루엔자로 그보다 사흘 전에 죽었고, 아내로부터 감염된 그 역시 사흘 후 세상을 뜬 것이다.

10대 초반에 작품을 발표하기 시작하여 죽기까지 겨우 10여 년 동안 330작품의 유화와 3천점 이상의 각종 그림들을 남긴 천재화가. 그의 어머니가 바로 이곳 체스키크룸로프 출신이었다. 그는 어머니의 고향인 이곳을 사랑했다.

그는 모델 발리 노이칠Wally Neuzil을 데리고 21살 때인 1911년 이곳으로 왔다. 그러나 그의 자유분방하고 매이지 않는 생활태도는 동네사람들의 비난을 사게 되었고, 금방 떠나야 했다. 특히 동네 여자애들을 누드화의 모델로 쓰는 데 대하여 보수적인 동네사람들은 참을 수 없었을 것이다.

어디서 그린 것들인지는 모르겠으나, 많은 누드화들이 전시되어 있었다. 비정상적인 모습들, 살아 움직이는 모습들이 바로 그가 지향한 미의 세계였다. 움직임 없는 누드는 하나도 없었다. 고전적 비율의 구도 역시 하나도 찾을 수 없었다. 누드화에 대한 우리의 상식을 훨씬 넘어서는 것들이었다. 지금 보아도 좀 그런데, 지금부터 100년 가까운 세월 전의 사람들을 이해시키긴 어려웠을 터. 거기에 천재 에곤 쉴레의 고민이 있었으리라. 나는 기념으로 누드화 중 하나를 골랐다. 그러나 '매사에 조신한' 아내는 완강히 반대했다. 하는 수 없이 '제멋대로인 듯한' 에곤 쉴레의 자화상으로 낙착을 보고 말았다.

에곤 쉴레의 예술적 세례를 받아서 그랬을까. 우리는 휘청거리는 마음과 몸으로 거리 투어에 나섰다. 산 위에 우뚝 솟은 고성을 찾았다. 10월 말까지 이미 고성의 내부 투어는 끝났다고 했다. 서운함을 달래면서 고성의 통로와 정원, 탑을 찾았다.

탑에 오르니 시가지가 한눈에 들어왔다. 왜 세계인들이 체스키크룸로프를 찾아오는지는 이 탑에 올라야 비로소 알게 된다고 했다. 말 그대로 동화 속의 장면이 펼쳐지고 있었다. 빨간 색 지붕의 집들이 빽빽이 들어찬 곳. 그 사이사이 우산을 든 많은 사람들은 세계 각처에서 찾아온 관광객들이었다. 사시사철 주야로 흘러내리는 블타바 강, 뱃놀이를 즐기는 사람들, 옛 모습을 그대로 유지하면서 그것을 미래를 위한 삶의 바탕으로 삼고 있는 체코인들의 슬기가 역력히 드러나는 곳. 살아있는 중세 도시 체스키크룸로프의 모습이었다.

도시의 경관에 취해있던 우리는 탑에서 내려와 다시 골목을 뒤졌다. 성비투스 교회를 만났다. 14세기로 거슬러 올라가는 건물로 원래는 고딕 양식이었으나, 여러 차례의 개축을 통해 현재와 같은 신 르네상스 양식을 보여주게 되었다. 사실 성 비투스 교회는 체코의 원래 지배자였던 프레미즐 왕조로 거슬러 올라간다. 그리스도교의 세례를 받은 보르지보이 왕, 그의 손자인 바츨라프 1세가 성 비투스를 받드는 교회를 처음으로 건립한 것이 시초였다. 그러니 체스키크룸로프의 중앙에 성 비투스 교회가 있다는 것은 정치적으로나 종교적으로 매우 의미심장한 일이었다.

　교회를 떠나 센트룸의 레스토랑에서 체코 음식과 부데요비치 맥주('버드와이저')로 목을 축인 다음 어두워지는 거리를 빙 돌아 강변의 숙소로 돌아왔다.

***

　체코는 생소한 곳이었다. EU에 속한 나라이긴 하나 화폐도 다르고, 우리에겐 아무런 정보도 없었다. 얼마 전까지 공산국가였다는 사실만이 우리의 뇌리에 박혀 있었다. 그리고 기껏 '프라하의 봄'이나 오스트리아, 독일, 헝가리, 폴란드 등 주변국들과 공유하는 역사 약간을 알고 있을 뿐이었다. 그러나 체코의 국경을 넘으면서 이 나라가 만만치 않음을 느끼게 되었다.

　무엇보다 원활한 인터넷 시스템. 지금까지 거쳐 온 어느 나라보다 체코는 인터넷에 강한 면모를 보여주었다. 체스케부데요비치의 인포메이션 센터에서 인터넷을 물었더니 턱으로 컴퓨터를 가리켰다. 한 번 접속해보라는 것이었다. 시험적으로 키를 눌렀다. 백규의 홈페이지가 순식간에 떠올랐다. 자판이 달라 글자를 쳐넣을 수는 없었지만, 홈페이지 안의 모든 파일들이 선명하게 떠올랐다. 우리는 탄성을 울리고 말았다. 'Ceska internet is fantastic!'이라고 추어주었더니 그녀는 자랑스레 미소를 지었다. 숙소 가이드를 들춰봤다. 아주 작은 펜션까지 모두 홈페이지가 구축되어 있는 게 아닌가. 구멍가게에 가서 무얼 물어도 점원은 즉각 컴퓨터를 누른다. 그만큼 정보망이 완벽하게 구축되어 있고, 검색 또한 원활하다는 것. 우리만 IT의 강자가 아니라는 사실을, 미지의 세계 체코에서 확인하는 순간이었다.

　체코에 들어온 지 사흘. 짧은 기간, 우리는 체코와 친숙해질 수 있었다. 말과 문자는 아직도 깜깜하지만, 어떻게든 의사소통이야 못하겠는가. 이제 프라하로 입성할 준비는 마친 셈.

　오늘 우리는 '역사가 살아 숨 쉰다는' 프라하로 들어간다. 즐거운 마음으로, 그리고 용감하게!!!

# 피비린내를 극복한 문화 · 예술의 향기 – 프라하의 자부심

프라하의 영욕. 참으로 질긴 역사의 산물이었다. 체코를 형성하는 두 지방 보헤미아와 모라비아. 그 보헤미아의 중심에 프라하가 있다. 기원전 4세기 이래 외곽으로부터 사람들이 밀려들면서 꾸준히 인구가 늘어온 프라하. 기원전 6세기 할슈타트Hallstatt 시대부터 이 땅은 켈트Celt 세계의 한 부분을 이루고 있었다. 면적 520㎢에 인구 120만, 인구로 따지면 체코 전체의 12%다.

프라하 답사는 블타바 강과 카를 대교에서 시작되었다. 1992년 세계문화유산의 목록에 오른 도시 프라하를 동 · 서로 가로질러 흐르는 블타바 강. 그 위에 가로 놓인 카를 대교. 12개의 교각과 16개의 아치, 폭 10m에 길이 520m의 큰 다리였다. 다리 상판 위엔 좌우로 예수고상과 28위의 성인 상들이 늘어서 있고, 다리의 동 · 서 양단엔 멋진 탑들이 서 있었다.

동쪽 끝 탑이 이른바 '구시가 문탑.' 이 탑의 철문을 잠그면 공격해오는 적으로부터 도시를 막을 수 있었다. 서쪽 끝 탑은 '레써타운 교문橋門 Lesser Town Bridge Gate.' 카를대교가 있던 자리에 원래는 주디쓰 Judith 다리가 있었다. 주디쓰는 블라디슬라프 1세의 부인. 1342년 이곳을 휩쓴 대홍수가 있었고, 그 난리 통에 다리는 떠내려갔다. 그로부터 5년 뒤 카를 4세는 새 다리를 놓으라고 지시했던 것. 그래서 이름이 카를 대교다. 관광객들은 다리 위에서 프라하의 야경에만 취해 있었다. 다리에 서서 눈을 360도로 돌려보았다. 어디를 보아도 삐죽삐죽 솟은 탑들, 그 사이를 채운 아련한 불빛, 그리고 함부로 날아다니는 갈매기들은 보는 이들의 정신을 잃게 했다.

그러나 이 다리를 만든 본래 의도는 다른 데 있었다. 바로 28위의 성인들에 관련되는 이야기다. 그 중 가장 흥미로운 분이 네포무츠키 성인St. Jan Nepomucky. 다리 동단의 문탑에서 프라하 성 쪽으로 오른편 15번째 성인이다. 28위 중 최고最古의 조각상으로 1683년 얀 브로코프Jan Brokoff에 의해 세워졌다.

뵐플라인 가문 출신인 네포무츠키 성인. 그의 고향이 바로 보헤미아의 네포무츠키였다. 고향을 자신의 이름으로 삼았던 것이다. 성인은 법학과 신학을 연구, 박사학위까지 취득했다. 프라하에서 사제로 근무하던 중 폭군 벤첸슬라프 1세에 의해 왕비 요안나의 고해신부로 간택되었다. 국왕의 미움을 사 결국 성인은 체포되었고, 왕비이 고해내용을 털어놓으라는 왕의 요구를 단호히 거절하며 갖은 고문 끝에 블타바 강에 산 채로 던져졌다.

유해를 건져낸 사람들은 그의 시신을 대성당으로 옮겼고, 그 때부터 그는 '고해성사의 비밀을 지킨 순교자'로 숭배되기 시작했다. 1729년 3월 19일, 교황 베네딕토 13세 때 성인의 반열에 올랐다. 네포무츠키의 희생 역시 그 근원은 정치와 종교 간 갈등이었다. 당시 왕과 주교간의 의견대립이 있었고, 왕과 입장이 달라 미움을 산 네포무츠키가 결국 처참한 죽음을 당하게 되었던 것이다. 그리고 물에 던져진 바로 그 지점에 네포무츠키 성인의 상이 세워지게 된 것이다.

***

11월 8일(화) 오전 10시, 프라하 서북쪽의 숙소에서 22번 트램을 타고 프라하 시내에 진입했다. 우리가 내린 니콜라스 성당 앞까지는 숙소 앞의 드리노폴 역으로부터 15분 정도 걸리는 거리였다.

시내의 역에 내린 우리는 먼저 카를대교를 걷기로 했다. 약간 쌀쌀했으나, 햇살은 좋았다. 좁으면서도 규모 있게 짜인 프라하 골목골목이었다. 로마네스크, 고딕, 르네상스, 바로크, 로코코, 아르누보 등, 다양한 모습의 건축물들이 즐비했다. 레써타운 쪽 교문을 통과하자 그곳이 바로 관광객들 북적대는 다리 상판이었다. 다리 중간 네포무츠키 성인 상 앞에 서서 사방을 둘러보았다. 아, 이게 바로 프라하로구나!

사람들은 카를 대교가 아름답다지만, 사실은 카를 대교로부터 바라다 보이는 360도 시계視界 안의 프라하가 아름다웠다. 강안江岸에 연한 건축물들, 무수한 탑들, 그리고 그것들이 만들어내는 스카이라인, 도시를 좌·우로 나누며 흘러내리는 블타바 강. 우리에겐 독일식 발음 '몰다우 강'으로 더 많이 알려져 있지만, 보헤미아 고산지대에서 발원하여 쁘라하 시가를 둘로 나누면서 흐르다가 북쪽 30km 지점에서 엘베강과 합류, 전장 435km의 만만치 않은 물길을 만들어내는 장강이었다.

그쯤 우리는 체코가 낳은 대음악가 스메타나Bedrich Smetana(1824~1884)를 떠올리지 않을 수 없었다. 체코인들의 애국심을 대변하는 그의 작품이 바로 〈나의 조국〉이다. 전체 여섯 곡으로 이루어진 그 작품 가운데 제2번이 바로 〈블타바〉다. 국민 작곡가로 불렸을 정도로 민족주의를 견지했던 스메타나. 청각이 불완전했던 그의 만년, 고향 보헤미아에 칩거하며 완성한 작품이 바로 이 곡이었다. 드보르작Ant. Dvorak(1841~1904)에게 이어진 그의 음악을 관통하는 주제의식은 조국의 자연과 역사에 대한 찬양이다. 그것을 블타바 강에서 확인하는 순간이었다.

다리를 지나 구시가 광장으로 들어가는 길은 프라하에서 가장 오래 되고 부유한 거리였다. 그곳은 최소한 9세기부터 열린 것으로 추정되는 국제 시장 구역이었다. 아랍 상인 이브라힘 이븐 야곱Ibrahim Ibn Jakob은 10세기 경 바로 여기에서 활약한 사람이었다. 구시가지 주요 도로를 따라 즐비한 로마네스크 양식의 석조건물들은 대강 헤아려도 70개가 넘었다.

구시가 광장, 드넓은 그곳에서 우리는 체코와 프라하 역사의 핵심에 서 있는 인물 얀 후스Jan Hus와 만났다. 광장의 중심, 1680년 이래 마리아의 탑이 서 있던 자리였다. 그 자리에 아르누보 건축가 살로운L. Saloun이 1915년 얀 후스의 동상을 세웠다. 마리아 대신 얀 후스가 이곳에 들어선 것은 의미심장한 일이었다. 보헤미아 출신의 종교개혁가 얀 후스. 프라하의 어딜 가도 그의 그림자는 어른거렸다. 그가 서 있는 구시가 광장은 프라하의 중심이자 체코의 중심이었다. 타락의 길을 걷던 구교와 이에 대항하던 양심적 사제들과 학자들. 그리고 구교에 주된 바탕을 두고 있던 지배세력과 체코 민족세력 간의 갈등. 모두 오늘날의 체코를 있게 한 격변의 요인들이었다.

얀 후스의 행적을 좀 더 소상히 알기 위해 베들레헴 교회를 찾았다. 원래는 구교의 교회였겠으나, 지금은 개신교회로 바뀌어 있었다. 1, 2층 모두 얀 후스의 뮤지엄으로 꾸며져 있었다. 그가 체코 종교개혁 운동의 초석을 놓은 곳이 바로 이 교회였다. 그 개혁의 방향은 1348년 카를 황제가 세운 카를대학교와 연계되어 있었고, 얀 후스는 1409년 이후 이 대학의 교수였다.

원래 이 교회는 대중의 가장 큰 집합장소로 쓰였다. 많을 땐 3천명까지도 몰려 들었다. 이 교회에서 대중들에게 설교를 하던 후스. 그는 설교를 통해 밀리에Milie, 마테이Matej, 영국의 종교개혁가 위클리프John Wyclif 등의 견해를 전파했다. 화형 당하는 후스의 모습을 그린 그림 등이 예배당의 북쪽 벽을, 성경에 나오는 장면을 그린 그림들이 남쪽 벽을, 그리고 성가의 악보 그림들이 서쪽 벽에 가득 했고. 동쪽엔 후스, 마틴 Martin, 스타섹Stasek 등의 위업을 설명한 석판이 세워져 있었으며, 가운데 부분엔 후스가 설교하던 강단이 고스란히 남아 있었다.

면죄부를 판매하던 당시의 썩은 교회에 반기를 들고 나선 종교개혁가들. 체코 종교개혁의 중심에 그가 서 있었다. 끝까지 타협하지 않은 채, 불타 죽은 후스. 죽으면서도 "우리 주 예수님! 당신을 위하여 이처럼 잔인한 죽음을 아무런 불평 없이 감당하오니, 부디 나의 적들에게 자비를 내려주소서"라고 간구한 후스. 그의 죽음은 종교개혁 뿐 아니라 체코 민족주의에 결정적인 활력을 불어 넣었다.

1 프라하 구시가 광장-얀 후스 동상
2 프라하 유태인 교회-시나고그
3 베들레헴 교회의 야경
4 카를대교의 관광객들

다시 우리는 구시가 광장으로 돌아왔다. 후스가 서 있는 옆쪽엔 프라하에서 가장 아름다운 로코코 양식의 건축물들 가운데 하나인 골츠-킨스키 궁이 광채를 발하고 있었다. 그리고 그 옆엔 역시 프라하에서 가장 아름다운 '틴 성모교회'가 서 있었다. 14세기 팔러Peter Parler가 설계한 교회로 내부의 뛰어난 장식은 중세 건축가들의 작품이다. 천문학자 티코브라헤의 무덤도, 다른 예술가의 컬렉션도 이 교회엔 있었다.

성모교회 맞은 편, 광장의 서북쪽에 세워진 구시청사. 이 건물의 남쪽 부분은 '큰 얼굴'의 천문시계로 장식되어 있고, 정시만 되면 시계 옆에 선 해골이 줄을 당겨 종을 울렸다. 그러면 맨 위쪽의 창문이 열리면서 예수의 열두 제자들이 한 사람씩 지나면서 광장에서 기다리는 관광객들에게 얼굴을 보여주었다. 1410년 니콜라스Mikulas of Kadan가 처음 만들기 시작했고, 1490년 하누스Master Hanus가 완성한 작품이었다. 매 정시 30분 전쯤부터 이곳엔 관광객들이 몰리기 시작, 정시에 가까워지니 발 디딜 틈조차 없었다.

시계탑에 올랐다. 그다지 높지는 않았으나, 시가지 먼 곳까지 훤히 내려다 보였다. 수백 년을 이어져 내린 중세 건물들의 지붕, 서북쪽에 좌정한 프라하 성과 도심의 빨간 지붕들, 그 위를 덮은 석양. 가히 환상적인 조화였다. 개미처럼 내려다보이는 광장의 인파, 잡힐 듯 가까운 성모교회의 첨탑들, 성 니콜라스 교회의 돔. 정신이 아득해진 우리는 서둘러 내려왔다.

그 다음 찾은 곳이 카프카 뮤지엄. 구시가에 카프카 광장이 있었다. 그곳에 소박한 규모의 카프카 뮤지엄이 있었다. 자료의 대부분은 복제품들이었으나 그가 태어난 곳에서 그의 면모를 엿보기엔 아쉬움이 없었다.

1883년 7월 3일 프라하에서 유대인 부모의 장남으로 출생한 카프카. 뮤지엄엔 법학박사 학위증과 성적표에 육필원고까지 전시되어 있었다. 1924년 오스트리아 빈 근교의 결핵 요양원에서 짧은 생을 마친 카프카. 우린 한 때 그의 「변신」이나 「성城」 등을 읽으며 문학의 난해함을 절감한 적이 있었다. 체코인으로 살아가며 독일어를 쓰던 유태인 작가 카프카. 유태인들이 박해받던 현장에서 우리는 그가 겪은 아픔의 세월을 더듬을 수 있었다.

카프카를 뒤로 하고 우리가 찾아간 곳은 근처의 유태인 교회 시나고그. 네오바로크 혹은 아르누보의 멋진 건물들이었다. 옛날의 유태인 거리를 정화할 목적으로 1896년 건설된 시가지였다. 유태인 묘지와 시나고그, 관공서 등이 모여 있는 곳엔 클라우스, 핀카스, 스페인, 마이셀 등의 시나고그들과 유태인 집회소, 그리고 옛 유태인 묘지도 있었다. 15세기부터 18세기까지 사용된 것들이었다. 대략 12,000개의 묘석이 있으나 실제 매장된 인원은 10만 명 정도라고 했다. 매장할 공간이 없어 흙을 덮어가며 겹 매장한 경우도 많다는 설명이고 보면 유태인들이 당한 핍박의 정도를 알 수 있지 않을까.

하루 종일 우리는 걸으면서 프라하의 모든 것을 호흡하려고 욕심을 부렸다. 그러나 남는 건 피로 뿐이었다. 성 니콜라스 교회에서 열리는 저녁 음악회에 참석하기로 했다. 바흐와 헨델, 그리고 드보르작의 음악으로 우리의 마음을 순화시키고자 한 것이다. 얀 칼푸스Jan Kalfus의 오르간, 메조소프라노 이보나 슈크바로바Yvon Skvarova의 아리아가 멋진 조화를 이루는 현장이었다. 프라하는 어딜 가나 음악회였다. 음악회 전단지를 돌리는 사람들이 골목마다 지키고 있었다. 장소는 주로 교회. 거의 모든 교회에서 저녁 시간엔 음악회를 열고 있었다. 시간마다 음악회가 있었고, 누구나 음악을 즐길 수 있었다. 프라하만의 특색이었다.

초겨울로 접어드는 동 유럽의 도시 한 복판. 침울한 공기를 흐트러놓는 파이프 오르간과 적당히 올라가며 고요의 세계로 이끄는 메조소프라노의 음색이 우리를 매료시킨 밤이었다. 심각했던 우리의 마음에 비로소 포근한 안식이 찾아왔다. 그렇게 프라하와의 첫 만남은 이루어졌다.

*** 

로레토 교회는 프라하 성에 가는 도중 만난 '호화로운' 교회였다. 17세기 전반에 건립된 성모 마리아 교회였다. 로레토 하우스Loreto House 즉 산타 카사는 원래 마리아가 대천사 가브리엘로부터 수태고지受胎告知를 받은 팔레스타인의 나자렛에 있던 집이었다. 빌라도 총독의 핍박을 피해 이 집트로 갔다가 돌아온 요셉의 가족은 예수님이 돌아가실 때까지 이 집에서 살았다.

나중에 천사들이 이탈리아의 로레토로 옮겼다는 전설이 있었고, 화재로 원형이 소실될 때까지 도처에 많은 모방작들이 건축되었으며, 프라하의 로레토 교회도 그들 중의 하나였다. 로테토 교회는 신교 측과의 전쟁에서 이긴 후 지어진 가톨릭 교회들 중의 하나였다. 지나치게 아름답고 호화로운 외관과 보물전 등, 우리가 이 건물에서 승자의 초조함을 느꼈다면 지나친 역설인가.

프라하 성은 1200년 넘게 체코 지역의 정치적 중심 역할을 해온 곳이다. 9세기 프레미슬 왕조의 보르지보이 왕이 건설을 시작, 14세기 카를 4세 때 완공된 성이다. 16세기 말 프라하에 궁정을 둔 합스부르크 가의 루돌프 2세 덕에 프라하는 번창했고, 마티아스 왕이 빈으로 옮기자 프라하는 다시 쇠락의 길을 걸었다. 그 후 마리아테레지아 시대에 크게 손을 보았으나 성

프라하성 동문에서 바라본 프라하 시내

의 쇠락은 지속되었다. 1918년 체코슬로바키아 공화국이 이루어지면서 대통령의 관저로 쓰이기 시작했고, 지금도 대통령의 집무실과 영빈관이 있는 곳이다.

문을 들어선 뒤 제 3 정원에서 만난 성 비투스 대성당. 프라하 고딕양식을 대표할 만큼 웅장하고 아름다운 외관이었다. 체코의 진정한 심장부이자 성역이 바로 이 성당으로서 이 땅의 지배자이자 수호자들이 영원한 안

식을 취하는 곳이다. 926년 바츨라프 왕에 의해 이곳에 원형의 교회가 세워졌고, 11세기엔 로마네스크 양식으로 개축, 14세기 카를 4세가 현재와 같은 고딕양식으로 새로 지었다.

대성당과 구왕궁, 황금골목, 흑탑 등을 본 우리는 말라스트라나 거리를 거쳐 다시 카를대교로 나왔다. 거리의 가로등엔 하나 둘 불이 들어오고 있었다. 그에 따라 프라하 성의 조명도 살아나기 시작했다. 카를대교 위의 성인들과 달리 언덕 위의 프라하 성은 여전히 군림하는 자세를 허물지 않고 있었다.

11월 10일 수요일. 날씨가 좋아서인가. 프라하의 거리는 온통 사람의 물결로 덮여 있었다. 한동안 헤매던 중 갑자기 뻥 뚫린 공간이 나타났다. 바츨라프 광장이었다. 넓이 41,400㎡. 그 중심에 서 있는 바츨라프의 기마상은 체코 현대 건축가 미슬벡J. V. Myslbek의 작품이었다. 말을 탄 성 바츨라프 주위로 성 루드밀라St. Ludmila, 성 프로코피우스St. Procopius, 성 아그네스St. Agnes of Bohemia, 성 아달베르트St. Adalbert 등 네 명의 성인이 둘러 서 있었다.

체코 자유화의 성지인 이곳 바츨라프 광장. 소련의 페레스트로이카, 베를린 장벽의 붕괴 등을 신호로 이루어진 벨벳혁명(1989년 11월) 당시, 바로 이 장소에 수십만의 인파가 몰렸었다. 프레미슬 왕조 보르지보이왕의 손자 바츨라프 1세는 921년 왕위에 올라 성 비투스 교회를 건립했고, 10세기 말에 보헤미아의 수호성인으로 추앙되었다. 그가 종교와 정치를 통해 보헤미아와 체코를 수호했다고 체코인들은 믿고 있었다. 여러 곳에 동상으로 세워진 성자들의 모습은 각기 다르지만, 그들이 상징하는 본의는 단하나, '조국애와 민족애'였다. 우리는 거기서 자유 투사들의 사자후를 들었다. 소련의 장갑차들이 밀려들던 그 때를 생각하며 결의를 굳게 다지던 시민들의 함성을 들었다.

체코 건축의 발달상을 보여주는 바츨라프 광장의 빌딩과 궁전들 가운데 압권은 국립박물관이었다. 체코에서 가장 많은 도서를 소장하고 있다는 그곳엔 기대했던 각 시대별 회화나 조각은 찾아볼 수 없었다. 국립박물관의 간판을 달고 있으면서 자연사박물관과 국립도서관의 기능을 합한 듯한 인상을 주는 것은 무슨 이유인지, 아무도 설명해 주지 않았다.

오후 6시. 어둠이 깔린 구시가 광장에서 우리는 글뤼바인 한 잔으로 밤의 한기를 다스리고 있었다. 국립 마리오네뜨 극장Narodni Divadlo Marionet의 8시 공연 표를 예매해둔 상태였다. 모차르트의 돈 죠반니 Don Giovanni를 보기로 했다. 한국인들이 인형극을 좋아하고, 그 가운데 이 작품을 특히 좋아한단다. 표를 사러 가서 영어로 된 프로그램 좀 달랬더니 '한국어로 된 것도 있다'고 했다. 받아보니 네 쪽 분량으로 요약되어 있었다. '아마도 오늘 밤 한국인들을 제법 많이 만날 수 있겠구나.' 기대가 되었다.

공연시각까지 두 시간의 여유가 있었다. 그동안 미사를 못 드렸다고 아내는 한걱정이었다 그 때 마침 틴 성모성당에서 종소리가 울렸다. 불도 환하게 밝혀져 있었다. 광장에서 한기를 다스리기보단 아내 말대로 성당에나 들어가는 게 나을 것 같았다. 가보니 과연 미사가 시작되려는 순간이었다. 황급히 문을 밀고 들어가 좌정하니 사제들이 나왔다. 그 넓은 성당에 신도는 겨우 십수 명. 사제 두 분과 복사 두 명이 십수 명의 신도를 위해 미사를 드리고 있었다. 텅 빈 성당에서 게스트로 앉은 나도 사실은 내내 좌불안석이었다. 미사가 끝난 후 광장을 걸어가면서 아내는 못내 흐뭇해 했다. 프라하의 구시가 광장, 그 아름다운 틴 성모성당에서 그 밤에 미사까지 드렸으니 오죽이나 좋았을까. 나도 덩달아 기분이 좋아졌다.

*** 

인형극 시작 1 시간 전. 좌석이 들어차기 시작했다. 과연 좌석의 대부분을 한국 사람들이 차지하는 것이었다. 한국인들이 언제부터 이렇게 인형극을 좋아하게 되었을까. 인형극보다도 그 점이 궁금하고 놀라웠다. 우연히 우리의 옆 자리에 앉은 한국 아가씨. 이스라엘 출장을 마치고 이곳 체코에 들렀단다. 멋지고 부럽도다, 젊은 세대여! 국제화된 그녀의 용기와

열린 마음이 특히 매
력적이었다. 다음날
아침 그녀의 이름이
라경아임을 알게 되
었다. '똑똑한' 체코
인터넷의 덕분이었다.
   우리에게도 인형극
은 있다. 그러나 체코
인형극은 우리가 알고
있거나 예상한 그것과
달랐다. 서사敍事를

프라하 국립박물관에서 내려다본 바츨라프 광장

구축하고 음악에 맞춘 것은 모차르트가 한 일이나, 인형극은 그의 것이 아
니었다. 오페라 '돈죠반니' 와는 다른 차원의 서사적 해석이 가해지고 있었
기 때문이다. 인형을 움직이는 사람들의 존재를 관객에게 보여줌으로써 해
학의 질이 높아지는 효과를 거두고 있었다. 우리 같으면 가급적 움직이는
사람들을 감춤으로써 '감쪽같은' 효과를 거두려 했을 것이다. 그러나 이들
은 오히려 적극 개입함으로써 의외의 효과를 거두는 것이었다.

   뿐만 아니라, 동작 하나, 효과음 하나, 음악 등 모든 것들이 톱니바퀴 물
려 돌아가듯 섬세했다. 어쩌면 인형극 장르가 한국에 쉽게 정착될 수도 있
지 않을까. 극의 전반적인 문화나 분위기는 서양의 그것이었으나, 그곳에
개입된 해학은 우리의 그것과 그리 멀지 않았다. 사흘간의 프라하 답사로
얻은 마음의 짐을 인형극으로 풀어낼 수 있었다. 고마운 일이었다.

***

   프라하. 굴곡진 역사가 예술로 승화되어 숨 쉬는 곳. 현재의 아름다움을
즐기며 미래를 준비하는 그들. 그러나 지나치게 돈을 탐하는 듯한 그들의
자세는 옥의 티였다. 아직 덜 세련되어서일까. 서유럽의 나라들에서 발견되
는 여유와 세련됨을 갖추기 위해서는 앞으로도 꽤 많은 날들이 필요하리라.

도시를 찾아, 역사를 찾아

## 폐광에 꽃 핀 세계문화유산
# 쿠트나호라의 은광과 바르보라 성당

11월 12일, 토요일. 날씨는 여전히 음산하다. 분명하게 태양을 볼 수 있었던 것은 프라하 체류 5박 6일 동안 단 하루. 그래서 우리는 프라하를 미련 없이 떠날 수 있었는지 모른다.

쿠트나호라Kutná Hora 행. 복잡한 프라하 시가지를 여러 바퀴 돌고 나서야 쿠트나호라로 가는 길을 찾을 수 있었다. 그러나 쿠트나호라로 접어든 이후의 길 또한 간단치 않았다. 무엇보다 도로표지가 부실했다. 있어도 콩알 크기의 글씨들이라서 도움이 되지 않았다. 게다가 도처에 공사판이었다. 미로와 같은 우회로들. 길을 물어보면 알 수 없는 체코어로 장황하게 설명하는 사람들. 그들이 가리키는 방향 또한 열이면 열 모두 달랐다. 유럽에서 길 찾는 데 도를 깨쳤다고 자부하는(?) 우리였으나 막막하기만 했다. 두 시간이면 넉넉할 길을 세 시간 넘어서야 도착했다.

도시의 면적은 넓었으나 매우 썰렁하고 심지어 음산하기까지 했다. 쿠트나호라의 첫 인상은 '별로'였다. 인포메이션 센터에서 정보를 얻고 센트룸의 펜션에 숙소를 정하기까지 께름칙한 기분은 지속되었다. 그러나 거리를 걸어보고 나서야 느낌이 달라졌다. 전체적으로 매우 고풍스러워 한때의 전성기를 짐작케 하는 거리들. 관광객들도 꽤 많았다.

쿠트나호라의 바르보라 성당Chram sv. Barbory

은 광산과 떼어놓고 생각할 수 없는 쿠트나호라. 13세기 말 쿠트나호라의 광산은 유럽 전체 은 생산의 $\frac{1}{3}$을 차지했다. 14세기말~15세기 초 5백m 까지 깊어진 이곳의 은 광산은 세계에서 가장 깊은 광산이었다. 당시 유럽에서 가장 안정적인 유통 화폐의 하나였던 은. 은은 그토록 중요한 재화였다. 그 덕에 쿠트나호라는 프라하에 이어 사실상 보헤미아 왕국 제 2의 도시가 될 수 있었다. 보헤미아 왕들의 권력 기반을 공고하게 해주었고 많은 역사적 기념물들을 건립할 수 있도록 한 쿠트나호라의 부. 결과적으로 이 도시가 유네스코 세계문화유산의 목록에 포함된 것은 당연했다.

쿠트나호라의 중심은 예수회 소속의 바르보라 성당. 이 성당의 건립은 이 지역 경제의 기반인 은 광산과 직결된다. 그러나 성당을 세우는 일이 쉽진 않았다. 쿠트나호라 광산주들과 인근 세들렉 수도원Sedlec monastery 간의 수 세기에 걸친 종교적 주도권 다툼 때문이었다. 수도원으로서는 자신들의 영역 밖에 큰 성당을 세우는 일을 허용할 수가 없었던 것. 그러나 광산주들의 지원 아래 상당 정도 건축된 성당은 결국 그들의 수호 성녀 바르보라Virgin Saint Barbora에게 봉헌되었다. 원래 그것은 프라하 성의 성 비투스 성당과 맞먹는 구조로 계획되었다. 그러나 실제 건립작업은 여러 단계에 걸쳐 따로따로 진척되었으며, 광산의 경기에 크게 의존할 수 밖에 없었다. 뿐만 아니라 여러 사건들로부터 영향을 받기도 했고, 때에 따라서는 상당기간 중단되는 경우도 있었다. 그래서 시작부터 완성까지 5백년 이상이나 소요됨으로써, 1905년에야 겨우 완성되었다. 숙소로부터 예수회 대학 옆길을 따라 2km쯤 걸어간 곳에 바르보라 성당이 있었다.

아름다우면서도 숙연한 모습의 바르보라 성당. 파리의 노뜨르담 성당을 시작으로 우리는 유럽의 크고 멋진 성당들을 두루 거쳐 왔다. '이곳이 아마도 세상에서 가장 크고 멋진 성당이려니' 생각했지만, 다음 도시에 가면 더 크고 멋진 성당이 그곳에서 기다리고 있었다. 그 다음도, 또 그 다음도 마찬가지였다. 흡사 규모와 화려함의 경쟁에라도 나선 듯, 매 순간 우리가 만나는 도시나 성당이 그 때는 세상에서 가장 아름다웠다. 그 이전의 것들은 기억에서 사라지는 것이었다. 그래서 그런 현상을 우리는 컴퓨터 문서 작성의 '덮어쓰기'로 규정하게 된 것이다.

우리 인식의 한계를 인정한다 해도, 지금 만난 바르보라 성당은 대단한 위용과 기품을 지니고 있었다. 바로 전에 보았던 프라하의 성 비투스 성당보다 한 수 위였다. 보헤미아 고딕양식의 정수가 그곳에 고스란히 남아 있었다.

더 놀랍고 반가운 사실 하나. 입구의 매표소에 들어가 가이드북을 요청하자, 매표원은 우리의 국적을 물었다. '코리아'라 하니 선뜻 한국어 설명서를 꺼내 주는 것이었다. 놀라운 일이었다. 대도시에서도 보지 못하던 우리말 설명서가 참한 모습으로 우리를 기다리고 있었다. 말미에 적혀있는 제공자 '나눔터'(www.nanumto.net/nanumto@nanumto.net)를 우리는 모르고 있었지만, 참으로 고마운 일이었다. 그 한글 가이드를 들고 우리는 성당의 구석구석을 공부할 수 있었다.

이 성당에서 우리는 스테인드 글라스와 프레스코 벽화의 진수를 만났다. 예수를 어깨에 메고 물을 건너는 성 크리스토퍼의 그림, 쿠트나호라

귀족 가족의 그림 등 15세기 말 후기 고딕 프레스코화의 화려한 모습을 확인할 수 있었다. 무엇보다 특이한 것은 이 지역 은 광산 노동자들의 모습과 동전 주조자들의 모습으로, 광부의 채플 벽에 그려져 있었다. 동전을 주조하는 모습, 하얀 작업복을 입고 한 손에는 등불을 다른 손에는 도구를 든 광부들의 모습 등이 사실적으로 그려져 있었다. 이들은 일주일에 6일, 하루에 10~14시간의 중노동에 시달렸다고 한다.

우리는 넓고 높은 성당 안에서 이 지역 사람들과 광부들을 생각했다. 그들은 자신들의 수호 성녀 바르보라에게 이 성당을 봉헌하면서 얼마나 큰 정신적 안식을 얻었을까. 500m 깊이의 지하 막장에서 하루 10시간 넘게 두더지 같이 생활하면서 늘 성녀 바르보라를 생각하고 자신들의 신을 떠올렸으리라. 그것은 죽음의 세계보다도 더 무서운 칠흑의 갱도 안에서 빛을 찾은 일이었다. 광주들도 그것을 알고 있었기에 거금을 투자하여 이렇게 멋진 성당을 세운 게 아니었을까.

11월 13일 일요일. 은 광산의 10시 투어에 맞추어 뮤지엄에 나갔다. 우리 두 사람과 다른 외국인 두 사람 등 모두 네 사람. 젊은 여자 가이드가 우리를 안내했다. 헬멧과 흰 작업복으로 중무장을 하고 묵직한 랜턴을 든 채, 우리는 끝없이 땅속으로 내려갔다. 깜깜 지옥이었다. 어둠과 고요만이 가득한 곳이었다. 네 사람의 저벅거리는 소리와 랜턴의 작은 불빛이 그 어둠과 고요를 갈랐다. 초등학생 하나가 겨우 빠져나갈 만한 갱도 틈 사이로 '비대한' 몸체들을 우겨 넣어가

은 광산의 갱도로 들어가는 모습

며 지나자니 숨이 차고 답답했다. 가끔씩 발밑에는 수십 길 깊이의 물이 차 있는 웅덩이가 도사리고 있기도 했다.

어느 지점에서 가이드는 불을 끄라고 명령했다. 불을 끄고 나자, 그녀는 '이렇게 깜깜한 속에서 그들은 하루 10시간 이상씩 중노동을 했다'고 힘주어 말하는 게 아닌가. 몸서리 쳐지는 일이었다. 사는 게 무엇인지 회의하며 우리는 잠시 어리둥절해졌다. 이렇게 살면서도 그들은 꿈을 가꾸었을 것이다. 그리고 죽음의 두려움을 바르보라 성당에서 위로받았을 것이며, 자신들이 번 돈으로 가족들을 건사했으리라. 그들의 노력으로 이처럼 쿠트나호라 번영의 역사는 이룩된 게 아닌가. 출구는 바르보라 성당과 예수회 대학 쪽에 있었다. 들어간 곳과 나온 곳이 멀었다. 설명에 의하면 도시 전역에 걸쳐 갱도는 퍼져 있다는 것. 그러니 은 광산의 규모가 얼마나 컸겠는가.

쿠트나호라는 감동 그 자체였다. 우리네 폐광지역도 그렇지만 대부분 폐광지역은 썰렁하다. 살과 기름이 빠지고 남은 해골. 폐광의 이미지는 바로 해골이다. 그러나 쿠트나호라는 세계문화유산으로 재생되었다. 아름다운 성당과 은이 사라지고 남은 갱도에 세계인들의 이목이 쏠리고 있다. 당시 막장에서 땀 흘리며 일하던 광부들. 그들이 벌어들인 돈으로 지은 바르보라 성당. 땅 속에 남은 갱도는 그들의 혈관이고, 바르보라 성당은 그들의 가슴이자 머리였다. 갱도 위, 탄탄한 땅에는 수백 년 동안 그들의 후손들이 집을 짓고 살아왔다. 그래서 쿠트나호라는 폐광 지대가 아니라 광부들의 혼이 지금도 살아 움직이는 곳이다. 숨 막히는 막장에서 숨차게 움직이던 우리는 은이 얼마나 소중한지를 깨달았다. 그렇게 은이 캐어지고 만들어진다는 것을 처음으로 알게 되었다. 천만 마디의 말이 필요 없는 감동이었다. 비록 우리네 조상들은 아니었으나 그들은 우리에게 귀한 선물을 준 셈이었다.

우리 돌아가면 탄광을 찾아 가리라. 그리고 그들에게 경의를 표하리라.

# 잦아들지 않는 아우슈비츠의 광기여, 야만이여!

11월 6일 수요일. 하늘엔 구름이 그득했다. 그러나 그리 어둡지는 않아 폴란드 행에 일말의 기대를 갖게 했다. 아침 일찍 우리는 폴란드를 향해 체코의 마지막 숙소 호르니 토사노비체의 호텔을 떠났다. 일순 시원섭섭함이 몰려왔다. 잘 알지 못하는 폴란드에 대한 불안감과 체코에 대한 미련으로부터 나온 모순적 양가兩價 감정일까.

10시 30분 드디어 국경을 넘었다. 다른 어느 때보다도 국경을 넘는 데 시간이 걸렸다. 검문소에서 우리 차만 한 쪽으로 잡아 놓는 관리. 동작은 느렸으나 눈초리는 예사롭지 않았다. '그래도 여권에 도장 한 번 찍어 주겠다는데 그게 어디냐?^^' 우린 쾌재를 불렀다. 벌써 10개 가까운 나라들을 넘나들었지만, 스위스와 체코를 빼곤 우리에게 관심 두는 곳이 없었다. 아예 국경이란 게 있는지조차 몰랐으니까. 여권에 도장 한 번 찍기 위해 10분 가까운 시간이 소요되었다. 이것이 바로 그 옛날 동구 공산권의 핵심이었던 폴란드의 비능률, 그 잔재란 말인가.

폴란드를 넘고 보니 솔직히 불안했다. 폴란드에선 무슨 말을 쓰는지, 무슨 돈을 쓰는지, 환율은 어떻게 되는지, 다른 나라들과 비교하여 경제수준은 어떤지 등등. 모르는 것 투성이었다. 제발 체코 말처럼 알파벳에 이상한 부호들이 덧붙지는 말아야 하는데. 그러나 길옆 도로표지를 보면서 절

폴란드 아우슈비츠Auschiwitz 수용소 안의 즉결처분장 　폴란드 비르케나우Birkenau 수용소 안에서 끝난

망감이 밀려들었다. 알파벳에 덧붙는 현란한 부호들. 모음도 없이 자음 몇 개가 연속되는 경우도 적지 않았다. 읽어보려 해도 불가해한 분절 방식. 폴란드에서는 여행기를 쓰면서 원어표기를 포기하기로 한 것도 그 때문이다. 발음도 문제려니와 내 컴퓨터로는 표기할 방법이 없었다.

　화폐 단위는 겨우 알아냈다. 폴란드의 돈은 즐로티. 1유로에 3.8~4.0즐로티였다. 그러니 대략 1즐로티는 한화로 300원 남짓 되는 셈. 체코에선 1유로에 28~30크라운쯤 했었다. 화폐 단위의 단순비교로 경제의 규모나 수준을 알 수는 없는 법이므로, 일단 도착한 다음 물건도 사보고 숙박도 해보면서 그 실상을 알아보기로 했다.

　아우슈비츠Auschwitz. 원래 폴란드의 오슈비앵침Oswiecim이란 곳. 's' 자의 머리에 삐침 표시가, 'e' 자 밑에 꼬리가 달려 있어서 우리말로 '오슈비앵침'이 된다고 했다. 이곳을 점령한 히틀러의 제3제국이 이곳 수용소의 이름을 아우슈비츠로 붙였으므로, 우린 아우슈비츠라 하나 이곳 사람들은 오슈비앵침이라 해야 알아듣는 모양이었다.

　우리는 폴란드의 첫코스로 아우슈비츠를 택했다. 아우슈비츠를 중심으로 카테오비치와 크라쿠프가 가깝기도 했지만, 생생하게 남아있는 '인간의 야수성', 그 현장을 먼저 보아 넘기고 싶다는 본능이 작용한 결과였다. 폴란드에 오면서 아우슈비츠를 건너 뛸 순 없는 일. 그러나 그곳이 썩 마음에 내키는 곳은 아니었다.

초등학교 시절부터 일제의 만행과 함께 배워왔던 아우슈비츠의 끔찍한 사건들. 바로 그 현장엘 가는 것이다. 한때는 동구 공산권의 핵심으로서 우리와 적대적이었던 폴란드. 그러나 교황을 배출할 만큼 가톨릭의 뿌리가 깊은 나라였다. 그러니 옛 문화나 전통 또한 오죽이나 화려하고 깊을 것인가. 그 전통문화의 아름다움에 젖어보고 싶었던 게 우리의 솔직한 심정이었다. 그러나 어찌 아우슈비츠를 건너 뛸 수 있겠는가. 그래서 '매를 먼저 맞는 심정으로' 아우슈비츠를 첫코스로 선택한 것이다. 아우슈비치츠가 가까워지자 아내는 기분이 이상하고 구역질이 난다고 호소했다. 너무 예민하게 생각지 말라고 이야기해주었지만, 내 기분도 이상해지기는 마찬가지였다. 말은 하지 않았지만, 그 즈음 분명 불타는 인간 육신의 냄새를 맡고 있었던 것이다.

아우슈비츠 가는 길. 산 넘고 물 건너가는 그 길은 아름다웠다. 비록 우중충한 날씨였으나 초록의 드넓은 들판도 있었고, 길 가엔 늘씬한 미루나무들도 줄지어 서 있었다. 길은 좁았지만 시골길 치고 괜찮은 편이었다.

드디어 도착. '국립 오슈비앵침 뮤지엄'이란 간판이 눈길을 사로잡는다. 뮤지엄이라니? 우리가 길을 잘못 들었나? 분명히 우린 뮤지엄 같은 고상한 문화지대를 찾아온 것이 아니었다. 히틀러, 독일민족, 아니 우리 모두의 마음속에 엄존하는 인간의 야수성과 한바탕 싸움을 벌이기 위해 전장을 찾은 것이지, 고상한 뮤지엄을 찾아온 것은 분명 아니었다. 그럼에도 우리 앞엔 '뮤지엄'이란 간판이 서 있었다. 더 기가 막힌 것은 입구에서 얼핏 '유네스코 세계유산'이란 표지를 본 일. 유네스코가 지정한 것은 세계의 '문화유산'이나 '자연유산' 밖엔 없는 것으로 알고 있던 우리의 무식함이 드러나는 순간이었다. 그렇다면 이것이 '세계문화유산'이란 말인가. 하기야 폭력도 넓은 의미의 문화에 속한다고 강변한다면 하는 수 없다. 그러나 아우슈비츠에 '문화'라는 고상한 말을 붙여야 속이 시원하단 말인가.

우리는 좀 더 표지에 다가서서 뚫어지게 쳐다보았다. 다행히 '문화'란 말은 빠져 있었다. 그러면 그렇지. '유네스코 녀석들'도 차마 '문화'란 말

입구에 붙은 문구-Arbeit Macht Frei-
'노동이 너희를 자유케 하리라!' 는 뜻일까

은 붙이질 못했겠지. 물색도 모르면서 겨우 안심한 우리. 점심 시간이라서인지 인포메이션 센터는 텅 비어 있었다.

기념품 가게에 들렀다. 한국에서 왔다고 하니 24쪽 짜리 한국어 안내서(『국립 오시비엥침 박물관 아우슈비츠 비르케나우 안내서』, 박성준 역)를 권했다. 그 안내서와 함께 헨릭 슈비보키Henryk Swiebocke가 아우슈비츠 탈출자들의 증언을 편집한 책(『London Has Been Informed...』)도 샀다.

한국인들이 이곳을 많이 찾는다고 가게 주인은 우리에게 친근감을 표시했다. 오늘도 벌써 두 그룹이나 다녀갔다는 것이다. 우리도 '동유럽 5개국 여행'이란 한국어 팻말을 단 대형 관광버스를 주차장에서 보고 온 터었다. 왜 한국인들이 이곳을 많이 찾을까. 같은 시기 일본으로부터 비슷한 아픔을 겪은 우리로선 당연한 일일 것이다. '죽음의 공장'에서 6백만이 떼죽음을 당한 것(이곳 아우슈비츠에서만 150만 이상)은 아니지만, 유태인들이 받은 고통을 우리도 공감하기 때문일 것이다.

오후 1시. 따로 돈을 내고 뮤지엄 측에 전문 가이드 투어를 신청했다. 투어의 대상은 아우슈비츠와 이곳으로부터 3km 떨어진 비르케나우 등 두 곳. 가이드를 따라 두 곳을 도는데 3시간 정도 소요된다고 했다. 영국에서 온 젊은이들 십여 명과 함께였다.

눈앞에 생생하게 펼쳐지는 참상들. 가이드의 현란한 영어에 취할 여유가 없었다. 수용소의 출입문에 붙어있는 'Arbeit Macht Frei'란 문구. 박성준 선생은 '일하면 자유로워진다'고 번역했지만, 문외한인 나라면 '죽도록 일해라. 그럼 풀어줄 것이다'라고 번역했을 텐데. 그 기만적인 문구가 가증스러웠다. 아우슈비츠에서 우리가 볼 수 있었던 곳은 제4·5·6·

7·11 블록과 점호광장, 화장터와 개스실 등. 그리고 인근 브제진카의 비르케나우 수용소.

'끔찍하다'는 말은 어느 한 구석 '인간적인 면모'가 전제될 경우에나 쓸 수 있는 표현이다. 그러나 이 경우엔 그 표현도 적합지 않았다. 아무리 사전을 뒤져보아도 마땅한 말이 없었다. '쥬라기 공원'의 티라노 무리에게 인간을 벌거벗겨 던져준들 이렇게 끔찍할 수 있을까. 산더미처럼 쌓인 갖가지 모양의 구두들, 아직도 형형한 눈동자들이 살아 비치는 안경들, 꿈을 가득 담아 들고 온 가방들, 바리바리 싸온 취사도구들, 금이빨들, 머리빗들, 의족들, … 다시 무엇을 덧붙이랴.

다른 무엇보다도 우리의 눈물샘을 자극한 건 엄마의 손을 잡고 가스실로 향하는 아이들의 천진스런 표정, 돌쟁이들의 앙증스런 옷가지들이었다. 살아가면서 별로 울어본 기억이 없는 우리지만, 비로소 뜨거운 눈물이 가슴으로부터 솟았다. 그들은 샤워의 즐거움을 기대하고 있었을 것이다. 정말로 '꿈만 같은' 모처럼의 호사라고 생각했을 것이다. 그것이 비참한 죽음으로 향하는 길임을 어찌 알았으랴.

제4블록 2층 5호실. 우리가 인간의 탈을 쓰고 있다는 사실이 몹시 부끄러워진 곳이다. 내 안에 숨 쉬고 있을지도 모르는 악마성을 인식할 수 있게 해준 점, 히틀러와 당시의 독일인들에게 고마워해야 할까. 그곳 창고엔 사람의 머리털이 수북이 쌓여 있었다. 가스실에서 죽은 사람들의 머리털을 잘라 모아놓은 곳이었다. 그 옆방엔 그 머리털을 재료로 짜낸 매트리스와 천이 진열되어 있었다. 그들은 시신들에서 뽑아낸 금이빨, 각종 장신구들로 막대기 모양의 금괴를 만들어 독일 중앙 위생국으로 보냈단다. 머리털은 잘라 독일의 공장으로 보냈고. 거기서 인간의 머리털로 매트리스를 짜 내고, 옷감을 만든 그들이었다. 살점을 베어내 스테이크로 만들어먹지 않은 것만으로도 감사할 일인가.

'총살의 벽' 바로 옆 건물에서 우리는 숭고한 자기희생을 발견했다. 바로 콜베신부. SS대원들이 유태인들에게 사형선고를 내리던 그 건물의 첫

방. 그들에게 삶을 간구하는 어떤 유태인을 대신해 총살의 벽에 선 콜베신부. 나치가 만들어낸 불지옥 속에서도 자기희생의 숭고한 휴머니즘은 아름다운 꽃을 피워낼 수 있었다. 폴란드인 콜베신부. 아마도 크라쿠프에 가면 그 분을 다시 만날 수 있으리라.

온갖 기발한 착상의 고문 방법들이 현란했다. 인간의 두뇌가 고안할 수 있는 방법이란 방법은 모조리 동원한 그들이었다. 그렇게 인간을 말려 죽이지 않으면 안 되었던 이유는 대체 뭘까? 단순히 히틀러가 내세웠던 '자민족 제일주의' 때문이었을까. 유태인만 다 죽이면 지상에서 독일인이 가장 위대해진다고 그는 정말로 믿고 있었던 걸까. 유태인에 대한 증오? 히틀러의 전기를 자세히 읽진 못했으나, 개인적인 증오가 민족 전체에 대한 증오로 그토록 쉽게 확대될 수 있는가.

어쩌면 갈수록 악화되는 상황을 히틀러 자신도 통제할 수 없었을 것이다. 조직을 만드는 것은 인간이나, 일단 만들어진 조직은 스스로의 힘으로 돌아가는 법. 나중엔 만든 사람까지 그 조직이 통제를 받게 되는 것이 인간사회의 속성이긴 하다. 컴퓨터를 인간이 만들었으나, 인간이 그 컴퓨터의 통제를 받는 시대가 되지 않았는가. 조직의 비인간성만큼 개체로서의 인간에게 잔인한 건 없다. 지금 눈앞에서 확인하는 이 참상들은 결국 그 탓으로 돌릴 수밖에 없지 않은가.

투어 내내 우리의 마음은 참담했다. 심지어 '아우슈비츠에 오기 전 독일 코스를 끝낸 것이 얼마나 다행이냐'고 아내는 덧붙이기도 했다. 듣고 보니 그랬다. 그 선량하던 독일인들. 알펜 가도 라우펜엑의 농가에서 만난, 순박한 아줌마와 아저씨. 그들의 얼굴 어디서 히틀러의 악랄한 모습을 떠올릴 수 있단 말인가.

***

투어 도중 우리는 〈인생은 아름다워〉나 〈쉰들러 리스트〉 등의 영화에 대하여 잠시 대화를 나누었다. 두 작품 모두 바탕은 휴머니즘. 전자는 끝내 어린 아들을 구하고 형장으로 끌려간 아버지의 사랑을, 후자는 유태인들

을 구출하기 위해 애쓰는 독일인 쉰들러의 자각을 각각 그렸다. 감독도 주
연배우도 모두 잊었지만, 당시 이 영화들을 보면서 그 사실성에 치를 떨었
던 기억이 생생했다.

그러나 아우슈비츠의 한 복판에 선 지금, 가스실에서 죽어간 영혼들의
아우성을 듣는 지금, 그 영화들이 얼마나 낭만적인 것들이었는가를 깨닫
게 되었다. 영화에 등장하는 참상들은 엄청나게 절제된 것들이었음을 이
장소에 와서야 알았다. 관객들이 받을 충격을 감안한 배려였는가, 아니면
예상되는 비난에 대비한 '자기 검열' 의 결과였는가. 그 영화들의 사실성은
이 자리에서 우리가 확인하는 그것의 천분지일도 되지 못한다는 점, 따라
서 그 영화들이 사실적이기보다는 낭만적 휴머니즘에 바탕을 두었다는 점
등을 비로소 확인했다.

우리가 탁상에서 거론하는 휴머니즘이야말로 얼마나 공소空疎한가. 나
치의 혹독한 폭력 속에서 어린 아들로 하여금 위기를 건너갈 수 있도록 한
아버지의 마음은 시대를 초월하여 존재하는 것. 그러나 쉰들러 같은 사람
이야말로 오늘을 사는 우리의 필요에 의해 만들어진 인간상이다.

히틀러를 키워낸 독일인들이 유태인과 한 하늘 아래 숨 쉬고 살아갈 수
있으려면, 자기들 속에 수많은 쉰들러들이 있었다고 믿는 수밖엔 없을 것이
다. 단 하나의 쉰들러도 없었다고 한다면, 우리 모두는 더 이상 인간의
모습으로 살아갈 힘을 잃고 말았을지도 모른다.

아우슈비츠에서 우리는 재생을 경험했다. 어제의 나를 버리고 새로운
나를 얻은 것이다. 내면의 정화가 그것이다. 두껍게 때가 끼어 제대로 보
지 못하던 우리의 내면을 아우슈비츠의 시취屍臭와 시즙屍汁으로 말끔히
씻어냈다. 드디어 응시할 수 있게 된 우리의 자성自性!

그래서 아우슈비츠는 제의祭儀의 공간일 수 있었다. 이곳에서 죽어간 사
람들을 애도하는 공간이자 인간 모두가 스스로의 '사악한 자아' 를 죽이고
'새로 태어나는' 제의의 공간일 수 있었던 것이다.

이제 우린 '쉰들러 리스트' 의 현장, 크라쿠프로 떠난다.

유태인 거리에서 방문한 시나고그
The Old Synagogue내부

폴란드 크라쿠프 로얄캐슬온더바
벨힐의 왕립성당

## 찬란한 문화와 역사, 그리고 홀로코스트
# 두 얼굴의 크라쿠프

　　10월 17일 아침 9시 30분. 전날 밤 비가 내려 은근히 걱정을 했으나, 아침엔 군데군데 퍼렇게 뚫린 하늘을 볼 수 있었다. 일단 안심했으나 단정할 수 없는 것이 이곳의 날씨. 과연 A4 고속도로를 타고 달리던 중 크라쿠프 전방 10km 지점에서 첫눈을 만났다. 하얗게 시야를 가리는 눈발 속에서 일순 당황. 유럽에 온지 두 달여, 폴란드에 들어온 지 이틀 만이었다. 그러나 잠시 후 우리는 서설로 단정했다. 분명 우리를 환영하는 하늘의 뜻이라고 편하게 마음먹기로 한 것이다.

　　크라쿠프에 들어서자 눈은 그쳤고, 싸늘한 기온만이 우리를 움츠리게 만들었다. 시가지를 몇 바퀴나 돌면서 겨우 찾아낸 지하주차장에 차를 세우고, 주 광장에 있는 인포메이션 센터를 찾았다. 도로마다 주차한 차들로 복잡한 시가지. 사람들은 아무 데나 차를 세우곤 했다. 주차질서가 문제이긴 했으나, 그게 오히려 '인간적'이었다. 동전주차를 하고 시계를 보며 초조해하던 이전의 나라들과는 분명 달랐다.

　　무엇보다 금메달감은 폴란드인들의 친절함과 자상함. 인포메이션 센터의 여직원만 친절한 게 아니었다. 거리를 다니며 길을 물으면 모두 웃는 낯으로 친절하게 대해주었다. 어떤 젊은이는 하던 일을 멈추고 우리가 찾

는 곳까지 데려다 주기도 했다. 인포메
이션 센터에서 예약을 해준 호텔도, 그
호텔에서 소개해준 주차장도 만족스러
웠다.

사람들의 물결로 어깨를 부딪치며
걸어도 불평하는 사람 하나 없었다. 늦
은 시각에도 광장을 오가는 저 젊은이
들이 모두 관광객만은 아니리라. 흡사
서울의 어느 거리에 온 듯한 느낌이었
다. 거리에서 사 먹는 1즐로티짜리 빵
맛이 그만인 나라. 전통 음식점의 삶은
돼지 다리 고기의 맛이 일품인 나라.
성당을 만나면 잠시 들어가 기도를 올

폴란드 크라쿠프 마켓광장의 성모마리아 교회

리고 가는 사람들이 많은 나라. 그래서 우리는 폴란드를 좋아하기로 했다.
글자의 발음이 어렵고, 말이 안 통하긴 체코보다 더 했지만. 그 점을 빼곤
모두 마음에 들었다.

폴란드의 옛 수도이자 전통시대 왕도인 크라쿠프. 폴란드 문화의 요람
이자 폴란드의 부흥과 몰락, 그 전 역사를 찾아볼 수 있는 곳이었다. 국가
적·역사적 기념물들과 예술품들, 그리고 여러 시대의 각종 양식과 문화
를 보여주는 건물들이 환상의 조화를 이룬 도시. 그래서 크라쿠프는 언제
나 폴란드의 문화, 학문, 과학의 중심이었다. 그러나 이곳을 기반으로 한
지기스문트왕이 죽고 왕가의 혈통이 끊어지자 크라쿠프의 영화는 종언을
고했다. 폴란드가 리투아니아에 병합된 1569년 이 도시는 변방으로 밀리
고 점차 바르샤바에 비해 상대적으로 그 중요도가 감소하기 시작했다. 그
러나 정치적으로는 바르샤바에 밀렸지만, 오늘날 세계인들의 이목을 끄는
도시로 다시 태어났다. 스타니슬라브 렘Stanislaw Lem, 스와보미르 므로
젝Slawomir Mrozek, 비슬라바 짐보르스카Wislawa Szymborska 등 이

곳 출신 작가들은 세계적인 명성을 얻었고, 크라쿠프의 명예시민이자 노벨문학상을 받은 시인 체스와프 미와시Czeslaw Miloz는 이곳에 몇 년 간 머물기도 했다.

얼핏 둘러보았음에도 도시 전체의 규모와 제도는 크고 아름다웠다. 갖가지 양식들을 뽐내고 서 있는 건축물들, 각종 기념물들이 우리를 유혹했다. 1978년에 구시가지가 유네스코의 세계문화유산으로 지정이 되었을 정도로 대단했다.

우리는 이틀 간 머물면서 다리 아프게 돌아다녔으나 극히 일부만 엿볼 수 있었다. 사실 유적이나 유물 외에 우리가 확인하고자 한 또 하나의 대상이 있었다. 바로 이곳에 존재하는 유대인들의 존재.

바로 전날 우리는 아우슈비츠와 비르케나우의 수용소를 다녀왔다. 그들 지역으로부터 멀지 않은 이곳 크라쿠프에 유대인 집단 거주지가 있다는 사실을 알고 있었다. 감동의 명화 〈쉰들러 리스트〉의 무대가 바로 이곳이라는 사실은 아우슈비츠에 와서야 비로소 알게 되었다. 아우슈비츠에서 유대인을 대신해 죽어간 막시밀리안 콜베Maksimilian Kolbe 신부가 이 지역 사람임도 처음으로 알았고, 그 분이 재직했던 성당(성 프란치스카 교회)에 가서 본당 안에 모셔진 사진도 찍을 수 있었다.

유대인 출신의 명감독 스티븐 스필버그. 그가 세계에 알린 인물 오스카 쉰들러를 이곳에서 만났다. 그리고 우리는 시나고그로 불리는 유대인 교회도 찾았다. 올드 시나고그, 레무 시나고그, 템펠 시나고그 가운데 올드 시나고그를 찾았다. 몹시 음산하고 낙후된 유대인 거리에 있었다. 대단히 폐쇄적으로 살아가는 유대인들의 꿈과 고통을 그 거리에서 읽을 수 있었다.

전쟁 전 225,000명이던 이 지역의 유대인들. 히틀러에게 모두 학살되고, 전후엔 단 15,000명만이 살아남았단다. 이 지역에서, 그리고 이웃 지역 아우슈비츠와 비르케나우 등에서. 그 15,000명도 폴란드인들이 숨겨준 덕분에 근근이 살아남은 사람들이었다. 그 와중에 등장하는 인물이 바로 쉰들러. 그는 독일 사업가였다. 그가 구해낸 유태인은 대략 7백명이나 되었다. 사망자의 전체 수에 비하면 미미하지만, 그의 행동이 갖는 의미가 단순치 않은 것이다. 그가 유대인 수용자들을 노동자로 써주고 탈출을 도 와준 공장이 바로 크라쿠프에 있었다.

스필버그는 그 공장과 유대인 거주 지역에서 이 영화를 만들어낸 것이 다. 유대인 거주지역의 중심인 체로카 스트릿. 그 거리 한복판에서 우리는 처참하게 숨져간 유대인들과 오스카 쉰들러, 그리고 스필버그를 생각했 다. 쉰들러의 진심이나 동기에 대하여 의문을 제기한 사람도 물론 있었다. 그러나 진심이나 진정한 동기가 무엇이었든, 잔인한 '인종청소'의 광풍 속 에서 7백 명의 목숨을 구한 건 엄연한 사실이다. 어떤 가정도 가능하겠지 만, 우리가 초점을 맞추어야 하는 것은 바로 이 점이 아닐까.

유대인 스필버그. 그는 왜 쉰들러를 세계인들 앞에 노출시키려 했을까. 그게 어쩌면 화해의 손짓이었는지 모른다. 그들의 입장에서야 독일인들을 어찌 용서할 수 있었으랴? 그럼에도 그는 그런 독일인도 있었음을 세계인 들에게 보여주려 했다. 그러나 역으로 생각하면, 쉰들러를 통해 독일인들 의 가슴에 더 큰 꾸짖음과 아픔을 가하고자 한 것이 스필버그의 의도였는 지 모른다. 무슨 추리를 동원하든 그건 자유다. 그러나 그 영화의 외연적 메시지는 '독일인 쉰들러가 유대인 수백 명을 구했다'는 사실이다. 구출 받은 유대인들은 지금도 그에게 감사하며 살아가고 있다. 쉰들러 자신도 예루살렘의 성당에 묻혔다. 이처럼 독일인인 그가 유대인들로부터 '은인' 으로 떠받들어지고 있는 현실이 중요한 것이다.

우리는 아직도 음울한 동네에서 살고 있는 유대인들을 보았다. 그들이 불과 반세기 전의 일들을 어떻게 생각하고 있는지 우리는 알 수 없었다. 다만 역사에는 분명한 승자와 패자가 없다는 점을 분명히 깨닫게 되었다. 아직도 유대인들은 시나고그에 모여 자신들만의 진정한 메시아를 기다리 고 있었다. 그 메시아가 나타나 심판해줄 날만 고대하고 있는 그들. 그 심 판의 날에 비로소 그들은 가해자들을 응징할 수 있다고 생각하는 것이나 아닐까. 그렇다면 그거야 말로 피비린 내 나는 역사의 악순환이 아직 끝나 지 않았음을 암시하는 게 아닌가. 매우 두려운 일이다.

부다페스트 어부의 요새에서 바라본 국회의사당

부다페스트 바실리카 성 스테판 성당의 내부

# 살아 움직이는 역사와 문화의 큰 바다, 부다페스트

11월 21일 오전 9시 쏟아지는 싸락눈발을 뚫고 슬로바키아의 즈볼렌을 출발했다. E77 고속도로를 타고 계속 남하하여 11시 34분 헝가리 국경을 통과했고, 오후 2시 부다페스트 중심부의 바실리카 지하 주차장에 도착했다. 인포메이션 센터에서 관광지도와 호텔 소개소, 병원 약도 등을 받았다. 지하철을 타고 병원으로 이동, 진료를 받고 난 시각이 오후 5시. 그 시각에 이미 오밤중처럼 사방은 깜깜해졌다. 호텔 소개소를 찾아 숙고 끝에 도나우 강변의 아파트를 임대. 약간 낡았으나 부다페스트 센트룸의 대표적 상가 '바치 거리'에 있었다. 발코니에 나와 서면 강 건너로 겔레르트 언덕과 치터델러의 여신상이 손에 잡힐 듯했다. 아파트에 짐을 푼 다음 근처의 주차하우스에 차를 대놓은 시각이 오후 8시. 그 시각부터 걸어서 부다페스트를 탐색할 수 있게 되었다. 6박 7일, 부다페스트의 일정은 그렇게 시작되었다.

***

장관이었다. 수많은 도시들을 거치면서 넓어질 대로 넓어진 우리의 안목으로도 이곳을 감당하기엔 벅찼다. 큰 규모와 빼어나게 멋진 건축물들이 드넓은 평원에 '미학적으로' 늘어서 있었다. 웅장하긴 하지만 여백이 없던 빈. 아름다워 보이긴 하지만 단정한 맛은 모자라던 프라하. 복잡하고 약간은 지저분한 느낌의 크라쿠프. 그러나 부다페스트는 아름다움과 웅장함, 그리고 넉넉한 여백과 깔끔함을 동시에 갖추고 있었다. 프라하와 크라쿠프를 통해서 동유럽에 대한 선입견을 수정했다고 자부한 우리였으나, 그 정점에 이르려면 아직도 멀었단 말인가. 앞으로 얼마나 더 많은 도시들을 거쳐야 이 '경이로움의 끝없는 갱신 과정'이 끝날까. 줄줄이 늘어선 도시들의 아름다움에 우리는 지쳐가고 있는지도 몰랐다.

경제면에서 동유럽의 선두 주자 헝가리. 그러나 이 나라 역시 만만치 않은 과거를 지니고 있다. 1000년의 역사, 그 가운데 4백년은 외세의 침탈 아래 신음하던 '굴종'의 기간이었다. 헝가리 영욕의 역사 천년이 고스란히 배어 있는 부다페스트. 어딜 가나 그 역사는 아름다운 모습으로 남아 있었다. 오스만 투르크가 점령하면서 부다Buda 지구의 마차시교회가 회교사원으로 쓰였으며, 부다의 왕궁이 몽골군 침략의 여파로 생겨났다거나, 치터델러의 남단에 야자 잎을 들고 멋진 포즈로 먼 곳을 바라보는 자유의 여신도 원래는 소련군 전몰장병 위령 목적으로 세워진 것이라는 등, 굴곡진 역사의 그늘을 도처에서 목격할 수 있었다.

22일부터 부다페스트 답사에 나섰으나, 어느 곳이 구시가이고 신시가인지 구분할 수 없었다. 인포메이션 센터에서 던져 주는 관광지도라는 것도 엉성하기 짝이 없었다. 정해진 루트를 따라 버스로 이동하면서 가이드가 설명해주는 3시간짜리 관광회사의 프로그램을 신청할 수밖에 없었다. '오페라하우스-영웅광장-주요 뮤지엄들-동역東驛-시티센터-엘리자베트 다리-겔레르트 언덕-치타델러-도나우 강변의 파노라마 길-머르기트 다리와 섬-국회의사당-부다성-마차시 교회-어부의 요새-세체니 다리-도심 투어'로 이루어진 프로그램이었다.

버스 앞에서 마이크를 잡은 50대 중반의 여성 가이드. 번갈아 구사하는 영어와 독일어가 유창했다. 버스가 해당지역을 지날 때마다 한 치의 착오도 없이 '숨차게' 이어지는 그녀의 설명으로 우리는 세 시간 만에 부다페스트의 구조와 의미를 대강이나마 짐작할 수 있게 되었다.

부다페스트를 동·서로 분할하며 흐르는 도나우강. 동쪽이 부다 지구, 서쪽이 페슈트Pest지역이다. 한강에 여의도나 밤섬이 있다면 부다페스트의 도나우강엔 길쭉한 머르기트 섬이 가로놓여 있고, 여기에도 멋진 관광 포인트들은 그득했다.

이들이 자칭 '문화의 거리'라고 일컫는 구간은 바로 우리의 투어 버스가 지난 곳들을 포괄하고 있었다. 겔레르트 언덕과 왕성 등을 포함한 부다 지역 대부분과 도나우 강에 접한 페슈트 지역, 지하철 1호선 구간에 산재한 각종 역사 사적들이 바로 그 거리에 있었다.

지하철 1호선의 핵심인 데아크 광장 역. 이곳을 나오니 아름다운 건물들이 눈부셨다. 인포메이션 센터도 이곳에 있었다. 고급 부티크는 물론 작은 기념품 가게까지 페슈트 지역의 화려한 상가들은 대부분 여기에 모여 있었다. 포스트 모던, 아르누보 등 세련된 디자인의 건물들이 꽤나 많이 들어찬 곳, 그 거리의 안나 까페에서 맛있는 헝가리 커피를 한 잔 하고, 바치 거리를 느긋하게 걸어봄직했다. 이곳에서 지하철로 몇 역을 움직이니 국립 박물관, 공예박물관, 오페라 하우스, 영웅의 광장 등이 눈앞에 나타났다.

지하철, 버스, 트램 등 다양한 교통수단으로 눈 깜짝할 사이에 건널 수 있는 도나우강. 그 건너편인 동쪽에 부다 지역이 있었다. 그곳에 가려면 세체니 다리나 엘리자베트 다리를 건너야 했다. 전자는 조국 헝가리의 발전에 헌신하다 죽은 세체니 백작이 필생의 사업으로 세운 다리. 길이 375m, 폭 16m. 1839년부터 10년에 걸쳐 완성되었으나, 2차 대전 때 폭파되었다가 전후 재건된 다리로 프라하의 카를 대교와 비교될 만 했다.

우리의 숙소는 엘리자베트 다리 바로 앞쪽에 있었다. 1903년 가설되었다가 2차대전에 파괴된 후 재건된 흰색의 엘리자베트 다리가 눈부셨다. 엘리자베트는 프란츠 요제프 황제의 부인이었다. 멋진 다리를 만들고 입구에는 그녀의 상을 세웠으며, 그녀의 이름을 다리 이름으로 삼았을 만큼 엘리자베트 황후에 대한 헝가리인들의 사랑은 각별했다.

군사박물관, 음악사 박물관, 부다 왕성, 전화기 박물관, 마차시 교회, 전

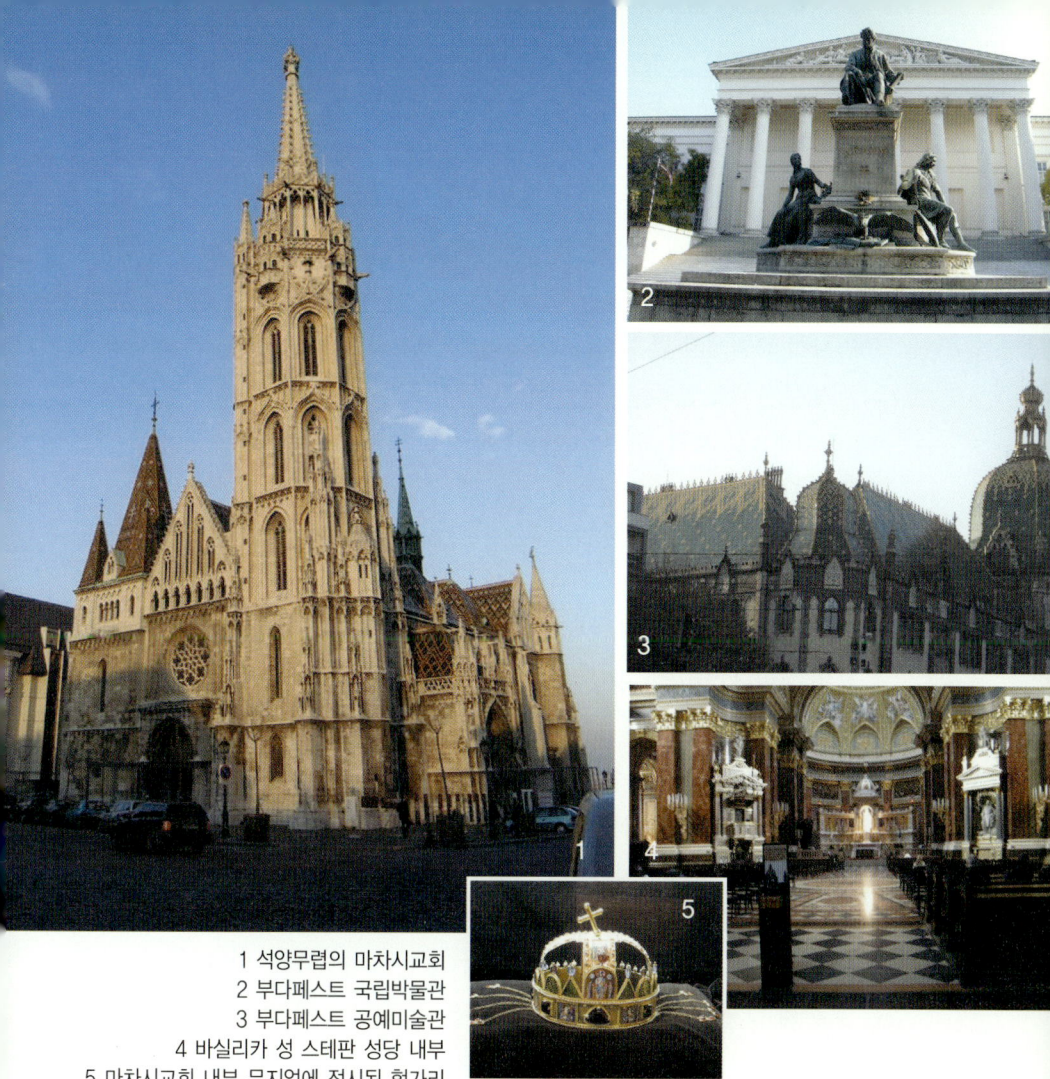

1 석양무렵의 마차시교회
2 부다페스트 국립박물관
3 부다페스트 공예미술관
4 바실리카 성 스테판 성당 내부
5 마차시교회 내부 뮤지엄에 전시된 헝가리
　왕관(복제품)

통의 집, 헝가리 국립 갤러리, 부다페스트 역사 박물관, 의학사 박물관, 겔레르트 언덕과 치터델러 등등이 부다지역에 몰려 있었다.

　　부다왕궁 입구의 앞쪽으로 가니 '툴루'라는 이름의 큰 새 한 마리가 막 날아오르려는 포즈를 취하고 있었다. 이 땅으로 이주해온 마자르 7개 부족을 대표하는 수장 아르파드를 낳았다는 전설의 새였다. 말하자면 아르파드는 우리의 단군에 해당하는 존재랄까. 천자天子인 환웅과 지모地母인 웅녀의 결합으로 태어난 단군과 의미상 '같고 다른 점'이 없지 않을 터. 근원을 따져 올라가면 헝가리와 우리 사이엔 우랄 알타이족의 한 할아버지를 공유했을 가능성이 크므로 동조동근同祖同根 마저 거론될 수 있을까.

마차시 교회에서 빈 문 쪽으로 내려오면 큰 규모의 고풍스런 건물 헝가리 국립문서고가 있고, 그 건너편에 단정한 모습의 루터란 교회가 서 있었다. 전체적으로 보면 구교인 마차시 교회와 개신교인 루터란 교회가 남·북으로 대치해 있는 상태. 성령 강림을 상징하는 루터란 교회의 비둘기상, 동그란 스테인드 글라스와 환상적인 조화를 이루는 제대의 십자가 등이 인상적이었다.

23일 수요일. 아름다운 모습의 시나고그를 거쳐 국립박물관과 공예박물관을 들렀다. 19세기 중반 신고전주의 양식으로 지어진 헝가리 최대의 국립 박물관. 고대-중세-근세의 국보급 유물들이 전시되어 있었다. 우리의 주된 관심은 이곳에 소장되어 있을지도 모를 근대 이전의 그림들이었다. 그러나 그것들은 영웅광장 곁의 국립 미술관에 소장되어 있었다. 국립박물관의 입장은 무료였으나 사진을 찍으려면 헝가리 돈 5천ft를 내야 했다.

국립박물관으로부터 가까운 거리의 공예미술관. 레히네르 외된과 퍼르토시 줄러가 공동으로 설계하여 세운 건물도 특이하지만, 뛰어난 전시물들을 통해 삶 속의 예술을 비로소 깨달을 수 있었던 것은 큰 소득이었다. 헝가리 응용미술의 수준, 특히 헤렌드 자기의 고운 모습은 인상적이었다. 가구, 도자기, 유리공예, 태피스트리, 목공 등 전시물들의 다채로움도 눈길을 끌었다.

무엇보다 놀라운 것은 부다페스트의 어느 박물관에 가도 목격할 수 있는 태피스트리의 규모와 정교함이었다. 헝가리에도 어느 시절 직녀가 살았는가. 한 올 한 올의 실을 짜내어 그토록 크고 정교한 그림을 만들어냈다니! 그 뿐인가. 헝가리 트란실베이니아 지방의 도자기는 또 얼마나 현란한가. 풍부한 색채와 각종 식물의 모양 등. 헝가리 도자기 예술의 전통과 우수함이 우리를 놀라게 했다.

다음 날, 날리는 눈발 속에 음악사 박물관과 리스트 기념관, 그리고 국회의사당을 찾았다. 부다 지구의 음악사 박물관은 겨울철이라 이미 폐관된 상태. 하는 수 없이 리스트 기념관으로 발길을 옮겼다. 바르톡, 코다이와 함께 헝가리의 현대음악을 대표하는 리스트. 그가 살던 곳이자 그의 음악원이 있던 곳이었다. 지금도 전시실을 뺀 나머지 공간에서는 음악 교육이 이루어지고 있었다. 그의 사진들, 실제 손을 본떠 만든 오른손 조각상, 작곡용 책상, 그랜드 피아노와 휴대용의 작은 피아노, 악보, 응접세트 등이 전시되어 있었다. 입구에 들어가니 '화, 목, 토요일 3시부터 4시 사이에는 집에 있음'이라는 리스트의 육필 메모가 흡사 지금도 그가 살아 있는 듯한 착각을 불러 일으켰다.

리스트의 음악으로부터 벗어나서 찾은 곳은 국회의사당 건너편의 민속박물관. 경복궁에 있는 우리의 민속박물관과 같은 개념과 구조를 지니고 있었다. 그러나 우리의 것에 비해 규모는 엄청났다. 전통 농기구들이나 농사법, 농촌지역의 가옥구조 등 우리의 그것들과 유사한 점도 많았다. 내 어릴 적 사용하던 것과 비슷한 맷돌도 그곳에 있었다. 모형으로 만들어져 전시된 헝가리 사람들의 일상과 일생, 민속의상과 전통 수공예품과 함께 이전 시기 로마민족과 관련된 전시품들도 상당수 있었다.

점심을 마친 후 들른 곳은 부다페스트 관광의 핵심인 국회의사당. 눈발이 거세진 오후였다. 1884년에서 1904년까지 장장 20년의 세월이 걸린 대공사였다. 슈테인들 임레의 설계로 지어진 기념비적인 건축물이었다. 내부의 중앙 홀을 감싸고 있는 르네상스 양식의 둥근 돔을 중심으로 전체 건물들은 좌·우 대칭을 이루고 있었다. 중앙의 돔만 빼면 나머지는 주로 고딕 양식의 크고 작은 첨탑들이 두드러졌다. 길이 268m, 최대 폭 123m, 돔의 높이 96m, 총 691개의 방들. 대단한 규모였다. 지금까지 우리의 경험으로 국회의사당이 이토록 규모가 크고 화려한 경우는 없었다. 왕궁이 크고 화려한 것은 자연스럽고 흔한 일이었다. 무슨 이유로 이렇게 큰 국회의사당을 지었는지 이해할 수는 없으나, 어쨌든 지금 그것은 훌륭한 관광거리가 되어 세계인들의 주목을 받고 있지 않은가.

　국회의사당에 들어가는 일도 수월치 않았다. 군인으로 보이는 경비원들이 앞뒤로 삼엄하게 지키고 있었다. 표를 사게 하고는 다시 울타리 밖으로 내몰아 그곳에서 투어 시각을 기다리게 했다. 눈이 펑펑 쏟아지는 벌판으로 내쫓긴 관광객들. 그러나 하나도 불평하는 사람이 없었다. 관람료도 비쌌고, 공항보다 더 엄한 검색대를 통과해야 했다.

　과연 엄청난 규모와 화려함이었다. 세상에, 이렇게 아름답고 큰 국회의사당이 있을 수 있을까. 2층 로비에서 11세기 성 슈테판 이래 이어져 내려온 헝가리의 왕관을 친견했다. 사파이어와 에머럴드로 장식된 황금의 왕관. 옆으로 기운 십자가가 이색적이었다.

　마지막으로 회의실. 전체 국회의사당의 크기에 비해 회의실은 작았다. 국회의원들 숫자가 많지 않은 듯. 의원석과 내각석이 아기자기하게 꾸며져 있었다. 쫓기듯 밀려나오면서 만감이 교차했다. '어차피 개인이 살려고 짓는 집이 아닌데, 좀 호화롭게 지은 들 무슨 문제가 있을까?' 평소의 내 생각은 유럽에 오면서 맞는 것으로 확인되고 있었다. 호화판으로 짓는다고 욕할 게 아니라, 이왕 지으려면 수백 년 후에도 기념비적인 건축물로 남아 후손들이 관광수입이라도 올릴 수 있게 만들어 달라고 주문하는 게 옳을 것이다. 박물관과 국회의사당. 그곳엔 그들의 과거·현재·미래가 역동적으로 뒤섞여 있었다.

　답답해진 마음을 풀기 위해 눈 내리는 강변을 걸어 세체니 다리를 건넜다. 다리 위에서 바라보는 도나우 강은 드넓었다. 그 강줄기 좌우로 펼쳐진 부다페스트는 또 다시 역동적인 관광지의 새로운 밤을 맞이하기 위해 따스한 불들을 켜고 있었다.

　11월 25일, 금요일. 날씨는 여전히 음산했다. 먼저 모스크바 광장을 찾고 싶었다. 이 땅에서 위세를 부리며 공산주의의 당위성을 부르짖던 그들의 모습을 보고 싶었다. 센트룸의 데아크 광장 역에서 옥토곤 역으로, 옥토곤 역에서 열차를 갈아타고 다리를 건너 도착한 곳이 모스크바 광장 역.

180m나 된다는 에스컬레이터가 우리를 까마득한 하늘로 밀어 올렸다. 밖에 나오니 광장도 레닌도 스탈린도 보이지 않았다. 무심하게 오고가는 사람들, 쉴 새 없이 들어오고 나가는 트램들, 간헐적으로 하늘을 비상하는 비둘기 떼, 그리고 그 사이를 빈틈없이 채운 음산한 공기. 그 뿐이었다. 알 만한 표정의 사람들을 잡고 물었다. 모스크바 광장이 어디냐고. 대학생 하나가 우리의 답답함을 해소해 주었다. 모스크바 광장 역사 주변이 모두 모스크바 광장이라는 것. 역사 앞에 손바닥만한 공터가 있었다. 그곳엔 정체를 알 수 없는 탑 하나와 손바닥 모양의 설치미술 작품이 서 있었다. 우린 실망과 안도가 교차하는 묘한 경험을 했다.

그러면 그렇지. 헝가리 인들의 기억 속에 모스크바는 더 이상 없었다. 그것이 안도의 이유였다. 그리고 그렇게 큰 소리 치던 모스크바의 존재가 형적도 없이 사라진 것은 실망의 이유이기도 했다. 우리가 낫과 망치가 교차된 그들의 깃발을 보고자 한 것은 아니었다. 그들이 그렇게 좋아하던 드넓은 광장에서 우리의 졸아든 속내를 펴보고 싶었을 뿐이었다. 하릴 없이 부다 왕궁을 한 바퀴 돌아 영웅광장으로 되돌아 온 것도 그 때문이었다.

영웅광장의 영웅탑을 바라보고 섰을 때 오른쪽은 신고전주의 양식의 현대미술갤러리, 왼쪽이 국립미술관이었다. 영웅탑의 시원한 바람을 쏘인 우리는 국립미술관으로 들어갔다. 지금 전체적으로 보수공사중이라 외관을 볼 수 없었으나, 내부의 디자인과 함께 소장품은 대단했다.

주로 16세기 이후의 작품들이 대부분이었으나, 기독교 성화들은 그 이전의 것들도 많았다. 많은 성모의 그림들, 각종 성인들의 모습 등은 기독교 계통의 어느 컬렉션보다 풍부했다. 비록 빈의 미술사박물관에 미치지는 못했으나 이집트 유물 역시 양과 질에서 두드러졌다. 몇 작품 되지는 않았으나 마네 · 모네 · 세잔 · 피사로 등 인상파 화가들의 작품과 로댕의 조각들이 우리의 눈길을 끌었고, 가장 특이했던 것은 가스통 라체이스 Gaston Lachaise의 특별전(2005. 9. 29.-2006. 1. 8.). '여인(Woman)' 주제의 조각들이었다. 그는 멋대로 '데포르마숑' 한 모델의 몸을 통해 여인의 아름다움이 지닌 본질을 보여주려 했던 것 같다. 고전적인 미의 기준에 사로잡혀 있는 우리에게 새로운 안목을 보여준 그의 작품들은 우리를 한동안 혼란스럽게 했다.

미술관의 그림에 취해, 컴컴해진 오후 늦게서야 광장으로 나온 우리는 도나우 강가 세체니 온천에서 몸을 풀기로 했다. 광장으로부터 강변을 따라 5분쯤 걸어가자 과연 온천장이 나왔다. 수영복으로 갈아입고 노천 온천으로 나가니 자욱한 김 속에 서양인들 수백 명이 온천 연못에 몸을 담그고 있었다. 서양인들이 이렇게 온천욕을 좋아할 줄이야! 이 온천은 페슈트 지역에서 처음으로 지어졌고, 최대 규모란다. 온천장에서 땀을 흘리다가 돌아오는 길. 불이 환한 광장 부근에서 함성을 들었다. 도나우 강을 가로질러 광장으로 연결되는 다리 밑에 스케이트장이 있었다. 수천 명의 시민들이 환한 불빛 아래 스케이트를 지치는 장관이 펼쳐지고 있었다. '이쁜' 여자애들 대여섯 명이 다리 위의 우리보고 사진을 찍으라고 포즈를 취한다. 그 틈을 놓칠세라 셔터를 눌렀으나, 내 손이 떨렸기 때문일까. 한 장도 못 건지고 말았다. 한쪽엔 땀 흘리는 온천장, 또 한 쪽엔 스케이트장. 부다페스트 시민들의 풍요와 자유로움이 극명하게 드러나는 두 곳이었다. 환하게 웃으며 손을 잡고 스케이트를 지치는 여학생들의 모습에서 헝가리의 밝은 미래를 목격했다면, 좀 지나친가.

***

부다페스트. 헝가리 민족의 갈등과 시련의 역사가 예술로 꽃 핀 공간이었다. 4백년 예속의 역사를 미래의 자산으로 승화시킨 이들의 자존심. 우린 짧은 기간 그 실체를 보고 느꼈다. 헝가리는 단순히 소련이나 공산주의에 매여 살던 동유럽의 나라가 아니었다.

오랜 세월 지속해온 투쟁의 역사. 소련이나 공산주의도 그 투쟁의 대상이었을 뿐 이들이 결코 그들을 수용한 것은 아니었다. 그런 점에서 우리는 부다페스트의 모든 것을 사랑할 수밖에 없었다. 그곳에 피를 통해 이루어낸 역사와 문화의 보고가 숨 쉬고 있기 때문이었다.

# 부다페스트 부인과 병원을 헤매다

여행 두 달 여에 1만 km 가까운 거리를 운전했다. 그 탓인가. 오스트리아의 빈에서부터 엉덩이가 약간씩 짓무르기 시작했다. 준비해간 연고도 발라보고, 운전 자세를 바꾸어도 보았으나 좋아지지 않았다. 운전을 안 할 수도 없고, 운전을 하지 않는다 한들 차에 누워갈 수 있는 처지도 아니었다. 문제가 커지기 시작한 건 프라하.

'차마 말할 수 없는 부분'에서 야릇한 불쾌감이 느껴지기 시작한 것. 지금까지 그 부분에 통증을 느껴본 경험이 없는 터라 일순 당황했다. 더구나 이곳은 '이역만리' 타국, 그것도 우리가 '업신여겨 마지않았던(?)' 동유럽 아닌가.

몇 년 전 미국에서, 아내의 몸이 불편하여 병원을 찾았을 때의 일이다. 힘겹게 병원을 찾아 진찰을 받은 후 처방전으로 약국에서 약을 사보니, 고작 항생제 두어 알. 미국이나 유럽에서 병원진료를 받기도, 약을 사기도 까다롭다는 것을 경험으로 알고 있는 우리였다. 우리나라야 골목마다 병원이요 약국이니 찾아가기 쉽고, 원하기만 하면 주사를 꾹꾹 놓아주니 그 얼마나 고마운 일인가. 의약분업의 제도가 정착되어 약간 불편하긴 하지만, 새삼 '고국'의 의사들이 그리워졌다.^^

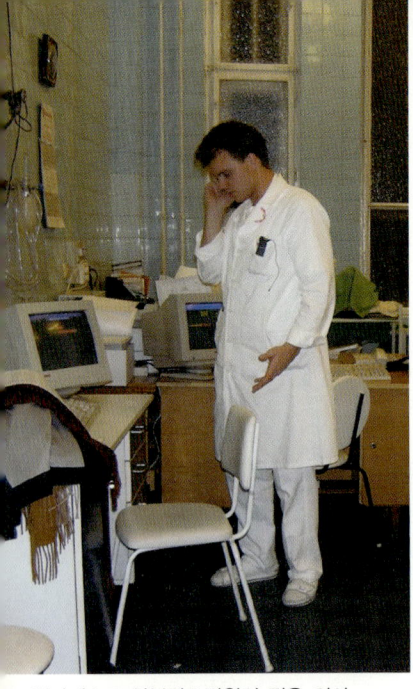
부다페스트 암불란스병원의 젊은 의사

프라하에서 좀 더 일찍 병원에 갔더라면 좋았을 걸. 우리는 '어떻게 적당히 해보려는' 못된 본능이 작동하여 약을 써보기로 했다. 그러나 약 이름을 알 수가 없었다. '정체를 알 수 없는' 약사에게 그곳을 함부로 까 보일 수도 없고. 하는 수 없이 외과 개업의인 막내동생에게 국제전화를 걸었다. 전화선으로 들려오는 그 녀석의 걱정. 그 걱정을 듣고 나니 더 불안해졌다.

복잡한 약 이름을 적은 종이쪽을 들고 간신히 약국을 찾았다. '혹 의사의 처방전을 요구하면 어떻게 하나' 불안해하면서. 다행히 그 약은 처방전 없이도 판다고 했다. 그러나 별무효과였다. 그저 열심히 약을 바르고 좌욕이나 하면서 버텨나갈 수밖에 없었다. 그러나 악화일로! 폴란드와 슬로바키아를 거치면서는 도저히 어떻게 할 수 없다는 판단이 내려졌다. 폴란드의 인터넷 까페에 들러 오스트리아에서 만난 미국인 부부에게 이메일을 보냈다. 부다페스트의 전문병원을 좀 찾아달라는 내용으로. 그들은 헝가리에 살고 있었다. 처음으로 보내는 이메일에 언급하기 무안한 병명까지 적었으니, 그만큼 우린 다급한 처지였다. 하루가 지나 받아본 미국인 부부의 답신. 그 병 전문의가 있는지는 모르겠으나, 영어가 통하여 외국인들이 잘 찾는 병원이라면서 주소와 병원 이름을 보내왔다.

부다페스트의 인포메이션 센터에 도착한 것이 오후 2시쯤. 관광정보나 호텔정보는 뒷전이었다. 무엇보다 미국인 부부가 알려준 병원을 물었다. 그러나 부다페스트가 좀 넓은가. 그들은 한 이십여 분 간 이곳저곳 헤매더니 겨우 찾아 알려준다.

시가지 외곽 먼 곳. 정신이 아득했다. 지도를 보면서 여기까지 찾아온 것도 끔찍한데, 또 길을 찾아 나서란 말인가. 해당분야 전문의가 있는지도 모르고, 진료신청이 가능하다는 3시 전에 도착한다는 보장도 없었다. 복잡한 도심을 뚫고 그곳에 가본들 그곳에서 다시 새로운 병원을 소개 받아 헤맬 가능성이 훨씬 컸다.

한술 더 뜨는 것은 인포메이션 센터의 직원이었다. 우리에게 사회보장카드가 있느냐고 물었다. 없다고 하니 진료비가 엄청 비쌀 거라고 겁을 주는 게 아닌가. 그러나 부다페스트만 믿고 달려온 우리였다. 여기서 좌절할 순 없었다. 그래서 다시 그들의 도움을 청했다. '우린 한국에서 중요한 사명(?)을 띠고 온 교수 부분데, 지금 급하니 이러이러한 분야의 전문병원을 이 근처에서 좀 찾아줄 수 없냐?'고. 그들의 판단이 어떻게 내려졌는지, 센터 안의 고참까지 나서서 이곳저곳에 다이얼을 돌리고 알 수 없는 헝가리어로 대화를 나누었다. 잠시 후 그들은 병원명과 주소, 지하철 타고 가는 법까지 자세히 적어주었다.

그곳에 도착하니 3시 직전. 대기실엔 여자들만 득실거렸다. 헝가리에서 그 병은 여자들에게만 생기나? 약간은 이상한 생각이 들었으나 사무원은 영어를 한 마디도 몰랐고, 딱히 물어볼 데도 없었다. 손짓 발짓으로 가서 앉아 기다리라는 의사만 겨우 전달받고, 한 구석에 앉아 하염없이 그녀가 불러주기만 기다릴 밖에 도리가 없었다.

그러나 점점 시간은 흐르고, 여자들은 자꾸만 밀려들어오고, 사무원은 우리를 본체만체. 불안했다. 한 시간 가량 기다리다가 도저히 안 되겠다는 판단이 섰다. 마침 하얀 가운을 입은 의사 하나가 들어왔다. 가서 물었다. '도대체 이곳이 무얼 하는 곳인데 이렇게 여자 환자들만 득실거리나? 우리는 한 시간 전에 도착했는데, 사무원은 이곳에서 기다리라고 해놓고 감감 무소식이다.'라고 했더니, 그는 대뜸 '이곳이 부인과 병원'이란다. 아뿔싸! 그러면 그렇지. 여자들만 그득한 게 어쩐지 좀 이상하드라 했지.

그 의사에게 사정을 말했다. 그러자 그 병원 구내의 다른 건물을 알려주었다. 진료 신청 시간이 지났을지 모르니 그곳으로 전화 좀 해달라고 부탁했다. 나이스한 그는 쾌히 휴대전화로 그곳에 연락해주고 메모까지 해주었다. 뒤통수에 따갑게 꽂히는 헝가리 여자들의 눈초리를 느끼면서 황황히 그곳으로 달려갔다. 미리 연락이 되어 있었는지, 우리에게 사회보장 카드를 요구한다. 진료비 때문이라고 판단한 나는 '현찰로 지불할 테니 걱정말고 진료나 받게 해달라' 고 크게 소리쳐 말했다. 그들은 내 패스포트의 넘버를 적고나서 신경외과병동으로 가라고 했다.

환자들 십여 명이 대기 중인 신경외과 앞 복도. 시간이 흘러도 대기환자는 줄어들지 않았다. 간호사처럼 보이는 사람들은 수시로 들락거리면서 딴 일 보기에 바빴으나, 사람들은 참을성 있게 자리에 앉아 기다렸다. 간혹 대기 환자 이외의 사람들이 찾아와 먼저 진료를 받는 모습도 보였다. 어떤 이들은 기다리다가 지친 끝에 문을 두드리고 들어가 항의를 하기도 했다. 아, 이 후진국, 혹시 급행료가 필요한 것 아닐까? 다급했던 우리의 괜한 생각이었다.

오후 5시가 넘자 사방은 깜깜해지고, 내 이름은 호명될 기미도 보이지 않았다. 숙소를 잡아야 하고, 부다페스트 정보도 얻어야 했다. 그런데, 이토록 헛되이 시간이나 보내게 하다니. 성질 급하기야 헝가리 사람들 못지 않은 나는 하는 수 없이 꽉 닫힌 진료실 문을 밀고 들어갔다. 그곳엔 이미 다른 환자 한 사람이 의사들에게 항의를 하고 있었다.

샤프하게 생긴 젊은 의사 둘이었다. 그들은 유창한 영어를 구사했다. 하나는 칩chief, 다른 하나는 보조쯤 되어 보였다. 나는 항의와 호소를 반쯤 섞어 사정을 말했다. 그 덕인가. '실력을 알 수 없는' 헝가리의 젊은 닥터들에게 나는 엉덩이를 '까 보일' 수 있었다. '몹시 아팠겠다' 고 위로해주는 그들의 말에 우선은 마음이 좀 놓였다.

내 상태를 관찰한 그들은 잠시 숙의하더니 처방을 내주었다. 그런 다음 30분 넘게 보고서를 작성하는 것이었다. 그들이 사용하는 컴퓨터와 프린터는 모두 구형이었다. 게다가 반 페이지쯤 작성하다가 지워버리고 다시 쓰기를 반복했다. 그러니 그토록 많은 시간이 걸릴 수밖에! 그 뿐인가. 헝가리에선 이제 막 휴대폰 시대가 열린 듯, 사람들 모두 휴대폰을 잡고 있는 모습이었다. 진료 중에도 수시로 걸려오는 휴대폰. 환자는 아랑곳하지 않고 전화에 대고 할 말 다 하는 그들의 모습이 눈에 거슬렸다.

어쨌든 처방이 내려졌다. 그러나 처방전은 의외로 간단했다. 먹는 약 한 가지. 그래도 미련을 버리지 못하고 주책도 없이 주사는 안 놓아 주느냐 물었다. 그러자 그 의사는 주사가 왜 필요하냐고 오히려 반문했다. 이 약을 일주일 동안 써보고 안 나으면 다시 오라는 것이었다. 진료비는 어디서 내는지 물었다. 그러자 '진료비를 내지 않아도 된다'고 했다. 그 이유를 물었으나, 어쨌든 진료비를 내지 않아도 되는 케이스란다. 그들의 마음이 어떻게 변할지 몰라 더 묻지는 않았으나, 감격스러웠다. 처음 들어온 헝가리에서 내접받은 느낌이었다. 잠시 전까지 '후진국' 어쩌고 하며 불평을 늘어놓던 우리였다. 머쓱해지는 순간이었다.

약국의 약도까지 자세히 그려주면서 빨리 낫기를 바란다는 말까지 덧붙이는 그들. 컴퓨터는 구형이고, 아직 낡은 프린터를 사용하고는 있었으나 이 젊은 의사들은 바로 헝가리의 밝은 미래였다. 의사 두 명이 환자를 차례로 관찰한 다음 함께 의논하여 내리는 처방 또한 충분히 신뢰할 만 했다.

숙소에 돌아와 약을 먹고 나자 그날 밤으로 차도가 보이기 시작했다. 가는 곳마다 약간은 무뚝뚝하고 성질 급해 보이는 헝가리인들이었다. 시내에서도 과속을 일삼고, 횡단보도에서도 사람들을 배려하지 않는 모습이 한국인들과 흡사했다. 그러나 언뜻언뜻 내비치는 이들의 속내는 무척이나 정겨웠다. 기대하지도 않은 무료진료 한 번에 '녹아서' 하는 말은 아니다. 전혀 몰랐던 헝가리, 그 중에서도 부다페스트의 한 복판. 이 복잡한 거리에서 우리는 작지만 큰 공감의 영역을 발견할 수 있었다. 부다페스트에서의 일주일이 어쩌면 매우 유익하고 즐거운 기간이 될 것만 같은 기대를 갖게 한 '병원 해프닝'이었다.

두브로브닉의 주 거리에 오가는 사람들

두브로브닉 시가지와 로크룸 섬

# 아드리아틱 블루, 그리고 돌의 도시 두브로브닉

12월 첫날. 아직도 갈 길은 먼데, 종착역을 향해 숨 가쁘게 질주하는 2005년. 한 해를 마감하는 순간이 되어서야 더 이상 태평할 수 없음을 깨닫는다.

이곳에 도착한 어제, 내내 비가 내렸다. 내리는 비를 맞으며 숙소를 찾아 모르는 거리를 헤매다가 썩 괜찮은 아파트를 얻을 수 있었다. 하루를 지냈으나, 여전히 하늘은 상쾌하지 못하다. 어제와 같은 굵은비가 멈추어 준 것만도 불행 중 다행이랄까. 우리가 하루만 자고 떠날까봐 노심초사한 주인 영감. 답사를 나가는 우리에게 우산까지 들려준다.

두브로브닉 구시가는 완전히 돌의 세계였다. 집도, 성도, 길바닥도, 계단도 모두 돌이었다. 이곳에 오면서 돌 천지임을 목격하긴 했지만, 어쩌면 이렇게 돌을 떡 주무르듯 다듬어 완벽한 하나의 세계를 만들 수 있단 말인가.

숙소에서 성문 앞까지 내려오는 길은 60도에 가까운 비탈길이었고, 계단형태의 그 길은 돌 집 주택가를 뚫고 이어져 있었다. 계단의 돌들은 반들반들 닳아서 어떤 곳은 약간씩 패여 있기도 했다. 사람들의 발자국 한 번에 돌이 패인들 얼마나 패일 수 있을까. 천년의 세월, 무수한 사람들이 오고 간 흔적이리라. 언제 누가 밟고 지나갔는지, 몇 번이나 밟았는지 알 수 있으랴.

서기 616년, 인근의 에피다우르스Epidaurus가 파괴된 후 그곳 사람들이 이곳으로 도피하여 암반 위에 정착한 데서 두브로브닉의 역사는 시작되었다. 옛 기록 상의 '라바Lava, 라우스Laus, 라구시움Ragusium' 등은 오늘날의 두브로브닉. 두브라바Dubrava에서 파생된 크로아티아 이름이 바로 '두브로브닉'이다.

상당 기간에 걸쳐 로마인들과 일리리안Illyrian족들이 슬로베니아 정착민들 속에 섞여 살았으나 수적인 면에서 크로아티아 사람들이 단연 우세했다. 두브로브닉이 크로아티아의 도시가 된 것도 바로 그 때문이었다.

북위 42도 40분, 동경 18도 5분, 크로아티아 최남단의 도시 두브로브닉. 선소하고 뜨거운 여름, 온화한 겨울외 전형적인 지중해성 기후. 뒤쪽에 버티고 선 스르드Srd산은 차가운 북풍을 막아주고, 앞에 가로 놓인 작은 섬 로크룸Lokrum은 남쪽의 습한 공기를 막아주어 연중 최적의 기후를 즐길 수 있는 곳이다.

그 뿐인가. 여름엔 북서계절풍이 불어 도시를 시원하게 해주고, 비는 겨울에만 주로 내리며, 눈은 가끔씩 내릴 뿐이란다. 여름바다의 평균 수온은 섭씨 21도 이상. 그러니 우리는 이곳 방문의 시기를 잘못 택한 것이었다.

돌의 요새! 두브로브닉의 첫 인상이었다. 세계문화유산으로 지정되었을 만큼 돌로 만들어진 도시 전체가 이채로웠다. 이곳에 오기 전 우리는 '아드리아틱 블루'를 맛보려면 두브로브닉에 가라는 말을 들었다. 온난한 지중해성 기후, 어쩜 강한 남국의 햇살에 반짝이는 아드리아의 녹색 바닷물이 출렁거리고 있을지도 모른다는 기대만 갖고 허위허위 이곳으로 달려온 것이었다.

놀랍도다! 아드리아해는 미끼였을 뿐. 정작 보물은 두브로브닉 성이었다. 그 성은 아드리아 바닷가 암반 위에 꼭꼭 숨어 있었다. 얼핏 보면 '배산임수背山臨水'의 명당이었다. 뒤에는 스르드 산, 앞에는 아드리아 해.

그러나 성에 올라 자세히 보니 그 반대. 너무나 단호한 각오의 '배수진'이었다. 물을 등지고 스르드산을 바라보는 형국이었다. 산 넘어 몰려오는

포르뜨 로브리예나찌Fort Lovrijenac에서 바라본 드브로브닉 성 ▲
프란치스카 모나스터리 뮤지엄 전시실의 벽에 난 내전 중의 박격포 구멍 ▶

적을 노려보며 더 이상 물러날 수 없다는 각오로 버티려는 것이었을까. 바다 위로 솟아오른 천연 암반에 붙여 지은 성. 그 성벽으로 아드리아의 거센 물결이 철썩철썩 기어오르고 있었다.

스르드산 아래 길게 펼쳐진 도시는 흡사 악어가 먹이를 삼키는 형국. 스르드산을 따라 형성된 시가지는 악어의 위턱과 몸체, 라파드Lapad 일대는 아래턱, 바빈쿡Babin Kuk은 먹이였다. 그리고, 두브로브닉 성(구시가지)은 가장 안전한 곳, 악어의 심장 부분에 박혀 있었다.

성벽을 타고 일주─周하니. 어느 곳에서나 성 안은 손금처럼 들여다보였다. 그러나 가장 잘 보이는 곳은 북쪽의 망루인 포르뜨 민쩨타Fort Minceta. 내려다보니 성 전체가 마치 거대한 항공모함의 갑판 모양이었다. 해안의 암반에 맞추어 디자인되었기 때문일까. 군데군데 각이 지고 들쭉날쭉한 부분이 없지 않지만, 전체적으로 한눈에 잡히는 건 둥근 모습이었다.

눈 아래 가득 찬 빨간 지붕들, 그 너머의 아드리아틱 블루, 그리고 그 위를 배회하는 흰 구름, 끊임없는 파도소리. 눈물겹도록 아름다운 조화였다. 일찍이 체코의 체스키 크룸로프를 보고 최상의 찬사를 던진 우리였으나, 이곳은 한 술 더 뜨는 곳이었다. 그곳엔 바다가 없었다.

2박 3일의 일정으로 느긋한 우리. 성벽 일주 후 내려와 곳곳을 더듬을

우, 힘들!

수 있었다. 필레 정문, 성벽 입구, 성 사비우르 교회, 큰 온오프리오 파운
틴, 프란치스카 수도원 뮤지엄, 주 거리, 올란도 칼럼, 스폰자 궁의 역사 문
서고, 종탑과 라운지, 작은 온오프리오 파운틴, 성 블라이스 교회, 시티 홀
과 마린 드르쥐취 극장, 렉토 궁, 성당 보물고, 군들리치 광장, 성 캐더린
콘벤트, 민속박물관, 마린 드르쥐취 생가, 내전 전시장, 시나고그 뮤지엄,
성 니콜라스 교회, 성 세바스쳔 교회, 도미니카 수도원 뮤지엄, 성 요한 망
루, 해양 박물관, 수족관 등등. 이루 헤아릴 수 없을 만큼 많은 학습의 대상
들이 성 안 도처에 널려 있어 찾기가 수월치 않았다. 바짝바짝 붙여 지은
돌집들. 모두 4~5층씩 되는 건물들 사이로 겨우 서너 사람이 지날만한 넓
이의 길이 나 있을 뿐이었다. 살못 들어가면 뱅뱅 돌다가 제 자리로 돌아
오곤 하는, 미로였다. 왜 그토록 건물들을 좁게 지어 놓았을까. 이리저리
궁리해보았으나, 종시 답은 나오지 않았다. 의지하며 붙어사는 길만이 서
로를 보호할 수 있는 최상의 방책이라고 생각한 걸까.

성문을 들어와 큰 돔 모양의 온오프리오 파운틴으로부터 종탑까지 쭉
뻗은 주 거리. 그 주 거리를 따라 좌우로 나뭇가지처럼 형성된 작은 골목
들에는 온갖 점포들이 문을 열고 있었다. 레스토랑, 바, 기념품점, 옷가게
등등. 모두 관광객을 대상으로 하고 있음은 물론이다. 자동차는 물론 그
비슷한 것도 성문 안으로는 들어올 수 없어서인가, 그 안에는 보행자들의
천국이었다. 돌로 포장된 길이었으나, 걷기에 피곤하지 않은 것은 자동차
가 없기 때문일 것이다. 흙 한 점 구경할 수 없도록 무겁고 단단한 돌로 포
장된 도로들. 밟고 짓이겨 보았으나 발만 아플 뿐 요지부동인 돌들이 야속
했다. 무슨 수로 그렇게 크고 높은 돌집들을 차곡차곡 지어 놓았는지, 볼
수록 신기하고 이해할 수 없어 당황스런 하루였다.

***

석양 무렵, 본 성과 따로 떨어져 홀로 서 있는 포르프 로브리예나찌Fort
Lovrijenac에 올랐다. 예상대로 문은 잠겨 있었다. 그러나 그 너머로 찬란
한 아드리아 바다와 석양, 그리고 석양에 물든 구름을 볼 수 있었다. 발아

래 시가지, 사람들의 움직임까지 살필 수 있었다. 아, 그들이 이 성채를 지은 목적은 분명했다! 고개를 돌리면 성 안팎 사람들의 동태를, 그 고개를 또 다른 방향으로 틀면 밀려오는 적들의 동태까지 살필 수 있는 옛 성. 보호와 감시의 이중성은 예로부터 다스리는 자들이 내세워 온 위선적 명분이었다. 그것이 옛 성에 고스란히 구현되어 있었다.

그러나 우리가 목격한 가장 극적인 모습은 딴 데 있었다. 프란치스카 수도원 뮤지엄. 이미 수도원의 기능은 상실한 채 제한적인 기능의 뮤지엄 역할만 하고 있었다. 문은 굳게 잠긴 채로. 우리가 찾아가 벨을 눌러야 문을 따주는 게으른 관리인. 하품하면서 우리가 빨리 가주기만 바라는 듯한 그의 눈초리가 따가워 느긋하게 감상할 여유가 없었다.

가장 충격적이었던 것은 전시실 벽 한 복판을 뚫고 지나간 박격포 구멍. 그 구멍은 그대로 보존되어 있었다. 포탄이 멈춘 자리엔 증거물들도 전시되어 있었다. 1991년 내전 당시 두브로브닉을 뺏으려는 보스니아 군이 쏜 것이라고 했다. 지금껏 계속되고 있는 역사의 아이러니를 목격하는 순간이었다.

우리는 15~16세기 성화나 예수고상보다는 박격포에 뚫린 구멍으로부터 인류의 모순적 행적을 깨달을 수 있었다. 옛날부터 지금까지 이루어진 많은 것들을 감추고 있는 두브로브닉. 우리에게 할말이 너무 많아 그만 입을 다물어버린 듯 했다. 그렇게 아드리아 해변의 하루는 저물어 갔다. 돌 위에 축조한 돌의 세계. 지금까지 천년의 역사를 이어온 것처럼 앞으로의 천년도 끄떡없을 것이다. 아드리아의 청록색 바닷물이 변하지 않는 한 두브로브닉성의 빛깔 또한 바래지 않을 것이다. 지금까지 보아온 온갖 아름답고 의미심장한 것들을 '덮어쓰기' 해버린 두브로브닉성. 내 마음에 남겨준 감동을 앞으로 과연 어떻게 발효시킬 것인가.

트로기르 항에 정박 중인 요트들

크로아티아 트로기르 성

# 자드바리예와 트로기르의 추억

12월 2일. 금요일. 날씨 맑음. 드브로브닉을 떠났다. 비 맞으며 왔다가 화창한 날 떠나는 마음이 자못 심란했다. 그토록 꿈꾸었던 아드리아틱 블루를, 떠나는 마당에서야 찔끔 볼 수 있다니!

모처럼 유럽전도를 펼쳐보았다. 붉은 색으로 그어진 구간. 우리가 거쳐 온 코스다. 지나온 곳보다 갈 곳이 훨씬 더 멀다는데 생각이 미쳤다. 그래서 일찍 떠났다. 가는 데까지 가다가 자그레브 가까운 곳에서 1박을 해야 했다. 그간 늑장부린 시간을 벌충하기가 쉽지 않은 지금. 초조감이 온몸을 감쌌다.

보스니아 지역의 레스토랑에서 점심을 먹기로 했다. 철저히 봉쇄된 보스니아와 세르비아. 그러나 이곳만은 화사하게 꾸며져 있었다. 흡사 평양만 빼곤 암흑천지인 북한처럼. 우리는 식사를 주문하며 농담 삼아 웨이터에게 물었다. '비자도 없는 우리가 이곳에서 밥 먹을 자격이나 있는가' 라고. 그러자 그는 만면에 웃음을 띠며 'No problem!' 이라고 대답했다. 음식 값도 크로아티아의 돈인 쿠나와 유로로 받았다. 그들도 이제 변한 것일까. 보스니아 식당의 테라스에서 비로소 아드리아틱 블루를 카메라에 담을 수 있었다. 음식 값의 몇 배나 되는 귀중한 것을 확보한 셈. 나오는 발길이 가벼웠다.

스플릿에 가기 위해 지나야 하는 오미쉬. 돌아오는 길엔 이곳의 성과 세

티나 강에서 얼마간의 시간을 보내리라 생각했었다. 그러나 그 직전에 방향을 틀어 산을 넘어야 했다. 산 너머 국립공원을 거쳐 자그레브로 가는 A1 아우토반을 만날 수 있다는 표지판을 보았기 때문이다. 깎아지른 산을 넘는 '구절양장九折羊腸'의 엄청난 길. 산 너머엔 아직 단풍이 아름다웠다.

얼마쯤 달렸을까. 검은 옷을 입은 일단의 사람들이 눈 녹아 질척대는 길을 걷고 있었다. 혹시 길 위의 흙탕물이 튈까 그들을 피해 조심조심 운전해가던 우리의 눈에 놀라운 모습 하나가 들어왔다. 마을 입구에 세워진, 그로테스크한 모습의 예수 고상이었다. 커다란 모습의 십자가는 별 이상할 게 없는데, 문제는 예수님의 모습.

멀리서 보기에는 분명 한 마리의 도마뱀이었다. 좌우로 몸을 비틀고 있는 도마뱀. 그러나 가까이 가 보니 몸을 심하게 비튼 형태로 만든 예수님의 모습이었다. 세상에, '예수의 고통'을 이렇게 묘사하는 사람들도 있구나! 넋 놓고 있는 내게 누군가 접근해 왔다. 아까 만난 대열 중의 한 사람, 안톤씨였다. 작은 아버지의 장례식을 마치고 오는 중이라는 그는 내게 이것보다 더 멋진 경치를 보여주고 싶다고 했다.

마을 이름은 자드바리예Zadvarje. 아드리아 해안도로를 달리다가 오미쉬 못 미친 마루시찌Marusici에서 오른 쪽으로 틀어 산을 넘었고, 피삭Pisak을 지나 이곳에 당도했다. 마을은 꽤 높은 곳에 위치해 있었다. 내려다보니 아찔할 정도로 계곡은 깊고 아름다웠다. 얼핏 보기에 삭막한 산중이었으나, 하나하나 짚어보니 그 속엔 아름다움이 그득했다.

그는 우리를 끌고 동네 한켠으로 갔다. 그곳엔 절경이 펼쳐져 있었다. 아득한 저 아래쪽에서 하얗게 부서지고 있는 폭포, 규모가 컸다. 본줄기 말고 절벽에서도 물은 솟구쳐 나왔다. 그 물은 큰 강이 되어 흘렀다. 아까 보았던 그 계곡의 아래쪽에서는 그 물을 이용해 수력발전을 하고 있었다. 이것 하나만으로도 훌륭한 관광자원이었다.

우리는 아드리아바다만 알고 있었다. 황무지 같은 크로아티아의 내륙에 이처럼 아름다운 곳이 숨어 있을 줄은 미처 몰랐다. 그에게 이 지역의 소

크로아티아 두브로브닉으로부터 스플릿 오는 도중 만난
아드리아해의 빛나는 모습(보스니아 마을)

크로아티아 두브로브닉으로부터 자그레브로
가는 산길에서 만난 산간마을 자드바리예
Zadvarje 입구에 세워진 십자고상

개 책자라도 있으면 달라고 했다. 그러자 그는 우리를 데리고 마을로 갔다. 가면서 자신의 할아버지, 아버지가 태어난 집을 보여 주기도 했다. 지금은 아드리아 해에서 보트 대여업을 하고 있다는 안톤씨. 그는 전화로 자신의 또 다른 작은 아버지를 불렀다. 그는 우리에게 작은 책자와 여러 장의 우편엽서를 주었다. 엽서에는 이곳의 빼어난 풍광과 래프팅을 즐기는 젊은이들이 있었다. 그 중심에 그의 아들이 있었다. 자그레브에서 대학을 다니는 학생, 여름 한 철 래프팅의 가이드로 활동한다고 했다. 우리는 물었다. 왜 이런 훌륭한 관광자원이 알려지지 않았느냐고. 그러자 그는 흥분하여 정부를 욕하기 시작했다. '그 녀석들은 지금 잠만 자고 있다' 고 팔베개를 해보이기도 했다. 정부가 무능하기는 크로아티아나 우리나 마찬가지임을 비로소 깨달으며 갑자기 씁쓸해졌다.

안톤씨가 우리를 잡은 목적은 또 있었다. 크로아티아의 역사를 알아달라는 것이었다. 슬픈 역사라고 했다. 그 마을에서도 수백의 양민들이 공산주의자들에게 학살당했단다. 자신의 친척 중 상당수도 그들에게 총살당했고. 막 작은 아버지의 장례를 치르고 왔기 때문일까, 말을 하면서 그는 내내 울먹였다. 내 가슴도 뭉클해졌다. 우리는 명함과 이메일을 교환하고, 서로 연락하자고 약속했다. 누구든 원하면 이곳의 관광정보와 크로아티아의 역사에 관한 정보를 알려주겠다고도 했다.

그는 한국에 대해서도 웬만큼 알고 있었다. 동네에는 현대 자동차 대리점이 있었고, 전화로 불러낸 그의 작은 아버지도 현대 차를 타고 왔다. 그는 자기 친척과 가족들이 현재는 모두 부유하게 잘 살고 있다는 말도 덧붙였다. 공산주의자들로부터 받은 시련을 멋지게 극복해냈음을 보여주고 싶은 듯 했다. 우린 그 점도 충분히 공감할 수 있었다. 우리나라와 크로아티아의 모습. 서로 닮아 있었다.

***

안톤씨 일가의 모습을 마음에 새기며 다시 갈 길을 재촉했으나 그곳에서 시간을 너무 많이 소비한 탓일까. 얼마 못 가 날이 저물고 말았다. 아우토반을 달리던 도중이었다. 아무래도 안 되겠다 싶어 들어간 곳이 바로 트로기르Trogir란 곳. 이곳 또한 대단했다. 아드리아 해가 강처럼 들어와 이루어진 항구. 그곳의 작은 섬에 성이 만들어져 있고, 그 안엔 옛 시가가 그림처럼 조성되어 있었다. 우리는 구시가의 건너편 동네에서 1박을 했다.

12월 3일 아침, 길 떠나기 전 바닷가의 성과 구시가를 보기로 했다. 바다 위를 빽빽이 덮은 요트의 돛대들, 돌다리 건너 성 안을 가득 채운 돌집들, 또 그 안을 가득 채운 사람들. B.C. 3세기 말에서 2세기 초반부터 사람들이 살기 시작한 이후 13세기경 축조되기 시작한 것으로 추정되는 이 성. 그 후 초기 크리스챤들, 비잔틴과 프랑크, 크로아티아, 헝가리-크로아티아, 베네치아, 프랑스, 오스트리아, 다시 크로아티아 등으로 통치자들이 바뀌어온 트로기르. 지금은 많이 퇴락되었지만, 다양한 시대의 다양한 건축양식들로 성 안은 그들먹했다.

바람에 너울대는 야자수 이파리들은 이곳이 지중해성 기후대의 한 부분임을 나타내 주고, 한여름 관광의 흔적 또한 곳곳에 남아 있었다. 대양으로 뛰쳐나가고파 안달하는 포구의 요트들, 그 위로 크로아티아의 햇살은 뜨끈하게 내려 쪼이고 있었다.

# 부다페스트의 축소판인 세게드,
# 그 환상적인 돔과 아름다운 거리


　세게드는 루마니아에서 가까운 헝가리의 국경도시. 우리는 이곳을 루마니아로 넘어가기 위한 통과지역 정도로나 생각했었다. 더구나 밤중에 도착한 우리가 이곳의 진면목을 알아보기는 어려웠다. 1박을 하고난 다음, 시내에 나와 보고 나서야 그리 만만한 곳이 아님을 알았다.

　티사Tisza강을 경계로 동·서로 나뉘는 세게드. 도나우강을 경계로 동·서로 나뉘는 부다페스트와 흡사했다. 두 개의 다리로 연결되는 양안兩岸. 구시가가 형성되어 있는 곳은 서쪽이었고, 그곳엔 꽤 많은 수의 광장들이 있었다. 세체니 광장, 클라우잘 광장, 아르파드 광장, 아라디베르탄 광장, 혼베드 광장, 아디 광장, 바르톡 광장, 라코치 광장, 레크네르 광장, 성 이스트반 광장, 칼빈 광장, 돔 광장, 루즈벨트 광장, 마차시 광장 등. 모두 역사적 근거를 지니고 있는 아름다운 공간들이었다.

　구시가의 핵심은 카라즈 거리. 세체니 광장에서 히드 거리를 건너 클라우잘 광장으로 연결되어 있는 카라즈 거리. 드넓고 깨끗한 거리 양편으로 상가가 형성되어 있고, 사람들만 다닐 수 있었다. 길 위에는 요소마다 인물상이 세워져 있고, 그 거리 안쪽으로도 여러 개의 광장이 만들어져 있었다.

　광장 이름으로 붙은 세체니나 데아크, 마차시 등 헝가리 위인들의 존재는 이미 부다페스트에서도 확인한 바 있었다. 세체니 다리, 데아크 광장, 마차시 교회 등. 그것만 보아도 세게드와 부다페스트는 구조적으로 '아름다운 닮은꼴'이었다.

구시가의 핵심인 세체니 광장과 카라즈 거리, 그리고 돔을 찾았다. 엄청나게 넓은 세체니 광장. 느낌으론 지금까지 돌아본 광장 가운데 가장 컸다. 늘씬늘씬한 나무들로 가려진 광장 이곳저곳엔 예술적으로 형상화된 인물상들이 서 있었다.

광장에서 티사 강 방향으로 세워진 세체니Istvan Szechenyi상. 하얀 대리석상이었다. 그 다음으로 팔 바사렐리Pal Vasarhelyi, 야노스 파드루스Janos Fadrusz, 페렌츠 데아크Ferenc Deak 등의 동상 혹은 대리석상 등이 적당한 거리를 두고 서 있었다.

이들의 맞은편인 시티홀 앞에는 티사강을 상징하는 브론즈 상이, 그 다음엔 미클로스 멜로코가 만든 쿠노 클레벨스베르크 상이 서 있었다. 맨 끝은 산도르 클리글Sandor Kligle이 만든 성 슈테판과 그의 왕비 기셀라 커플상. 헝가리인들이 숭모해마지 않는 인물들이었다.

아름답기로 광장에서 가장 두드러진 건물은 호텔 티사. 그간 많은 작가, 시인, 작곡가들이 묵은 호텔이라 했다. 광장의 서쪽 면 시티홀 다음에 서 있는 고전주의 양식의 조터 하우스Zsoter House. 유명한 거상巨商 조터의 가족들이 세웠다 한다. 이처럼 세체니 광장은 헝가리 역사의 축소판이었다.

세체니 광장 건너편의 카라즈 거리. 초입의 인사하는 동상이 이곳을 찾는 사람들을 반겼다. 피터 파르카니Peter Parkanyi 작품. 이른 봄부터 늦가을까지 축제의 분위기로 술렁대는 곳이 바로 이 거리다. 이 거리의 끝에서 두고닉 광장Dugonics Square을 만났다. 군상群像을 묘사한 산도르 클리글의 작품 '거리의 악사들'이 우리의 눈길을 끌었다.

뉴 조터 하우스 1층의 케잌 전문점 '비락Virag'. 케잌을 즐기려는 사람들로 그득했다. 근처에 있는 고전 양식의 카라즈 하우스. 1849년 외국으로 망명한 라요 코수트Lajos Kossuth가 이 집의 발코니에서 마지막 연설을

1 세게드 돔의 모습
2 그 광장
3 세게드의 카라즈 거리 모습

한 역사적 장소가 바로 그곳이었다. 이 집은 1857년 프란츠 요제프가 세게
드를 방문하는 동안 묵은 곳이기도 하다.

카라즈 거리에서 영어가 통할만한 사람을 물색하다가 '찍은' 아름다운 여성 엘레오노라Eleonora. 2000년 보트 경기의 선수로 한국에 온 적이 있단다. '안녕하세요' '감사합니다'를 능숙하게 말하는 그녀는 통일교의 문선명씨에 대해서도 잘 알고 있었다. 헝가리의 변방도시에서 한국을 잘 아는 헝가리인을 만난 것은 이색적인 즐거움이었다.

그녀의 길안내로 당도하게 된 돔과 돔 광장. 지금까지 이렇게 크면서도 아름답고 잘 짜인 돔은 쉽게 볼 수 없었다. 무엇보다 일품인 것은 12000 평방미터의 드넓은 광장. 이 광장은 베니스의 성 마가 광장과 똑같은 크기라고. 이곳에선 1931년부터 매년 세게드 오픈 에어 페스티벌Szeged Open Air Festival이 열린다고 했다.

성당 앞의 오른쪽엔 성 데메리우스 탑Saint Demerius Tower이, 왼쪽에는 삼위일체 탑이 서 있었다. 세게드에서 가장 오래 된 역사적 기념물인 성 데메리우스 탑. 기초는 11세기에 이루어졌고, 정방형 비슷한 로마 양식의 하단부와 초기 고딕 양식의 상단부는 13세기에 이루어졌다. 출입문 위쪽에 모자이크로 새겨져 있는 성인상들과 안팎으로 세워지거나 부조된 여러 성인들의 상이 성당의 위엄을 돋보이게 했다.

안으로 들어갔다. 겉에서 보는 것처럼 안도 넓었다. 벽면과 천정은 모두 그림으로 덮여 있었다. 두드러진 것이 '십자가 위의 예수' 상. 1900년 파리에서 그랑프리를 차지한 야노스 파드루스의 작품이었다.

다음으로 꼽는 것이 제대 위 천정의 마리아. 목동의 옷에 세게드의 슬리퍼를 신은 마리아의 모습이 모자이크로 그려져 있었다. 우리는 한동안 아름답게 묘사된 마리아의 모습을 올려다보며, 이런 규모와 제도의 성당을 조성한 당시 이곳 사람들의 마음을 헤아려 보았다. 1879년의 대홍수로 시가지가 물에 잠겨 실의에 빠졌던 이들이 기댈 수 있는 곳은 오직 신뿐이었을 것이다. 도시 전체가 나서서 기념비적인 성당을 짓기로 결정한 것도 바로 그 때문. 그런 역사적·현실적 필요성 위에서 만들어진 것이 바로 이 성당이었다.

우리는 성당의 광장을 둘러싸고 있는 건물들을 주목했다. 알고 보니 다양한 연구소들이었다. 1937년 비타민 연구로 노벨 의학상을 받은 알버트 센트 기외르기Albert Szent-Györgyi 교수의 '생화학연구소'도 이 가운데 있었다. 동시에 이곳은 세게드 대학의 화학부 캠퍼스이기도 했다.

이곳 도서관엘 들렀다. 말하자면 대학 도서관의 화학 관련 전문 부서인 셈. 이곳에서 만난 화학연구소의 도서관 수석 사서 아그네스Agnos Juhasz

세게드 시의 시티홀

선생은 활달하면서도 친절했다. 유창한 영어를 구사하는 그녀는 떠나야 할 시간임에도 우리를 놓아주지 않고, 이곳저곳으로 안내했다. 한사코 붙잡는 그녀 덕분(?)에 우리는 불법주차 딱지를 또 한 장 받게 되었다. 그러나 유쾌한 만남이었다.

***

세게드는 예상치 못한, 헝가리의 보고寶庫였다. 이곳에서 하룻밤 잠이나 자고 루마니아 국경을 넘으려던 우리. 그러나 거리에 나왔다가, 그냥 떠날 수 없다는 판단으로 하루를 연장하게 되었다. 우리를 속여 넘기려던 펜션의 주인 때문에 얼마간 흠이 없지는 않았지만. 그만큼 세게드는 여느 유럽 도시들과 마찬가지로 다양한 역사적·문화적 가치를 지니고 있었다. 부다페스트의 축소판인 듯 하면서도 그와 다른 면모를 보여주는 곳. 티사강을 내려다보며 부크레시티로 달리는 우리의 마음에 헝가리가 새롭게 새겨지는 것도 바로 그 때문이었다.

이스탄불의 아야소피아

아시아 지역의 주택가

# 공존과 조화, 그리고 발효의 공간, 이스탄불

이스탄불 4박 5일. 인구 1200만이 넘는 국제도시 이스탄불을 느끼기엔 턱 없이 모자란 시간이었다. 흑해와 마르마라해를 잇는 보스포러스 해협은 영원히 합치될 수 없는 '동-서' 의 경계선이자 그것들의 공존을 지탱하는 접착제이기도 했다.

우리가 거쳐 온 에게해, 지중해, 그리고 아드리아해로 연결되는 작은 바다 마르마라해. 터키 땅의 북쪽과 접하며 동유럽의 국가들과 아시아의 국가들이 함께 입을 대고 마시는 거대한 물통 흑해. 이스탄불은 그 중간에 있었다.

유럽과 아시아, 흑해와 지중해 등의 중간에서 그것들을 포괄하는 '만남' 의 공간이 바로 이스탄불이었다. 서로 다른 것들이 만나 '조화를 이루기 위해서' 필요한 화학작용. 한 순간도 쉼 없이 부글부글 발효의 거품을 만들어내고 있었다. 복잡하기로는 서울 못지않았다. 인구만으로 따지면 서울과 비슷하거나 오히려 더 많았다. 인구 증가율 5%. 매년 60만 이상의 도시가 하나씩 이 도시의 태胎 안에 들어서는 셈이었다. 어딜 가나 사람들로 득실거렸다. 어깨를 부딪치지 않고는 지날만한 거리를 발견할 수 없었다. 어슬렁거리며 돌아다니는 다양한 연령대의 사람들. 그들 가운데는 눈길을 마주치기가 겁날 정도로 '투철한 직업정신' 의 '삐끼' 들이 많았다.

보스포러스 해변의 몇 곳을 들르기 위해 자동차로 나섰다가 낭패를 보았다. 이스탄불은 물길을 경계로 삼분三分되는 도시였다. 할리치Halic 즉 골든혼Golden Horn을 경계로 나뉘는 두 지역이 유럽에 속하고, 이들과 보스포러스 해협을 경계로 나누어진 곳이 아시아 지역이었다. 즉 골든혼과 보스포러스 해협, 마르마라 해가 Y자 형국으로 이어지며, 그 사이사이에 이 지역들은 끼어 있는 것이다. 우리가 가고자 한 아시아 지역에 석양이 환상적이라는 우스크다르와 아름다운 공주성이 있었다. 갈라타 지역에서 탁심 광장과 돌마바흐체 궁전을 거쳐 그곳에 가려면 보가지치라는 현수교를 건너야 했다. 막막할 정도로 교통이 복잡하고 길 표지가 엉망이라는 느낌 뿐, 다리로 진입하는 길을 찾을 수 없었다. 올림피도로를 달리다가 핸들만 슬쩍 틀면 양화대교로, 잠실대교로 들어갈 수 있는 서울만 생각한 것이 잘못이었다. 끝내 허공에 솟아 멋진 위용을 자랑하는 보가지치 다리로 올라갈 수가 없었다.

이스탄불의 구시가와 갈라타 지역만 뺀 터키 전역이 아시아에 속해있다. 그런데도 이스탄불 일부 지역의 사람들은 자신들이 유럽에 산다는 점을 늘 강조했다. 우리는 무려 3시간 동안이나 헤매다가 결국 아시아 지역엔 가지도 못하고 돌아왔다. 서유럽과 동유럽을 거쳐 도착한 터키. 유럽이되 유럽이 아니고, 아시아이되 아시아가 아니라는 점, 유럽과 아시아가 교차하는 이곳 이스탄불에서 지낸 4박 5일 동안 느낀 사실이다.

12월 11일. 우리는 불가리아와 터키의 국경에 인접한 그리이스의 오레스티아다에서 1박을 했다. 불가리아에서 직접 터키로 넘어가려다 유로화가 필요하여 먼저 그리이스를 들른 것. 거기서 넘은 그리이스와 터키 국경은 자못 삼엄했다. 지금까지 여러 나라의 국경을 넘었지만, 양쪽 군대가 짧은 거리를 사이에 두고 무장한 채 주둔하고 있는 경우는 이곳이 처음이었다. 두 나라의 사이가 '별로' 임을 느낄 수 있었다.

국경으로부터 아우토반을 1시간쯤 달려 이스탄불에 도착했고, 몇몇 위험한 고비를 넘어 이스탄불 시가지에 진입했다. 가까스로 찾아간 인포메

이션 센터. 인포메이센터의 남자 상담원은 과연 터키인답게 친절했다. 그의 조언으로 호텔 거리 진입에 성공, 괜찮은 숙소(베스트웨스턴-호텔 오벨리스크)를 비교적 저렴한 값에 얻을 수 있었다. 방안에서 인터넷 사용이 자유로웠다. 창문 밖으론 골든혼과 보스포러스의 푸른 물이 내려다보이고, 그곳에서 놀던 갈매기들은 창밖으로 날아오기도 했다. 골든혼 건너편의 갈라타 시가지가 손에 잡힐 듯 했고, 보스포러스 저 멀리 아시아지역의 시가지 역시 아스라이 건너다 보였다.

식당이 있는 위층의 발코니에 올라가니 블루모스크와 아야소피아가 좌우로 지척이었다. 몇 시간마다 정확하게 도시를 진동시키는 생소한 소리 '에잔'. 모슬림들의 기도시간을 알리는 소리였다. 서유럽·동유럽 국가들에서는 시각마다 교회의 종소리를 들었으나 이곳에서는 하루에 다섯 번씩 이 소리를 들어야 했다.

12일부터 14일까지. 톱카프 궁전, 블루모스크, 지하 저수고, 그랜드 바자르와 이집션 바자르, 보스포러스 해협, 갈라타 시가지, 돌마바흐체 궁전, 갈라타 브리지, 고고학 박물관 등을 보았다. 일부에 불과하지만, 그 유적들에는 이스탄불의 어제와 오늘이 투영되어 있었다. 오스만 제국의 영광과 최고 권력자 술탄들의 자취가 생생하게 남아 있는 톱카프, 돌마바흐체 등의 궁전과 그것들에 딸린 하렘. 4백 여 년을 지속한 오스만 제국 주변 국가들에겐 재앙이었지만, 터키로선 영광의 역사였다.

이틀에 걸쳐 술탄 아흐멧 사원과 아야 소피아를 방문했다. 이슬람과 가톨릭. 화해 불가능한 두 종교, 상호 융통할 수 없는 두 정신세계가 지척에서 서로 마주보고 있는 모순의 현장이었다. 적어도 이 공간에서만은 술탄 아흐멧 사원은 승자요, 아야 소피아는 패자였다. 하루에 다섯 번씩 술탄 아흐멧 사원은 기도를 알리는 에잔을 전 시가지에 쩌렁쩌렁 울려 보냈다. '모두 모스크에 나와 알라신에게 기도하자'는 내용으로 이맘의 음성이란다. 그러나 시각마다 종소리가 울려 퍼져야 할 아야 소피아는 침묵을 지켰다. 오스만 제국이 이스탄불을 정복한 이래 수백 년 동안 지켜온 침묵이리라. 또 다시 뒤집어질 역사의 고비를 기다리는 기다림의 침묵일 수도, 생명이 송식된 영원의 침묵일 수도 있는 아야소피아의 고요함. 이스탄불이 겪어온 격랑의 역사를 극명하게 드러내는 두 사원은 그대로 인간의 어리석음과 깨달음이 교차하는 현장이기도 했다.

우리가 블루 모스크에 도착한 시각은 오후 2시 20분경. 5분쯤 분수대를 서성대는데 갑자기 분수가 그치면서 까랑까랑한 에잔이 전 시가지에 울려 퍼졌다. 사원 안으로 들어가려 하자 안내인은 기도시간이라고 우리를 막았다. 30분 후에 오라는 것이었다. 바깥뜰로 나오니, 사원의 벽을 둘러가며 설비된 수도꼭지들에 사람들이 하나씩 앉아 손발과 얼굴을 닦고 있었다. 그 중의 한 사람에게 다가가 물었다. 그러자 그는 기도를 하기 위해 몸을 정결히 하고 있노라고 했다. 놀라웠다. 하루에 다섯 번씩이나 몸을 정결히 하고 기도에 참여하다니!

3시가 되어서야 우리는 본당 안으로 들어갈 수 있었다. 본당 안은 따뜻했다. 그리고 그곳엔 열정적인 몸짓으로 무언가를 기구祈求하는 모슬림들이 있었다. 그 기원의 열기가 우리에게 고스란히 전해져 왔다.

모스크를 빠져나와 건너편의 아야소피아를 향했다. 비잔틴 시대에 건축된 가톨릭 성당. 537년 완공되어 비잔틴 제국이 멸망하기 916년간 교회로 사용되었고, 오스만 제국이 이스탄불을 장악한 1453년부터 1934년까지 480년 이상을 이슬람 사원으로 사용된 곳. 나라가 멸망하니 교회마저 설

아야소피아 벽의 모자이크 예수 그림 원화(이슬람에 의해 덧칠된 석회의 일부가 벗겨진 상태임)

자리를 잃어 모슬림들에게 접수되고 만 것이었다. 그나마 시대를 읽을 줄 알던 아타튀르크의 용단으로 다시 옛 모습을 되찾게 된 아야 소피아. 성당으로서의 본 모습이 아니라 옛 모습을 보여주는 박물관으로 태어나게 된 것이었다. 석회 덧칠 제거 작업은 1935년부터 시작되었는데, 우리가 방문했을 때도 진행 중이었다. 2층으로 올라가 조금씩 석회 덧칠을 벗어가고 있는 모자이크 성화들을 감상했다. 아기 예수를 안고 있는 성모 마리아 좌 · 우로 유스티니아누스 황제와 콘스탄티누스 대제가 있는 그림도, 가운데는 예수가, 왼쪽의 원 안에는 성모 마리아가, 오른쪽 원에는 대천사 가브리엘이, 앞에는 비잔틴 제국의 황제 레오 6세가 무릎을 꿇고 있는 그림도 있었다. 그러나 많은 그림들이 아직도 석회로 덮여 있었다.

허물고 훼손하는 것도 인간이고, 그 잘못됨을 깨닫는 것도 인간이다. 종교들 간의 증오와 복수의 원리를 증폭시켜 나간다면, 그 종착점은 어디가 될 것인가. 이스탄불 보스포루스 해변에서 서로 마주보고 있는 두 사원. 표면상 하나는 죽어있고, 하나는 살아 있었다. 그러나 죽은 자는 언제까지 죽어있을 것이며, 산 자의 포효는 과연 언제까지 지속될 수 있을까.

\*\*\*

시도 때도 없이 덤벼드는 삐끼들의 시달림으로부터 벗어나 이스탄불을 '미학적으로' 관조하고 싶었다. 그래서 우리는 에미뇌뉘 선착장으로 달렸다. 수백 명의 관광객들과 함께 크루즈선에 몸을 실었다. 왕복 3시간, 보스포루스의 낭만과 이스탄불의 아름다움을 느껴볼 셈이었다. 낚시꾼들 다닥다닥 들러붙은 갈라타 다리 앞을 빙 돌아 떠나는 배를 철없는 갈매기들이 따라 붙었다. 아침마다 호텔 식당 밖에서 우리들의 식탁을 기웃거리던, 바로 그들이었다. 우리는 보스포러스의 물 색깔을 닮은 갈매기의 눈동자를 처음으로 들여다 볼 수 있었다.

사정없이 내려 쪼이는 햇살은 모스크들의 첨탑에 반사되어 우리들의 눈을 자극했다. 유럽지역 두 부분과 아시아 지역에 그득한 빨간 지붕의 집들은 보스포러스 바다로 쏟아질 듯 위태롭게 아름다웠다.

그렇다. 유럽과 아시아는 그렇게 바닷물로 접착되어 있었다. 동서가 하나로 융합되어 독특한 문화를 이룬 곳. 그곳에서 약간은 낯선 이슬람의 노랫소리를 들었다. 그렇다고 그들이 '한 손에는 코란, 한 손에는 칼'을 든 투사들은 결코 아니었다. 약간은 미덥지 못할 만큼 친절하고 사기성 또한 싙은 그곳 사람들이있지만, 세계인들을 향헤 가슴만은 열어두고 있었다. 분명한 것은 그곳 사람들이 더 이상 터키인이나 이스탄불 사람이 아니라 세계인이란 사실이었다. 덩달아 우리도 우리의 마음이 열리기 시작했음을 깨닫게 되었다.

앞으로 모스크의 에잔과 교회의 종소리가 함께 울릴 때 비로소 이스탄불이 추구하는 융화의 이상은 실현될 것이다. 이스탄불이 우리에게 보여준 것은 미래에 대한 희망과 가능성이었다. 그걸 안고 우리는 이스탄불을 떠났다. 터키의 핵심으로 더 깊이 들어가려는 욕망을 가슴 가득 품고서.

보스포러스 크루즈
도중 들른 사리예르
포구의 어물전

# 암굴巖窟 속에 꽃 핀 인간의 생존본능, 카파도키아

12월 15일 오전 11시. 카파도키아의 괴레메를 향해 이스탄불을 떠났다. 중간에 1박을 한 앙카라로부터 4시간 가까이나 달렸을까. 이상한 지형이 나타나기 시작했다. 기괴한 모습의 암석들이 도시의 큰 부분을 형성하고, 그 암석들에는 건물의 창문 같은 것들이 뚫려 있는 듯 했다. 고원지대였다. 키르쉐히르(978m), 네브쉐히르(1194m), 악사라이(980m) 등 만만치 않은 높이들이었다.

한참을 달리자 저 멀리에 거대한 암석 봉우리가 보이고, 그 정상에는 터키의 국기가 펄럭이고 있었다. 가까이 가 보니 온통 벌집 같은 구멍들이 숭숭 뚫려 있었다. 이 거대한 돌덩이가 바로 위치히사르. 자연이 만든 성채였다. 풍화작용으로 바위가 자꾸만 깎여 내리면서 사람들은 떠났지만, 비잔틴 시대와 오스만 시대엔 많은 사람들이 살았던 곳. 그 주변으로 작은 규모의 암석들이 죽순처럼 솟아 있고, 바위마다 구멍이 뚫려 있었다.

그곳을 지나 1, 2분이나 달렸을까. 우리는 그만 '악!' 소리를 지르고 말았다. 믿을 수 없는 광경이 바로 눈앞에 펼쳐진 것이다. 혹시 우리는 인공위성을 타고 우주를 방황하다가 외계의 어느 별에 불시착한 것이나 아닐까. 지구라기보다는 화성쯤으로 상상할 수 있는 곳이었다. 풀 한 포기 자라지 않을 듯한 황무지에 삐쭉삐쭉 솟은 암석군. 평균 30m 쯤 되는 높이

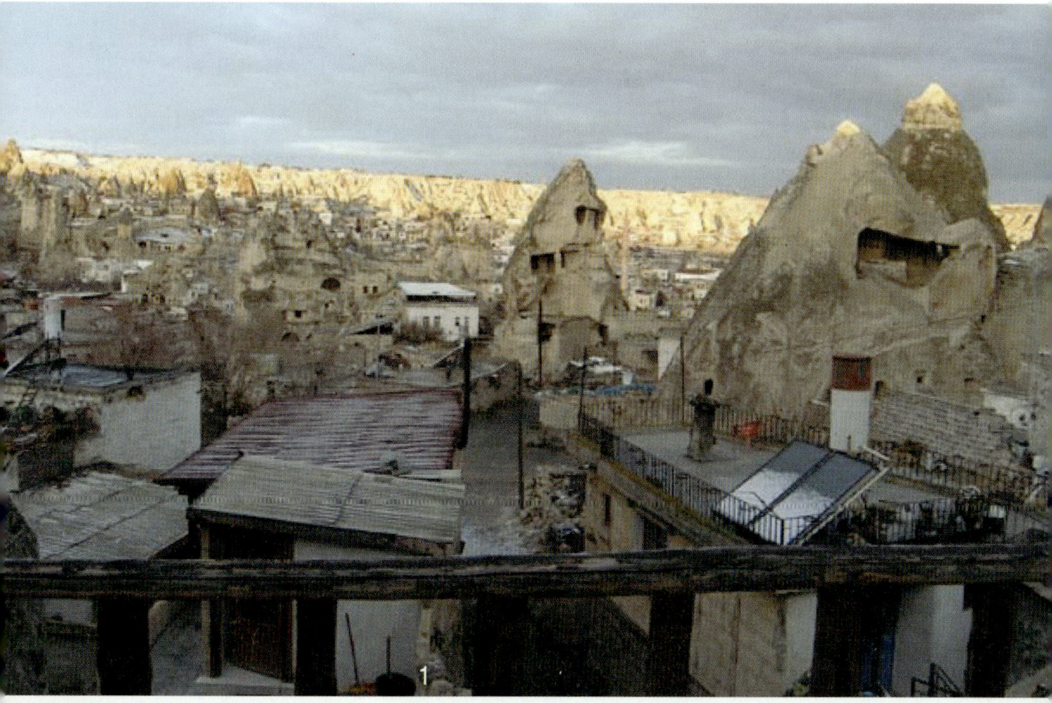

1

2

3

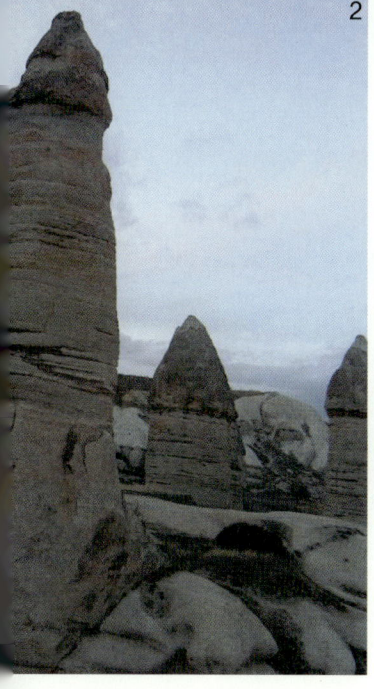

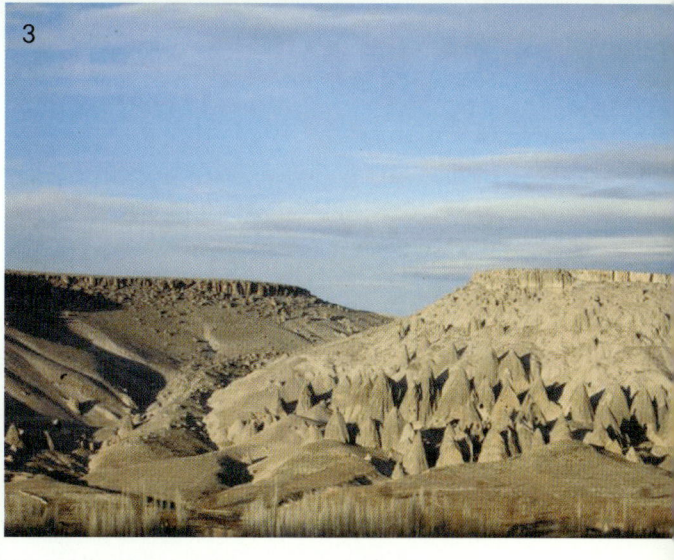

1 숙소 창문을 통해서 바라본 괴레메 시가지
2 로즈밸리 근처의 남근석들
3 영화 〈스타 워즈〉의 배경으로 쓰였던 셀르메의 암석들

의 원추 모양, 버섯 혹은 죽순 모양의 큰 암석들이 그득 들어차 있었다. 태초로부터 가까운 어느 시점에 지구는 엄청난 몸부림을 쳤고, 그 뒤틀린 속을 이렇게 토해놓은 것인가.

높은 고원이 평평하게 진행되다가 움푹 내려앉은 곳에는 수천 수백의 '죽순들'이 늘어서 있었다. 그 죽순들(아래가 굵고 위가 뾰족한 그것들을 우리의 느낌대로 '죽순'이라 부른다. 이곳에서는 그것을 침니chimney라 부르는 모양이었다.)이 모인 곳. 바로 우리가 찾던 괴레메였다. 앙카라로부터 300km 가까이 달려 도착한 곳이다.

죽순들 가운데는 황토 빛을 띤 것들도, 회색으로 빛이 바랜 것들도 있었다. 석양이 비치자 색깔들은 묘하게 바뀌어갔다. 새로 집을 짓고 사는 사람들도 있었지만, 아예 그 죽순 모양의 암석에 호텔이나 펜션을 꾸미고 영업을 하는 사람들도 있었다. 거대한 자연주택들이 밀집된 마을, 혹은 도시였다. 관광의 비수기, 겨울철이기 때문인가. 거리는 한산했다. 우리를 빼곤 배낭 족 몇 사람들만이 거리를 오가고 있었다. 구멍가게에서 '아주 맛있는 터키 빵'으로 시장기를 지우고, 숙소를 찾아 나섰다. 인터넷을 통해 한국에 널리 알려진 '트래블러스 펜션'. 주인은 우리에게 멋진 방을 배정해 주었다. 공간의 ⅔은 동굴 부분, 나머지 ⅓은 시멘트로 덧붙여 만든 방이었다. 창문을 열면 시가지의 죽순들이 한눈에 내려다 보였다. 3박 4일간 우리는 '쉽지 않은' 동굴체험을 하게 된 것이었다.

암굴 생활권 카파도키아Cappadocia. 그 어원은 '아름다운 말馬들의 땅'을 의미하는 '카트파두키아'. 이곳은 예로부터 좋은 말의 산지로 유명한 곳이었다. 정치적으로 카파도키아는 기원전 264~257년 사이 이 지역에서 유지되던 왕국의 이름이기도 했다. 초기 기독교인들이 박해를 피해 숨어살면서 수도하던 카파도키아. 말하자면 신앙 공동체였다고나 할까.

카파도키아가 포괄하는 지역은 넓었다. 이 지역의 중심은 네브셰히르. 그러나 관광의 중심은 괴레메, 위치히사르, 위르큅 등이었다. 카이세리로부터 80km 지점에 있는 아바노스, 네브셰히르, 위르큅 등은 삼각형을 형성하고, 이 안에 카부신, 괴레메, 위치히사르, 젤베 등이 들어 있었다. 네브셰히르로부터 동남방으로 내려오면 카이막클르와 데링큐어 등이 있고, 이 지역들은 지하도시로 유명했다. 데링큐어에서 서쪽으로 한 두 시간 달려 도달하는 으흘라라 계곡. 그곳에 산재된 동굴집들과 교회들의 프레스코화는 아직도 빛을 잃지 않고 있었다.

으흘라라와 연결된 셀르메 계곡은 영화 〈스타워즈〉의 일부 배경으로 삽입되어 유명해졌고, 그곳으로부터 북쪽으로 두어 시간 가까이 달려 도달한 악지카라한 케르반사라이도 암석도시로 유명했다.

'위르굽-타쉬킨파샤-샤히네펜디-소간르 계곡-틸쾨이 케르반사라이-네링규어'로 연결되는 또 하나의 투어 코스. 이 코스는 네브셰히르 지역의 동쪽 부분으로 카파도키아의 한 부분을 형성하고 있었다. 말하자면 괴레메, 위치히사르, 위르굽 등의 도시들을 핵으로 이루어지는 암석문화권 전체가 카파도키아인 셈. 그만큼 광활하면서도 특이한 지역이었다.

기독교를 바탕으로 한 암석문화권이라는 공통점 뿐 아니라, 지상과 지하라는 위치상의 상이점 또한 보여주는 이 지역. 지상으로 돌출한 암석들의 모양도 약간씩 달랐다. 정교하면서도 전능한 신의 조화랄까.

***

체크인을 끝내자마자 우리는 죽순들의 탐험에 나섰다. 펜션 주인의 권유에 따라 뒷동산의 '선셋 포인트'에 올랐으나, 구름의 농간으로 일몰의 장관을 놓치고 말았다. 그 대신 우리는 진귀한 것들을 만났다. 선셋 포인트 바로 너머에 펼쳐진 로즈밸리의 장대한 스펙트럼. 말문이 막혔다. 우리의 작은 가슴에 담기 벅찬 감동이었다. 그 한쪽 구석에서 우리는 놀랄만한 '신의 작품'을 다시 만났다. 버섯으로 볼 수도 있었으나, 정녕한 '남근들'이었다. 큰 남근석들 주위엔 무성한 풀 혹은 싸리나무 비슷한 관목들이 듬성듬성 자라나 그 돌들을 더욱 사실적으로 부각시켰다. 서양인들은 이것들을 '페어리 침니fairy chimneys'로 명명했더라만, 가당키나 한 소린가.

이튿날인 16일. 우리는 카이마클르의 지하도시와 으흘라라 계곡, 셀르메 계곡 등 네브셰히르 코스를 돌았다. 왕복 2백km에 달하는 장거리였다. 끝없이 펼쳐지는 평원들, 그 뒤로 병풍처럼 둘러친 산맥과 설산들, 거기서 피어오르는 하얀 구름, 그것들을 배경으로 움직이는 들판의 양떼와 순박한 목동들... 모두가 우리에겐 신기한 광경들이었다.

카이마클르 지하도시 입구. 표를 사자 부스 안에서 중년의 사내가 뛰어나왔다. 카이마클르 지하도시의 공식 가이드 무스타파 위체Mustafa Yüce 씨. 발음이 분명하진 않았지만, 그 나름대로 유창한 영어를 구사하고 있었다. '절에 간 새댁'처럼 그가 제시하는 대로 비용을 주고 그를 따라가며 설명을 들었다.

전체 8층 가운데 5층까지 내려갈 수 있었다. 흡사 개미굴이었다. 페르시아와 아랍인들의 침입으로부터 자신들을 방어하기 위해 6세기부터 10세기에 걸쳐 건설된 이곳의 지하도시. 가파르고 좁은 통로가 각 층을 연결하고 있었으며, 각 세대마다 거실과 침실은 물론 와인을 제조하고 저장하던 시설까지 있었다. 공동 주방 및 식당, 교회, 까페 또한 마련되어 있었다. 각 방마다 아래층과 교신을 할 수 있는 구멍이 뚫려 있었으며, 맷돌도 보였다. 거실 천정엔 갓난아기의 요람을 걸 수 있는 구멍도 뚫려 있었다. 좌우, 상하로 연결된 통로는 끔찍한 미로였다. 세대와 세대 사이, 층과 층 사이를 맷돌 모양의 문으로 잠그기라도 한다면 꼼짝 할 수 없었다. 비상문을 잠글 경우 침입자는 암흑 속에서 헤매다가 보안요원들에게 잡히거나, 함정에 떨어져 죽을 수밖에 없었다. 그래서 호전적인 아랍인들조차 이 지하도시를 한 번도 정복하지 못했단다.

불가사의였다. 아무리 무른 돌이라지만, 지하에 틀어박힌 암석을 도려내어 이처럼 정교한 주거용 공간을 만들어냈다니! 자그마치 8층 깊이로. 거기서 파낸 돌가루나 흙은 모두 어디로 내어갔단 말인가.

그 비좁은 공간에서도 와인을 만들어 신에게 바친 그들이었다. 아기를 낳아 기르기도 했다. 태양을 볼 수 없는 지하세계의 극한상황에서도 해 뜰 날을 기다리며 희망을 가꾸어가던 그들의 모습을 차가운 암굴의 돌벽에서 확인할 수 있었다. 그들과의 감동적인 해후. 우린 더 이상 삶에 관한 배부른 투정을 반복할 수 없으리라.

지하도시를 빠져나와 2시간 가까이 달린 끝에 도달한 으흘라라 계곡. 태초에 가까운 어느 시절 이곳을 갈라놓은 지각운동의 현장. 그곳엔 무거운 침묵만이 그득 차 있었다. 깊이 150m, 길이 15km의 계곡엔 멜렌디즈 강이 흐르고 있었다. 계곡 양 옆의 암벽 속에 교회들이 있었다. 퓌렌르세크 교회, 코카르 교회, 쉼빌뤼 교회, 이을란르 교회, 가라게딕 교회, 칼레 교회 등 눈에 띄는 것들만 해도 적지 않았고, 이 동굴교회들의 벽에는 아름다운 프레스코화가 아직도 지워지지 않은 채 남아 있었다. 누가 어느 시기에 이 계곡의 암벽을 파내고 하느님을 모셨는가. 무슨 수로 이 험한 바위굴 속에 프레스코화를 그렸단 말인가.

7세기부터 13세기에 걸쳐 이루어진 이곳 교회들. 이집트와 팔레스타인, 시리아 등으로부터 넘어온 수도사들이 숨어 살던 곳이었다. 이곳에서 그들은 신을 섬기며 프레스코 화를 그렸으리라.

으흘라라 계곡의 경이로움은 인근의 셀르메 마을의 암벽으로 연결되었다. 카박나무 숲이 마을 복판을 장식하는 셀르메 마을. 이곳에도 예의 죽순들은 솟아 있었고, 마을을 두르는 암벽도 위압적이었다. 이곳에서 우리는 암벽을 파고 만들어진 성당과 수도원을 보았다. 천장에 새겨진 커다란 십자가 모양도 확인할 수 있었다. 몇몇 침니들에 남아 있는 집단생활의 흔적들. 금방이라도 뛰어 달아날 듯 암벽에 그려진 양의 모습은 생생했다. 마을 북쪽의 침니들은 영화 〈스타워즈〉의 배경으로 쓰인 현장이었다. 외계로 착각할만한 분위기 속에서 우린 시간과 공간감각을 잠시 상실하게 되었다. 기이한 체험이었다.

괴레메 3일째. 야외 뮤지엄과 로즈계곡 투어로 우리의 감동은 극에 달해 있었다. 도대체 누가 이곳에 이런 예술을 부려놓았단 말인가. 그리고 그 속에 파고 들어가 삶을 꾸려나간 그들은 대체 누구란 말인가.

9세기 이후 정착하여 이곳을 종교의 중심지로 만들어 나간 기독교인들.

우린 여기서 매우 중요한 수도원과 교회들을 만났다. 물론 동굴 속에 있는 것이 교회만은 아니었다. 침실, 벤치, 식탁, 창고 등 교회나 수도원에 관계하는 사람들이 이곳에서 살았다는 사실을 입증할만한 시설들은 도처에 있었다. 교회에서 확인하는 비잔틴 예술의 진수였다. 화려하고 장중한 건축물 아닌 암벽동굴 교회들에서 심혈을 다해 그린 비잔틴의 성화를 발견한 것은 특이한 체험이었다. 특이한 교회들의 모습과 그 안의 훼손된 성화들을 감상하면서, 비로소 카파도키아의 괴레메가 갖는 문예사적 의미를 확실히 깨닫게 되었다.

지금까지 유럽의 여러 나라들을 돌면서 우리는 문명사 혹은 정신사의 현장만을 뒤졌다. 그러나 언제나 남는 주제는 '욕망과 허무'였다. 설사 그것이 인류의 구원을 지향하는 종교에 관한 것이라 해도 인간의 굴레를 벗어나는 것은 아니었다. 그러나 카파도키아는 달랐다. 생존의 한계를 스스로 실험해온 그들이었다. '좀 더 잘 살겠다'는 것은 욕망이다. 그러나 '살아야 한다'거나, '신이 준 생명을 이어가야 한다'는 것 등은 인간에게 부여된 의무 그 이상도 이하도 아니었다.

신의 영광을 찬양하는 일이 부자유스럽던 시기가 있었다. 지금도 얼마간은 그렇지만, 근대 이전 대부분의 시기에는 늘 그랬다. 특히 종교와 정치가 분화되어 있지 않던 시기의 신앙은 인간의 실존적 자아를 위태롭게 만들곤 했다. 우리는 카파도키아를 그런 시대적 상황의 산물로 이해하고자 했다. 그것이 오해일 수도 있고, 그런 오해는 좀 더 많은 물증들을 통해 수정될 수도 있으리라. 이제 우리는 카파도키아의 감동을 가슴에 품은 채 또 다른 역사와 자연의 현장인 파묵칼레로 달려간다.

## 욕망과 허무, 그 파노라마의 현장, 파묵칼레

김형! 오랜 만이오.

지금껏 우리는 흥망성쇠의 발자취만 끈질기게 찾아다녔소. 흥성과 쇠
망, 그것들은 대극對極을 이루는 두 현상이지만, 사실 인간사의 공평한 순
환 고리에 속해 있지요.

흥성하는 쪽이 있으면 쇠망하는 쪽도 있는 법이오. 과연 흥성은 승리이
고 쇠망은 패배인가요? 외연으로만 보면 그럴 것이오. 그러나 자연과 우주
는 한 순간도 쉬지 않고 돌아가는 법. 당장의 흥성에 희희낙락하고 쇠망에
좌절하는 것은 하루살이 수준의 통찰일 뿐이오.

카파도키아에서 발견한 것도 그런 것이었소. '히타이트-로만-비잔틴-
셀축-(몽골)-오스만'으로 이어지는 이 지역의 정복사는 그림 혹은 건축
양식이나 생활양식 등에 상당 부분 남아 있었소. 민족이 바뀔 경우 이전
시기의 많은 것들이 부정되면서 새로운 것들로 대체되는 것은 당연하겠지
만, 굳이 괜찮은 것들까지 때려 부수거나 지우지는 않았음을 확인했소.

터키는 회교국가요. 그래서 오스만 제국 정복 이래 터키의 기독교 교회
들은 큰 수난을 겪었소. 이스탄불의 아야소피아 성당을 한 번 가보시오.
석회로 덧칠 되었던 모자이크 벽화들의 원래 모습을 찾아내기 위해 얼마
나 고생들을 하고 있는가를 말이오. 암굴 속의 프레스코화들을 보시오. 칼

로 긁힌 흔적들, 눈알을 파낸 자국들, 석회로 덧칠한 부분들. 말 못할 수난
들을 목격할 것이오. 그런 짓을 하는 동안 가해자들은 과연 행복했을까요?
복수의 쾌감에 흥겨워했을까요?

터키의 국부로 떠받들어지고 있는 아타튀르크의 용단으로 기독교 교회
들의 훼손은 중단되었고, 그 이래 그것들의 복구 작업이 진행되고 있는 것
아니오? 그 덕에 터키는 관광수입까지 올리게 되었으니, 역사에 대한 '경
의' 야말로 현실적으로 도움되는 일이기도 하지요.

***

파묵칼레Pamukkale. 지금이야 우리나라에 잘 알려져 있지만, 어감이
어쩨 좀 생소한 건 사실이지요? 그 말의 어원은 '목화의 성Cotton
Castle'이라 하오. 이곳에 도착하는 순간 손바닥만한 시가지 뒤편으로 새
하얀 석회암의 절벽이 보였소. 절벽이라기보다는 계단식 언덕이라야 맞을
것이오. 한 때는 온천수가 넘쳐흘렀다는데, 요즘은 고갈되어 인공으로 물
을 흘려보낸다지요? 그러나 우리가 보고자 한 것은 석회암의 절벽이 아니
었소. 그 너머에 펼쳐져 있는 장대한 폐허, 쇠망의 흔적이었소. 이름 하여
히에라폴리스Hierapolis, 로마시대의 유적이 파편으로 흩어져 널린 곳이오.

사실 우리는 히에라폴리스보다 먼저 들른 곳이 있었소. 바로 파묵칼레
로부터 100km, 에페소로부터 180km 떨어진 아프로디시아스
Aphrodisias. 해발 6백m의 게이레Geyre 평원에 자리 잡고 있었소. 마을
뒤에 우뚝 솟은 바바Baba 산 위로 해가 솟으면 환하게 드러나던 도시. 옛
날 그 산은 살바코스Salbakos로도 불렸었소. 2308m 높이의 그 산은 지
금도 하얗게 만년설을 이고 있소.

끝 간 데 없이 펼쳐진 올리브 농장은 장관이었소. 평원의 서쪽을 향해 남쪽
으로부터 흐르는 단달라스 물줄기는 25km를 더 흐른 뒤 전설적인 멘데레스
강에서 끝난다오. 멘데레스는 카리나 근처를 흘러 결국 지중해로 들어가오.

아프로디시아스는 사랑의 여신 아프로디테의 도시요. 그러나 이곳의 여
신은 우리가 알고 있는 그런 사랑의 여신만은 아니오. 아나톨리아 땅을 발

▲ 히에라폴리스
◀ 아프로디시아스의 원형극장

달시킨 그녀. 신석기 시대 이후 여신들의 풍요로운 모후로 알려진 존재요.
아프로디테 신전에서 볼 수 있었던 예배의 대상이자 에페소의 아르테미스
와 같은 존재 말이오.

　우리는 극장 옆의 대중 목욕탕, 아고라 게이트, 아프로디테 신전, 스테
이디엄, 테트라필론 등을 직접 만져 보았소. 물론 대부분 기둥들만 남아
있지만, 스테이디엄이나 테트라필론은 거의 완전한 모습들이었소. 경기장
의 맨 위층과 테트라필론의 앞에 서니 '바바(아버지) 산'의 만년설은 거의
손에 잡힐 듯 했소. 그런 장관 속에 엄청난 인파가 모여 지르는 환호성이
귀에 들리는 듯 했소. 우린 잠시 그런 환청 속에서 망해 널브러진 도시의
잔해들을 하나하나 밟아본 것이오.

　파묵칼레의 히에라폴리스. 그건 또 다른 허무의 현장이었소. 이 도시는
수 세기 동안 건강, 종교, 예술의 중심이었소. 주야로 온천물이 흘렀으니
도시민들의 건강에 도움이 되었고, 여러 개의 교회와 성당 등을 중심으로
기독교가 뿌리를 내렸으니 종교의 핵심이 되었음은 물론이오. 교회를 중
심으로 종교예술 또한 발달했던 곳이었소. 기독교 초기 일곱 개의 교회가
있지 않소? 그 가운데 하나가 바로 이곳에서 7km 쯤 떨어진 라오디게아에 있
었다 하오. 그래서 한창 좋을 땐 8만의 인구가 모여 살았을 정도였다고 하오.

　그러나 지진과 같은 자연재해로 망가지고, 셀축 터키군과 비잔틴 제국

219

의 군대가 여기서 싸우는 바람에 이 땅은 거의 초토화 되다시피 했소. 아직도 위용을 자랑하는 원형극장은 1만여 명이나 수용할 수 있었다 하오. 냉탕과 온탕을 갖추었던 로마식 목욕탕도 있었던 호화판 도시가 자연재해와 전쟁에 의해 폐허로 변한 것이오.

그 세월이 무려 8세기. 히에라폴리스는 지금까지 800년 이상이나 사람들의 뇌리에서 잊혀진 도시였소. 이 폐허 속엔 필립 순교 기념교회도 있소. 이처럼 역사적으로나 문화적으로, 혹은 종교적으로 한 때는 대단한 위용을 자랑하던 도시였소. 그런데 지금 보는 바와 같이 폐허로 바뀌어 있소. 잘 나가던 그 시기에 그들이 오늘날과 같은 폐허를 상상이나 했겠소? 그것이 바로 가정을 허용하지 않는 역사가 불시에 선사하는 현실이오.

애당초 우리는 파묵칼레에서 아름다운 자연이나 감상하다가 느긋하게 다음 코스로 떠나려 했었소. 그러나 폐허로 변한 옛날 도시의 모습을 '뜻하지 않게' 목격했고, 역사의 준엄한 법칙을 다시 한 번 상기하게 되었소. 인간으로 하여금 늘 '성-쇠'와 '흥-망'에 대비하게 하고, 한 치의 예외도 없이 그 틀 속에 인간을 넣어 돌리는 역사의 법칙.

역사에 분명 이성이 존재하지만, 그건 어찌 해볼 수 없는 '거대한 힘'이오. 그걸 폐허 속에서 확인할 수 있었소. 앞으로 보게 될 에페소의 폐허 역시 아프로디시아스나 히에라폴리스와 마찬가지의 선상에서 확인할 수 있을 것이오. 애당초 그 도시들이 무슨 이상을 지향했건 폐허로 변한 도시들을 관통하는 것은 인간의 욕망이었소. 그리고 폐허로 변한 뒤에 확인할 수 있었던 것은 허무였소. 그래서 도시의 흥성과 쇠망은 결국 '욕망과 허무'로 요약될 수 있는지도 모르오. 그걸 재확인하기 위해 우리는 또 하나의 폐허 에페소로 향하는 것이오.

잘 지내시오.

12. 23
파묵칼레에서
백규

성요한교회와 셀축 시내　셀축의 이사베이 모스크

무너진 천년의 영화, 폐허 속에 잠든 인간의 꿈과 시간들,
# 에페소와 셀축

정형!

우리는 아프로디시아스와 히에라폴리스를 배회하며 인간의 '욕망과 허무'를 깨달았소. 그러나 한편으론 그게 전부가 아닐 것이라는 믿음 또한 가져보고 싶었소. 미래에 대한 믿음이 없다면, 우리가 어찌 하룻들 온전히 부지할 수 있었겠소? 파괴가 바로 끝을 의미한다면, 인간의 역사는 벌써 종말을 고하고 말았겠지요. 아프로디시아스와 히에라폴리스에서의 믿음을 버리지 않고, 눈부신 에게 해변의 에페소를 찾은 것도 바로 그 때문이었소.

우리는 12월 22일 11시 50분 파묵칼레를 출발하여 오후 3시쯤 셀축에 도착했소. 멀리서부터 보이는 셀축 고성. 그 고성을 등대 삼아 셀축의 중심가로 진입할 수 있었소. 셀축과 에페소는 바로 이웃해 있는 도시들이오.

호텔에 여장을 풀고 셀축 시가지와 에페소를 돌아본 다음, 성모 마리아의 집, 에페소 유적, 일곱 젊은이가 잠들어 있던 동굴, 이사베이 모스크, 성요한 교회, 고성, 에페소 박물관, 아르테미스 신전 등을 답사 대상으로 선정했소.

폐허로 남아있는 성 요한교회

터키의 북쪽은 흑해를, 서북쪽은 마르마라 해와 보스포러스 해협을, 동쪽은 아르메니아·이란·이라크 등을, 남쪽은 시리아와 지중해를 각각 접하고 있으며, 셀축과 에페소가 있는 서쪽은 에게해를 접하고 있소. 에게해는 그리이스와 이태리를 이어주는 물길이오. 그래서 에게해는 엄청난 문명사적 의미를 지니고 있는 바다요.

우리는 지금 에머럴드 빛 에게해에 취해 있소. 에페소를 건설한 주역들은 바로 그 바다를 통하여 들어온 세력들이오. 성모 마리아를 모시고 전도여행을 온 사도 요한이나 바울도 육로를 통해 그 끔찍스럽도록 먼 길을 걸어 중동에서 이곳까지 오지 않았겠소?

더구나 세계 7대 불가사의 중의 하나인 아르테미스 신전에서 순결의 신 아르테미스를 숭배하던 당시의 이곳 사람들. 이들에게 전도하며 우상숭배를 하지 말라고 강조하던 사도 바울도 결국 쫓겨나지 않았소? 그런 위험과 고통을 감수하며 이곳을 찾아온 데에는 말로 설명하기 어려운 모종의 섭리가 있었을 것이오 에페소의 폐허들을 보아도, 성모 마리아의 집을 보아도, 성 요한 교회를 보아도 그 의문은 풀리지 않았소.

성 요한교회가 있는 아야술룩 언덕에 오르니 셀축 시가지와 에페소의 일부가 보였소. 아르테미스 신전은 손에 잡힐 듯 했고요. 셀축은 내륙에, 에페소는 에게해 쪽에 위치해 있었소. 3km 정도의 거리. 박물관도 셀축에 있지만 명칭은 에페소 박물관이고 소장품의 대부분은 에페소 혹은 아르테미스 신전 출토품들이오.

정형! 성서의 '에베소서'를 아시겠지요? 우리나라 성서의 초기 번역자들이 '에베소'라 음역音譯한 그 '에페소'란 이름은 과연 어디서 유래된 것일까요? 누군가는 그러데요. 아나톨리아 서쪽의 히타이트족에 의해 세워진 도시의 이름 '아파사스Apasas'로부터 나왔다고요. 이 말은 벌을 의미하는 아피스Apis에서 나왔고, 에페소의 휘장도 바로 벌이라지요? 초기의 에페소 주화들에도 벌이 새겨져 있답디다. 벌은 에페소의 아르테미스신과도 관계가 있소. 벌은 풍요의 상징이기도 한데, 물론 가설이긴 하나 아마도 에페소는 벌의 여신의 도시가 아니었을까 추정하기도 한다오.

에페소 박물관에 보관되어 있는 아르테미스 여신의 몸에 주렁주렁 달린 둥그런 것들(젖통 같기도 하고 알 같기도 한)은 풍요의 상징이겠지요. 어쨌든 도시의 이름이 어디서 유래되었는지를 추정해보는 일은 재미있지 않소?

성 요한 교회가 서 있는 셀축의 아야술룩에는 이미 기원전 3천년 경부터 사람들이 살기 시작했다 하오. 이 도시가 기독교와 관련을 맺게 된 것은 사도 바울의 전도활동에서 비롯되었소. 그가 이곳에 세운 교회는 기독교 초기 7대 교회 중의 하나가 될 만큼 번창했었소. 그러나 에페소는 비잔틴 제국시대에 서서히 몰락하기 시작했소. 우선 에페소 항구가 흙으로 메워지면서 도시와 바다가 멀어지게 되었고, 역병疫病까지 창궐함으로써 점점 에페소는 빛을 잃어가게 되었던 것이오. 아야술룩 언덕에 성 요한 교회가 세워지고 이곳이 번창함에 따라 기독교의 중심은 에페소로부터 셀축으로 옮겨지게 되었소.

우리는 에페소에 들어가기 전 성모 마리아의 집을 찾아갔소. 에페소 앞에서 좌회전, 중간에서 만나는 '일곱 젊은이가 잠들어 있던 동굴'을 지나 5분여를 달리면 에페소 북쪽 문 앞에 이르게 되오. 거기서 5분 정도 달려 산을 넘으니 돌로 지은 작은 집이 나왔소. 문을 들어가니 성수가 흐르던 샘의 유적이 있고, 그로부터 오솔길을 몇 미터 들어가자 수사 한 분이 지키고 있는 돌집이 나왔소. 그게 바로 '성모 마리아의 집.' 울창한 나무들 사이에 숨듯이 세워져 있었소. 자그마한 돌집. 춥고 썰렁했소. 그러나 앞

에페소의 성모 마리이의 집                        마리아의 집 아래쪽에 있는 기원쪽지 7

쪽엔 자애로운 성모상이 서 있고 촛불도 켜져 있었소. 옆쪽으로 돌아가니
벽에 성모의 그림이 그려져 있어 참으로 따뜻한 느낌이었소.

　성모 마리아가 생애의 마지막 해를 보냈다는 곳이오. 성모를 모시고 에
페소로 온 예수의 수제자 요한. 그가 성모께 산 위에 집 한 채를 지어드렸
다는 기록이 에페소 3차 종교 회의록에 기록되어 있다 하오. 그러나 세월
이 많이 흘러 폐허가 되었고, 장소조차 잊어버리게 되었던 것이오. 그러나
1878년 캐더린 에머리히Catherine Emmerich라는 여인이 꿈에서 계시
를 받아 펴낸 책(『성모 마리아의 생애』)에 이 집의 위치가 기록되어 있었
소. 그 기록을 바탕으로 1891년에 이 집을 찾아냈다 하오. 물론 집의 모양
이나 구조도 그녀의 기록과 일치했고. 1951년 교황 요한 23세에 의해 이
집이 성지로 공식 선포되었소.

　예수님은 십자가에서 돌아가시기 전 요한에게 어머니를 부탁했고(요한
복음 19장 26절~27절), 요한은 에페소에 와서 전도활동을 한 것이 사실이
므로 성모 마리아를 모시고 이곳에 온 일 또한 분명한 사실일 것이오. 그
들이 이곳을 택하게 된 것은 분명 신의 섭리였을 것이오. 잔잔한 감동이
우리의 가슴에 밀려들었소. 십자가에 못 박혀 죽어간 아드님을 생각하며
형극의 마지막 해를 보냈을 성모 마리아. 한 아들의 어머니로서 지고 다녔
을 슬픔의 무게가 우리의 마음을 짓눌렀소. 성모 마리아의 집 아래쪽엔 기
원의 쪽지를 꽂는 게시판이 있었소. 그곳에 하얗게 박혀있는 기원의 쪽지

들. 아내 또한 무언가 적더니 조심조심 꽂아놓는 것이었소. 무슨 기원을 썼느냐고 물으니 비밀이라 했소.

성모의 집으로부터 되돌아와 '일곱 명의 젊은이가 잠들어 있던 동굴'에 들렀소. 이 동굴이 있는 피온산에는 재미있는 전설 하나가 있소. 이 산은 원래 에페소 건축에 필요한 석재를 조달하는 곳이었소. 그 까닭에 돌을 파낸 동굴이 상당수 있었던 모양이오. AD 250년 데시우스 황제 치하에서 일곱 명의 기독인 청년들이 박해를 피해 이곳 동굴로 숨어들었소. 잠에 떨어진 이들은 내쳐 200년을 자게 된 것이오. 깨어난 이들은 아무 것도 알 수 없었소. 그들 중의 하나가 빵을 사러 시내에 나왔다가 그들이 200년 동안 잠들어 있었음을 깨닫게 된 것이오.

이미 그 때는 기독교가 공인된 시절이었소. 상황을 알게 된 크리스천 테오도시우스 황제는 이것을 부활의 좋은 증표로 삼았다 하오. 이 젊은이들이 죽었을 때 그들은 같은 동굴에 묻혔고, 그 장소에 교회가 세워졌소. 부활을 염원하던 초기 크리스천들은 그곳에 묻히기를 기원했다 하오. 우리가 가보니 과연 교회의 잔해들이 있었소. 그 주변엔 무덤으로 생각되는 구덩이들도 상당수 남아 있었소. 그 뿐 아니라, 에페소의 북쪽 문 앞엔 누가의 무덤도 있었소. 그리고 보면 성 요한 교회가 있는 셀축, 성모 마리아의 집과 누가의 무덤이 있는 에페소는 터키 지역 기독교의 본거지라 할 수도 있을 것 같소.

에페소는 온통 돌 천지였소. 주변의 산들에서 대부분의 돌을 조달했겠지만, 그림처럼 아름다운 대리석들은 대부분 에게해를 건너 그리이스나 로마로부터 운반되어 온 것들일 것이오. 매끈한 원형 기둥에 장식 주두柱頭를 이고 있는 아고라Agora의 열주列柱들. 비록 폐허이지만, 풀밭에 늘어선 그 모습이 매우 아름다웠소. 입구 쪽에는 2만 5천명을 수용할만한 반원형의 극장이 무대를 중심으로 부채꼴처럼 펼쳐져 있어 장관이었소.

극장의 맨 윗줄에 올라서니 온 시가지가 한 눈에 들어왔소. 세 개의 큰 도로가 서로 교차하거나 방향을 달리하여 뻗어 있었는데, 그 주변엔 각종 건축물들이 늘어서 있었소. 시장, 공중변소, 도서관, 신전, 공중목욕탕, 각종 기념물 등등. 그 가운데는 유곽과 함께 손님을 유인하던 광고판도 있다 하오. 에페소 항구에 배를 대놓고 상륙하여 객고客苦를 풀던 뱃사람들. 항구의 세태야 예나 지금이나 변한 게 있겠소?

시가지 위로 걸어 올라오니 시내에 물을 공급하던 저수조도 보이고, 모자이크로 만든 아름다운 바닥무늬도 생생했소. 넓은 길에 2륜의 수레가 다니기 편하도록 파 놓은 홈도 보였소. 공공집회장소, 바실리카, 각종 목욕탕, 시장터, 광장, 각종 기념물과 부조물, 파운틴 등등 기억할 수 없을 정도로 복잡하고 다양한 형태의 건축물들이 도시를 채우고 있었소. 비록 폐허에 불과했지만, 화려했던 그들의 삶을 훔쳐보기에는 충분했소. 바쁘다는 핑계로 삶의 질을 소홀히 하는 우리와 달리 아주 풍부한 문화생활을 영위해온 그들이 새삼 부러웠소. 이오니아인들에 의해 처음으로 건설되기 시작한 에페소. 에페소의 컨셉은 바로 '행복한 삶과 화려한 자유'였소.

셀축으로 돌아온 우리는 맨 처음 이사베이 모스크를 찾았소. 성 요한 교회와 고성이 서 있는 아야술룩 언덕의 서쪽 가에 세워진 이사베이 모스크. 이 모스크는 1375년 이사베이에 의해 세워졌소. 다마스커스에서 온 건축가 디미쉬클르의 작품. 정원으로 들어서니 화려한 장식의 정문이 보였소. 지금은 다만 기념비적 건축물일 뿐 예배장소로 쓰이지는 않고 있는 듯 했소. 이 모스크는 예술사에서 중요한 위치를 차지한다 하오. 예배자들을 위한 제2홀이 처음으로 세워졌을 뿐 아니라 셀축과 오스만 사이의 전통 건축물이기 때문이오.

모스크로부터 야자나무 가로수 울창한 길을 걸어 올라간 곳이 바로 성 요한 교회였소. AD 37~48년 사이에 성모 마리아와 함께 에페소에 온 사도 요한. 요한은 67년 이후 찬송가를 보급하기 시작했으며, 당시 황제 도미티안으로부터 두 차례나 죽음의 위협을 받았소.

요한은 뒤에 파트모스 섬으로 피신하여 계시록을 집필했으며, 95년에 다시 에페소로 돌아왔소. 그는 아야술룩 언덕에서 여생을 보냈으며 거기

아르테미스 신전의 잔해

서 찬송가와 편지들을 썼소. 그가 죽은 뒤 마티리온Martyrion이 만들어졌으며, 나중에 나무지붕을 한 성당이 그 주변에 세워졌소. 이 성당이 5세기경 심한 지진으로 파괴되자 유스티니안 황제(AD 527~565)가 그 자리에 여섯 개의 돔이 있는 교회를 세우게 된 것이오. 우리가 본 것이 바로 그 교회의 폐허였소.

언덕 위의 성 요한 교회. 그것은 하늘과 교통하려는 당대인들의 열망이 빚어낸 기념물이었소. 회교의 모스크와 나란히 서서 신의 영광을 찬양하는 성 요한교회의 폐허 한 가운데서 우리는 누구에겐가 당부하시는 신의 음성을 들었소. '일어나라. 그리고 나아가 증거하라!' 는 말씀을 말이오.

성 요한교회를 내려온 우리는 아르테미스 신전, 에페소 박물관 등을 둘러보았소. 아직도 발굴 중인 아르테미스 신전. 지금은 기둥 하나만 달랑 남아있지만, 당대엔 세계 7대 불가사의 중 하나로 꼽히던 신전이었소. 이 신전은 AD 265년 고트족의 침입으로 파괴되었다 하오. 당대에 다시 세워졌다곤 하지만, 기독교가 번지기 시작함으로써 더 이상 지속되진 못했소.

이 신전이 파괴된 후 건축자재들의 상당 부분은 성 요한 교회와 이스탄불에 있는 아야소피아 성당의 건축에 쓰이기도 했소. 이 사원은 인간들에 의해 가장 많이 파괴된 건물이었소. 아마도 초기 기독교인들이 아르테미스 여신 때문에 박해를 받았기 때문일 것이오.

셀축과 에페소. 우리는 이곳에서 무너진 영화를 보았소. 아울러 그 속에서 숨 쉬는 정신도 함께 보았소. 정신만 살아 있다면 폐허는 언젠간 멋진 건축물로 재생될 수 있다고 보오. 그런 점에서 에페소를 둘러싼 폐허들은 조만간 옛날의 영화를 다시 구가할 수 있을 것이오. 그 때를 기대하며 우린 다시 에게해 쪽으로 달려가려 하오. 에게해를 건너 에페소로 온 옛날 그리이스, 로마의 항해자들과 달리 우린 에게해를 건너 그리이스로 건너가려는 거요. 터키로 건너와 도시들을 건설한 알렉산더 대왕의 후예들을 보려는 것이오.

또 연락할 때까지 잘 계시오.

12. 25.
체쉬메의 호텔방에서
백규

에페소의 원형극장

# 마음을 헹구는 에머럴드 빛 바닷물, 에게해변의 체쉬메

12월 24일 오전 10시. 셀축을 떠나 체쉬메로 향했다. 그리이스로 가는 배를 타기 위해서였다. 체쉬메 전방 70km쯤에서 이즈미르를 만났다. 하늘빛을 닮은 바닷물을 빙 둘러 빨간 지붕의 주택들이 그득한 도시였다. 드디어 에게해를 만난 것. 에페소 근처에도 에게해는 있었다. 그러나 에페소와 셀축의 많은 역사 유적들을 챙기느라 우리는 그 바다를 볼 여유가 없었다.

오후 2시가 넘은 시각. 잠자듯 조용한 체쉬메에 도착했다. 도시는 아담하고 시가지는 작았으며, 거리는 깨끗하고 아름다웠다. 휘어져 들어온 바다 때문에 시가지는 활처럼 굽어 있었다. 그 중심에 바다를 굽어보는 고성이 있었다. 해변으로 차를 몰아가며 호텔을 물색했다. 중심가로부터 자동차로 2~3분 거리에 있는 퍼시픽 호텔. 깨끗하고 조용했다.

철썩이는 바닷물 소리를 들을 수 있었다. 창밖으로 가끔씩 끼룩거리는 갈매기 소리도 들려왔다. 백사장 근처에선 물에 비친 호텔의 그림자를 볼 수 있었다. 바닷물이 맑고 푸르러 눈물이 날 정도였다. 이렇게 많은 집들이 모여 있는 도심의 앞 바다가 이렇게도 맑다니!

바다 건너 소리치면 들릴 만한 곳에 그리이스의 섬, 키오스가 있었다. 카페리로 50분 거리. 키오스에 건너가야 아테네로 가는 배를 탈 수 있었다. 키오스는 손에 잡힐 듯, 밤이면 불이 반짝이고 낮엔 흰색 지붕들이 뚜

▲ 호텔 방에서 바라본 에게해의 석양 무렵
◀ 고성에서 바라본 체쉬메의 주택가

렷했다.

우린 본의 아니게 체쉬메에서 3박 4일을 묵었다. 연속되는 휴일과 날씨 탓에 배가 뜨지 않았다. 아름다운 항구도시 체쉬메는 그래서 추억의 목록에 추가될 수 있었다. 두 번 째 날, 우리는 오스만의 술탄 베야지트Beyazit 2세 때 만들어진 체쉬메 고성을 찾았다. 견고한 이중의 성벽으로 되어 있었고, 성 안의 박물관엔 기원전 로마시대의 유물들도 꽤 많았다. 생생한 사연이 기록된 묘지석이나 묘비들. 아들들이 돌아간 어머니를 추모하며 세운 것도 있었고, 싸움터에서 목숨을 보호해준 생명의 은인에게 바친 것도 있었다. 뜰엔 러시아와의 체쉬메 해전에서 노획한 대포도 녹슨 채 전시되어 있었다.

우린 25일 성탄절을 교회 하나 없는 체쉬메에서 보내게 되었다. 다른 나라들에서는 떠들썩하게 성탄절을 보낼 시각, 이곳은 고요했다. 우리에겐 그 고요가 생소했다. 그래서 아침 일찍 70km 떨어진 이즈미르로 달렸다. 혹시 그곳에 무언가 있을까 해서였다. 길이 환상이었다. 우리를 빼곤 달리는 차가 별로 없었다. 맑은 하늘, 아름다운 바다, 그리고 도시들. 이즈미르에 들어서자 해변을 따라 가득 세워놓은 아파트들이 인상적이었다. 그러나 뒤쪽엔 허름한 집들도 많았다. 화려한 도시의 숨어있는 그늘이었다. 도시 전체를 보고 싶었다. 그래서 가장 높은 카디페칼레에 올랐다. 자욱한 스모그가 도시를 가리고 있었지만, 아름다움까지 가리지는 못했다.

알렉산더 대왕과 카디페칼레, 그리고 이즈미르. BC 334년 아나톨리아에서 동방 정벌을 시작한 알렉산더. 그 후 3백년은 헬레니즘 시대였다. 스

에게해와 해변마을

미르나Smyrna 즉 이즈미르
는 헬레니즘 도시들 중의 하
나였다. 재미있는 알렉산더의
꿈 한 토막. 카디페칼레에 사
냥을 나갔다가 피곤하여 네메
시스 여신에게 봉헌된 신전
앞의 큰 나무 아래 누워 있던
알렉산더. 그의 꿈에 나타난
네메시스. 그녀는 알렉산더에게 그곳에 도시를 세워 스미리언Smyrian들
을 싣게 해딜라고 부딕했다. 스미르니 사람들이 이 꿈을 아폴론의 신탁 센
터에 자문하자 아폴론의 예언자들은 말했다. "성스러운 멜레스Meles를 넘
어 파고스에 가는 사람들은 세 배, 네 배 더 행복할 것이다"라고. 그래서
현명한 스미르나 사람들은 파고스 비탈의 새 장소로 거주를 옮겼다. 이 전
설은 AD 2세기의 파우사니아스Pausanias에 의해 처음으로 기록되었다.
그 시기로부터 이 지역에 사람들이 거주하기 시작했다. 말하자면 BC 4세
기 알렉산더 대왕은 카디페칼레에 신도시를 건설했고, 향후 아주 강한 항
구도시로 성장하게 되었다는 것이다.

지정학적 특성 덕에 이 도시는 헬레니즘, 로마, 비잔틴 시대를 거치면서
'번영'의 외길을 지속할 수 있었다. 기독교는 선교 초기 이 지역의 다신교
로부터 큰 저항을 받았지만, 결국 이들의 신앙을 바꾸는데 성공했다. 그래
서 그런가. 이즈미르와 체쉬메에서 우리는 회교사원의 에잔 소리를 거의
듣지 못했다. 시장의 상가들에서도 크리스마스 장식들을 심심치 않게 볼
수 있었다. 드러내지는 못하지만, 이 지역에 잠재된 기독교적 성향 때문일
것이다.

12월 26일에도 배는 뜨지 않았다. 바다는 맑고 잔잔한데, 그리이스에서
배가 오지 않았단다. 그래서 우린 바다를 건너는 대신 해안 마을들을 찾기
로 했다. 외롭게 서서 바다를 내려다보는 등대도 만났고, 'Heaven on the

Earth'란 간판의 해변 까페에도 가보았다. 밀려오는 파도와, 그것들을 가슴 벌여 받아들이는 모래사장이 질펀한 조화를 이루는 해수욕장. 텅 빈 겨울이 인상적이었다. 잔잔한 호수로만 보이던 에게해. 한 성깔 보여주는 모습이 만만치 않았다.

해안은 절경이었다. 그러나 아쉽게도 곳곳에 짓다 만 호텔과 펜션으로 얼룩져 있었다. 심한 난개발에 아름다운 해안은 망가져가고 있었다. 가는 곳마다 깨진 병이 이빨을 드러내고, 휴지조각이 날아다녔다. 물은 저리도 깨끗한데, 사람들의 마음은 이리도 탁하기만 한 것인가. 그 사이를 '살곰 살곰' 골라 디디는 우리의 마음이 불안했다.

이제 떠나리라. 바람 자는 새 날, 이제 그만 정을 거두고 터키를 떠나 그리이스의 아테네로 가리라. 여기서 만난 미의 여신 아프로디테를 거기 가서 확인하리라.

터키 체쉬메의 옛 성

아테네의 한 광장 모습 ▶
복잡한 아테네 거리 ▼

# 카오스와 코스모스의 공존, 아테네

12월 27일 오후 5시. 뜻하지 않게 3박 4일이나 묵었던 터키의 체쉬메 항을 떠나 페리에 모든 것을 싣고 그리이스의 키오스 섬으로 향하는 마음이 설렜다. 호수처럼 잔잔하던 에게해. 바람이 일자 물결이 이빨을 드러냈다. 에게 해의 동쪽 끝자락인 체쉬메. 날씨 탓으로 부두에 서서 소리만 질러도 들릴 듯한 키오스를 건너가는 데 3박 4일이 걸린 셈이다.

제법 큰 페리호가 내항을 벗어나자 팔랑거리기 시작했다. 파도만으로 보면 에게해도 만만치 않았다. 대단한 롤링과 피칭, 그 옛날 오딧세이아가 겪었던 뱃길의 어려움은 어떠했을까. 안락한 선실에 앉아 깨뜨릴 듯 널뛰며 배 밑창을 쳐대는 물결에 아내는 좌불안석이었다. 배의 앞쪽이 하늘로 솟았다 나락으로 꺼지길 50분이나 계속했을까. 키오스항의 따뜻한 불빛이 흐릿한 선창으로 비쳐들었다. 드디어 그리이스!

하선하여 입국심사를 받으면서 그리이스의 실체가 드러나기 시작했다. 고압적일 만큼 딱딱한 관리들의 말투와 호흡의 불일치. 바다를 건너는 덴 채 한 시간이 안 걸렸으나, 세관의 문지방 하나 넘는 데 40분 가까이 걸렸다.

밤 10시 출발, 다음날 아침 8시 아테네 인근의 피래우스 항에 도착하는 넬라인Nelline 사의 테오필로스 호는 해양국 그리이스의 면모를 보여주는 멋진 배였다. 수백 대의 차를 실을 수 있는 밑창의 차고, 공동 선실과 2인

도시를 찾아, 역사를 찾아

233

피래우스 항

용 침실로 꾸며진 무수한 캐빈들. 캐빈엔 화장실과 샤워실, 전기 시설까지 완비되어 있었다. 수천 명을 수용할 듯한 넓이와 높이였다. 타이타닉호의 화려함은 아니지만, 에게해를 감상하기엔 모자람이 없는 배였다.

10시간이 넘는 항로였다. 침대에 등을 대자 스르르 미끄러지는 배 밑창의 느낌이 흡사 다독여주시던 어머니의 손길 같아 그대로 잠이 들고 말았다. 깨어나니 피래우스 항. 항구는 성근 빗발에 젖어가고 있었다. 미항이었다. 우중충한 화물선은 하나도 보이지 않고, 관악산만한 여객선들이 부두를 채우고 있었다. 대부분 화이트와 블루의 산뜻함을 바탕으로 에머럴드 빛 바닷물이 조화를 이루고 있었다. 기름 한 점 떠 있지 않은 항구의 물. 대양의 꿈에 젖은 여객선들은 그 출렁이는 내항의 물속에서 잠자고 있었다. 우리는 그렇게 에게해를 경험했다.

피래우스. 항구도시답게 복잡하고 거칠었다. 그리이스인들의 험한 운전은 이미 키오스에서 경험한 바 있지만, 이곳에선 한 술 더 떴다. 대부분의 아테네인들은 속도감을 즐기는 듯, 시내를 달리는지 아우토반을 달리는지 분간도 못할 정도였다. 간신히 들어온 아테네 구시가. 길도 엉망, 운전 매너도 엉망, 꼬부랑 그리이스 문자로 표시된 이정표는 더욱 엉망이었다. 말 그대로 카오스였다. 구시가의 중심인 신타그마 광장에 물결치는 사람들. 이미 지나간 크리스마스를 아쉬워하는가, 상가에선 크리스마스 캐럴이 울리고 반짝 전구들은 아직도 꺼지지 않고 있었다.

12월 29일 목요일. 날씨가 환상이었다. 온난한 지중해성 기후에 뜨거운 햇살이 더해져 쉬지 않고 다리품을 팔아야 하는 관광객들을 땀 흘리게 했다. 우리는 자동차를 버리고 지하철로 움직였다. 올림픽을 치른 덕분인 듯 유럽의 지하철 가운데 가장 깨끗했다.

아크로폴리스 역에 내려 밖으로 나가니 언덕 하나가 우뚝 솟아 있고, 그 위에 신전이 서 있었다. 아크로폴리스의 원래 의미는 '도시의 가장 높은 지점'. 고대 그리이스는 무수한 도시국가들로 분할되어 있었고, 각각은 그들만의 아크로폴리스 즉 비상시에 거주민들을 대피시킬만한 최상의 피난처 역할을 하는 요새화된 언덕을 갖고 있었다. 가장 유명한 것이 바로 아테네의 아크로폴리스. 입구인 서쪽을 제외하곤 세 방향이 절벽으로 이루어진 암석 위에 견고하게 성벽을 쌓아올린 것이 바로 아크로폴리스다. 그러나 아크로폴리스가 외적 방어의 중심만은 아니었다. 오히려 신전을 중심으로 하던 (다신교) 신앙의 중심이었다.

아크로폴리스의 압권은 파르테논 신전. 우리는 교과서에서만 보아오던 신전을 친견했다. 모두들 그 앞을 서성이며 떠나지 못하는 이유가 있었다. 크기도 크기려니와 균형미, 부조된 신과 인물, 그리고 말들의 생생한 모습이 주는 감동 때문이었다.

그 뿐이랴. 메토프에 부조된 신화 속의 전쟁들과 본전 외벽의 윗부분에 장식된 이오니아 양식의 프리즈는 규모로 보나 아름다움의 면에서 탁월했다. 도리아식 건축물의 표본이었고, 균형으로부터 오는 안정감과 장중함은 당대 그리이스 정신의 정수였다.

박물관엔 이곳에서 출토된 조각품들과 부조물들로 가득했다. 신들, 역사상의 인물들, 동물들... 기원전에 만들어진, 헤아릴 수 없이 많은 예술품들이 눈앞에 펼쳐져 있었다. 미술사, 문화사 교과서들에서 보아오던 인물상들이었다. 목 없는 인물들이 대부분이었지만. 시간의 흐름이 정지된 공간을 지나며 우리는 이곳이야말로 신들이 활보하며 희로애락의 역사를 꾸며내던 곳이었음을 깨달았다.

▲ 아고라 서북쪽에 있는 헤파이스토스 신전
◀ 디오니소스 극장

　올리브 숲을 더듬어 내려오며 만난 디오니소스의 성역, 그리고 그 안의 디오니소스 극장. 아직도 발굴 중이었으나, 윤곽만은 뚜렷했다. 아랫돌만 남은 무대엔 지금도 배우들의 온기가 남아 있는 듯 했다. 소포클레스, 에우리피데스 등의 비극과 아리스토파네스 등의 희극이 공연되던 곳. 수많은 군중들이 집결되어 연극을 통해 인생의 참의미를 깨달았으리라. 이른바 로열석은 무대 정면을 마주보고 있었다. 그곳엔 당시 디오니소스 신전의 수석 사제가 앉던 곳이었다. 연극을 통해 울리고 웃기던 공간에서 우리는 주신 디오니소스를 생각했다. 그는 누구였는가. 그의 축제에서 왜 사람들은 광란의 춤을 추었는가.

　신들의 영역에서 우리는 인간의 영역인 아고라로 내려왔다. 당시의 시장터였다. 상거래 뿐 아니라 정치 · 행정 · 종교 · 학문 등이 펼쳐지기도 했다. 현재는 폐허로 남아 있으나, 옛날엔 그 모든 것들이 살아 움직이던 공간이었다. 각종 물건들을 사고파는 소리, 도편으로 집정관을 추방하는 열기, 소크라테스가 군중에게 자신의 철학을 설파하는 소리, 소피스트들이 그들만의 멋진 이론으로 대중들을 현혹시키는 소리, 음유시인들의 재미있는 신화이야기 등이 들려오는 듯 했다.

　아고라 서북쪽의 헤파이스토스 신전. 헤파이스토스는 불과 대장장이의 신이었다. 제우스와 헤라 사이에서 나온 추남으로 다리가 온전치 못해 발을 절던 그는 미의 여신 아프로디테와 결혼했다. 헤라클레스의 방패, 아킬레스의 갑옷, 헬리오스의 마차 등을 비롯 많은 신들의 무기나 장신구를 만든 그였다.

아고라는 넓고 평탄하며 햇볕이 잘 들어 따뜻했다. 그곳에서 필요한 물건들이 거래되는 모습을 상상하던 우리는 불현듯 지금의 아테네 시가지를 보고 싶었다. 울타리를 나서니 아테네 시민들 모두가 쏟아져 나온 듯 걷기조차 어려웠다. 어딜 가도 사람의 물결이었다. 토요일이나 일요일의 명동보다도 더한 인파. 우리는 걷다말고 망연자실 길을 가득 메운 인파를 바라다 볼 수밖에 없었다. 혼잡한 연말의 거리에서 그리이스의 정치적 혼란을 연상했다면, 어불성설일까.

신들이 거주하며 인간을 내려다보는 곳, 아크로폴리스. 하늘과 교통하던, 아테네의 배꼽이있다. 그곳은 성역이었고, 그 아래 사람들이 사는 공간은 속俗의 세계였다. 혼돈으로부터 하늘과 땅이 분리되어 질서가 생기고 '성/속'의 구분 또한 확연해졌다.

비록 대리석 기둥은 부러지고, 지붕 또한 산산조각이 나 있었지만, 그곳엔 '말 없는' 질서가 엄존하고 있었다. 그러나 인간들이 어울려 살아가는 아테네 시내엔 무질서와 혼란만이 그득했다. 누군가 그들이 연말연시를 즐기기 때문이라고 했다. 한 해를 보내고 한 해를 맞는 연말연시는 일상적 시공과는 분명 다르다. 그것은 축제다. 축제는 빈부귀천, 지역, 사상과 이념 등 '서로 다름'이 하나로 융합되는 특수한 시공이다. 그래서 축제는 '놀이이자 의식儀式'이다.

아테네 시가지는 카오스의 세계였다. 신들이 강림하여 질서를 잡기 전의 시공이 재현되고 있었다. 그러나 아크로폴리스 안에는 코스모스의 질서가 자리 잡고 있었다. 혼돈의 열기가 식고 냉정과 이성의 질서가 조화를 이룬 모습이었다. 분명 모순의 현실이었다. 탁한 공기 자욱한 아테네는 분명 카오스와 코스모스가 엇갈리는 현장이었다.

# 폐허로부터 소생한 펠로폰네소스의 보석, 코린트

아테네에서의 2박 3일은 긴장과 피로의 연속이었다. 복잡한 교통, 밀리는 인파, 알기 어려운 그리스 문자들과의 싸움… 물론 아크로폴리스와 그곳에서 만난 신들은 큰 위로가 되었다. 지금은 폐허가 되었지만, 한동안 그곳은 신들의 안식처이자 일반 백성들이 힘을 얻던 의지처이기도 했으리라. 신들이 모두 떠나고 없는 그곳엔 우리를 포함한 이방인들의 발자국만 무수히 찍히고 있었다.

민주주의를 꽃 피웠고 학문을 체계화시켰으며, 신들의 다양한 형상을 통하여 삶의 이상을 제시해준 그리스. 상고시대와 고전시대 그리스인들의 아이디어 및 그 결정체는 헬레니즘으로 승화, 세계문명의 한 갈래로 정착되었으니, 경이로운 일이다.

2박 3일의 짧고 분주했던 아테네의 일정을 마무리한 우리는 에게해, 이오니아해, 그리고 아드리아해를 건너고자 했다. 여러 갈래의 길들이 있겠으나 우리가 택한 것은 그리스의 파트라 항을 떠나 이탈리아의 바리 항으로 가는 루트. 크로아티아를 달리면서 만났던 아드리아해를 다시 만나게 되어 우리의 마음은 마냥 설렜다. 파트라 항에 가자면 코린트를 거쳐야 했다. 아테네를 출발하여 코린트로 가는 하이웨이는 썩 좋았다. 환상적인 자연을 뚫고 이어지는 주변 경관들은 우리의 흥을 더해 주었다. 두어 시간

1

2

4

3

1 코린트 폐허 속의 아폴론 신전
2 북쪽 공동묘지에서 출토된 코린트 도자기들
3 코린트 유적 속의 옥타비아 신전
4 아크로코린트 성벽

만에 코린트를 만났다.

그냥 지나칠 수 없을 만큼 코린트의 문화적·역사적 중량은 대단했다. 우리가 들어간 코린트 신도시는 1928년 지진을 만난 후 재건된 도시였다. 이곳으로부터 7km쯤 떨어진 곳에 코린트의 옛 자취가 남아 있었다. 지형 상 좁은 목처럼 생긴 곳에 위치한 코린트는 수륙 교통의 요지. 아테네 방 향인 좌측으로 에게해가, 이탈리아 방향인 우측으로 이오니아해를 연결해 주는 코린트 만이 펼쳐져 있었다. 에게해로 나아가기 위한 전진기지는 켄 크레아Cenchreae 항, 이오니아해로 나아가기 위한 전진기지는 레카이온 Lechaion 항. 모두 천혜의 조건을 갖춘 미항들이었다.

'바가지를 쓴 게 분명한' 비싼 점심으로 허기를 달랜 뒤, 식당 뒤쪽에서 만난 것은 장대한 폐허였다. 거기서 눈을 드니 동남방으로 575m 높이의 깎아지른 암벽과 그 위에 아아峨峨하게 서 있는 성채가 보였다. 우리는 우 선 시내 쪽 유적으로 접근했다. 언덕에 우뚝 솟은 다섯 개의 기둥은 아폴 로 신전으로 추정되는 곳이고, 박물관 앞 세 개의 기둥은 옥타비아 신전으 로 추정되는 곳이었다. 먼저 이곳에서 출토된 유물들을 보기 위해 허름하 게 가건물처럼 지어놓은 박물관엘 들렀다. 영문으로 된 설명서 하나 구할 수 없는 열악함이 짜증스러웠지만, 눈앞에 펼쳐지는 폐허의 벌판이 속삭 여주는 옛날의 영화를 그냥 느껴보기로 했다.

사실 코린트는 호머가 그의 〈일리어드〉에서 '아가멤논 왕국의 한 지방' 으로 표현해놓았을 만큼 미케네 시대까지는 '별 볼 일 없던' 곳이었다. 그 러나 도시국가 시절의 코린트는 아테네와 치열한 경쟁을 벌일 만큼 세력 이 커진 상태였다. 사실 아테네도 어디 못지않은 호조건의 항만도시였다.

그래서 그랬는가. 아테네와 스파르타가 맞붙어 싸운 펠로폰네소스 전쟁 (기원전 431~404) 때 코린트는 스파르타 편을 들었다. 전쟁엔 이겼으나, 코린트에 돌아온 것은 점진적인 몰락이었다. 기원 146년 뭄미우스 장군이 이끄는 로마 군대에게 파괴되었고, 기원 44년엔 시저에게 정복당해 로마 의 식민지로 전락했다. 이 도시가 당한 침탈의 역사는 지금 눈앞에 펼쳐지는 처참한 폐허와 무관치 않으리라.

박물관 뜰엔 목 없는 인물조각들이 줄지어 서 있었다. 흡사 유령의 집처럼. 그러나 남아 있는 아랫부분의 옷 주름이나 풍부한 양감에서 그들이 얼마나 현실적인 아름다움을 추구했는가를 짐작할 수 있었다.

박물관에서 나온 우리는 아크로폴리스로 짐작되는 곳에 올라 코린트의 옛 시가지를 바라보았다. 옛 시가지의 바깥쪽엔 많은 민가들이 밀집해 있었을 것이다 지금은 드넓은 오렌지 밭으로 바뀌어 있지만. 초기 기독교와 깊은 관계를 갖고 있기도 한 코린트. A.D. 52년 사도 바울은 이 지역이 전교활동을 벌이기에 적합하다고 판단했다. 이곳에 머무는 동안 그가 세운, 레카이온, 겐크레아, 크라네이온 등지의 큰 교회들이 가장 유명했다.

사도 바울은 '코린트 사람들에게 보낸 편지'(고린도 전서 13장)에서 '사랑'을 강조했다. '오래 참고, 친절하고, 자랑하지 않고, 교만하지 않고, 무례하지 않고, 앙심을 품지 않고, 불의를 보고 기뻐하지 않고, 진리를 보고 기뻐하고, 모든 것을 덮어주고, 모든 것을 믿고, 모든 것을 바라고, 모든 것을 견뎌내는 것'이 사랑임을 설파했다. 그리고 보면, 사도바울 당시 이 지역 주민들 사이엔 많은 갈등이 있었던 듯하다. 사도바울이 사랑을 강조하는 서한을 쓰지 않을 수 없었던 것도 그 때문이었으리라.

흩어진 돌덩어리들을 바라보며 우리는 역사로 환생된 시간의 무상함을 절감했다. 마구 흐르는 시간의 여울을 원재료로 인간이 만들어가는 역사. 이 폐허들이라도 없었다면, 우린 어떻게 그 역사의 본질을 짐작이라도 할 수 있었겠는가. '욕망과 허무'로 귀결되는 폐허의 역사를 훑어가며 우리는 감상感傷의 늪에서 쉽게 헤어나지 못하고 있었다.

코린트의 폐허를 뒤로 하고 달려간 곳은 바로 앞에 우뚝 솟은 아크로코린트Acrocorinth. 해발 575m의 석산이었다. 그 위에 아스라이 세워진 성채가 우리의 호기심을 자극한 것이었다. 오렌지 향기를 맡아가며 언덕길을 빙빙 돌아 올라간 곳에 성은 서 있었다.

일망무제로 내려다보이는 기름진 들판과 에게해, 그리고 코린트 만의 푸른 물. 대단한 입지 조건이었다. 기름진 곳에서는 각종 농산물들이 자라고 척박한 산록엔 올리브가 무궁무진 널려 있으며, 바닷길을 통해서는 많은 물자들이 교역되는 곳. 기원전 3천년 경부터 사람들이 둥지를 틀고 살았을 만한 환경과 조건이었다.

기원전 8~7세기 경부터 바키아드Bacchiadae의 지배 아래 이곳 도시국가는 발흥했고, 그 뒤를 이어 등장한 키프셀로스Kypselos와 페리안데르Periander가 기원전 7~6세기 중반까지 이곳을 지배했다. 이 시기 코린트의 힘은 에게해를 넘어 이오니아해로 뻗어나갔다. 깎아지른 돌벼랑 위의 성벽. 그것은 고대와 중세 코린트의 아크로폴리스였다. 이름 하여 아크로코린트. 모두 절벽으로 이루어진 동, 남, 북. 그래서 우리는 서쪽 면으로만 접근할 수 있었다. 헬리오스Helios, 이시스Isis, 세라피스Serapis 등 여러 신들이 모셔졌던 것으로 추정되는 이곳. 여기서 지배층은 일반 백성들을 모아놓고 잦은 제의祭儀를 통해 자신들의 안녕을 기원하고 공동체의 단합을 도모했으리라.

고대와 중세를 거치면서 이 언덕은 방어를 위한 성채로 쓰였다. 중세에도 그들은 성채를 덧쌓았고, 건물들을 다시 지었다. 유일한 입구인 서쪽 면에 구축한 3중의 성벽과 견고한 성문은 당시에 그들이 외침外侵으로부터 완벽한 안전을 도모하던 증거였다.

유명한 아프로디테의 신전은 이 언덕의 정상에도 있었다. 중세와 터키 지배 동안 그 자리에 다른 구조물들을 세웠으므로 지금 그 흔적은 모두 사라졌지만. 언덕 남쪽 면의 우물은 후기 고대 때만 해도 계단 높이까지 물이 차 있었으나, 지금은 말라붙은 상태였다. 서쪽 및 동쪽 언덕의 꼭대기와 삼각형을 형성하는 꼭지점에 모스크로 쓰였음직한 건물도, 그 건너편에 교회도 남아 있었다. 지배계층의 부침에 따라 남은 자취들이었다.

그러나, 보라! '영원한 왕국의 건설'을 도모하던 지배세력들의 꿈은 한갓 허망한 돌덩이들로 남아 산야의 이곳저곳에 뒹굴고 있지 않은가. 그 돌들 또한 조만간 흙으로 바스러지고 말 것이다. 그 뒤엔 무엇이 남아 옛 일을 증언할 것인가.

폼페이의 유물들   폼페이의 폐허

## 삶은 축복인가 고통인가-**폼페이의 비극**

2006년도 첫날을 아드리아해에서 맞이한 우리는 바리 항에 내리자마자 곧바로 이탈리아 남부를 횡단하여 폼페이에 입성했다. 동에서 서로 달리는 길. 중간쯤부터 거센 바람이 구름을 몰고 다니더니 오락가락 비가 내리기 시작했다. 나폴리를 지나 살레르노에 이르자 빗발은 굵어졌고, 폼페이에 들어오자 흙탕물이 튀었다.

도시는 썰렁했다. 1월 1일 휴일에 비까지 내리니 도심은 공동空洞 상태. 길 물어볼 사람조차 없었다. 티레니아해로 연결되는 살레르노 만을 접한 폼페이. 중심에 옛 도시의 폐허가 있고, 그 바깥으로 새로운 도시가 형성되어 있었다.

최근 우리는 폐허만을 찾아다닌 셈이다. 터키의 에페소, 그리이스 아테네의 아크로폴리스와 에인션트 코린트, 그리고 이탈리아의 폼페이까지. 바다로 접한 터키, 그리이스, 이탈리아는 역사의 진행과정에서 서로 물고 물리는 관계였다.

일찍부터 꽃 피운 인류문명을 세계로 전파시키며 주름잡던 주역들. 그들은 자신들의 영역 안에서 항만들을 기반으로 도시문명을 이룩했으나, 전쟁과 지진, 화산폭발 등 인재人災와 천재天災로 멸망을 면치 못했다. 섭리의 현실화이든 단순한 허무이든, 폐허로 남은 '옛날의 영화'는 범부凡夫

들의 마음에 참담함만 안겨 주었다. 역사의 이성을 믿는다고 하면서도, 그것을 뛰어넘는 어떤 힘에 대한 두려움 때문일까. 폐허의 돌조각에서 느끼는 온기가 예사롭지 않은 나날이다.

『폼페이 최후의 날』이란 소설과 영화로 이미 우리의 뇌리에 강렬한 인상을 준 도시 폼페이. 그러나 현장에서 보는 폼페이는 허구화된 상상의 공간이 아니라, 정겹고도 슬픈 현실의 공간이었다. 정겨움과 슬픔. 일견 모순적인 두 감정의 근원은 무엇인가. 폐허로 남은 그들 삶의 모습이 우리네의 그것과 큰 차이 없는 데서 오는 감정이 전자이고, 흔적만 남아 있을 뿐 그 속에 생명이 존재하지 않는 데서 오는 감정이 후자이리라. 그 날 뜨거운 열기를 내뿜었던 베수비우스 산정엔 하얀 구름이 피어오르고 있었다. 조용하게, 흡사 경고라도 하려는 듯 침묵 속에 무언가를 피워 올리는 자태가 음산했다.

지금으로부터 1926년 전인 A.D. 79년 8월 24일 이른 오후. 한창 뜨거운 태양이 작열하던 시각. 대부분의 폼페이 사람들이 늘 그래왔듯 일상에 분주하던 바로 그 때, 엄청난 포효와 함께 베수비우스산은 폭발했다. 검은 화산재는 용암과 함께 분화구를 솟구쳐 나와 도시를 덮쳤고, 죽음과 파괴의 견고한 울타리는 단숨에 모든 것을 가두어 버렸다. 영광과 긍지의 폼페이가 일순 지표에서 6~7m 아래로 매장되고 말았던 것.

화산재에 덮인 지 1천 7백년 후 사르노Sarno 계곡에서 터널을 건설하던 건축가 도메니코 폰타나Domenico Fontana가 명문銘文 석판을 우연히 발견함으로써 파묻힌 도시를 발견하게 되었다. 1748년 챨스 부르봉 Charles Bourbon의 지휘로 실질적인 첫 탐사가 이루어졌고, 그로부터 1세기 가량 뒤인 1860년 쥬제뻬 피오렐리Giuseppe Fiorelli에 의해 '신화 속의 폼페이'는 기적적으로 우리의 곁으로 돌아올 수 있게 되었다. 그러나 지금까지 80% 정도만 빛을 보았고, 나머지 20%는 아직도 암흑 속에 갇혀 있다.

3km의 긴 성벽에 여덟 개의 문을 가진 폼페이. 서쪽에는 신전들과 공공

베수비우스 산

폐허로 변한 폼페이 극장

폼페이 폐허의 한 부분

폼페이의 옛날과 지금

폐허 투어 도중 발견한 폼페이 판 '비너스의 탄생'

건물들이 있는 광장이, 앞쪽에는 대극장과 일반 주택들이, 성문 밖에는 공동묘지가 각각 자리하고 있었다. 원래 바다로부터 500m 정도 떨어져 있던 폼페이. 그러나 화산 폭발 후 항만이 메워져 그 거리는 2km로 늘어났다.

로마에 의해 정비된 폼페이에 적용된 것은 합리적인 도시 시스템. 특히 둥글고 넓은 돌로 포장된 도로와 물 공급 시스템이 인상적이었다. 도로포장엔 베수비우스 산의 암반으로부터 가져온 둥글 넓적한 돌들을 사용했고, 사르노 강과 샘에서 물을 받아 도시 전역에 파이프로 공급해주었다.

주 송수관은 포장도로 밑에 묻혀 있었으며, 그 송수관들을 통해 부유한 주민들의 집과 공중목욕탕, 가난한 서민들이 사용하던 공공 파운틴으로 물이 공급되었다.

폼페이의 인구는 대략 2만명. 약 6할이 자유민, 4할이 노예들이었다. 노예들은 대부분 동방 출신들로서 교육수준도 높았다. 그 가운데는 주인보다 훨씬 교육수준이 높은 노예들도 있었다. 잘 사는 집은 2, 3명의 노예를 거느릴 수 있었고, 그보다 나은 집에서는 더 많은 수의 노예를 거느릴 수 있었다. 놀라운 것은 이들 노예들 가운데는 박사도 교사도 있었다는 사실. 어떤 노예가 원한다면 주인의 은전恩典을 입거나 많은 금액의 돈을 지불함으로써 자유민이 될 수도 있었다.

사통팔달된 도로를 경계로 나누어진 구획들에는 주택들과 공공건물들이 빽빽하게 들어차 있었고, 각각의 주택들도 사회적 지위나 신분의 차이 때문인 듯 규모나 구조에서 약간씩 차이를 보여주고 있었다. 그러나 대부분 호화롭게 살던 흔적들이 역력했다. 특히 화덕이 설치된 부뚜막은 그림 같은 무늬가 화려한 석회암을 매끄럽게 갈아 쓴 경우가 대부분이었다. 그뿐 아니라 몇몇 집이나 건물들엔 아직도 생생한 그림들이 벽화로 남아 있었다. 유곽으로 생각되는 건물들엔 적나라한 정사장면을 그린 춘화들도 남아 있었다.

그림들의 오브제는 신화 속의 인물들이 대부분이고, 가끔 화조花鳥나 사자 등 동물들도 있었다. 두루미와 원앙이 연꽃을 희롱하는 그림은 흡사 동양화를 보는 듯 했고, 모자이크 화의 섬세함은 참으로 놀라웠다. 뛰어난 형상력과 색채감, 지금의 그림들 못지않거나 오히려 능가한다고 보면 좀 지나친가.

그러나 무엇보다 우리를 놀랍고 슬프게 한 것은 출토품들을 임시로 저장해놓은, 이른바 '뮤지엄'이었다. 그곳엔 대량의 그릇들(주로 포도주나 올리브기름을 담기 위해)이 있었고, 간간이 미이라처럼 굳어진 시신들도 있었다. 무릎 사이에 고개를 숙이고 고통스러워하는 모습, 엎드려 몸부림

치는 모습, 옆으로 누워 새우처럼 꼬부린 모습 등. 삶과 죽음의 경계가 그 순간만은 모호했다. 그들은 살아 있는 것인가, 아니면 죽은 것인가. 그들은 죽음의 재가 덮이는 순간 과연 살기 위해 몸

미이라 상태로 변한 일가족의 처참한 모습

부림친 것일까. 나약한 인간의 무력함에서 오는 슬픔이 우리를 감쌌다.

　한낮이었으면 낮잠을 즐기던 사람도 있었을 깃이고, 일터에서 땀을 흘리던 사람도 있었을 것이다. 길 하나 건너 이웃집에 마실 나간 아낙도 있었을 것이고, 동네 파운틴에서 흘러나오는 물을 등에 끼얹든 총각들도 있었을 것이다. 한 마디 말도 남기지 못한 채 그들은 화산재에 묻혔다. 일가족이 얼어붙은 듯 죽어있는 모습. 어른들이야 그렇다손 치더라도 저 천진난만한 젖먹이는 어째서 이런 천재天災에 희생되었단 말인가.

　서유럽에서 우리는 매끈한 현재진행의 역사만 보았다. 과거가 고스란히 현재로 이어지는 역사, 잘 나가는 그들이었다. 그러나 이 지역에서 우리는 정지된 시간과 공간을 보았다. 건물은 부서져 폐허로 남아 있었다. 대리석 기둥은 연필심처럼 부러져 나뒹굴고, 단단한 초석도 조각조각 난 채 처박혀 있었다. 겉으로만 보면 그건 처참한 패배이자 소멸이고, 좌절이었다. 소생의 가망은 전혀 보이지 않았다. 역사에 대한 투철한 안목을 지니지 못한 우리에겐 일단 '허무' 였다. 그리고 그 출발은 욕망이었다. 인간 욕망의 보편적인 귀결은 허무임을 그들은 깨어진 돌조각으로 웅변하고 있는 듯 했다.

　우리는 잠시 혼란한 마음을 추슬러야 했다. 그리고 나서야 우리의 생각을 수정할 수 있었다. 과연 지금 진행되는 것처럼 보이는 역사가 앞으로도 지속될 것이며, 지금 죽은 듯이 보이는 그 역사가 과연 완전 소멸된 것일까.

# 역사와 문화의 대양, 로마에 빠지다

1월 5일, 목요일. 맑은 햇살 부서지는 카오스의 나폴리를 간신히 빠져나와 로마 입성에 성공. 로마의 분위기는 지저분함과 무질서의 나폴리와 판이했다. 로마 관광의 중심인 테르미니 역 주변에 숙소를 정하기로 했다. 우리가 도착한 날이 목요일, 다음날이 마침 공휴일이었다. 주님 공현일 Epifania del Signore, 즉 예수님의 탄생을 경배하기 위해 3인의 동방박사가 도착한 날이었다. 그레고리 펙과 오드리헵번은 아니지만, 우리는 우연히 '로마의 휴일'에 로마로 입성한 것이었다. 그러나 화려한 착각도 잠시. 주님 공현일, 토요일, 일요일 등 연휴를 맞아 세계인들이 모두 몰려온 듯, 헤아릴 수 없는 인파가 테르미니 역 주변을 뒤덮고 있었다. 어둘 녘에야 간신히 알렉산드로 호텔에 여장을 풀고, 테르미니 역 근처의 사설 주차장에 차를 세울 수 있었다.

3천년 로마의 역사. 정치, 종교, 예술, 법, 학문, 그리고 정복 전쟁에 이르기까지 그들이 이룩한 문명은 서양문명의 바탕이 되었으며 그 서양문명은 지금 세계를 지배한다. 무엇보다 이해하기 어려운 점은 기독교와의 관계. 그들로부터 끔찍하게 박해 받던 기독교가 그들 세계의 중심으로 우뚝 서게 된 '역사의 반전'을 누군들 쉽게 설명할 수 있을까. 신의 존재와 섭리를 증거하며 그들 앞에서 의연히 죽어간 성인들. 그들이 그간 이룩한 교회의 제도와 정신은 지금도 펄펄 살아 움직이고 있지 않은가.

로마는 큰 바다였다. 눈을 돌리는 곳 어디에나 잘 보존된 역사의 자취들 뿐이었다. 테르미니 역을 출발하여 플라민요 역에 내리니 포폴로 광장이 나왔다. 중앙엔 오벨리스크가, 스페인 광장으로 이어지는 광장 출구 양편 엔 '산타마리아 기적의 성당'이 서 있는 포폴로 광장.

과연 '로마의 휴일'이었다. 인파에 쫓기다시피 언덕을 올라 보르게세 미술관으로 들어갔다. 녹색 잔디의 평원에 아름답게 서 있는 상아빛의 미 술관. 보르게세 가문의 쉬피오네 추기경이 자신의 소장품들을 보관하기 위해 미술관으로 바꾼 건물이다. 베르니니의 작품이 많은 것도 그가 바로 베르니니의 후원자였기 때문이나.

다음날 바티칸을 찾았다. 전 세계 가톨릭 신자들이 와보고 싶어하는 곳 이었다. 사람들의 표정에 은혜와 사랑이 넘쳤다. 베드로 대성당을 나온 우 리가 들른 곳은 바티칸 박물관. 런던의 대영박물관, 파리의 루브르 박물관 등과 어깨를 나란히 하는 곳이다. 세계 최고의 요리들을 모아놓은 운동장 크기의 뷔페식당이 있다고 하자. 허용된 시간은 두 시간, 접시는 단 하나. 음식을 집어넣을 위장도 단 하나. 스포츠 경기에 경보라는 것이 있다. 이 상한 폼으로 잽싸게 걷는 경기다. 고백하자면, 박물관 돌아보기를 경보하 는 폼과 속력으로 눈을 부릅뜨고 뷔페 상의 음식 고르듯 할 수밖에는 없었 다. 음식상들을 지나쳐 나올 때 접시 위에 최고의 음식보다는 고작 야채 몇 오리와 고기 몇 점만 덩그러니 올라있는 경험들을 자주 하시리라. 그건 눈과 미적 욕구에 가하는 폭력이었다. 전시 코스의 총 길이는 7km에 달한 다. 아, 우리는 예술의 바다에서 익사 직전에 구조된 기분이었다.

다음 날은 포럼을 중심으로 로마의 유적들을 만났다. 네로 황제의 황금 궁전이 있던 언덕을 출발, 콜로세움과 콘스탄티누스 개선문 등을 통과하 여 공회장으로 들어갔다. 건축물들 대부분은 폐허로 변해 있었지만, 좋았 던 시절에는 흥청대던 로마의 중심이었다. 팔라티노 언덕과 로마 공회장 사이로 올라가니 제우스 신전이 있던 캄피돌리 언덕이 나왔다. 캄피돌리 광장을 벗어난 우리는 대전차 경기장과, 코스메딘 성모 마리아 성당 근처에서 '진실의 입'을 만났다. 캄피돌리 광장 아래 삼거리에서 이곳까지는 〈로마의 휴일〉의 일부 배경으로 쓰였던 곳. 앤 공주로 분扮한 오드리 헵번과 신문기자로 분한 그레고리 펙이 이곳에서 손을 넣어보며 열연하던 분위기를 상상해 보기 위함인지 관광객들은 그곳을 떠나려 하지 않았다.

그 다음은 카타콤베. 터키 카파도키아의 지하도시가 생각나는 곳이었다. 카타콤베는 원래 무덤이었다. 그러나 기독교 박해시대엔 도피처로 쓰이기도 했다. 현재까지 여러 개의 카타콤베가 발견되었으나, 우리가 찾은 곳은 아삐아의 산 칼리스토 카타콤베였다. 3세기 여러 교황들의 무덤들도 있고, 성녀 체칠리아의 무덤도 있었다. 군데군데 벽화들도 남아 있고, 글씨들도 간혹 보였다. 아치형, 사각형 등 두 가지 형태의 무덤들이 있었으며, 대부분 주거시설과 무덤이 공존하던 공간이었다. 무덤과 함께 살아온 그들. 컴컴한 지하도시에서 과연 그들은 무슨 의식을 지니고 있었을까?

어느 곳의 벽에 '임파체Impace'란 문구가 새겨져 있었다. 가이드 최 선생은 '평화 속으로'라고 해석했다. 그 문구는 그들이 죽음을 두려워하지 않았음을 나타낸다고 했다. 그러나 사실은 그 반대였을 것이다. 주검들과 함께 할 수밖에 없는 자신들의 삶, 그 고달픔을 극복하기 위한 방편으로서의 자기암시가 아니었을까.

'죽음을 무릅쓰는 삶은 처절하다.' 카타콤베가 우리에게 보여주는 진실이었다. 그곳은 삶과 죽음이 공존하는 공간이었다. 삶 저 너머에 죽음이 있는 것이 아니라, '죽음과 함께 하는' 삶이라야 의미가 있다는 믿음이 그곳에 있었다. 판테온을 지나 트레비 분수에서 다시 로마에 올 수 있기를 기원하며 어깨너머 등 뒤로 동전을 던진 다음에야 우리는 피곤한 하루를 마감할 수 있었다.

다음 날, 우리는 로마를 마무리하기 위해 시스틴 성당을 찾았고, 성 베드로 성당을 다시 찾았다. 시스틴에선 〈최후의 심판〉과 〈천지창조〉를 보기 위해서였고, 좋은 사진을 얻는 데 실패한 〈피에타〉를 다시 보기 위해 성 베

성 베드로 대성당의 큐폴라

콘스탄티누스 황제의 개선문

콜로세움

'진실의 입'

▲ 베드로 대성당 큐폴라에서 내려다 본 로마 시내
▶ 판테온

드로 성당엘 들렀다.

곳곳에서 들려오는 찬탄과 한숨 소리. 미술 작품 앞에서 이처럼 감동해 보긴 난생 처음이었다. 교과서에 흐릿하게 나온 한 두 컷의 그림을 본 것이 고작이었다. 우리가 현장에서 친견한 그것들은 숭고와 비장을 동시에 구현한 아름다움의 극치였다. 교황 율리우스 2세의 청으로 12년에 걸쳐 완성한 〈천지창조〉. 성당 전체를 압도하는 대가의 필치여!

베드로 성당에서 다시 만난 〈피에타〉. 미켈란젤로 25세 무렵의 작품이었다. 〈피에타〉에 스며있는 미학적·종교적·심리적 배경은 무엇인가. 볼수록 의문은 커졌다. 답을 구하기 위해 다시 찾았다가 새로운 문제만 안게 된 것이다.

로마문명의 핵심을 찾아왔다가 바티칸을 만났고, 바티칸을 이해하려다가 새로운 문제들만 여럿 안게 되었다. 로마를 마무리하고자 했으나 이제 시작에 불과함을 로마는 우리에게 알려주고 있었다. 과연 앞으로의 공부를 어떻게 감당해나갈 수 있을지.

***

유럽문명의 길을 찾으니 로마가 나왔고, 로마문명의 핵심에 들어가니 바티칸이 있었다. 그러나 바티칸을 찾다가 길을 잃고 말았다. 아무도 그 길을 알려주지 않았다. 아니, 그 길을 아는 사람이 없었다. 손에 쥔 지도 한

장으론 아무리 보아도 그 길을 찾을 수 없었다. 길을 찾다가 길을 잃은 난감함. 드넓은 벌판에 홀로 서서 길을 찾는 나그네의 고단함이여!

다섯 달 가까이 계속된 우리의 유럽 문화 답사. 로마는 사실상의 종착역이었다. 로마문명이 현재 지속되고 있는 유럽 문화의 근원이라는 점은 이미 알고 있었다. 그러나 그것을 확인할 필요가 있었다.

어느 나라나 민족을 막론하고 문화는 늘 '내 것과 남의 것'이 복합되어 있다. '내 것은 내 것이요, 남의 것도 내 것'으로 되는 것이 문화의 본질이다. 내 문화 속에 들어있는 '남의 것'이라 하여 생판 남의 것은 아니다. 로마 제국이, 로마문명이 세계를 지배할 수 있었던 근본 원인은 무엇일까. 바로 수용의 관대함에 있었다. 정복한 나라를 그들은 억지로 병탄倂呑하려 하지 않았다. 그들의 왕을 존속시키고 문화도 인정했다. 총독을 파견하여 감시는 했지만.

그리고 상·하수도, 도로 등 기간시설에 대한 투자를 아끼지 않았다. 정복지 백성들의 생활을 편하게 하고 자존심을 상하지 않게 해줌으로써 자신들의 영향력을 영속시키고자 했다. 참으로 교묘하면서도 '밉지 않은' 수단이었다.

로마인들은 민족적 자존심을 손상시키지 않으면서 이민족들을 지배했다. 아니 그보다 한 발 나아가서 그들의 우수한 문화를 수용하려 했다. 우리는 아테네에서 아주 이른 시기에 이룩한 문명을 목격했다. 그리고 그 영광과 대비되는 그들의 초라한 현실도 보았다. 로마의 대선배인 그리이스가 지금 이토록 기를 펴지 못하고 있는 까닭은 무엇일까.

우리가 보기엔 그들이 이질적인 문명의 수용에 실패했기 때문이다. '선택과 수용'을 통한 끊임없는 자기 개량만이 문화를 유지·보존할 수 있다는 것이 역사의 가르침이다. '적자생존의 원리'는 생물의 세계에서만 통용되는 것은 아니다. 로마는 우리에게 그 원리를 말하고 있었다.

# 안타깝도다, 미켈란젤로여!

　나는 미켈란젤로를 모른다. 그림이나 조각에 대해서도 문외한이다. 종교화에 대해서는 더더욱 젬병이다. 종교화에 관한 지식이라곤 고등학교 미술 시간과 대학의 문화사 시간에 듣고 배운 것이 거의 전부인 셈. 원래 조각가였던 미켈란젤로가 불가피한 이유로 건축과 그림을 겸하게 된 것도 나중에서야 알았다. 그런 이유로 교과서에서 접한 〈천지창조〉, 〈최후의 심판〉, 〈피에타〉만이 겨우 기억에 남아있을 뿐이다.

　바티칸의 베드로 성당에서 〈피에타〉를 만났고, 시스틴 성당에서 〈최후의 심판〉과 〈천지창조〉를 감격스럽게 만났다. 최근 하루 이틀 사이 내게 닥친, 일종의 '폭풍'이었다. 사물의 핵심적 요소나 그 요소를 채워 넣는 행위를 화룡점정이라 말한다면, 미켈란젤로의 〈피에타〉를 베드로 성당에 안치한 일이야말로 화룡점정임에 틀림없다. 자그마한 〈피에타〉가 웅장한 베드로 성당에 생명을 불어 넣고 있기 때문이다. 이에 비해 시스틴 성당을 꽉 채운 〈최후의 심판〉이나 〈천지창조〉는 화룡점정이 아니라, 아예 성당의 몸체 그 자체였다.

　종교예술의 최고 · 최대 걸작이라던가. 그래서 나같이 잘 모르는 사람들은 미켈란젤로를 '역대 최고의 예술가', 혹은 그에서 더 나아가 무오류無誤謬

로마 시스틴 성당의 〈최후의 심판〉

의 '완벽한 인격자' 쯤으로 숭배하기 일쑤다. 그러나 인간 치고 오류 없는 존
재가 그 어디 있으랴. 확인해본 것은 아니지만, 미켈란젤로도 젊은 시절
한 때는 사기꾼이나 '건달' 이었던 모양. 그에게서 천부적 예술의 재능만
뺀다면, 주변에 그다지 호감을 주는 인물은 아니었다고 한다. 예술가들의
오만이나 패기는 자신의 예술적 자부심으로부터 나오는 법. 예술가들 가
운데 덕인德人이 흔치 않은 것도 바로 그 때문 아닐까.

　모를 일이다. 그가 지금 천국에 있는지 지옥에 떨어져 있는지. 왜냐?
〈최후의 심판〉에서 예수님의 바로 발밑에 엉거주춤 서 있는 바르톨로메
오. 그가 들고 있는 사람 가죽에 미켈란젤로의 얼굴이 그려져 있다. 바
르톨로메오 성인이 잘못하여 그 가죽을 떨어뜨리면 미켈란젤로는 끝없
는 지옥의 나락으로 떨어지게 되는 것. 그가 잘 잡아 주어야 미켈란젤로
는 어정쩡하게나마 천국의 경계선 안으로 들어가게 되는 것이다.

　그러나 그가 사람들로부터 무슨 대접을 받았든 그건 내가 상관할 바 아
니다. 이 자리에선 다른 각도로 그에 대한 안타까움을 토로해 보자.

　우선 〈최후의 심판〉을 뜯어보자. 미켈란젤로는 왜 예수님을 저렇게 근

육질의 '표한慓悍'한 청년으로 그렸을까. 가까이서 보니 흡사 한 마리의 표범 같다. 가혹한 심판의 채찍을 휘두르는 저 모습에서 어찌 '사랑'을 느낄 수 있단 말인가.

'최후의 심판'이라지만, 사실은 '무한의 심판'이어야 하고 그 심판은 복수가 아니라 사랑이어야 한다. 예수님께서 말씀하신 '최후의 심판'이란 인간에게 부여하는 깨달음의 기회일 뿐 증오와 보복의 칼날은 아닌 것이다. 그래서 눈물을 머금고 '죄 지은 자에게 벌을 내리는' 그런 모습으로 그렸어야 한다. 그게 예수님의 정신이고 본질이다. 오죽하면 곁에 앉으신 성모께서 고개를 돌리셨을까.

'최후의 심판'은 기독교에 대한 미켈란젤로 식 해석일 뿐, 그것이 '무오류의 절대성'을 갖는 정전正典일 수는 없다. 오늘, 숨 막히는 인파에 묻혀 〈천지창조〉를 훔쳐보는 내 마음이 이토록 무거운 것은 무엇 때문인가.

지금도 하나님과 그 독생자로 오신 예수님을 앞세워 자행되는 보복의 악순환과 부조리들을 목격하면서 시스틴 성당의 〈최후의 심판〉은 누군가에 의해 다시 그려져야 한다고 믿는다. 누가 있어 미켈란젤로의 그림을 두드려 부수고 그 위에 예수님의 '무한 사랑'을 다시 그려 넣을 것인가.

\*\*\*

유럽을 돌면서 무수한 〈피에타〉를 만났다. 그리고 마지막에 미켈란젤로의 그것을 보았다. 20대의 어머니가 30대의 죽은 아들을 안고 있는 모습. 미켈란젤로는 왜 성모를 20대의 여인으로 그렸고, 성모의 표정을 그렇게 처리했을까.

물론 20대의 화가가 갖고 있던 '어머니의 이미지'나 그 표현은 기존의 것들과는 분명 달랐을 것이다, 아니 한 발 더 나아가 '달라야 한다'는, 일종의 강박관념에 시달렸을지도 모른다. 젊은 여인으로 묘사된 '성모'도 '영원한 성처녀'의 모습을 표현했다는 점에서 일견 그럴 듯하다고 할 수 있다.

누구로부터였는지 알 수는 없지만, 미켈란젤로의 〈피에타〉는 초창기부터 극찬되기 시작했고, 그 기조는 지금까지 변함없이 이어지고 있다. 그런 찬양은 종교적인 힘에 뒷받침되어 더욱 굳어졌고, 지금은 아예 일체의 잡음을 용납하지 않는 단계로까지 상승되었다. 일종의 '신비화' 내지는 '신격화' 라 할까?

미켈란젤로의 〈피에타〉보다 더 확고하게 '정전화正典化canonization' 된 종교적 해석의 예를 어디서 찾아볼 수 있을까. 한 화가의 그림이 '예수님의 주검을 안은 성모 마리아의 표정' 을 단일화 시켰고, 그것은 하나의 '법' 으로 고정되어 이 분야를 지배하고 있다. 그러나 이건 좀 너무 한 것 아닌가?

나의 무딘 감식안과 미학 이론에 관한 무지를 감안한다 해도, 미켈란젤로의 '성모' 는 참으로 이해하기 어렵다. 찬양하는 사람들은 흔히 〈피에타〉의 성모가 숭고한 표정을 짓고 있다 한다. 도대체 그들이 말하는 '숭고' 의 의미를 알 수 없다.

솔직히 말하면 〈피에타〉의 성모는 '애매모호' 한 표정을 짓고 있었다. '우는 듯, 웃는 듯, 슬픈 듯, 기쁜 듯' 도무지 알 수 없는 표정. 그게 어째서 숭고미를 구현하는 내용이란 말인가. 숭고는 비장과 인접해 있으면서 그로부터 승화된 미적 범주다. 비장은 자아를 버림으로써, 고매한 이상의 실현에 기여함으로써 구현된다. 아무리 성모 마리아라 할지라도 아드님의 죽음 앞에서 어떤 행동을 보여야 한단 말인가.

내 욕심으로 미켈란젤로가 〈피에타〉에서 구현했어야 할 덕목은 바로 '모정' 이었다. 모정보다 더 보편적이고 순수하며 강한 감정이 세상에 어디 있단 말인가. 철학적인 폭과 깊이를 갖추기만 한다면, 인류애로도 숭고한 종교적 구원의지로도 승화될 수 있는 것이 모정이다.

좀 더 욕심을 부려보자. 차라리 미켈란젤로는 아드님의 시신에 볼을 비비며 구슬프게 눈물을 쏟는 마리아로 그려내는 게 더 좋지 않았을까. 그것도 앳된 20대의 어머니가 아니라 머리 희끗희끗한 40대 후반이나 50대 중반의 여인으로 말이다.

그거야 말로 기존의 〈피에타〉들에 대한 미켈란젤로 식 반항일 수 있지 않을까. '극도로 절제된 슬픔과 자애'의 잔잔한 모정을 그려내기에 급급했던 이전의 〈피에타〉들. 어찌하여 미켈란젤로는 목 놓아 울어 흘러넘치는 눈물이 예수님의 얼굴에 방울방울 떨어지게 할 수 없었는가. 절절한 넋두리로 모든 이들의 가슴을 촉촉이 젖게 할 수 없었단 말인가.

모정이야말로 〈피에타〉에 구현되었어야 할 최후의 정서적 보루다. 미켈란젤로가 그걸 놓친 건 당시 그의 나이가 어렸기 때문일 것이다. 천재성만으로 모정을 깨달을 수는 없다.

*** 

분명 미켈란젤로는 시대를 뛰어넘는 천재였다. 아직도 그의 필치는 시스틴 성당에 펄펄 살아 뛰고 있었다. 더구나 그 작품들의 장점만 말할 뿐 단점이나 불만을 말하는 사람이 없다. 그 정도로 그는 '무오류의 절대적 경지'에 들었던 사람일까.

겁도 없이 그의 작품들에 대한 불만을 털어놓은 무명의 한사寒士 백규. 강호의 제현들께서는 '범을 본 적도 없는' 하룻강아지의 재롱쯤으로 치부하시라.

# 오르비에또Orvieto와 중세의 꿈

오르비에또 상가건물의 벽

1월 10일. 맑고 따사로운 햇살을 받으며 로마와 작별. 120km 거리의 오르비에또를 거쳐 아씨시로 향하는 발걸음이 가벼웠다. 하이웨이 A1을 타고 7, 80km를 달리니 눈 가득 새로운 풍경이 우리를 맞이했다.

움브리아Umbria. 이탈리아에서도 뛰어난 경관으로 손꼽히는 지역이다. 이어지는 높고 낮은 산들, 그 위로 구름이 피어오르고 맑은 바람이 불어왔다. 마을과 도시들은 대개 산정으로부터 산록에 펴져 있었고, 구릉지대엔 가지런히 다듬어 놓은 밭이랑들이 고왔다.

A1을 타고 가다가 목격한 움브리아 지역의 고도들. 몬테키오Montecchio, 바스키Baschi, 포라노Porano 등을 지나자 오르비에또가 나왔고, 우리는 목적지를 향해 언덕길을 힘겹게 올랐다.

빌라노바인Vilanovan들이 정착하여 초기 역사를 이룬 것은 기원전 8~7세기에서 기원후 12세기에 걸친 일. 그 후 13세기에서 15세기에 걸쳐 에트루리아 사람들Etruscans이 팔리아Paglia 강 계곡 위 15~60m 높이의 평원에 항구적으로 세운 정착지가 바로 이곳이다.

에트루리아인들 다음으로 이 도시를 정복한 것은 로마인들. 1354년경 메디치 가문 출신의 추기경 에기디오 알보르노즈Egidio Albornoz는 이곳에 와서 방어용 성채를 구축하고 62m 깊이의 우물을 파기도 했다. 부침을

오르비에또의 성 패트릭 샘

거듭하며 오늘날까지 지속되고 있는 오르비에또의 문명. 전 세기에 걸친 이탈리아 예술과 문화의 두드러진 산물들이 바로 그 문명을 형성한 요소들이었다. 이곳이 에트루리아인들의 도시였다는 점, 도시의 구조들은 후기 로마네스크, 고딕, 르네상스 등 여러 양식들을 골고루 보여주고 있다는 점 등이 이곳의 특징이다.

오르비에또의 언덕에 오르자 생소하면서도 신선한 모습의 성당이 눈앞에 나타났다. 전혀 예상치 못했던 일. 단정한 옆줄무늬의 성당 건물이었다. 깔끔하면서도 이채로운 모습. 이미 산타 마리아 성당과 성 코스탄조San Costanzo 교회가 있던 자리, 그 허물어진 터에 새로 건립된 것이 바로 이 성당이다. 1290년 오르비에또 시민들과 교황 니콜라스 4세가 초석을 놓았고, 벼락으로 손상을 입은 최대의 스파이어가 쥬제뻬 발라디에르Giuseppe Valadier에 의해 1795년 재건됨으로써 이 성당은 수백 년 만에 완성을 보았다. 대성당은 오르비에또의 아름다움을 대표하고 있었다. 유럽의 로마네스크와 고딕 건축물들 가운데 가장 귀족적이면서도 화려한 건축물중의 하나였다.

어둠침침하고 음산한 중세의 돌 포장도로를 걸어 도달한 꼭대기의 광장은 흡사 하늘나라의 이미지를 지니고 있었다. 그 한복판에 이 성당은 자리잡고 있었다. 성당 안의 벽에는 아름다운 프레스코 화와 모자이크 화들이 그려져 있었다. 로렌조 마이타니Lorenzo Maitani(1310~1330)가 디자인했다는 파사드는 아름다움의 극치였다. 파사드의 공간마다 채색의 성화들이 그려져 중앙의 장미문양과 절묘한 조화를 이루고 있었다. 우리는 산꼭대기에 숨어있는 중세 이탈리아 도시의 진면목을 오르비에또에서 발견했

오르비에또 성당의 파사드 ▲
성당 안의 프레스코화 ▶

고, 성당은 그 아름다움의 핵심이었다.

절벽 위의 성곽 도시 오르비에또. 말 그대로 천연의 요새였다. 전망대에서 내려다보니 아래 마을들이 까마득하게 보였다. 무엇이 무서웠을까. 방어를 위해 이같이 철통같은 요새를 만들었음에도 마음을 놓지 못한 것일까.

성문을 걸어 잠그고 농성籠城을 할 요량이었던 듯 성벽 바로 앞에 파 놓은 깊고 넓은 우물이 있었고, 터키의 카파도키아에서 본 듯한 지하도시도 만들어져 있었다. 그러나 시간이 없어 지하도시는 포기하고 우물만 보기로 했다. 물이 고인 아래까지 돌계단을 타고 내려갈 수 있었다. 우물이 얼마나 크던지 내려가고 올라가는 계단이 서로 겹치지 않았고, 내려가는 사람들과 올라가는 사람들의 목소리만 들릴 뿐 모습은 볼 수 없었다. 숨차게 내려가니 아래쪽에 맑은 물이 그득 고여 있었다. 물을 퍼 나르던 당시 사람들의 숨결을 느낄 수 있었다. 돌 성벽을 뚫어 거대한 샘을 판 그들. 돌들을 판판하게 다듬어 계단까지 만들어 놓았으니 그들의 저력이 대단했다.

\*\*\*

오르비에또를 떠나 북상하는 길가엔 또 다른 산 위의 도시들이 눈에 띄었다. 포라노Porano, 카스텔 죠르지오Castel Giorgio, 카스텔 비스카르도Castel Viscardo, 피츌레Ficulle 등등. 이들은 파브로Fabro, 파라노Parrano, 성 베난조S. Venanzo, 몬텔레오네Monteleone, 몬테가비오네Montegabbione 등과 함께 넓은 오르비에또 문화지역을 형성한다. 멀리서 보이는 도시들 역시 돔을 중심으로 이루어진 석조 건축물의 공동체라는 공통점을 갖고 있었다. 아름다운 자연 속에 보존된 중세의 도시들이 나그네의 눈에는 예사롭지 않았다. 이탈리아가 지니고 있는 깊은 역사와 문화. 그 유산을 잘 보존하고 있는 점은 분명 이탈리아의 저력이었다. 그 저력은 움브리아의 핵심 아씨시Assisi에서 재확인될 것이다.

# 프란치스꼬 성인의 숨결이 살아 있는 아씨시

오르비에또의 감동을 안고 두 시간 가까이 달렸을까. 동북방에 설산이 보이고, 설산 앞 쪽의 약간 낮은 산에 그림 같은 도시 하나가 참하게 좌정해 있었다. 신기루로 착각할 정도로 아름다웠다. 산 정상 아래 쪽, 북동에서 남서로 길게 형성된 도시. 도시를 채우고 있는 건물들의 돌 색깔 때문일까. 때마침 넘어가는 석양을 받아 밝고 누르게 빛났다. 따뜻한 느낌. 그때까지 보아온 산 위의 도시들보다 규모도 크고 특별히 아름다웠다. 보이는 건 지척인데, 들어가니 멀었다. 도착하자 석양이 꼴깍 넘어갔다.

어두워진 아씨시. 빽빽한 돌집들 사이로 난 좁은 길들 거의 모두가 일방통행이었다. 도시를 몇 바퀴 돌고나서야 길 가는 젊은 수녀님의 도움으로 집을 찾을 수 있었다. 문을 열고 들어가니 우리를 기다리고 계셨던지 노수녀님들이 반색을 하며 달려 나오신다. 금남의 구역에 더욱이 개신교 신자인 내가 아내의 빽(?)만 믿고 들어가려니 쑥스러웠지만, 반가워하는 그분들의 말과 표정을 보고 안도할 수 있었다.

여장을 풀고 앉아 있는데 한국인 수녀 한 분이 찾아 오셨다. 우리는 참으로 오랜만에 동족과 대화를 나눈 셈이었다. 최 아가다 수녀님. 현재 아씨시의 프란치스꼬 전교 수녀회에 6년 간 수양 차 와 있는 분이었다. 그 분의 말씀과 격려가 힘이 되었다. 그 분의 도움으로 아씨시 체류 내내 편안

1 석양무렵 아씨시의 원경
2 미네르바 신전 터의 성 도나...
  성당 안에 있는 프란치스꼬 성...
3 성 클라라 교회 안에 안치되...
  있는 클라라 성인의 시신

했음은 물론이다. 따스함과 고요함. 모처럼 안면의 밤을 지낼 수 있었다. 다음날인 1월 11일. 우리는 수녀원 식당에서 이른 아침을 맛있게 먹고, 도시의 탐색에 나섰다.

수바시오Subasio 산 지맥의 서쪽 중턱에 위치한 도시. 그 정상인 해발 505m 지점엔 이 도시를 지키는 성채 로카 마기오레Rocca Maggiore가 있었다. 수바시오(해발 1290m), 치베텔레(1261m), 세르몰라(1192m), 콜레 산 루피노(1192m), 피에트로 룬고(914m) 등이 수바시오 그룹에 속한 산들이었다. 아씨시와 스펠로Spello 사이의 남서쪽 면엔 광대한 올리브 밭이 형성되어 있었다. 아펜니노Appenine 산맥에서 불어오는 바람으로 여름엔 시원하고, 겨울엔 건조하고 춥단다. 이 지역의 석회암은 엄청나서 아씨시의 건물들은 대부분 이 돌을 주된 재료로 쓴다고 했다. 이 지역에 사람들이 거주하기 시작한 것은 기원전 1900~1800년인 청동기 시대부터였고, 기원전 89년 아씨시는 로마제국의 일원이 되었다. 아씨시는 3세기에 다신교에서 기독교로 전환되었고, 첫 주교는 루피노 성인San Rufino이었다.

그러나 누구보다도 아씨시와 뗄 수 없는 인물은 프란치스꼬 성인. 몬나 피카Monna Pica와 피에트로 디 베르나도네Pietro di Bernadone 사이에서 12세기 말경 태어난 프란치스꼬 성인은 부유한 상인의 아들로서 예절 바르고 관대한 성격의 소유자였다. 아버지의 사업을 도왔으나, 기사가 되는 것이 원래의 꿈이었다. 1202년 실제로 콜레스트라다Collestrada의 전투에 참가했다가 잡혀 갇히기도 했다. 석방되어 아씨시로 돌아온 프란치스꼬는 다시 전쟁에 참여하기 위해 아풀리아Apulia로 갔다. 여행 중 병에 걸렸던 그는 오랜 동안의 묵상을 통해 '기적적 통찰'을 얻은 후 아씨시로 다시 돌아왔다. 그로부터 세속적인 삶의 방식을 청산하고 자선慈善사업에 몰두하기 시작했다.

로마 순례 도중 가난한 여인을 만나 자신의 화려한 옷을 거지의 누더기로 바꾸어 입고, 가진 것들 모두를 주어버렸다. 그는 "가라, 그리고 내 집을 고쳐라"는 다미안Damiano 성인의 계시를 듣고, 성인이 가난 속에 살면서 하나님을 섬기길 원한다고 확신했다. 좋은 옷을 버린 프란치스꼬는 은자의 도포와 부츠에 지팡이를 들고 다니기 시작했다. 성가를 듣던 중 그는 완벽하게 살려면 절대 가난과 순결 속에 살 뿐 아니라 신의 말씀을 설교해야 한다고 확신하게 되었다. 청빈의 삶 속에서 하나님의 말씀을 전파하기로 마음먹은 것이었다.

1209년과 1210년 사이에 프란치스꼬는 동료들과 함께 로마 교황에게 찾아가 그들의 종교적인 삶의 방식을 확인받고자 했다. 당시 교황 이노센트Innocent 3세로부터 승인을 받고 처음엔 리보토르토Rivotorto로, 다음엔 산타 마리아 데글리 안젤리Santa Maria degli Angeli로 돌아가 자신들의 사명을 수행하기 시작했다. 1211년~1212년 사이엔 성녀 클라라가 가족들의 반대를 무릅쓰고 프란치스꼬의 뒤를 따라 집을 떠나기도 했다. 클라라와 초기 추종자들은 성 다미안 교회에 그들의 거처를 마련했고, 그런 과정을 통해 청빈의 삶을 바탕으로 하나님의 말씀을 전하는 공동체가 이룩되었다. 1226년 그가 죽자 그의 추종자들과 아씨시 시민들은 성 죠르지오 교회(지금 산타 클라라 교회의 사크라멘트 채플)의 묘지까지 행렬을 이루어 그의 시신을 운구했다.

시청 광장을 가로지르는 거리의 양 끝에는 성 프란치스꼬 대성당과 성 클라라 성당이 자리 잡고 있었다. 클라라 성당 위쪽에는 주교좌 성당인 성 루피노 성당이, 시청 광장 바로 아래쪽엔 치에사 누오바Chiesa Nuova가, 누오바 교회 바로 아래엔 성 안토니오 성당이, 광장엔 성 도나토 성당이, 프란치스꼬 대성당 아래쪽엔 성 베드로 성당이 각각 서 있었다. 우리는 이미 유럽의 다른 도시들에서 프란치스꼬 성인의 삶을 기치로 내 걸고 있는 많은 성당들을 목격한 바 있었다.

광장에 우뚝 서 있는 성 도나토 성당. 이 성당의 전신은 미네르바 Minerva 신전이었다. 지금도 본당 앞엔 신전의 한 부분이 고스란히 남아 있었다. 다신교 신앙에서 기독교 신앙으로 전환된 다음 이 지역이 겪었을 변화의 파장은 대단했으리라. 한 사람의 올바른 신념이 세계를 바꿀 수 있다는 진리. 그 구현의 현장이 바로 아씨시였다. 세계 각지로부터 많은 순례객들이 찾아오는 것도 바로 그 점을 확인하기 위함일 것이다.

유럽문화를 배우기 위해 돌아다니다 우연히 들른 아씨시. 그곳엔 우리가 배워야 할 것들이 산적해 있었다. 가장 큰 것이 신념의 힘, 다음이 제도를 만들고 운영하는 합리적인 정신이었다. 그리고 하나님 앞에 모두가 평등하다는 진리의 바탕. 그 위에서 아씨시의 번영은 지속되고 있었다.

# 돌 속에 숨 쉬는 피렌체와 피에솔레

1월 13일. 오후 늦게 잔뜩 흐린 '백합의 도시' 피렌체에 도착. 복잡한 도심이 만만치 않았다. 때마침 열리고 있는 국제 패션쇼 탓에 숙소가 없었다. 두꺼워지는 어둠으로 길은 더욱 낯설었다. 일단 도심을 벗어나기로 했다. 때마침 방향 표지판의 '피에솔레Fiesole' 라는 지명이 눈에 밟혔다. 뜻은 알 수 없었지만, 참으로 아름다운 이름이었다.

옛날 산중에서 밤을 맞은 나그네가 깜빡이는 외딴 집의 불빛을 따라가듯, 이정표 하나만 따라가 보기로 했다. 나선형으로 돌고 돌아 올라가는 길. 도심으로부터 8km쯤이나 달렸을까. 갑자기 산 위에 평지가 나타나고 참한 마을 하나가 눈앞에 다가섰다. 길을 잃고 무작정 노를 젓다 무릉도원을 만난 어부의 기분이 이러했을까? 가파른 언덕 위의 작은 호텔엔 따스한 방도 주차장도 있었다. 피렌체에 왔다가 잠자기 위해 찾은 피에솔레. 과연 어떤 곳일까. 호기심 반, 피곤함 반으로 단잠에 빠져들었다.

다음날 아침. 일어나 창문을 여니, 돌 건물들로 꽉 들어찬 산 위의 작지 않은 마을이 눈에 들어왔다. 발굴 중인 폐허가 발 밑 나무 숲 사이로 보이고, 산 위 마을엔 오래 된 교회도 보였다. 아, 우린 뜻하지 않게 유서 깊은 옛날 도시에서 밤을 보낸 것이었다. 흡사 노련한 여행가의 가르침을 따르기라도 한 듯 우리는 이 멋진 고도古都로 찾아 들어온 것이었다. 호텔 근처

저녁 무렵의 피에솔레

광장에서 버스를 타고 20분이면 산 아래 피렌체의 중심가로 들어갈 수 있으니, 우리는 돌멩이 하나로 두 마리의 참새를 잡은 기분이었다. 하루를 묵어본 우리는 그 호텔에서 사흘을 더 묵기로 했다. 기원전 7세기 경 이곳에 둥지를 틀고 문명을 이룩한 에트루리안Etrurian들이나 정복자 로마인들이 느꼈을 안온함을 즐겨보기로 한 것이다.

투스카니Tuscany와 로마냐Romagna 지방 사이의 아펜니노Apennines산맥이 만든 분지 안의 아름다운 도시, 피렌체. 한 복판을 흐르는 아르노Arno강이 시가지를 남·북으로 가르고 있었다. 무역의 도시, 예술의 도시 피렌체. 단테, 지오또, 깜비오 등 당대 최고의 문학가와 예술가들의 활동무대였다. 15세기 이후 메디치가가 지배하던 18세기 전반까지 피렌체는 르네상스 인문주의의 상징이었다. 이 시기 이곳은 레오나르도 다 빈치, 미켈란젤로 등 빛나는 예술가들의 무대이기도 했다. 메디치가의 후원을 받은 예술가들이 이곳을 예술의 중심으로 만들어간 것이다.

호텔에서 정성스레 차려준 아침식사를 마친 우리는 일찍 피렌체의 두오모로 나갔다. 역사적·문화적 의미로나 규모와 아름다움으로 쳐도 피렌체 관광의 핵심은 두오모다. 이 지역엔 두오모를 중심으로 지오또의 아름다운 종루, 산 지오반니 세례당, 단테의 집, 산 로렌조 교회, 메디치가의 궁전과 예배당, 산타 마리아 노벨라 교회 등이 포진하고 있었다. 그것들은 아름다운 거리나 광장으로 이어지고, 사이사이의 건물들 또한 모두 만만치 않은 역사적 의미와 가치를 지니고 있었다.

1 지오또가 만든 피렌체 두오모의 종탑
2 아카데미 미술관에 전시 중인 〈다비드〉
3 피렌체 시뇨리아 광장

　'꽃의 성모교회' 두오모. 1296년 9월 깜비오의 총지휘로 공사가 시작된
후 지오또 · 파사노 · 프란치스꼬 · 탈렌티 등 여러 명의 총감독들을 거치
며 1375년까지 공사는 계속되었다. 브루넬레스키의 설계로 1420년 시공
되어 1434년 완공된 돔까지 계산에 넣을 경우 두오모의 완성에 무려 138
년이나 걸린 셈이었다. 두오모 전체의 높이는 107m. 현란한 프레스코화로
치장된 내부는 화려하면서도 장중했다. 우리는 계단을 걸어 큐폴라로 올
라갔다. 오르는 도중 돔 천장의 프레스코화를 근거리에서 감상하는 호사
도 누렸다. 그런 다음 돔 밖으로 걸어 나가 시가지를 조망했다.

산들에 둘러싸인 도시는 광활하면서도 고왔다. 산 위로 피어오르는 흰 구름은 프러시안 블루의 하늘과 잘 어울려 피렌체를 돋보이게 했고, 시내 요소요소에 들어박힌 기념비적 건축물들은 환상의 미학을 연출하고 있었다. 사람들이 왜 아름다운 도시로 피렌체를 꼽는지, 그 이유를 비로소 깨닫게 되었다.

두오모 앞의 종탑과 세례당 역시 다른 지역에서 유례를 찾을 수 없을 만큼 엄청난 규모와 조화미를 빚어내고 있었다. 전자는 지오또, 후자는 지오반니의 작품이었다. 양자는 지극히 세련된 디자인과 깊은 종교적 의미를 공유하고 있었다.

세례당의 문들 가운데 압권은 기베르띠의 '천국의 문'. 세례당 동쪽의 문이었다. 구약성서에 등장하는 에피소드를 10장의 패널에 그린 것이 바로 그 내용이었다. 이 밖에 두오모와 종탑, 세례당의 미술품들을 모아놓은 박물관까지 거쳐야 비로소 두오모 관련 답사는 완성된다. 기독교 관계 각종 인물 조각, 건축물의 일부, 책자, 부물 상자, 부조물, 패널 등이 보관·전시된 이 박물관은 바티칸에 버금가는 질과 양을 자랑하고 있었다.

두오모를 떠난 우리는 메디치가의 박물관과 예배당, 산 로렌조 교회, 산타 마리아 노벨라 교회 등을 거쳐 단테의 집을 찾았다. 메디치가의 '마블 박물관'은 명성에 비해 막아놓은 공간들이 꽤 많아서 불만스러웠고, 꼬불꼬불 골목길을 돌아가며 공들여 찾은 단테의 집 역시 문을 닫은 직후였다.

다음 날엔 시뇨리아 광장을 찾았다. 중세시대 이래 정치의 중심이었던 곳. 광장은 넓고 깨끗했다. 베키오 궁전과 산타크로체 교회, 베키오 다리, 산타 트리니타 교회 등의 건축물들이 서로 조화를 이루며 광장 주변을 장식하고 있었다. 그 중 핵심은 우피치 미술관. 베키오 궁전과 아르노강 사이의 거대한 건물로 메디치가의 코시모 1세가 행정·사법기관을 한 곳에 모으려는 취지로 세운 'ㄷ자' 형 건물이었다. 2500여점의 엄청난 미술품들이 사람들을 질리게 하는 곳. 여기서 우리는 역사상 대가들의 작품 대부분을 만날 수 있었다.

우피치 미술관은 두 가지 사실을 우리에게 확인시켰다. 예술가들을 후원하고 그들의 작품을 많이 구입해주는 일이야말로 권력가나 재력가가 사회에 공헌할 수 있는 유일한 길이라는 점, 이왕 지을 바엔 기념비적인 건물을 지어 후대에 물려주어야 한다는 점 등. 피렌체의 위상을 높여준 것은 바로 우피치 미술관과 그 소장품들이었다. 그리고 그 바탕엔 예술을 사랑하고 예술가들을 우대한 메디치 가문의 소중한 뜻이 들어 있었다.

우피치에서 나온 다음 아르노 강 건너편의 피티 궁전을 지나자 미켈란젤로 광장이 나왔다. 중심에 미켈란젤로의 〈다비드상〉(복제)이 우뚝 서 있고, 그 앞 쪽으로 아르노 강과 그 건너편의 피렌체 시가지가 한 눈에 들어왔다.

다음 날 우리는 산 마르코 광장 근처의 아카데미아 미술관을 찾았다. 사실 이 미술관은 두오모와 함께 우리가 시도한 피렌체 문화답사의 두 축을 이루는 곳이었다. 바로 이곳에 미켈란젤로의 명작 〈다비드〉가 있었다. 시간이 허락하지 않을 경우 두오모와 〈다비드〉만 보고 피렌체를 떠나려 했을 만큼 우리에게 그 둘은 의미가 컸다.

4m가 넘는 크기의 〈다비드〉. 1873년까지는 근처의 시뇨리아 광장에 세워져 있었다. 우리는 이미 바티칸의 베드로 성당에서 미켈란젤로의 〈피에타〉를 보았고, 시스틴 성당에서 〈최후의 심판〉과 〈천지창조〉를 친견한 바 있다. 1475년 3월 6일, 아레쪼 근처의 카프레세에서 출생한 미켈란젤로. 그의 어린 시절 보모가 바로 석수장이의 아내와 딸이었단다. 그러니 그는 어려서부터 '조각彫刻의 젖'을 빨며 자란 게 아니냐고 누군가는 말했다. 말하자면 타고난 천재성에 어려서부터의 환경이 작용하여 그를 대성시켰다는 뜻일 것이다.

〈다비드〉를 보며 우리는 넋을 잃고 말았다. 교과서에서 흔히 보던 〈다비드〉. 그 손톱만한 크기의 사진을 통해서는 '불알까지 내 놓은 웬 사내 녀석 하나를 잘도 만들어 세웠구나'라고 생각한 것이 고작이었다. 그래서 실물을 보는 게 숙원이었다. 누구를 모델로 한 것일까. 유럽을 돌아다니며 보아도 〈다비드〉

만한 젊은이는 보이지 않았다. 어쩌면 순수하게 미켈란젤로의 창작일 가능성이 클 것이다. 그리고 보면 성서 속의 인물들에 대한 미켈란젤로의 상상이야말로 '위대하다'고 말할 정도. 우리는 미켈란젤로에 의해 새로 태어난 다비드에 매혹되어 꽤 오랜 시간을 그곳에 앉아 있었다. 방향을 바꾸어 가며 다비드의 몸매, 아니 그 몸매로부터 우러나오는 풋풋한 '카리스마'를 감상했다. 꿈틀거리는 근육, 피가 흐르는 몸통. 살아서 펄쩍 뛰어내릴 듯한 '다비드'였다. 〈최후의 심판〉과 〈피에타〉에 불만을 가졌던 우리는 〈다비드〉를 통해 몇 배의 보상을 받을 수 있었다. 결국 우리가 만난萬難을 무릅쓰고 피렌체에 온 것도 〈다비드〉를 친견하기 위해서였을까.

예술이란 무엇이며 사물을 보는 예술가의 눈과 손끝은 어떠해야 하는지를 처음으로 깨닫게 한 건 바로 미켈란젤로였다. 그는 오브제의 미적 포인트를 알고 있었다. 화폭에 옮긴 오브제의 생명에 점화할 수 있는, '부싯돌' 혹은 '뇌관'이 어디에 숨어있는지를 알고 있었다. 어떻게 그는 단단한 대리석에서 이토록 따스하고 생명력 넘치는 아름다움을 건져낼 수 있었을까. 누군가가 있어 그의 빛나는 눈동자와 콧구멍에 뜨거운 숨을 '훅' 불어넣으면, '다비드' 그는 어깨에 얹은 손을 내리고 달려갈 태세가 아닌가.

〈다비드〉 근처의 통로에 전시되어 있는 〈수염이 있는 노예〉, 〈잠에서 깬 노예〉, 〈젊은 노예〉, 〈아틀라스 노예〉 등 그의 미완성 작품들도 〈다비드〉의 그림자에 가려져 있긴 했지만 그에 못지않은 예술성을 지니고 있었다. 우리는 〈다비드〉로 인해 행복했고, 피렌체에서의 피로를 잊을 수 있었다.

***

〈다비드〉의 감동을 안고 피렌체의 센트로에서 돌아온 우리는 오후 내내 피에솔레를 탐색했다. 기원전 7세기 경 에트루리아 사람들이 건설했고, 정복자 로마인(기원전 1세기~기원후 5세기)들이 완성시킨 옛 도시 피에솔레. 피렌체에서 바라보면 산 위로 높이 솟은 모습이었다. 그래서 피에솔레를 '피렌체의 모체'라고들 불렀다.

피에솔레 성당. 겉으로 보기에는 로마식의 투박함이 두드러진 성당이었으나 내부에 걸린 각종 부조물들은 섬세했다. 특히 채색의 성모자상, 여러 성인상들, 천정과 벽의 프레스코화들 모두 화려했다.

성당에서 나와 둘러본 극장은 아름다운 반원형의 전통 로마식이었다. 이런 양식은 이미 터키, 그리이스, 로마 등의 폐허에서 확인한 바 있었다. 상당 부분 무너지긴 했으나, 지금도 가끔 음악회나 오페라 등의 공연에 사용될 정도로 상태는 비교적 양호한 편이었다.

공중목욕탕의 폐허를 거쳐 들른 곳은 고고학 박물관. 발굴 현장에 덮어 지은 점이 이 박물관의 특징이었다. 전시된 유물들과 함께 발굴현장까지 보여주는 효과를 거두고 있었다. 피에솔레 이전 시대의 유물들, 수백 년 전의 인골, 각종 장신구들, 도자기들, 조각품들, 그림 등등. 지금의 우리 눈에도 결코 뒤져 보이지 않는 디자인이나 색상, 편의성 등은 놀라울 정도였다.

피에솔레 고고학박물관에서 목격한 잊지 못할 사실 하나. 바로 알피에로 코스탄티니Alfiero Costantini 교수의 컬렉션이었다. 어디에 내 놓아도 손색없을 양과 질이었다. 그리이스, 그레이시아 마냐Graecia Magna, 에트루리아 등의 빛나는 세라믹들. 모두 소더비, 피렌체 등 세계 유수의 경매장에서 그가 개인 돈으로 사 모은 것들이었다. 이곳에서 출토된 것은 아니지만, 이곳에서 생산되어 세계 시장에 팔려나간 것들이었다.

세계 각지를 돌면서, 경매장을 기웃거리면서 유물 한 점을 입수하는 것이 얼마나 어려운 일인가. 그보다 더 많은 돈과 노력이 필요한 분야가 또 있을까. 힘겹게 모은 그것들을 원래 만들어진 곳에 아낌없이 기증하고 표표히 이승을 떠났을 알피에로 코스탄티니 교수. 그가 존경스러웠고, 그를 갖고 있는 이탈리아가 부러웠다. 그의 코너에서 우리는 한동안 발을 뗄 수 없었다. 돈과 지식은 어떻게 써야 하는가. 그는 말없는 큰 소리로 우리를 깨우치고 있었다.

다음 날 아침 베니스로 떠나기 전 우리는 맞은 편 산 중턱의 공동묘지를 찾았다. 최소한 한 세기 이상이나 되어 보였다. 무덤을 돌보기 위해 찾아오는 사람들이 많았다. 가족의 무덤에 꽃을 갈아주는 사람, 남편의 묘비를

도시를 찾아, 역사를 찾아

273

어루만지는 할머니, 사다리에 올라 성인의 사진을 쓰다듬으며 연신 성호를 긋는 노인 등등. 감동적인 모습들이었다. 서양인들이 보여주는 가족애가 얼마나 지극한지를 보여주는 현장이었다. 공동묘지를 주택 근처에 마련하고, 수시로 찾아와 묻힌 이들과 대화하는 사람들. 공동묘지는 오래된 무덤부터 최근의 것들까지 질서정연했다. 무덤들 모두에는 아름다운 꽃다발이 놓여 있었고, 개중엔 촛불이 켜져 있기도 했다. 우리는 '아름다운' 공동묘지를 거닐면서 새삼 죽음의 의미를 생각했다. 죽은 자를 멀리 떠나보내지 않으려는 산자들의 소망과 정성. 그건 사랑을 바탕으로 하지 않으면 불가능한 일이었다. 사랑은 삶과 죽음을 이어주는 정신적 끈이었다. 그들은 그걸 놓으려 하지 않았다. 유럽의 마을들을 지나면서 수도 없이 목격한 공동묘지. 으레 마을 한 복판이나 앞산 양지 바른 곳에 있었다. 문만 열면 보이는 곳에 묘지가 있었다. 서양인들이 지극히 현세적이고 정이 메마른 사람들이라고? 천만에. 우리가 본받아야 할 점은 바로 그것이었다.

***

'아득한 옛날부터 지금까지' 시간의 연속을 표상하는 공간들, 피렌체와 피에솔레. 과거의 자양분을 바탕으로 현실에 뿌리를 내리고 있으면서도 미래를 지향하는, 조화로운 시공이었다. 로마로부터 이어지는 고대와 중세의 현란한 아름다움이 피렌체에 와서 꽃으로 피어났음을 분명히 확인할 수 있었다.

'꽃의 도시'를 뜻하는 피렌체. 괜한 이름이 아니었음을 우리는 보고 느낀 것이다. 별처럼 빛나는 인물들이 동시대인들의 열렬한 지지 속에 역사와 문화를 창조해온 이곳에서 비로소 이탈리아의 저력을 보고야 말았다. 피에솔레와 피렌체를 가꾸어 나가는 이들의 지혜를 어떻게 익힐 수 있을 것인가. 우리에겐 버거운 문제의식이었다.

종탑에서 내려다 본 죠르지오 마기오레 성당
운하 주변에 정박중인 수상택시들

# 청록 빛 물길이 휘감아 만든 아드리아 해의 환상 공간, 베니스

1월 16일 오후3시 쯤 베니스 건너편의 메스트레Mestre에 도착, 역 근처
의 깨끗하고 조용한 호텔에 여장을 풀었다. 메스트레 역에서 베니스의 산
타루치아 역까지 10분이 채 안걸렸고, 수시로 연결되는 버스를 타면 로마
광장으로도 연결되었다. 시가지를 북동과 서남으로 양분하는 대 운하와
거미줄 같이 시내를 이어주는 소 운하들. 그 위를 쉼 없이 오가는 수상버
스와 수상택시, 그리고 곤돌라가 운송수단의 전부였다. 'Taxi' 라는 글자
가 새겨진 하얀 배들은 곳곳에 나란히 정박되어 손님들의 호출만 기다리
고 있었다. 타고 내리는 손님들로 하루 종일 붐비는 곳곳의 수상버스 정류
장들. 자동차가 없어서인가, 각박한 경적소리도 역겨운 욕설도 들려오지
않았다. 당연히 시가지의 공기는 달았다. 출렁이는 바닷물을 가르며 달리
는 수상 버스. 승객들은 대운하 양안兩岸의 멋진 건물들을 바라보며 각자
의 행선지로 향했다. 여유와 낭만. 오래도록 동경해온 모습, 베니스는 첫
눈에 반해버릴 만한 환상의 공간이었다.

　베네치아 평원에 비 이탈리아계 인도 유럽어족으로 추정되는 일단의 사
람들이 정착한 것은 기원전 2천년 경. 그 후 기원전 1세기경엔 이들 지역
을 정복한 로마인들에 의해 로마 문화가 뿌리 내리기 시작했고, 새로운 이
주민인 이들에게 '베네치안Venetian' 이란 이름이 붙은 것도 대개 이 시절

부터였다. '고귀한 사람들', '이방인들', '새로 들어온 사람들'이 '베네치안'의 뜻이었다. 'New comers' 즉 'Novi Venti'는 'Venetian'으로 바뀌었고, '베네치안이 사는 지역'이라는 뜻에서 '베네치아Venezia' 곧 '베니스Venice'란 도시명이 생겨났다고 한다.

다리로 연결되어 있긴 하지만, 기본적으로 섬의 도시인 베니스. 동서의 길이는 4260m, 남북의 길이는 2790m. 총 길이 3800m, 폭 30~70m, 평균 깊이 5m인 역 S자 모양의 대 운하가 북서에서 남동으로 도시를 관통하고 있었다. 대 운하는 도시의 남동쪽으로 빠져 나와 성 마르코 운하로 연결되며, 그로부터 남서 방향의 기우데카Giudecca 운하와도 이어진다.

철교, 리알토, 아카데미 등 세 다리는 대 운하를 가로질러 양분된 도시를 연결하며, 거미줄처럼 이어진 45개의 소 운하들도 대 운하와 함께 도시의 구석구석을 이어준다. 대략 4~5m 넓이의 소 운하들을 다닐 수 있는 운송수단은 가늘고 날렵한 곤돌라들. 아주 작은 배들을 빼곤 이것들이 관광객들을 실어 나르고 있었다. 곤돌라 사공은 다리 위를 서성거리며 관광객들을 불러 보지만, 곤돌라에 성큼 오르는 사람들이 없었다. 썰렁한 겨울 날씨 때문이리라.

기막히도록 신기한 건 소 운하들. 푸른 물 넘실대는 주택가 골목길, 그곳에 물이 없었다면 아이들이나 고양이, 강아지들이 뛰어놀고 있었을 것이다. 그러나 지금 그곳엔 고양이나 강아지들 대신 물고기들이 돌아다닐 것이다. 극성스런 강태공은 창문턱에 걸터앉아 이곳 소 운하에 낚싯대를 드리울지도 모른다.

소 운하는 대부분 '칼리Calli'로 불리는 좁고 굽은 물길. 칼리는 '캄피Campi'로 불리는 트인 공간 혹은 광장으로 연결되며[상당히 큰 공간을 '캄피'라 부르고, 작은 것을 '캄피엘리Campielli'라 부른다], 경우에 따라서는 '코르티Corti'라 부르는 막다른 골목 혹은 마당으로 연결되기도 한다. 이처럼 소 운하들은 실핏줄처럼 도시 전역에 퍼져, 집과 집 마을과 마을을 이어주고 있었다.

베니스 답사 첫날인 17일. 종일 눈발이 날렸고, 뿌연 안개는 우리의 시야를 가렸다. 화사한 햇살에 반짝이는 베니스의 물빛을 보고 싶었는데, 그건 다만 꿈으로 끝나게 될까. 시간이 흘러도 두꺼운 눈구름은 요지부동. 목도리로 점퍼 깃으로 단단히 잡아맸으나 목덜미를 파고드는 바닷바람은 마음까지 얼렸다. 차가운 날씨로 퍼렇게 질린 대운하의 환상적인 자태만이 그나마 위로가 되었달까.

육상 버스의 종점인 로마 광장 한 쪽에 수상버스 매표소와 정류장이 있었다. 꽤 여러 명의 현지인들과 관광객들이 버스를 기다리는 82번 버스 정류장 앞으로 차가운 물은 끊임없이 출렁였다. 1번과 82번 등 두 대의 수상버스가 대운하를 운행하고 있었다. 운하 곳곳에는 통나무 세 개를 묶고 등을 꽂아 만든 '작은 등대'들이 앙증스레 서 있었다. 그것들은 배들을 안전하게 지나다닐 수 있도록 도와주는 일종의 '차선'이었다. 그것들 모두를 통나무로 만들어 세운 것이 이채로웠다.

원래 베니스의 지반은 매우 무른 진흙이라 한다. 그래서 집을 지을 때 통나무들을 흙에 채워 넣어 지반을 단단하게 만들었다는 것. 그 뿐 아니었다. 지상에 주차장이 있듯, 수상 주택가 주변엔 배를 정박해두는 일종의 '주박장駐舶場(?)'이 곳곳에 서 있었다. 통나무를 세우고, 그 사이에 배를 대어 놓는 방식. 그래서 바닷물과 진흙, 통나무와 돌은 베니스를 형성한 네 가지 요소인 셈이었다. 각자의 자태를 뽐내며 즐비하게 늘어선 운하 양편의 건물들. 교회, 궁전, 시장, 박물관, 일반주택 등등, 꼭 짜인 돌집들 현관 앞까지 파란 물이 넘실거렸다. 격조 있는 아름다움으로 베니스는 과연 '아드리아 해의 여왕' 다웠다.

대운하 양안의 현란한 풍치들을 감상하던 끝에 내린 곳은 성 마르코 정류장. 성 마르코 광장은 베니스에서 가장 크고 아름답다고 한다. 그 앞엔 대성당이, 대성당 옆엔 두칼레Ducale 궁이, 두칼레 건너편엔 종탑과 마르차나Marciana 도서관이, 도서관 옆으로는 상가들이 넓은 광장을 에워싸고 있었다.

산 마르코 광장의 두칼레 궁전

두칼레 궁의 소장품들을 감상한 다음 우리는 걸어서 시가지 투어에 나섰다. 거리에 즐비한 명품 상점들. 관광객들의 눈을 유혹하는 각종 상품들이 '이쁘게' 진열되어 있었다. 세계의 유명상품들은 뱃길을 타고 여기로 모여들었다. 예로부터 유명한 국제 무역도시 베니스. 악덕 상인 '샤일록'은 이미 없지만, 베니스 상인들의 상술은 세계적으로 정평이 나 있었다. 수백 년 이어내린 전통이 큰 손상을 입지 않는 한 앞으로도 명품들의 상가는 번창하리라.

다음날 우리는 전날의 코스와 반대 방향으로 운하를 돌았다. 로마 광장 앞을 출발한 수상 버스가 지나 코스는 클라라 운하Canale S. Chiara, 스코멘제라 운하Canale Scomenzera, 기우데카 운하Canale Della Giudecca 등. 큰 바다와 연결되는 기우데카 운하의 끝, 성 죠르지오 마기오레 S. Giorgio Maggiore 섬에 내렸다. 성 죠르지오 마기오레 성당이 섬을 가득 채운 채 아름다운 모습으로 서 있었다. 팔라디오의 설계로 1565~1583년에 걸쳐 완성되었으며, 파사드가 완성된 것은 1611년이었다.

우리는 이 성당에서 참으로 진기한 만남을 체험했다. 수상버스에서 내린 건 우리 둘 뿐이었다. 성당 문을 밀고 들어가니 소박하면서도 중후한 내부가 인상적이었다. 사무실 앞에는 수백 년은 족히 되어 보이는 녹슨 천사상이 서 있었다. 나중에 알아보니 그것은 종탑의 끝에 세워진 천사상의 원본이었다. 사무실로 들어가자 노인 한 분이 반색을 한다. 돈 피에로Don Piero 신부. 연세는 70 가까이 되어 보였다. 영어는 잘 통하지 않았지만, 대뜸 나를 보고 '프로페소르...?' 하는 게 아닌가. '역사를 전공하느냐?'는 물음과 함께. 그 분은 내 직업을 어떻게 알았을까. 참으로 신기했다. 내가

'리떼라뚜르…' 하니 더욱 좋아하며 직접 엘리베이터로 안내하여 종탑의 꼭대기까지 우리와 동행했다. 엘리베이터에서 그 분은 남한에서 왔느냐고 물었다. 그렇다고 대답하자 '코뮤니스트들이 끔찍하다' 는 내용의 말씀을 덧붙였다. 말씀을 하는 표정에서 반종교적인 공산주의자들에 대한 증오가 묻어 나왔다.

한동안 베니스를 구경하고 내려가니 피에로 신부는 우리를 '외인출입금지' 구역으로 데려갔다. 그곳은 사제들이 모여 미사를 드리는 장소인 듯했다. 그 공간의 정면에 이 성당의 보물인 그림 한 폭이 걸려 있었다.

성 죠르지오 마기오레가 말을 타고 악룡의 입에 창을 꽂아 넣어 퇴치하는 그림이었다. 그 분은 우리에게 그 그림의 진품을 보여주고 싶었던 것이었다. 그림도 감동적이었지만, 외부인들이 출입할 수 없는 공간에 들어올 수 있게 해준 그 분의 친절이 더욱 감동적이었다.

성 죠르지오 마기오레 성당으로부터 성 마르코 선착장을 거쳐 다시 시가지 투어에 나섰다. 어제와 달리 눈은 그쳤지만, 잔뜩 흐린 날씨는 여전했다. 천천히 거리를 걸으며 수백 년 간 습기 찬 이 땅에서 번영을 이루어 온 사람들의 삶을 상상해 보았다. 인간에게 주어지는 삶의 모습은 천차만별이지만, 이곳 사람들은 그 중에서도 별난 삶을 살고 있다는 결론을 내리게 되었다. 여행의 막바지. 별난 곳에 와서 좋은 만남을 갖게 된 점, 그것에 대해 특히 감사하기로 했다. 베니스는 특별한 추억의 한 장으로 남을 것이다.


⟨이탈리아를 떠나며⟩

베니스를 끝으로 3주에 걸친 이탈리아 여행도 끝이 났다. 베니스로부터 프랑스 남부에 이르는 동안 토리노, 밀라노 등 그냥 지나치기 어려운 곳들도 있었지만, 더 이상의 욕심을 접기로 했다. 예정된 시간이 얼마 남지 않았기 때문이었다.

이탈리아는 로마 문명의 전시장이었다. 로마인들이 주변지역으로 영역

발굴 중인 피에솔레의 폐허

을 확대해 나가다
결국 이탈리아의 탈
을 뒤집어 쓴 것. 그
러니까 지금도 이탈
리아의 내용은 로마
다. 우리는 로마에
가서 로마를 찾으려
했다. 그러나 보이
는 건 폐허뿐이었
다. 로마에 오기 전

우리가 만난 옛 도시들도 모두 폐허뿐이었다. 폐허로 남아있는 그 도시들
대부분이 로마인들의 작품이었다.

폐허는 성충成蟲이 날아가고 남은 매미 애벌레 껍질이나 잠자리 애벌레
껍질과 같았다. 매미나 잠자리는 지금 멋진 모습으로 날고 있지만, 그들이
남긴 애벌레의 껍질들은 어떤가? 생명이 모두 사라진 건조한 물체일 뿐이
다. 그러나 겉으론 생명이 소멸된 것처럼 보이지만, 정녕 그것들이 생명과
관련하여 아무런 의미도 갖지 못하는 것일까. 아니다. 애벌레가 껍질을 남
기지 않는다면 어떻게 그 멋진 매미와 잠자리가 태어날 수 있을까.

로마문명도 그랬다. 지금은 모두 폐허로 전락한 듯한 로마문명. 매미나
잠자리 애벌레의 말라버린 껍질과 같은 존재가 바로 로마문명이다. 로마
문명은 지금 세계를 주름잡는 영미문화의 토대를 형성했고, 전 세계 기독
교 문화의 뼈대를 이룩하지 않았는가. 마치 애벌레의 건조한 껍질을 박차
고 나온 '멋진 매미'처럼 유럽 문화는 그들의 위용을 세계에 과시하고 있
지 않은가.

트리어에서도, 에페소에서도, 코린트에서도, 폼페이에서도, 오르비에또
에서도, 아씨시에서도, 피에솔레에서도 로마문명은 당당한 주인이었다.
이탈리아는 로마문명의 밭. 로마문명의 씨앗으로 싹 트고 꽃 피고 열매 맺

었기 때문이다. 그래서 우리는 폐허를 문명사 진행 과정의 아름다운 '대사작용代謝作用' 혹은 그 결과물로 보고자 한다. 말하자면 문명사의 신진대사 작용, 그 노폐물로 남은 것이 지금 보는 폐허들이라고 한다면 좀 지나친가.

그래서 여름날 아침 이슬에 젖은 한 마리 매미의 껍질을 바라보며 새로운 삶을 상상하고 노래하듯, 이제부터 우리는 그 폐허들을 사랑하기로 했다. 에페소의 돌덩이들을 보면서, 로마 공회장의 부러진 돌기둥들을 보면서 가졌던 허무감은 이제 청산하고 그 자체가 생명의 증거물일 수 있음을 인정하고자 한다. 욕망과 허무. 이 두 명제는 유럽여행에 나서면서 우리가 굳게 지니고 있던 의식의 틀이었다. 그러나 지금 그 명제를 '진실과 희망'으로 바꾸고자 한다.

그리이스의 파트라 항에서 배를 타고 아드리아 해를 건너 이탈리아의 바리 항에 도착한 날은 1월 1일. 입국심사를 받기 위해 부두에서 만난 이탈리아 경찰은 우리에게 도둑을 조심하고 차 문을 잘 잠그고 다니라는 당부까지 했다. 경찰관이 외국인에게 자국민을 조심하라는 주의까지 줄 정도로 엉망인 나라가 이탈리아였다.

위대한 로마문명의 주인공들, 그리고 못난 후손들. 그러나 로마문명은 분명 이탈리아만의 것은 아니다. '모든 길은 로마로 통한다'는 말은 로마문명의 보편성과 우수성을 뜻한다. 이탈리아가 로마는 아니지만, 이탈리아의 몇몇 도시들에서 로마문명의 보편성과 우수성을 확인할 수 있었다.

# 유럽여행과 먹거리

'금강산도 식후경' 이란 우리네 속담이 있다. '아무리 좋은 구경꺼리라 해도 배고프면 소용없다' 는 것이 그 1차적 의미이리라. 이것만큼 해외여행 자들에게 절실하게 들어맞는 속담이 있을까.

나는 적어도 음식에 있어서만은 코스모폴리탄임을 자처해왔다. 그도 그 럴 것이 그 끔찍한 중국에 십 수 일씩 대여섯 차례를 다녀왔건만, 음식으로 고생한 적은 없었다. 중국인의 요리에 필수적으로 들어가는 '향채香菜' 도 무난히 사귀었으니 내 먹성이 얼마나 좋은지는 짐작들 하시고도 남으리라. 그 뿐인가. 학생들과 메콩강 델타지역의 베트남 오지로 봉사활동을 나가서도 다른 사람들은 비장秘藏해간 고추장으로 근근이 연명할 때 나는 보란 듯이 그 지역의 음식을 즐긴 바 있었다.

그러나 이번 여행은 좀 달랐다. 고국으로부터 한 시간 남짓 날아간 이웃 중국이나 대여섯 시간 남짓 걸린 베트남과 비교할 수도 없이 먼 길을 날아온 유럽이 같을 순 없을 터. 참으로 음식문제가 고달팠다.

대개 아침은 숙소에서 제공하는데, 빵과 버터, 치즈, 차(혹은 커피), 주스, 우유 등으로 모든 나라가 거의 동일했다. 얼마나 아름답게 식탁을 꾸미는가, 계란 반숙이나 요구르트 등 후식이 나오는가의 여부에 약간씩 차이가 있을 뿐이었다. 물론 좀 더 나은 등급의 호텔이 그보다 못한 곳보다

낫고, 동유럽보다는 서
유럽의 식탁이 나은 점
은 있었다.

음식의 화려함이나
맛으로 잊지 못할 곳은
이스탄불의 베스트웨스
턴 호텔. 이곳은 아침식
사가 좋기로 여행자들
사이에서 정평이 나 있

보스포러스 크루즈 도중 상륙하여 점심을 먹은 살리에르의 한 식당

는 곳이었다. 다양하고 맛있는 터키의 빵도 빵이려니와 집에서 만드는 다양
한 잼, 우유, 요구르트, 과일, 케익, 주스, 심지어 천연 로열제리까지 갖추
어 놓고 있었다. 일부 주변 호텔들에서도 자신들의 투숙객들을 이곳에 보
내 아침을 해결할 정도였다. 그 나머지 나라들이나 숙소들은 대개 '거기서
거기'였다.

그렇게 아침을 해결하고 나면 점심과 저녁이 문제였다. 이곳저곳 들르
다 보면 점심은 때를 넘기기가 일쑤. 숙소를 정하면 들어가 짐을 풀고 나
서 저녁을 해결해야 했다. 왜 외국인들이 샌드위치나 빵 쪽들을 씹으며 거
리를 돌아다니는지 비로소 이해가 되었다.

\*\*\*

헤르만 헤세의 고향 칼브의 거리. 점심을 해결하기 위해 마트와 붙어있
는 대형 식당엘 들어갔다. 음식이 괜찮은지 사람들이 바글거렸다. 들어가
는 순간 진열된 음식들 가운데 불에 구운 통돼지 한 마리가 눈에 뜨였다.
노릇하게 익은 돼지고기를 보는 순간 침이 꼴깍 넘어갔다. '고놈'을 달라
고 하자, 종업원은 긴 칼로 쓱싹 한 조각을 자르더니 갈라놓은 빵에 넣어
주는 것이었다. 씹어보니 별미였다. 비로소 우리는 입맛에 맞는 음식을 발
견하게 되었다. 간도 맞고 약간 질깃하게 씹히는 돼지고기의 고소한 맛이
일품이었다. 값도 쌌다. 밖에 비는 내리고, 쌀쌀한 바람이 살갗을 파고드

도시를 찾아, 역사를 찾아

는 날씨. 뜨겁게 데운 글뤼바인 한 잔과 돼지 바비큐를 넣은 빵 한 조각은 잊지 못할 맛의 추억으로 남게 되었다. 그 뒤로 종종 이 음식을 애용한 것은 물론이다.

터키에 오니 빵이 일품이었다. 때만 되면 어른 아이 할 것 없이 베개만한 빵들을 안고 다녔다. 한 끼 식사를 위해 갓 구어 낸 것들을 사가는 것이리라. 가게에는 그 빵들이 그득그득 쌓여 있었다. 어른들의 심부름으로 빵을 한 자루씩이나 사가는 아이들. 그 사이를 참지 못해 한 쪽씩 떼어 먹으며 걸어가는 녀석들을 바라보는 재미도 쏠쏠했다. 참으로 맛있는 빵을 먹고 사는 터키인들. 바삭하고 부드러우며 고소한 맛이 일품이었다. 베개만한 빵 하나를 먹고 나서도 배가 더부룩해지거나 소화가 안 되는 등 뒤끝 안 좋은 경우가 전혀 없었다. 먹고 돌아서면 또 빵 생각이 났다. 재료도 재료이려니와 터키인들의 빵 굽는 기술과 전통은 놀라울 정도였다. 오죽하면 사람들이 '열흘 지난 터키 빵이 갓 구운 그리이스 빵보다 훨씬 맛있다'고 하겠는가.

터키 이즈미르의 카디페칼레 유적지에서 갓 구어낸 빵으로 시장기를 달래며...

찬양과 비판이 반반인 고등어 케밥도 우리에겐 일품이었다. 막 잡아온 고등어를 그릴에 익혀 다진 야채와 함께 길쭉한 빵에 싸주는 고등어 케밥. 간간한 고등어의 간이 우리 입맛엔 절묘하게 들어맞았다. 물론 값도 저렴했다.

돌아본 나라들 가운데 터키 음식이 우리 입맛에 가장 근사치로 들어맞았다. 시장을 돌아다니다가 고추장 비슷한 것을 발견한 것도 터키였다. 하도 신기하여 한참 동안 통 안을 들여다보고 있으려니, 주인아저씨가 나와서 손가락으로 찍어 권한다. 맛보라는 것이었다. 낼름 혀를 내밀어 맛을 보니 영락없이 맵고 칼칼한 고추장이었다. 물론 우리처럼 메주를 빚어 만든 것은 아니고, 으깬 고추를 발효시킨 데 불과했지만. 풍미는 우리의 고추장에 가까웠다. 무엇보다 손가락으로 찍어 맛보라는 아저씨의 동작이 우리네 시장 통의 아줌마들과 똑 같아서 정겨웠다. 서유럽에서는 도저히 상상도 할 수 없는 일. 그래서 터키의 정서가 우리와 통한다고들 말하는 걸까.

터키 다음으론 이탈리아가 그나마 나았다. 이미 세계의 음식으로 보급된 피자와 파스타 덕분이었다. 바쁜 점심시간. 저렴한 값의 피자 세트 하나면 충분했다. 화덕에 막 구어 낸 이탈리아 피자의 바삭하고 고소한 맛은 무엇보다 매력적이었다.

이탈리아 식당에서 발견한 '해물 파스타' 또한 일품이었다. 홍합이나 새우 등 해물을 얹은 파스타. 거기에 고추기름이나 고춧가루로 매콤한 맛만 더하면 한국인에겐 최고의 요리였다. 이탈리아 맥주 한 잔과 해물 파스타 한 접시가 오랜만에 입 안의 근지러움을 해결해 주었다.

***

운수雲水처럼 떠도는 여행자들이 어디 한 군데 참하게 앉아 마음껏 입맛을 즐길 수 있으랴. 더구나 얄팍한 호주머니를 생각하면 비싼 음식들을 덥석 사 먹을 수도 없다. 흔히 여행을 하면 현지의 전통적인 음식을 맛보라고들 말한다. 그러나 식당에 가보라. 꼬부랑글씨로 그득 적혀 있는 수십 가지의 메뉴들. 영어 한 마디 안 통하는 종업원들이니, 맛이 어떤지를 어떻게 물어볼 것이며, 무엇을 재료로 만드는지를 어떻게 물어본단 말인가.

그러니 '만만한 게 콩떡'이라고, 우리의 눈과 귀에 익은 것들만 시켜먹을 따름이다. 우리는 유럽에 오기 전 읽은 기행문들을 통해 그들이 맛있다고 추천한 음식들을 적어왔다. 그러나 와서 먹어보니 '별로'였다. 왜 그럴까. 그들이 거짓말을 한 걸까. 아니다. 적어도 그 순간 그곳에서 그 음식은 그들에게 '최고'였을 것이다.

혹시 '임절미(인절미의 원래 이름이라하나 정확한 것은 모른다)'와 '도루묵'의 고사를 아시는지. 조선시대 인조가 이괄의 난을 피해 공주로 몽진했을 적의 일. 임금이 피난 와 있으니 그곳 토호들이 얼마나 신경을 썼겠는가. 그래서 떡을 해다 바치고, 금강에서 고기를 잡아다 바친 모양이다. 왕이라지만 도망 쳐 온 신세에 찬 밥 더운밥 가릴 형편은 아니었을 테고.

허겁지겁 먹어보니 맛이 그만이었다. 그 때부터 '임씨네가 만들어다 준 기막힌 맛'이라 하여 그 떡 이름이 '임절미'가 되었고, 지금은 인절미로 불린다 한다.

문제는 도루묵. '도루메기'라고도 불리는 그 물고기를 먹어본 임금. 기가 막히도록 맛이 좋았다. 난이 그치고 도성에 돌아온 뒤, 그는 그 물고기의 맛을 잊을 수가 없었다. 그래서 그 물고기를 가져오게 하여 다시 먹어본즉 예전의 그 맛이 아니었다. 임금은 '도로 갖다 버리라!' 했고, 그래서 '도루묵' 혹은 '도루메기'의 이름이 붙었다 한다.

음식이란 바로 그런 것이다. 배낭을 지고 다니다 보면 때를 넘기기 일쑤다. 배는 고프고 호주머니는 얄팍한데 어디 판을 벌이고 앉아 '거한 음식'을 먹을 수 있으리. 그 순간 눈에 보이는 게 최고의 음식일 수밖에 없다. '여행자들이 추천하는 음식을 굳이 찾아가 먹는 사람은 바보'라는 말도 그래서 나왔을 것이다.

*** 

긴 유럽 여행의 막바지. 다시 프랑스로 돌아왔다. 이곳에서 '까르푸'란 대형 마트에 들를 기회가 가끔 있다. 미국의 대형 마트들과 달라 이곳엔 온갖 음식들이 완전 조리 혹은 '반조리半調理 상태로 진열되어 있다. 놀라운 것은 얌전하게 두 발을 가슴에 올려붙이고 실로 동동 묶인 채 오그리고 있는 생닭도, 다리살·가슴살 등을 분리하여 포장해놓은 것도 있다. 음식의 천국인 우리나라에서라면 전자는 삼계탕이나 통닭구이용으로, 후자는 프라이드치킨용으로 적절히 쓰일 만 한 것들이다. 그 뿐이랴! 매장을 둘러보니 감자며 양파며 상치·파·마늘까지 없는 게 없다. 한 쪽에는 횟감으로 제격인 물고기들도 펄펄 살아서 뛰고 있다.

그러고 보면 음식에 있어서만큼은 '단순무식한' 미국인들(미국인들에겐 미안!) 보다 유럽 사람들은 얼마나 섬세하고 민감한가. 대충 우리의 수준을 위협하는 점이 없지 않다. 그러나 유럽인들 역시 조리에 있어선 우리를 따라 오려면 아직 멀었지. 그들도 분명 이 멋진 물고기들을 사다가 '엉망으로'‸ 만들어 먹을 것이다.

메어스부르크에서의 일이다. 그곳만의 음식을 먹어보라는 누군가의 말만 듣고, 보덴호숫가의 레스토랑엘 갔다. 큰 맘 먹고 그곳 호수에서 잡았다는 물고기 요리를 시켰다. 멋지게 생긴 물고기였다. 잠시 후 정체불명의 양념을 누르팅팅하게 끼얹어 내온 요리를 보는 순간, 아차 싶었다. 한 입 먹어보곤 절망했다. 세상에, 귀한 물고기를 이렇게도 맛없이 요리하다니! 곱게 회를 쳤더라면, 아니 그것까진 바라지 않더라도 소금 살살 뿌려 노릇노릇 굽거나 칼집 살살 낸 뒤 갖은 양념을 치고 살짝 쪄냈더라면 얼마나 맛있었을까. 그들이 내온 요리는 참으로 그 물고기에 대한 예의가 아니었다.

*** 

갈수록 몸부림치는 우리의 후각과 미각. 이제 고국으로 돌아갈 시간이 가까워졌다는 신호이리라. 갈수록 고국의 향기가 그리워지고, 혀를 감아도는 '우리의 맛'이 절실해진다. 바로 그거였다. 미각은 지문보다 더 정확하다는 누군가의 말처럼 어딜 가도 따라다니는 음식의 속박으로부터 우리가 어떻게 자유로울 수 있는가.

따뜻한 불판에 몇 점의 삼겹살을 올려놓고 맘에 맞는 친구들과 소주잔을 부딪치는 일. 단골 횟집에 들러 굵직하게 썬 막회 몇 점과 대포 한 잔으로 삶의 애환을 삭이는 일. 화덕 위의 불판에 척 올려붙인 빈대떡이 지글지글 익어가는 소리를 들으며 막걸리 통을 기울이는 일. 이보다 더 즐겁고 소중한 일이 어디에 있을까.

손님은 많아도 쥐 죽은 듯이 조용한 유럽의 레스토랑. 그곳에 앉아 소화불량에 걸릴 만큼 말소리를 낮추어가며, '위하여!'를 외치고 있을 고국의 내 소중한 친구들을 그려본다.

고국의 음식과 술맛, 그리고 친구들과의 변함없는 우정을 위하여!!!

석양무렵의 마차시교회

2 선을 찾아, 인간을 찾아

슈테판 대성당

# 몽마르뜨Montmartre, 그 성聖과 속俗의 향연

　파리는 산이 없는 평원의 도시였다. 기껏 높은 지대라야 몽마르뜨와 신도시가 조성된 라데빵스 정도를 꼽을 수 있었다. 몽마르뜨는 해발 130m 정도의 높이로 산이라 할 수는 없고, 꽤 큰 언덕 정도로 보는 것이 정확했다. 몽마르뜨의 어원에 대해서는 이설들이 있지만, 순교자의 언덕Mon des Martyrs으로 보는 것이 현재로서는 가장 합리적인 듯하다. 몽마르뜨는 말하자면 파리의 배꼽으로서 하늘과 교감하기 위한 제단이 놓일 만한 곳이었다. 다시 말하면 이 지역을 대표하는 사원이 세워질 가능성이 가장 큰 곳이라는 말이다. 그곳에 샤끄레 꾀르Sacre Coeur성당이 있었다. 숙소와 가까운 지하철 8번 끄레뗄Creteil-Prefecture역에서 출발, 리퍼블릭 Republique 역에서 11번으로 갈아탄 다음 두 정거장 째 벨레빌Belleville 역에서 다시 2호선으로 갈아타고 앙브르Anvers 역에 내리니 바로 몽마르뜨가 눈앞에 펼쳐졌다.

＊＊＊

　하늘을 부드럽게 받치며 솟아 있는 덕성스러운 돔이 바로 그 언덕 위에 서 있었다. 샤끄레 꾀르 성당. 여행자들 모두 순례자의 경건함으로 무장한 채 말 없이 언덕을 오르고 있었다. 햇살은 사정없이 내려 꽂히고, 성당의 순백색은 우리의 눈을 부시게 했다. 성당 앞에 이르러 내려다 본 파리 시내. 내가 아니라 바로 이 성당이 파리를 굽어보고 있는 것이었다. 그러고 보면 샤끄레 꾀르 성당이야말로 파리 시민들의 기원을 모아 하늘에 호소하고 하늘의 답을 얻어 파리의 시민들에게 들려주는 '자애로운' 사제나 부모의 모습이었다. 그런 점에서 첨탑이 하늘을 찌를 듯 하는 파리와 샤르뜨르의 노뜨르담 대성당들과는 분명 느낌이 달랐다. 조성된 시대가 다르니 같은 모습과 성격일 수 없는 것이 당연하지만, 스테인드 글라스 대신 모자이크로 장식한 내부의 모습이나 수녀님들이 대상臺上에 일렬로 늘어서서 미사에 참예하는 모습 등이 다른 성당과 분명한 차이라고 할 수 있을까. 어쨌든 이채로운 점이 많은 성당이었다.

***

몽마르뜨 언덕을 대표하는 또 하나의 존재는 거리의 화가들이었다. 우린 화가의 거리를 찾아 그들의 붓놀림을 유심히 바라보았다. 눈길이 마주치는 화가마다 초상화를 그려주겠다고 덤벼들더라만, 이 얼굴, 이 모습을 몽마르뜨 화가의 솜씨로 남겨놓은들 무엇하리. 도망치듯 그곳을 빠져나온 건 세속인들의 욕망으로 샤끄레 꾀르 성당의 감동을 무디게 할 수 없다는 일념 때문이었다. 언덕 아래쪽에서 실로 꼬아 만든 손목걸이를 강매하는 흑인들의 억지 또한 듣던 대로였다. 그들로부터 벗어나는 일도 쉽지는 않았다. 그곳에서 만나는 프랑스인들이 우리의 얼굴을 보고는 일본인으로 오해하는 것도 짜증나는 일들 가운데 하나였다. 그러나 좋든 싫든 이 모든 것들이 몽마르뜨의 명물인 걸 어쩌랴!

파리 시내 어디에서도 바라보이는 몽마르뜨의 샤끄레 꾀르 성당. 파리지앵들은 이 성당의 둥근 지붕을 바라보며 세속적 일상에서 묻은 때를 정화시킬 것이다. 정화된 자아만이 모든 세상일들을 원칙과 공리로 처리할 수 있게 하는 원동력이다. 그래서 성과 속이 적절하게 배합되어 이루어진 몽마르뜨의 이미지는 오늘도 많은 사람들에게 큰 기쁨과 희망을 주고 있는지 모른다.

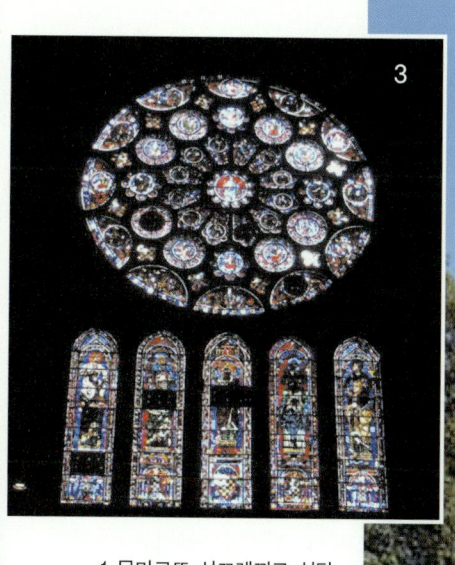

1 몽마르뜨 샤끄레꾀르 성당
2 샤르뜨르 대성당의 전경
3 샤르뜨르 대성당의 장미문양
   스테인드 글라스

# 내 안의 신기神氣를 자극한 노뜨르담 대성당

우리는 센강의 시테섬과 생루이섬으로부터 파리 탐사를 시작했다. 장대한 역사의 현장. 지하철 1호선 샤틀레 역에 내려 콩시에르주리 · 대법원 · 생트샤펠 성당 등을 찾았다. 혁명 시기 공포의 공간이었던 콩시에르주리는 멋진 외관을 갖추고 있었다. 그러나 이곳은 단두대(지금의 콩코르드 광장으로 바뀐 곳)로 가는 출발지였다. 이곳에서 단두대로 보내진 인물들은 마리 앙투와넷, 샬롯 코르데, 로베스피에르 등 2600여명이나 되었다. 그 옆이 대법원, 그 옆이 생트 샤펠 성당이다. 신앙 깊은 루이 9세가 세운 생트 샤펠. 아름다운 스테인드 글라스는 숨이 막힐 정도였다. 시종들과 서민들이 예배를 보던 아래층과 왕공귀족들이 사용하던 위층으로 나누어진 두 예배실이 특이했다. 신 앞에서 인간은 모두 평등하다던 진리의 세속적 개정판을 이곳에서 확인할 수 있었다.

생트샤펠에서 경찰청을 지나 드디어 노뜨르담 대성당을 만났다. 나그네에게 신선한 충격으로 다가오는 정면의 장미문양, 그리고 그 아래 세 개의 문(성모의 문/최후 심판의 문/성 안나의 문). 1163년 대주교 쉴리에 의해 착공된 공사가 1320년에 끝났으니 무려 200년이나 소요된 대 역사였다. 미국은 200년의 역사를 갖고 있으나, 프랑스는 200년 걸려 성당 하나를 완성한 것이다. 유럽인들 특히 프랑스인들이 미국을 깔보는 데는 이런 이

노뜨르담 대성당의 아름다운 뒷 모습

유도 있으리라.

　그 성당 안에서 우리는 신의 존재를 느꼈다. 성모상 앞에 무릎 꿇고 성호를 긋는 낯선 외국인들. 촛불을 켜들고 기도하는 서양인들. 그들의 모습이 '우리 안의 신기神氣'를 자극한 것이다. 미사에 참여하여 외국인 신부들로부터 영성체를 받는 이방인들의 진지한 모습은 왜 그리도 감동적인가. 우리는 예술의 나라에 와서 그 속에 숨 쉬는 신의 모습을 분명히 보았다.

　아내는 미사에 참여했고, 나는 주변을 서성이며 그 분위기에 취해 있었다. 밀려들어오고 밀려 나가는 외국 관광객들은 노뜨르담에 서린 신의 은총을 갈망하고 있었다. 호기심과 환희, 안식의 복잡한 표정들이 그득한 노뜨르담에서 우리 또한 희열의 순간을 맛볼 수 있었다.

# 우연이 선사한 즐거움과 감동, 샤르뜨르 대성당

차를 몰고 A86 도로를 신나게 달렸다. 루아르강 고성 지대를 탐사하러 가는 길. 그러나 중간에 길을 잘못 들었다. 엉뚱한 길이 나왔다. 지도를 아무리 살펴도 A10은 연결되지 않았다. 하는 수 없이 새로운 대상을 물색했다. 지도에 샤르뜨르 대성당이 선명하게 표기되어 있다. '꿩 대신 닭'이란 그럴 때 써먹으라고 있는 말이었다. 고속도로를 벗어나 그리로 머리를 돌렸다.

국도변의 아름다운 경치. 그림같이 아기자기한 집들이 작은 마을들을 이루어 넓은 평원의 요소마다 박혀 있었다. 자연 속에도 꽃들은 지천으로 피어있는데, 집집마다 꽃밭을 가꾸고, 마을 어귀마다 어김없이 만들어져 있는 로터리에도 다양한 꽃들이 화려함을 자랑하고 있었다. 교각에는 꽃바구니들이 내걸려 있고, 공동주택의 발코니에도 꽃바구니는 영락없이 걸려 있었다. 프랑스 시골마을들은 한 마디로 '꽃 대궐들'이었다. 그런 즐거움이 운전의 고단함을 달래줬다.

두어 시간의 운전 끝에 멀리 언덕 너머로 첨탑 두 개가 아련히 보이기 시작했다. 휘파람 불며 찾아간 작은 마을. 마을 이름은 샤르뜨르Chartres였다. 파리 남서쪽 90km 지점. 사람들에게 샤르뜨르 대성당으로 불리지만 정식 명칭은 노뜨르담 대성당으로 파리의 것과 같았다. 숨이 막혔다.

번잡한 파리의 노뜨르담 대성당에서 느낀 것과 다른 차원의 고적함이 우리를 감쌌다. 로댕은 '프랑스의 아크로폴리스'라 찬양했다지만, 내겐 그와 다른 숭고미를 지닌 감동의 전당이었다.

추정에 의하면 이 성당의 역사는 4세기 때 로마황제 테오도시우스 시절로 거슬러 올라간다. 그러나 12~13세기에 지어진 건물 중심부로부터 현재의 건물은 시작된다고 보는 것이 정설이었다. 오른쪽 탑(아내는 석가탑과 같은 분위기라 했음)은 옛날의 종루로서 1145~1170년에 세워진 로마네스크 양식이며 다소 복잡한 모양의 왼쪽 탑(아내는 다보탑과 같은 분위기라 했음)은 16세기에 재건된 고딕양식으로 신 종루였다. 세 개의 정문은 1145년에, 그 위쪽의 로마네스크 양식의 창문은 1150년에 각각 만든 것으로 구약성서의 내용과 예수 탄생과 처형 등의 장면이 부조되어 있었고, 장미문양이 크게 새겨져 있었다. 세 개의 문이나 장미문양 등의 배치는 파리의 노뜨르담 대성당과 일치했다.

성당 안은 어두웠으나 정교함의 극치를 보여주고 있었다. 장미문양이나 각종 성서 이야기를 소재로 한 각종 형태의 스테인드 글라스만이 어둠 속에서 유일하게 푸른빛을 발하고 있었다. 지하에는 순교자들이 머물렀던 로마네스크 양식의 예배당도 있었다.

***

엄청난 크기의 돌들을 '자유자재로' 빚어 극진한 종교의 세계를 표상한 샤르뜨르 대성당. 내겐 신이 빚어낸 인간의 예술품으로 보였다. 화려하고 거대하되 속되지 않고, 다양하되 시끄럽지 않은 샤르뜨르는 인간이 만들어낸 신앙적 구조물의 걸작이었다.

여기서도 우리는 신을 만날 수 있었다.

아헨 대성당 광장의 음수대

# 아헨 대성당의 동양적 풍미

아헨 대성당 내부의 성모자상

　9월 18일 일요일, 쾌청. 아헨 시내의 대성당을 찾았다. 사실 독일의 유서 깊은 도시들 가운데 아헨을 선택한 것은 대성당 때문이었다. 아헨의 대성당을 보는 것이 유럽 여행의 포인트들 가운데 하나였다. 숭실대의 교무처장을 맡고 있는 이정진 교수는 말해 주었다. 아헨 대성낭의 성모와 예수는 흡사 관음보살과 같은 표정을 하고 있다고. 과연 그럴까. 그렇다면 그 이유는 무엇일까. 성당에 가서 확인하고 싶었다.

　아헨 대성당은 과연 웅장하면서도 어떤 비밀을 간직한 듯 했다. 각각 다른 양식을 보여주는 세 건물들 가운데 핵심은 중앙의 돔이었다. 이 건물은 카를 대제의 궁정 예배당으로서 바로크식의 여덟 개 이파리 부분으로 둘러싸여 있었다. 805년에 완성되어 성모에게 봉헌된 이 예배당 건물(옥타곤)은 라벤나의 성 비탈레San Vitale, 비잔티움의 세르기오Sergios와 바코스Bacchos 등 각지에 건축된 기존의 교회 양식들로부터 영향을 받은 것이었다.

　원과 사각형의 중간에 해당하는 팔각형의 건축물은 예로부터 완전함의 상징이었다. 시작과 끝이 없는 원은 하늘의 영원성을, 네 모퉁이를 가진 사각형은 지구를 각각 상징하는 것으로 이해할 수 있을까. 열린 마음으로 기독교 정신을 수용한 카를 대제. 이처럼 장대한 신의 저택(즉 대성당)을

아헨 대성당의 아름다운 모습

아헨 대성당 앞에서 마주친 거리의 악사들

지었고 금과 은으로 장식했으며 많은 샹들리에와 청동의 문과 장식들로 내부를 꾸민 그의 뜻은 과연 어디에 있었던 것일까.

중앙 예배당 왼쪽의 고딕 건축물은 카를 대제 서거 600주기인 1414년 1월 28일 시작된 이후 60여년에 걸쳐 완성되었으니, 옥타곤과의 시차는 6세기가 넘는다. 오른쪽 건물은 신 고딕 양식으로서 대성당의 첫 부분을 구성하는 궁정 예배당의 서쪽 날개로 건축된 것이다.

이처럼 각각 다른 세 양식이 완벽하게 조화를 이룬 모습을 보여주는 아헨 대성당. 1978년 유네스코로부터 세계문화유산으로 인정받았다는 표석이 성당의 벽면에 붙어 있지만, 어찌 그것만으로 이 성당이 갖고 있는 특징을 전부 드러냈다고 할 수 있을까.

우리는 성당 내부에서 특이한 점을 느낄 수 있었다. 부처나 불교수행자들과 흡사한 모습을 하고 있는 예수님의 두 손이나 손가락, 두 손을 위로 치켜 든 예수고상, 성모자상의 얼굴 형태, 성당 입구에 전시된 연꽃 모양의 보물 등등. 다른 성당들에서 볼 수 없는 모양과 분위기를 이 성당은 전체적으로 풍기고 있었다. 예수나 성모 등의 형상에서 동양적인 면모를 찾아볼 수 있었다면 우리의 잘못된 관찰이었을까. 어쨌든 다른 성당과는 구별되는 분위기를 아헨의 대성당에서 느낄 수 있었고, 그것을 동·서 교류의 한 단서로 수용할 수는 없을까 하는 것이 우리의 짧은 생각이었다.

서유럽의 성당에서 찾아낸 동양적 풍미. 과연 그 타당성을 인정받을 수 있을지 알 수 없었다.

# 아, 쾰른 대성당!

아헨을 떠나 쾰른에 도착한 9월 19일 석양 무렵, 우리는 대성당을 찾았다. 대단한 위용. 왜 여기에 산이 솟아 있단 말인가. 나는 그 위엄에 압도되어 할 말을 잊고 말았다. 저것이 인간의 작품이란 말인가. 하늘 높이 솟아오른 두 개의 첨탑, 높이 157m. 성당 앞 광장엔 실물대의 첨탑 끝 부분을 모형으로 만들어 설치해 놓았다. 사람들에게 이 성당의 크기를 상상해보란 의도일 것이다. 그것만 해도 높이 9.5m, 폭 4.6m이니 성당 전체의 크기가 얼마나 될지는 상상해 보시라.

칸트는 거대한 산 앞에서 인간이 갖게 되는 미감을 숭고라고 했다. 거대한 산 앞에 선 착각이 들었다. 세상을 덮어 누르는 난폭함이 아니라, 세상을 덮는 사랑과 권능의 미학적 결정체였다. 비장을 동반하지 않는 숭고는 없다고 미학자들은 말하지만, 난 쾰른의 대성당에서 엄청난 크기의 무게로 내 영혼을 고양시키는 숭고의 미적 본질을 발견했다.

그렇다면 1248년에 이 성당을 착공한 사람들의 의도는 무엇이었을까. 우리는 파리의 노뜨르담 사원을 필두로 여러 곳에서 역사적으로 이름 난 성당들을 거치면서 규모나 정교함의 극치를 목격해왔다. 그러나 우리가 본 어느 것도 인간이 만든 것이라고 할 만한 게 없었다. 신 자신 혹은 신의 부름을 받고 신의 권능을 부여받은 명장名匠들이 아니라면 도저히 이룰 수

밤에 본 쾰른 대성당 ▲
쾰른 대성당 내부의 성화 ▶
쾰른 대성당 스테인드 글라스 ◀

없는 기념물들이었다. 세상을 뒤덮을만한 신의 사랑과 권능을 그렇게 표현하려 했을까. 그렇다면 그 의도는 일단 성공한 것으로 보아야 할 것이다. 그럼에도 불구하고 세상은 증오, 갈등, 투쟁의 소용돌이에서 한 번도 벗어나 본 적이 없지 않은가.

축조가 시작된 직후부터 300여 년 간 건축이 중단되었고, 갖은 우여곡절 끝에 1880년에 완공이 되었으니 사실상 이 성당의 완공에는 시작으로부터 600년이 넘는 세월이 걸린 셈이다. 잦은 전쟁과 기근이 바로 그 이유였으리라. 완공까지 200년이 소요된 파리의 노뜨르담보다 세 배가 넘는 시간이 소요된 것이다. 지금까지 보아온 상당수의 성당들은 짓는데만 수백 년의 기간이 걸렸는데, 이 경우 시간의 길이는 인간의 정신적 깊이와 비례한다고 보면 정확할까.

그 단단한 돌들을 모두 어디서 가져왔으며, 무슨 재주로 이처럼 떡 주무르듯 할 수 있었단 말인가. 지상 157m라면 지금 건물로 50층이 넘는 높이다. 크레인 등 온갖 현대식 장비들을 동원해서 짓는다 해도 저렇듯 높게 지을 수 있으며, 이처럼 오래도록 건디는 건물을 지을 수 있단 말인가. 그 정교한 돌조각들은 과연 어떻게 붙여나갈 수 있었을까. 의문은 꼬리를 물었고, 종당엔 대답이 필요 없는 숭고의 경지로 이어졌다.

성당에 들어서자마자 성 바오로와 베드로의 조각상이 우리를 압도했다. 성당 내부 왼쪽 클라라의 제단에는 예수님의 생애가 그려져 있었으며, 3면의 창들에는 갖가지 그림들을 형상한 스테인드글라스가 화려했다. 십자가에 못 박히신 예수님의 시신을 안고 있는 막달라 마리아 등 지인들의 슬픈 표정을 그린 성화 앞에는 수백 년 전의 육필 사경寫經 원고가 보는 이들의 마음에 큰 감동을 주기도 했다.

우리는 대성당을 느끼기 위해 쾰른에 들렀다. 대성당으로부터 삶의 의미에 대한 깨우침을 받기 위해 이곳에 온 것이다. 물론 규모만의 성당이 무슨 의미가 있으랴. 돌 한 덩어리, 기둥 한 줄기가 '물질'의 차원에서만 이루어진 것으로 볼 수 없는 현장을 쾰른의 대성당에서 확인했다. 그것만으로도 우리가 이곳에 온 이유는 충분했다.

# 슈파이어Speyer, 세계문화유산으로 빛나는
## 작지만 큰 마을

10월의 첫날. 새벽 1시나 되어서야 잠자리에 들었으나 4시쯤 일어났다. 발자취를 기록해 두어야 한다는 의무감 아닌 의무감 때문일까. 매일같이 짐을 풀고 싸는 유목민의 삶. 기록마저 남기지 않는다면, 종당엔 어느 골짝 어느 능선을 거쳐 왔는지 알 길이 없을 것이다. 그러나 그 발자취 모두를 기억하는 것이 무어 그리 중요한가. 내가 거쳐 온 길이 기록으로 남길 만큼 가치 있는 것인가. 어쩌면 황금덩어리로 착각하고 가뜩이나 무거운 등짐 속에 주워 넣은 돌덩어리들이나 아닐까. 허망한 소유에의 집착! 그러나 '무소유'의 삶을 외치는 어느 선사마저 부지런히 기록을 남기는 이유는? 기록하는 일이야말로 어쩌면 마음속에 쌓이는 것들을 덜어내고 버리는 작업이기 때문일까. 마음에 쌓이는 것들을 덜어낼수록 자꾸만 덜어내는 일에 집착하는 나를 알 수 없는 요즈음이다.

*\*\**

숙소를 찾아 헤맨 어제의 피로 때문일까. 몸이 약간 무겁다. 슈파이어, 작은 마을로만 생각하고 가볍게 생각한 우리였다. 하이델베르크에서 가깝다는 지도상의 정보만 믿고 느지막하게 출발한 것이 실책이었다. 인근의 큰 도시 호큰하임Hockenheim만 보고 가면 되었을 것을, 이정표에도 나와 있지 않은 슈파이어를 찾다가 여러 번 길을 놓쳤다. 간신히 찾은 슈파이어. 작은 도시 같은데, 엄청난 높이로 솟아 있는 돔의 첨탑들이 위압적이었다. 센트룸이 붐비지 않아 일단은 안도했으나 인포메이션 센터에 들어가 숙소 상황을 알아본 뒤에야 '아차!' 했다. 방이 없었다. 여기에 오기까지 '슈파이어'란 이름은 들어본 적도 없었다. 우리나라에 전혀 알려져 있지 않으니 내가 알 리 없었다. 그러나 대단한 곳이었다. 주차장에서 인포메이션 센터까지 기백m를 걷는 동안 우리는 묘한 감동을 받았다. 깨끗한 거리, 드넓은 광장. 건물들은 흡사 어느 종교 공동체의 그것들과 같았다. 사방에 삐죽삐죽 솟은 교회와 성당의 첨탑들. 무엇 하나 버릴 게 없을 만큼, 묘한 조화를 이루며 우리를 감탄의 세계로 이끌었다. 이곳의 돔이 세계문화유산으로 등재될 수밖에 없는 이유를 외면만으로도 납득할 수 있었다. 그런데, 관광객들이 많아 묵을 방이 없었다.

하는 수 없이 상담원이 알려준 대로 인근의 마을들을 뒤지기로 했다. 생각만큼 수소도 없으려니와, 있다 해도 이미 만원이었다. 완전히 어두워진 후, 어느 마을의 경찰관에게 도움을 청하니 순찰차를 따라 오란다. 그가 알려준 호텔에는 과연 방이 있었다. 짐을 풀고 식사를 마치니 피로가 엄습했다. 하이델베르크에서 찍은 150여장의 사진들. 대충 정리하고 잠자리에 든 것이 새벽 1시가 넘어서였다.

하이델베르크의 노정을 정리하고 창문을 여니, 비가 내린다. 줄기가 눈에 보일 정도의 '궂은비'였다. 프랑스를 제외한 유럽의 날씨는 참 고약하다. 벨기에의 앤트워프에서도 독일에서도 벌써 몇 번째 비로 고생이다. 밤엔 분명 하늘이 맑았는데 자고 일어나면 비가 내리기 일쑤였다. 깊어진 가을이 겨울로 바뀐다는 신호인가.

호텔에서 차려준 아침. 아름다운 식탁, 정갈한 음식. 아침 해장에 좋다고 아내는 늘 뜨거운 차를 찾았다. 빵과 함께 하는 뜨거운 독일 차 맛이 그만이었다. 약간 성글어진 빗줄기를 뚫고 슈파이어에 도착. 비가 내리는데도 광장과 돔에는 사람들이 득실거렸다. 돔에 들어가기 전, 이곳에서 하루

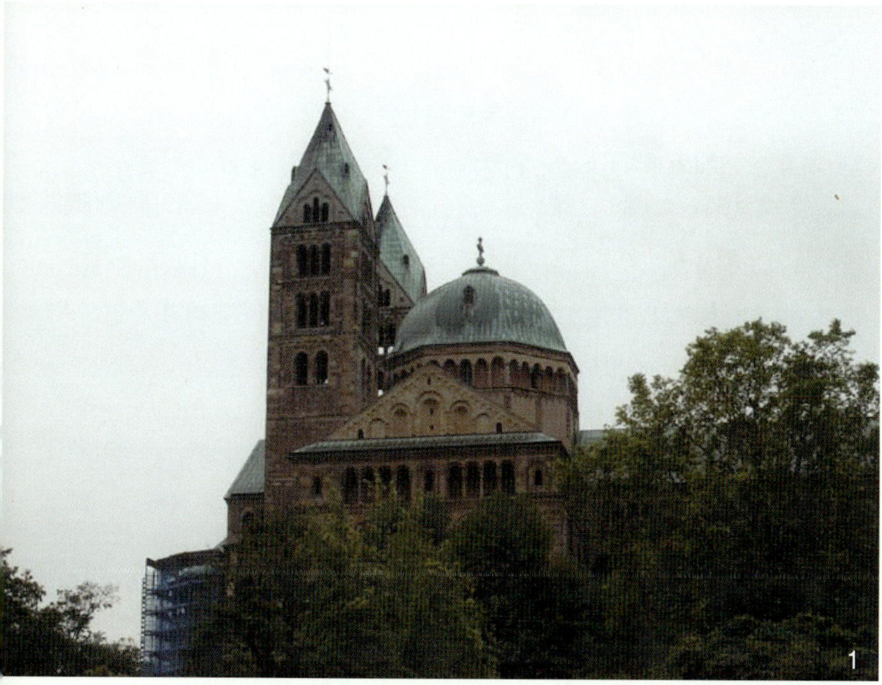

1

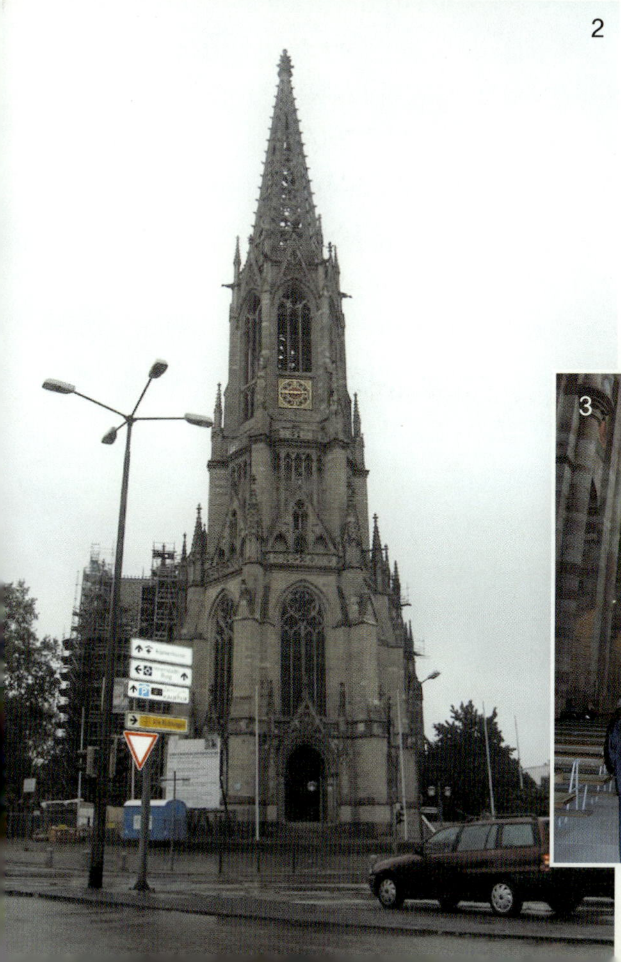

2

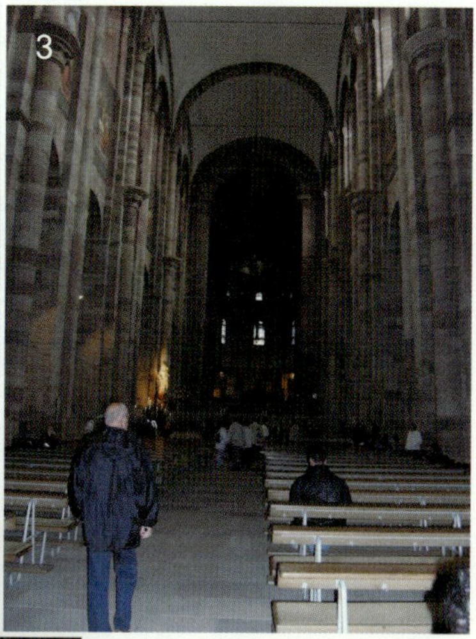

3

1 슈파이어 돔(Kaiser und Mariendom)
2 개신교 교회(Gedaktnis Kirche)
3 슈파이어 돔의 내부

를 더 묵을 요량으로 시내의 호텔 탐색에 들어갔다. 시내 관광을 겸한 일이었다. 주택가는 기가 막히게 아름다웠으나 전날과 마찬가지로 빈 방이 없었다. 돔의 첨탑들은 시내의 어디에서도 보였다. 마을들 사이로 작은 물줄기 하나가 흐르고 있었다. 버드나무와 온갖 물풀들이 어우러져 수면에 드리운 모습은 과연 볼만했다.

돔에 들어갔다. 정식 이름은 'Kaiser und Mariendom zu Speyer'. 우리말로 '황제와 마리아의 대성당'이라고나 할까. 돔의 지하에 있는 'The Emperors' Tombs'. 명칭 속에 'Kaiser'란 말이 들어간 것도 아마 그 때문이리라. 여러 기의 묘가 있었다. 그 가운데 첫 번째가 돔의 설립자인 황제 콘라드Conrad 2세. 나머지도 황제이거나 황후 혹은 왕들이었다.

슈파이어 돔은 로마네스크 시대에 이루어진 가장 큰 건물이었다. 황제 콘라드는 즉위하던 1027년 서구세계에서 가장 큰 성당을 짓기로 했으나 그는 1039년에 죽었고, 미처 완성되지도 못한 돔에 묻혔다. 돔은 헨리 4세 (1056~1106) 때 비로소 완성되었고, 성모 마리아와 교황 성 스테판Pope St. Stephen에게 봉헌되었다.

종교에 깊이 뿌리를 둔 것이 중세 신성로마제국의 역사였다. 돔의 역사는 그것과 밀접하게 연관되어 있었다. 건립 기간 내내 황제와 교황 사이의 갈등은 고조되었으나, 우여곡절 끝에 헨리 4세는 이 대역사를 마무리했다. 1106년 결국 돔은 서구에서 가장 큰 성당으로 세상에 선을 보였다. 돔을 자신들이 지닌 힘의 상징으로 삼고자 한 것이 통치세력의 속셈이었으리라. 그런 세속적 목적이 얼마나 실현되었는지는 알 수 없지만.

돔의 내부는 예상보다 단순하면서도 장중하여 한결같이 '화려한' 이전의 돔들과 달랐다. 돌만으로 깎아 세운 엄청난 크기의 기둥들. 돌의 천연 무늬를 직선과 곡선으로 연결시켜 이룩한 조화미가 특이했다. 흡사 바리톤의 저음, 그 장중함이 온몸을 붕 뜨게 하는 느낌. 청동의 녹 빛으로 두드러진 돔의 둥근 지붕과 안팎으로 이루는 조화 또한 두드러졌다. 이 돔을 공중에서 보면 십자가 모양이라 했다. 첨탑 천정의 성화와 성모 마리아가

축복 받는 내용의 성화는 모두 19세기 중반인 1853년부터 20세기 중반인 1957년 사이에 그려진 것들이었다. 갖가지 선과 원형을 복합하여 십자형으로 디자인한 돔의 내부 모습 또한 특이했다. 네 개의 탑과 두 개의 돔으로 이루어진 슈파이어 대성당. 가장 크고 의미 깊은 로마네스크 양식의 이 건축이 1981년 유네스코로부터 세계문화유산으로 지정된 것은 당연한 결과라고나 할까.

정치와 종교의 타협. 돔을 단순히 그 산물만으로 볼 수는 없으리라. 신의 권능에 복종하지 않는 한 결코 이루어낼 수 없는 대역사의 증거물을 우리는 슈파이어에서 목격한 것이었다.

***

슈파이어에 돔만 있는 건 아니었다. 삼위일체 교회, 성령교회, 평화교회, 고딕성당, 루드비히 신학교회, 추모교회, 막달레나 수도원 교회 등등. 작은 도시의 곳곳에 촘촘히 박혀있는 신·구의 교회들. 하나였던 교회가 신·구로 나뉘기 시작했고, 나뉘고 난 뒤에도 한동안 두 분파가 갈등을 빚으며 공존해온 실상을 우리는 유럽 투어를 통해 확인해가는 중이었다. 이미 거쳐 온 하이델베르크의 성령교회에 그 증거가 확연히 남아 있었다. 신교측이 교회를 장악하기 이전에는, 좌석을 나누어 번갈아가며 양측이 예배를 본 모양이었다. 슈파이어에서도 그랬을 가능성이 있었다.

구교이건 신교이건, 교회는 모두 아름다웠다. 유럽에 온 이래 지금껏 우리는 교회들의 아름다움에 매혹되어 왔다. 시골이나 도회를 막론하고 마을의 중심에는 교회가 있었다. 그리고 그 교회는 공동체의 건축미를 대표하고 있었다. 물론 성전을 '꾸미는' 일이 중요한 건 아니니라. 그러나 아름다움에 무슨 토를 달 수 있을까.

***

종교적인 분위기가 압도하는, 특이한 공간 슈파이어. 우린 전혀 알고 있지 못하던 그곳엘 갔다. 그곳에서 아름다움의 갈래가 다양함을 알게 되었다. 정신과 예술이 하나로 합치되는 미학적 경이를 경험할 수 있었다.

# 종교개혁의 역사적 현장, **취리히**

10월 10일 10시 숙소 출발, 취리히 시내 반호프Bahnhof 근처의 실콰이 Sihlquai 파크하우스에 주차. 반호프 내에 있는 관광 안내소에 들러 관광 지도와 가이드북을 받은 다음 취리히 공대를 거쳐 그로스뮌스터Grossmü nster교회, 프라우뮌스터Fraumünster교회, 성베드로St. Peter 교회 등 을 돌아 보았다. 스위스가 지닌 자부심의 원천은 교회였다. 이곳에서 종교 개혁의 기치를 든 츠빙글리, 그를 만나고 싶었다. 아니 그가 뿌린 씨앗이 스위스에 어떻게 뿌리내렸는지를 보고 싶었다.

그로스뮌스터 교회. 카롤링 왕조 시절의 수도원에 기원을 둔 것이 바로 이 교회다. 후기 중세에 중요한 역할을 했던 이 수도원은 1523년 개혁교회 에 흡수되고, 츠빙글리에 의해 이론 신학교로 전환되었다. 말하자면 츠빙 글리와 하인리히 볼링거의 종교개혁은 바로 이 교회에서 시작되었던 것이 다. 취리히 시가지의 중심에 우뚝 솟은 두 개의 첨탑은 그런 점에서 매우 상징적이었다.

멀리서 우리는 그것을 가톨릭 성당으로 생각했었다. 그러나 가까이 가 서 보니 종교개혁의 봉화가 오른, 개신교 교회였다. 교회 앞 뮌스터 광 장, 광장으로 이르는 길은 츠빙글리의 이름이 붙은 츠빙글리가쎄 Zwingligasse였다. 교회의 내부 역시 단정했다. 스테인드글라스도 고왔

◀ 취리히의 뮌스터다리 건너편에서
   잡은 그로스뮌스터교회
▼ 취리히의 큰 얼굴 시계탑이 있는
   성 베드로교회

다. 특이한 것은 아주 낡아서 분간하기 어려운 원색의 성모자상이 안치되
어 있는 점이었다. 언제 누가 만들었는지 확인할 수는 없었지만, 성모자의
표정이 감동적이었다.

　그로스뮌스터로부터 그리 멀지 않은 곳에 프라우뮌스터 교회가 있었다.
원래 수도원이었으며 카롤링 왕조의 유적들도 많이 남아 있다는 이 교회
역시 프로테스탄트였다. 그런데, 놀라운 일이 있었다. 특별히 마련된 공간
에 샤갈Marc Chagall의 그림이 새겨진 스테인드글라스가 있었다. 성서의
내용들을 다섯 부분으로 나누어 표현한 그림들이었다. 우리는 한 동안 넋
을 잃은 채 거장 샤갈의 스테인드글라스에 빠져들었다. 프라우뮌스터의 가
치는 샤갈로 인해 훨씬 고양됨을 느끼면서 베드로 교회로 발길을 옮겼다.

신을 찾아, 인간을 찾아

· · ·

역시 프로테스탄트인 베드로교회. 린덴호프Lindenhof의 로마시대 성채 근처에 있었다. 이 교회가 문헌에 언급되기는 857년의 일. 다섯 부분으로 이루어진 건물들은 전기 로마네스크 양식(800년), 초기 로마네스크 양식(1000년), 후기 로마네스크 양식(13세기), 후기 고딕 양식(1450년), 현대 양식을 각각 보여주고 있었다. 그러나 이 교회를 완성한 것은 취리히의 종교개혁가들이었다. 로마네스크 양식의 첨탑에는 큰 시계가 달려 있었다. 유럽에서 가장 큰 문자판의 시계란다. 유럽의 그 많은 건물들을 일일이 재보았는지 알 수는 없으나, 그럴 듯했다. 아내는 'the largest face of the clock in Europe' 이라는 소개문 속의 표현 때문에 많이 웃었다. 자다가도 웃길래 그 이유를 물으니 '큰 얼굴의 시계와 자신의 큰 얼굴' 이 겹쳐 떠오르기 때문이란다. 나도 따라 웃고 말았다.

로마시대부터 존재하던 삶의 공간 취리히는 7세기에 이르러 알레마니 공국의 지배를 받았다. 9세기 중반 동프랑크 왕국의 루드비히왕이 프라우뮌스터를 수녀원으로 건립한 뒤부터 수녀원장은 재정에 관한 제반 권한을 장악했고, 그로부터 취리히의 수도원 지배 시대는 시작되었다. 13세기에 들어서면서 제국의 자유도시가 된 취리히. 정치적·경제적으로 막강해진 시민계급은 1220년 다른 지역들에 비해 가장 이른 시기에 시청을 건립할 수 있었다. 그 시점부터 취리히의 신분계층은 귀족들을 중심으로 하는 상류층, 신흥상인들, 수공업자층 등으로 나뉘게 되었다. 1336년 새 헌법으로 길드 조합정부가 들어섬에 따라 이들 계층 간의 세력은 균형을 이루게 되었고, 1351년에 비로소 스위스의 연방과 동맹을 맺은 취리히. 1519년에 그로스뮌스터 성당의 신부로 있으면서 자신의 교회를 중심으로 종교개혁을 벌인 츠빙글리Huldrych Zwingli. 그래서 취리히는 금융·경제의 중심지이자 종교개혁의 진원지로 우뚝 설 수 있었다.

우리는 취리히에서 경제와 종교를 풍요롭게 하는 바탕이 바로 '자유와 개혁을 통한 자기변신' 임을 깨달을 수 있었다.

# 비스교회Wieskirche의 감동, 그리고 예술가의 길

10월 21일, 금요일. 날씨 맑음. 오전 10시 20분 브루넨의 숙소 출발, 뮌헨 방향으로 접어들었다. 잠시 알펜가도에서 로만틱가도Romantische Straße로 접어든 셈. 로만틱 가도는 우리가 이틀 밤을 묵은 브루넨 인근 퓌센Füssen에서 뷔르츠부르크Würzburg까지 이어지는 도로였다. 뒤에 로만틱가도 답사의 일정이 잡혀 있음에도 불구하고 잠시 이곳으로 접어든 것은 비스교회와 오버아머가우Oberammergau 때문이었다. 퓌센은 알펜가도에 속한 도시이면서 로만틱가도가 시작되는 곳이기도 했다. 알펜가도에 속하긴 하나 로만틱가도로부터 접근하는 것이 편리한 비스교회와 오버아머가우. 우리가 가려고 하는 오스트리아의 인스브룩이나 잘츠부르크는 알펜가도와 접해 있는 도시들이었다. 따라서 비스교회와 오버아머가우를 맛보기 위해 잠시 벗어난 것일 뿐, 크게 보아 지금까지 우리는 알펜가도를 고수해온 셈이었다.

퓌센 쪽에서 뮌헨 방향으로 30분 쯤 달렸을까. 슈타인가덴Steingaden 이란 읍 정도의 시골마을이 나타났다. 삼거리에서 'Deutsche Alpen Strasse' 란 작은 글씨의 방향에 따라 오른 쪽으로 핸들을 틀어 한동안 달렸다. 약간 오르막길. 주변엔 울창한 숲과 가끔씩 펼쳐지는 목장이 시원했다. 간간이 민가가 나타날 뿐, 사람들의 모습은 거의 보이지 않았다. 7~8분

비스교회Wieskirche(유네스코 세계문화유산)의 내부

쯤 달렸을 때, 저 멀리 초원 위에 나타나는 교회 하나. 너른 초원 때문인가, 교회는 결코 커 보이지 않았다. 가까이 가니 집 몇 채가 모여 작은 마을을 이루었는데, 입구에 많은 차들이 주차되어 있었다. 목장지대였고, 교회는 그 한 가운데 있었다. 목장 안에는 몇 마리의 말들이 관광객들에게는 신경도 쓰지 않은 채 한가로이 풀을 뜯고 있었다.

우리는 지금까지 엄청난 규모의 교회들만 보아왔다. 유네스코가 왜 이 교회를 세계문화유산으로 지정했는지 의아해 하지 않을 수 없었다. 주차장 바로 앞에 빨간 기와를 올린 하얀 색깔의 작은 건물 하나가 있었다. 얼핏 들여다 보니 성모를 모시고 있었다. 우선은 기도실로 생각되었다. 성모 앞엔 좌석 두어 개가 놓여 있어 기껏 10명 내외가 앉을 수 있을 뿐 넉넉한 공간은 결코 아니었다. 심상하게 생각한 우리는 그 건물을 지나쳐 2~3분 거리의 교회로 걸어 들어갔다.

문을 열고 들어선 순간, 숨이 막혀왔다. 내부의 치장이 '기가 막히게' 아름다웠기 때문이다. 조성된 시대의 특징적 양식에 따라 최고의 아름다움을 보여주는 유럽의 교회들. 그런 교회들만 보아온 우리였다. 웬만한 아

기적이 일어난 후 몰려든 순례자들의
행렬을 그린 그림

름다움에는 둔감해져 있는 우리가 새삼 놀랄 정도였으니!

바탕은 순백이었다. 노랑, 주황, 빨강, 보라, 연두, 회색 등이 적절히 배색된 로코코 예술의 정수였다. 특히 제대의 배경으로 만들어진 상이 흥미로웠다. 펠리컨 상이었다. 굶주림이 극에 달해 자식들에게 먹일 것이 없을 경우 심장을 열어 자신의 피를 먹일 정도로 희생정신이 강하다는 전설 속의 새 펠리컨. 그건 예수님의 첫 이미지, 곧 자기희생의 상징이었다. 그리고 신이 선택한 '속죄의 희생양' 한 마리가 바로 아래에 놓여있었다. 속죄양 바로 아래쪽의 그림은 성모에게 안겨 두 팔을 벌린 아기예수와 그의 가족들이었다. 아기예수의 벌린 두 팔이 십자가의 모양과 흡사한 것이 특징이었다. 예수의 고난을 암시한 것일까. 이 그림은 알브레히트B. Albrecht가 뮌헨에서 그린 것이었다. 이 교회에서 새롭게 창작되지 않은 유일한 그림이란다. 그리고 그 아래가 '눈물 흘리는 예수 상'이었다.

\*\*\*

이 '위대한 아름다움'을 허허벌판에 만들어 놓은 이는 누구일까. 우리에겐 그것이 수수께끼였다. 신도들의 좌석이라야 좌우 모두 합해 32개. 긴

좌석 하나에 열 명의 신도가 앉는다 해도 300명 내외였다. 물론 모두 들어찬다고 가정할 때 그렇다는 말이다. 교회 밖을 아무리 살펴보아도 300명의 신도가 살만한 동네도 주택도 없는 허허벌판이었다.

누가 어떤 연유로 이런 교회를 허허벌판에 세우게 되었는지 알아보았다. 이 교회의 씨앗은 '눈물 흘리는 예수'의 기적이었다. 눈물 흘리는 예수님! 원래 비참한 모습 때문에 당시 슈타인가덴 수도원의 한 다락방에 처박혀 있던 '고통 받는 예수님'상. 그러나 당시 그곳에 살던 마리아 로리 Maria Lori라는 여인이 그것을 비스Wies에 있는 자신의 농가로 가져가 경건하게 숭모했다 한다. 1788년 6월 14일 저녁 기도 중 예수님이 눈물 흘리는 모습을 보게 되었다. 이 사건을 계기로 유럽 전역에서 이곳으로 '대대적인 순례'가 시작되었다. 물론 다시 만들어진 것이겠지만, 우리는 교회 안에 모셔져 있는 '고통 받는 예수님의 모습'을 보았다. 쇠사슬에 매인 그 모습. 가시면류관 대신 빛나는 태양이 머리를 두른 모습이었다. 뿐만 아니라 교회의 현관에는 구름같이 모여들던 당시 순례자들의 모습을 그린 그림도 붙어 있었다. 교회의 역사를 보여주는 물증들이었다.

1743년. 수많은 순례자들에 비해 작은 성당이 너무 좁으므로 새로운 교회를 세울 필요가 있다고 본 슈타인가덴의 수도원장 히야진트 가쓰너 Hyazinth Gaßner는 도미니쿠스 짐머만Dominikus Zimmermann에게 위촉했고, 1745년 가쓰너의 사망 이후 후임자인 마리아누스Marianus Ⅱ Mayer는 그 계획을 실행에 옮겼다. 1746년 비로소 디쎈Dießen의 헤르쿨란 카르그Herkulan Karg가 주춧돌을 놓았고 1749년과 1754년 순차로 본당과 첨탑이 세워짐으로써 교회는 완공되었다.

사실 우리가 크게 관심을 갖고 있던 것은 화려함의 극치를 보인 내부 장식이었다. 그 주역이 바로 짐머만 형제. 바바리안 로코코Bavarian rococo 시대의 최고 예술가 그룹에 속해 있던 그들이었다. 그들이 태어난 곳은 가이스포인트Gaispoint란 작은 마을이었다. 그 마을은 봐일하임숑가우 Weilheimschongau의 전원에 있던 베소브룬 수도원Monastery of

Wessobrunn의 한 구역이었다. 짐머만 형제가 살던 시기 혹은 그 이전부터 건축가들과 바로크 시기의 교회 예술가와 화가들 가운데 이 지역 출신들이 많았다. 프랑스에서 폴란드에 이르는 유럽 일대, 심지어 러시아에서도 그들의 작품을 볼 수 있을 정도로 명망이 높았다. 짐머만 형제는 '뷔소브룬 시대Wessobrunn Epoch'의 최고봉이었다.

그러나 무엇보다 우리를 감동시킨 것은 도미니쿠스 짐머만의 행적. 그는 1685년 뷔소브룬에서 태어났다. 그는 비스교회가 완성된 후 10년간을 교회 옆집에 살다가 죽었다. 자신의 최후·최고의 예술혼을 불살라 만든 교회. 그 옆에서 자신의 작품과 살다가 죽어간 그의 생애야말로 얼마나 극적이고 예술적인가! 10년이면 무수한 작품들을 남길 만한 기간이다. 그러나 심혈을 쏟아 자신이 만들 수 있는 최고의 예술을 만들었는데, 또 다시 무엇을 만들 수 있단 말인가. 교회예술의 최고봉이자 당대 유럽인들이 갖고 있던 신앙심의 실체를 확인시켜 준 비스교회. 어찌 그것뿐이랴. 세속의 명리만을 좇는 예술가들에게 들려주는 짐머만의 고고한 깨우침의 육성도 함께 들을 수 있었다.

*****

우리는 대성당을 나와 입구에 있는 작은 성당을 찾았다. 성당 안에는 '눈물의 기적'으로부터 교회가 완성되기까지의 과정이 간략하게 기술되어 있었다. 우리에게 비스교회는 하나의 교회가 완성되기까지 어떤 신의 계시가 필요한지를 잘 보여주는 사례였다. 그리고 예술가의 길도 이해하게 되었다. 교회 완공 후 그 곁에서 생을 마친 짐머만. 그가 단순히 돈 때문에 그 일을 떠맡았을까. 그는 신앙 속에 자신의 예술혼을 피워냈다. 비스교회를 끝으로 '이제 다 이루었다'는 결론을 내린 것은 아닐까.

비스교회와 짐머만은 우리에게 '화려함과 숙연함'을 동시에 보여주었다. 그리고 그것은 우리가 인생을 어떻게 살다 가야 하는지에 대한 가르침이기도 했다. 결코 가볍게 살지 말라는 외침이었다.

# 슈테판 성당의 충격

11월 3일. 자욱한 안개가 빈을 덮었다. 어제 늦은 시각 젠트룸의 슈테판 성당과 광장을 들렀고, 주변의 거리를 걸었다. 빈의 시가지는 토요일 오후의 명동만큼이나 붐볐다. 관광객 뿐 아니라 대부분의 빈 시민들이 몰려나온 듯, 어깨를 부딪치며 걷는 재미가 쏠쏠했다.

저녁에 본 슈테판 성당의 감동을 아침에 다시 확인하고자 했다. 화려하되 요란하지 않고, 웅장하되 위압적이지 않은 슈테판 성당. 네 개의 화려한 탑을 가진 중세 교회 슈테판. '네 개의 탑'은 라인란트Rheinland 지역에 로마네스크 양식으로 지어지던 왕실 성당들의 전통과 직결되었다.

서탑은 65m, 남탑은 137m, 아직 미완성인 북탑은 이보다 약간 더 컸다. 12세기에 건축된 작은 교회를 바탕으로 14세기 합스부르크의 루돌프 4세가 고딕양식으로 다시 지은 슈테판. 성당 내부에는 흥미로운 몇 가지 물건들이 있었다. 하나는 네이브 왼쪽의 설교단. 1513년 필그람Anton Pilgram이 제작한 것이었다. 설교단 밑 부분에 작은 계단들이 있고, 그 아래에 창문을 열고 상반신을 내민 필그람 자신의 모습이 붙어 있었다. 앞쪽 벽의 오르간 대 아래에도 컴퍼스와 저울을 손에 든 필그람의 모습이 마찬가지로 붙어 있었다. 특이한 경우였다. 다음은 북탑 아래 벽에 모셔져 있는 15세기의 조각 작품 '고통의 예수 상'. 속칭 '치통의 그리스도'라 부르지만, 호사가들의 근거 없는 말장난일 것이다.

우리는 엘리베이터를 타고 북탑에 올랐다. 터키 군이 도망가면서 남긴 180개의 대포를 녹여 만든 종을 보았다. 1711년의 원형을 모델로 1957년에 만들었다는데, 연말연시에 한두 번 타종한다고 했다. 그리고 안개에 갇힌 빈 시가지를 내려다보았다. 시가지는 꽉 짜여 있었다. 내려다보이는 광장들에는 물결을 이룬 관광객과 시민들. 빈 시가지는 한가할 여유가 없었다.

북탑에서 내려와 찾은 곳이 바로 카타콤베. 성당의 지하묘지였다. 따로 입장료를 받고, 제한된 인원만 입장시키는 그곳은 우리에게 큰 충격을 안겨 주었다. 이 공간은 크게 둘로 나뉘었다. 하나는 합스부르크가 역대 황제들의 내장을 안치한 납골당. 황제가 죽으면 심장은 아우구스티너 교회, 그 밖의 내장은 슈테판 성당, 유골은 카푸치너 교회의 지하 납골당에 안치했다고 한다. 황제들의 내장을 담은 그릇들이 어둠 속에 조용히 앉아 있었다.

다른 하나는 이름 모를 시민들의 유골들이 쌓인 공간. 전 유럽을 휩쓴 페스트는 1679년 빈을 덮쳤다. 수천 명이 죽어나갔고, 누구의 말에 의하면 2천명의 시신이 이곳에 가매장되거나 태워졌다는 것. 육탈肉脫되고 남은 해골들이 가득 쌓인 공간을 우리는 벽의 작은 문을 통해 볼 수 있었다. 시신을 쌌던 헝겊 조각과 시신을 올려놓았던 나무판은 얼마간 그 모습을 유지하고 있었으나, 시신들은 머리뼈 따로, 다리뼈 따로 무질서하게 누워 있었다. 타고남은 사람들의 뼈가 가득한 방도, 그 뼈들을 차곡차곡 쌓아올린 방도 있었다.

끔찍한 일이었다. 그곳을 떠나지 못하고 있을 원혼들, 페스트에 희생된 그들을 생각했다. 인간을 구원한다는 종교의 힘은 과연 어디까지인가. 과연 우리는 종교에 의해 죽음의 공포로부터 자유로울 수 있는가. 슈테판은 종내 말이 없었다.

# 신이 살아있는 중세의 왕도, **벨리코타르노보**

12월 8일. 중세의 옛 성 짜레벳Tsarevets을 찾았다. 멀리서 보기에 성 안의 정상엔 교회가 서 있는 듯 했다. 우린 처음에 그것을 교회 혹은 성당 으로 오인했다. 그러나 많은 계단들을 걸어 올라가 문을 열어보곤 깜짝 놀 랐다. 십자가나 예수고상이 세워진 제대, 혹은 스테인드글라스나 천정의 프 레스코 화 등을 상상했으나 그곳엔 벽 가득, 천정 가득 온통 그림뿐이었다.

물론 정면 중앙엔 아기 예수를 안은 성모가 서 있었다. 그 나머지는 모 두 성서의 내용을 묘사한 그림들이었다. 관리인은 이곳을 뮤지엄이라 했 다. 모처럼 예배를 드릴 수 있으리라 생각하고 찾아온 우리였다. 지은 지 얼 마 되지 않은 교회 모습의 뮤지엄이 약간 낯설기도 하고 신선하기도 했다.

깎아지른 벼랑 위의 성벽. 우리는 그 위에서 아스라한 마을들을 내려다 보며 한동안 생각에 잠겼다. 인간은 왜 한사코 성을 쌓고 울타리를 치려는 것일까. 그러지 않아도 인간과 인간 사이엔 넘을 수 없는 성벽들이 존재하 고 있는데. 그 간단한 이치를 깨닫지 못하고 이처럼 어리석은 행위를 반복 해온 것일까.

천길 높이의 돌 성벽으로 너와 나, 우리들과 너희들을 완벽히 절리切離 할 수 있다고 착각해온 것. 그것이 바로 인류사가 보여주는 비극의 원천이 었다. 그래서 아무리 유능해도 인간의 의식은 자신의 시대를 초월할 순 없

우 끄잖!

...

318

뮤지엄 안의 성모자상

짜레벳의 뮤지엄

콘스탄차의 집

는 법. 천하를 경영하겠다고 날뛰다 스러져간 역사상의 영웅들. 그들 역시 시대를 넘을 수 없는, 욕망의 포로들이었음을 이 성벽 위에서 결국 깨닫고 만다.

짜레벳에서 내려와 4km쯤 차를 몰고 찾아간 아르바나씨Arbanassi. 빨간 지붕의 낮고 넓은 집들이 맑은 햇볕 아래 졸고 있었다. 매우 독특한 마을이었다. 벨리코 타르노보 북동쪽에 위치한 고원지대. 잘 보존된 17세기의 집들을 이 마을 어디서나 볼 수 있었다. 마을 전체가 전통 건축양식의

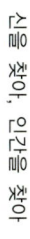

뮤지엄인 셈이었다.

우리가 찾은 곳은 예수교회The Church of the Nativity of Christ와 콘스탄챠의 집Konstantsaliv's house. 전자는 붉은 지붕의 나지막하고 넓은 집인데, 대문으로부터 현관까지 넓고 긴 정원이 있었다. 현관문을 밀고 들어서자 숨 막힐 듯, 온통 원색의 프레스코 화가 우리를 압도했다.

성서의 내용들을 그림으로 나타낸, 세밀한 필치의 그림들. 이곳의 프레스코화는 1598년, 1632년, 1649년, 1681년에 그린 것들이었다. 십자가에서 내려지는 예수, 유다의 자결, 삼위일체, 성모마리아, 알렉산드로의 성 베드로, 사도들의 집회, 십자가를 지고 가는 길, 세례 받는 예수, 제자들의 발을 닦아 주는 예수, 최후의 만찬, 최후의 심판, 지옥에서 고통 받는 죄인들, 죄 없는 사람들의 학살, 예수 그리스도의 기적, 제1·2차 통합 회의, 원죄, 실낙원... 그 많은 내용들을 어찌 다 언급할 수 있으랴. 기독교에 관한 우리의 짧은 지식으로는 알 수 없는 것들이 대부분이었다.

우리는 분량 뿐 아니라 뛰어난 묘사에 압도당했다. 한동안 멍하니 그곳에 서 있을 뿐이었다. 마침 그곳을 방문한 세르비아의 장관 일행과 마주쳤다. 과도한 경호로 우리의 관람은 크게 지장을 받았지만, 우리의 가슴을 때리는 감동까지 어쩌지는 못했다.

이곳에 살아있는 기독교의 자취는 숨 막힐 정도로 사실적이었다. 수백 년의 세월이 흐른 지금이지만, 그림을 통해 신에게 바치고자 했던 인간의 정성은 바로 어제 일인 듯 생생했다. 짜레벳의 성벽에 스며있던 신격을 우리는 아르바나씨에서 눈으로 확인할 수 있었다.

# 바티칸의 감동

2006년 1월 6일. 이 날은 로마에서의 셋째 날이자 가이드와 함께한 첫 날이었다. 우리는 미국에서 온 마르타 강 선생의 가족과 한 팀이 되어 바티칸을 돌았다. 우람한 대리석 열주列柱들 틈으로 인파를 비집고 드넓은 광장에 들어섰다. 볼에 스치는 공기는 차가웠으나 햇살은 따스했다. 성탄절에 사용한 마구간 뒤로 우뚝 솟은 오벨리스크. 그 위엔 햇살을 받아 하얗게 빛나는 십자가가 세워져 있었다. 양 옆으로는 흡사 두 손을 오그려 감싸 안는 형태로 늘어세운 열주들이 휑하게 넓은 광장의 한기를 한결 녹여 주었다. 전 세계 가톨릭 신자들이 그렇게도 와보고 싶어 한다는 베드로 광장. 수많은 인파에 이리저리 밀리면서 대성당 앞으로 다가갔다. 오른쪽엔 매우 섬뜩한 칼을 잡은 바울 성인의 상이, 왼쪽엔 열쇠를 쥔 베드로 성인의 상이 광장을 굽어보고 있었다.

칼은 결단의 의미를, 열쇠는 '천국의 열쇠'를 상징한다 했다. 예수님을 박해하던 로마 군인의 신분에서 그 분의 사도로 변신하여 순교에 이르기까지 얼마나 큰 결단들이 필요했을까.

초대 교황으로 받들어지고 있는 베드로 성인. 그의 손에 들려진 열쇠는 신실信實과 도타운 믿음이 모든 것에 앞서는 지혜임을 보여주었다. 세 번이나 예수님을 부정했던 베드로. 결국 걸어가시는 예수님의 뒷모습을 보

...

고 '주여! 어디로 가시나이까?'를 외치며 회개한 그는 예수님과 같은 모습으로 순교할 수는 없다며 십자가에 거꾸로 매달려 이승의 삶을 마감했다.

기독교를 박해한 네로황제의 원형경기장이 있던 곳에 베드로는 묻혔고, 콘스탄티누스 황제가 기독교에 입문한 뒤 베드로의 무덤 위에 성당을 짓기 시작했고, 오랜 세월 증·개축을 반복했다. 따라서 그곳에 새로운 성당을 짓기로 한 16세기 초 율리우스 황제의 결정은 베드로 성당 건축사建築史의 두드러진 사건이었다.

1506년 브라만테가 공사를 시작, 1514년 라파엘과 안토니오 다상갈로가 이어 받았고, 1546년 미켈란젤로가 떠맡게 되었다. 카를로 모데르노는 완성을 못하고 사거한 미켈란젤로의 뒤를 이었으며, 1626년 베르니니가 정면을 재건축하고 광장의 열주들을 포개지는 형국으로 만들어 세움으로써 베드로 성당은 결국 완성되었다.

외부만큼이나 내부도 웅장하고 아름다웠다. 전체적으로 황금빛의 옐로우 톤, 직선과 원의 조화가 환상적이었다. 천장과 벽을 덮고 있는 모자이크 그림들은 화려하면서도 중후했다. 이곳에서 우리는 미켈란젤로의 〈피에타〉를 만났다. 20대의 앳된 성모에 안긴 예수님의 시신이 무거워 보였지만, 불균형으로 생각되지 않는 이유를 알 수가 없었다. 그간 유럽의 성당들에서 무수히 보아온 피에타들은 모두 수심 가득한 어머니의 표정 일색이었다. 그러나 미켈란젤로의 그것은 달랐다. 우리의 둔한 감수성으로는 그 표정의 의미가 수수께끼였다. 성모의 왼쪽 어깨에서 대각선으로 내려 걸린 띠에 새겨진 미켈란젤로의 자필 서명 또한 매우 선명했다. 너도나도 피에타를 만들던 시절. 미켈란젤로가 이 작품의 작자일 리 없다는 세간의 말들을 잠재우려는 오기와 치기의 소산이었다는데, 그 역시 미켈란젤로의 자신감으로부터 나온 일이었을 것이다. 사람들은 피에타 앞에서 떠날 줄을 몰랐다.

나선형의 청동기둥 네 개가 떠받치고 있는, 앞 쪽 중앙의 제단. 발타키노baltacchino 즉 천계天階로 불리는 기둥은 천국으로의 상승을 상징한

1 성 베드로 광장
2 베드로 성당 내부
안 베드로 성인 무덤 위에 세운 천계(발타키노)
4 미켈란젤로의 〈피에타〉

다. 거장 베르니니의 작품으로 베드로 성인의 무덤 위에 세워진 것이었다. 반원형의 난간에는 꺼지지 않는 99개의 등불이 성인의 무덤을 밝히고 있었다. 그 앞쪽에 있는 성인의 좌상은 변함없이 천국의 열쇠를 쥔 모습이었다. 이처럼 성당 안의 그림이나 조각들에는 종교적 상징들이 담겨 있었다.

미켈란젤로의 야심작은 또 있었다. 바로 돔이었다. 136m의 까마득한 높이였다. 황금색 바탕에 성인들과 각종 종교화들이 그려진 돔은 아득한 천국의 형상이었다. 그곳에 올라 로마시내를 내려다보는 것도 중요한 관광 코스였다.

옥상 테라스까지는 엘리베이터로, 거기서부터 정상 바로 아래 전망대까지는 몸을 숙인 상태에서 좁은 계단을 걸어 올라야 했다. 돔에서 내려다보는 베드로 광장과 로마 시가지는 천연색 파노라마였다. 따스하게 살아 움직이는 도시의 맥박이 느껴졌다. 어린 아이를 품에 안으려는 형상의, 열주들이 늘어서 있는 베드로 광장은 한 없이 따스해 보였고, 광장 앞으로 뻗어나간 도로는 넓고도 시원했다. 천국에서 인간을 내려다보는 느낌이 이럴까. 가슴 가득 신심을 안고 돌아가는 발걸음들이 가벼워 보이는 것도 베드로 성인의 정신이 부여한 감동 때문이리라.

**3 고성을 찾아, 명곡을 찾아**

독일 노이슈반슈타인 성-마리아 다리에서 본 모습

하이델베르크 학생감옥　하이델베르크 성 위에서 본 구시가지

# 역사가 살아서 소용돌이치는 공간, 하이델베르크 고성

　　하이델베르크 구 시가지를 굽어보는 산중턱의 성채. 부분적으로 훼손된 흔적은 보였으나, 환상적인 아름다움을 지닌 예술품 그 자체였다. 우리는 돌 포장길을 걸어서 경사진 그곳에 올랐다. 여러 겹의 문을 통과하고 나자 비로소 드러나는 고성의 속살. 그곳엔 엘츠성이나 코헴의 고성과 또 다른 하이델베르크 성만의 특성이 있었다. 누대에 걸친 왕실 문화의 전통과 전화戰禍의 흔적 또한 고스란히 남아 있는 곳이었다.

　　축성 이래 무수한 시련을 겪었으나, 크게는 서너 번의 참화를 겪었다. 윗부분이 파괴된 1537 · 1764년의 벼락, 1688~89년 팔츠공국 왕위계승전쟁 중 프랑스군의 약탈, 1693년 '태양왕' 루이 14세의 하이델베르크 재점령 등. 특히 루이 14세의 군대는 이 성을 철저히 파괴했다. 1697년부터 시민들은 고성의 재건에 팔을 걷어 붙였고, 선제후 카알 테오도어와 카알 프리드리히 왕 등에 의해 하이델베르크는 복원되기 시작했다. 특히 프리드리히 왕은 하이델베르크 대학을 재건하는 공을 세웠다. 프랑스로부터 도망쳐 온 샤를 그랍 폰 그랑빌에 의해 고성의 보존과 소장품의 확충이 1810년부터 추진되었고, 나폴레옹에 대항하는 신성동맹神聖同盟도 1815년 바로 이곳에서 체결되었다.

　　저명한 학자들이 몰려들었고, 그 가운데 야스퍼스 등은 대학의 재개를

하이델베르크 성의 안쪽 모습

위해 발 벗고 나서기도 했다. 이처럼 오랜 세월 '개인적·국가적·국제적'인 역량이 투입되어 고성과 대학을 포함하는 하이델베르크의 재건이나 복원이 이루어진 것이다. 가장 중요한 사실 하나. 19세기 후반 이 성을 '완전히' 복원하자는 논의가 있었던 모양이다. 그러나 무슨 이유인지 모르겠으나, 논의는 실행되지 못했다. 말하자면 파괴된 부분은 파괴된 대로 멀쩡한 부분은 멀쩡한 대로 남게 된 것이다.

고성 안 뜰에 섰다. 풍상에 마모되긴 했으나, 정교한 구조물과 조각품들은 붉은 색으로 살아 있었다. 중앙의 하인리히 궁, 왼쪽의 거울 연회관, 종탑 등. 그 시절의 온기가 그대로 느껴졌다. 장식이 거의 보이지 않는 고딕 건물(주로 서쪽과 남쪽 건물), 인물장식이 그득한 르네상스 건물(주로 북쪽과 동쪽) 등 다양한 양식 또한 흥미로웠다. 아마 오랜 기간 파괴와 복원이 반복되었다는 증거이리라.

르네상스 시대의 유물과 로만틱 시대의 유물이 전시되고 있는 루프레히트 궁. 그 안에 전시된 유물도 유물이지만, 이 건물 입구 처마 부분의 쌍둥이 천사, 그들의 사연이 애잔했다. 우리에겐 무영탑에 얽힌 사랑의 설화가 있지만, 그들에겐 애틋한 '부정父情의 설화'가 있었다. 매일같이 건축현장에 나와 아버지의 작업을 바라보던 쌍둥이 아들들. 그만 작업용 발판에서 떨어져 죽었고, 두 아들의 무덤에 매일 흰 장미를 꽂으며 슬픔에서 헤어나지 못하던 아버지는 천사로 바뀐 두 아들을 꿈에서 만나고 쌍둥이 무덤에 꽂았던 흰 장미가 다시 피어난 모습을 확인한 뒤 힘을 내어 공사를 완성했다는 사연이다. 그래서인가, 장미 화환을 든 쌍둥이 천사들의 다른 손에는 건축사 아버지가 쓰던 컴퍼스가 들려 있었다. 쌍둥이의 천진스런 표정이 가슴을 짠하게 했다.

우리는 따로 돈을 내고, 고성 전속 안내인의 설명을 들으며 성의 내부를 돌아보았다. 놀라웠다. 화려한 지배문화의 극치였다. 머리통만한 자물쇠로 채워놓은 방들. 안내인의 부리부리한 눈동자는 우리의 일거수일투족을 감시했다. 어쨌든 이전에 들른 엘츠 성이나 코헴 성 등에서 보던 문화적 기품이 한 층 더 고양되는 느낌이었다.

단순·소박한 루프레히트 궁, 가장 화려한 오트 하인리히 궁, 성주의 방패 문장이 찬란한 거울 연회관, 루프레히트 궁의 낡은 예배당과, 그것에 연결된 성탑을 허물고 중수한 프리드리히 궁, 넓은 전망대 등. 모두가 그것들이 이루어진 시대의 미학과 꿈을 담고 있었다. 그러나 무엇보다도 잊을 수 없는 것은 지하실 '와인 저장고'의 대형 포도주통. 놀라운 건 시대가 지날수록 포도주통의 용량이 커졌다는 사실이다. 선제후 요한 카시미어는 12만 5천 리터, 칼 루트비히는 19만 5천 리터. 그러다가 1751년 칼 테오도어에 이르러 22만 1726리터로 늘었다. 길이 8.5m, 높이 7m의 참나무 술통. 그 위에서 춤을 출 수 있도록 했다. 앉은 자리에서 지하실의 술통으로부터 와인을 퍼 올릴 수 있는 장치까지 고안한 그들. 술통 맞은 편 벽에는 술고래를 상징하는 난장이 '페어케오'의 상이 부착되어 있고, 술통의 바로크식 목판에는 칼 테오도어의 이니셜이 새겨져 있었다. 그 옆의 포도 분쇄용 대형 맷돌은 지금이라도 소리를 내며 구를 듯했고.

사슴이 뛰어놀았을 방목장과 궁정의 정원을 거닐었다. 전쟁과 평화, 음모와 사술이 교차하며 역사는 바뀌어 왔을 테고. 그 사이에 희생되었을 수많은 꿈과 목숨들. 전쟁과 평화의 차이는 무엇이며, 개인의 욕망과 대의명분 사이의 거리는 얼마나 되는가. 고성의 발밑에서 수만 년을 말없이 흘러내리는 네카강은 보았을 것이다. 콘라트·루트비히·루프레히트·루돌프·프리드리히 등등... 수많은 지배자들은 이름이라도 남아 있으나 이름 없이 죽어간 민초들. 1623년의 전쟁을 상기해보자. 왕으로 선출된 프리드리히 5세가 황제의 군대와 싸워 패배한 이 전쟁에서 하이델베르크 시민

75%가 죽었다! 더 이상 무슨 말이 필요할까.

***

고성으로부터 네카슈타이나흐Neckarsteinach까지 두어 시간에 걸쳐 오르내리는 수백 톤의 크루즈 선. 비 뿌리는 날씨에 강바람이 차가왔다. 가난한 나그네의 얇은 외투 깃 사이로 네카강의 한기가 사정없이 파고들었다. 천천히 상류 쪽으로 올라가자, 울창한 숲 사이에 숨은 민가들이 주황색의 작은 점과 큰 점으로 아련히 나타났다. 갑자기 떠오른 '도원경桃源境'의 설화. 강에서 낚시질 하던 어느 어부가 물에 떠내려 오는 복숭아꽃 이파리를 따라 올라가다가 작은 돌구멍을 만났다. 그곳을 통과하자 선경이 나왔다. 돌아온 뒤 다시 그곳을 가고자 했으나 찾지 못했다. 옛날이야기지만 그럴 듯했다. 이 도원경을 언제 다시 찾을 수 있을까. 경치 좋은 강가 숲에는 삐죽삐죽 옛 성이 솟아있고, 그림 같은 마을들은 점점이 박혀 있었다. 지금 강가의 유람선에서 바라보는 모습은 그 자체가 신선의 세계 아닌가.

미학적 거리였다! 우리네 고달픈 현실도 제3자가 얼마쯤의 거리를 두고 보면 아름다운 관상의 대상일 수 있을 터. 그래서 여행의 체험이 갖는 '객관성'이란 대부분 허구일 가능성이 크다. 시각과 청각을 통해 현장학습을 한다지만, 그것들은 대부분 이미지로 남게 마련. 그래서 여행은 철저하게 개인적인 행위일 뿐이다.

강 위에서 바라본 고성. 서사적 대상이 서정적 대상으로 바뀌는 순간의 어색함을 비로소 느꼈다. 세상사란 늘 그런 것. 형제·부부라도 내 문제 아니면 언제든지 객관화 시킬 수 있는 게 인간 아니던가. 고성! 역사의 굽이굽이 갈등과 투쟁 속에서 수많은 목숨들을 짓밟아온 향락과 살육의 현장이었다. 그러나 유람선 갑판 위에서 바라본 그 성은 그냥 시와 노래의 소재요 대상일 뿐이다. 모순 덩어리, 하이델베르크 고성이여!

# 아름다운 호엔쫄레른Hohenzollern성

　우리는 이미 엘츠성, 코헴 고성, 하이델베르크 고성, 튀빙겐 고성 등을 통해 독일 성들의 아름다움과 역사적 의미를 깨닫게 되었다. 영문 모르는 나그네들에겐 아름다운 서정적 대상일 수 있는 독일의 성들. 그러나 한 꺼풀만 벗겨보면 그 속엔 음모와 투쟁, 갈등과 배신 등 인간세계의 모든 지저분한 사건들이 복잡다단하게 축약되어 있었다. 말하자면 서사적 대상 그 자체였다. 그 속에 어찌 아름다운 사랑인들 없었을까. 그러니 옛날의 성은 은밀한 사랑의 현장일 수도, 권력을 둘러싸고 벌어지던 살육의 현장일 수도 있었다.

　튀빙겐으로부터 지척에 있는 곳. 독일 명문 호엔쫄레른가의 고성들을 지나칠 수 없는 이유도 바로 거기에 있었다. 우리들의 귀에는 설지만, 이 성들의 주인 쫄레른가의 존재는 이 성과 함께 지금도 살아 있었다.

　10월 6일 오후가 되자 날씨가 흐렸고, 산허리엔 안개까지 드리웠다. 헤힝겐이 가까워진다고 느낄 무렵. 멀리 산 위로 삐죽 솟은 성이 꿈결처럼 나타나 우리를 유혹했다. 독일 자동차들의 위협적인 질주에도 아랑곳하지 않고, 운전에 몰두해야할 나는 자꾸만 그 성을 찾아 두리번거렸다. 저게 바로 호엔쫄레른성일 거야. 아내와 나는 생각이 같았다. 몇 번이나 방향을 바꾸기도 하고 주민들에게 묻고 나서야 성으로 향하는 길을 찾을 수 있었다. 그만큼 성은 민가에서 멀리 떨어진 높은 산 위에 있었다.

호엔쫄레른성. 우리가 가고 있는 헤힝겐과 지그마링겐 두 곳에 있는 성이었다. 말하자면 같은 이름의 성이 두 지역에 서 있었다. 두 성은 호엔쫄레른 왕조 혹은 가문의 역사를 고스란히 보여주는 증거물들이었다. 라이헤나우Reichenau 수도원의 수사 베르톨트Berthold가 쓴 '세계사 Weltchronik.' 그는 이 글에서 두 기사騎士의 이야기를 인용했다. 즉 쫄레른의 부르크하르트Burchard와 베질Wezil이 1061년의 전투에서 죽었다는 것. 대부분의 사가들은 중세기의 역사 기록에서 처음으로 언급되는 이 사실이 호엔쫄레른이 독일 부르크하르트왕가의 시초임을 의미한다고 했다.

그러나 문헌상 '호엔쫄레른성'의 첫 언급은 헤힝겐 근처 슈테텐Steten 수도원에서 나온 1267년판 교회 간행물에 보인다고 했다. '독일 관내에서 가장 단단한 성', '슈바비아Swabia에 있는 모든 성들의 으뜸'이란 표현들은 이 성이 매우 크고 인상적이었음을 뜻한다는 것이다.

1188년 쫄레른 출신의 프리드리히 3세는 뉘렘베르크의 부르그라베 가문의 딸과 결혼했고, 부르그라베가 죽자 프리드리히는 그의 모든 재산을 상속받았다. 그 후 재산은 그의 아들들에게 분배되었고, 그 결과 호엔쫄레른의 두 계열 즉 슈바비안Swabian과 프랑코니안Franconian이 파생된 것이다. 슈바비안 계는 조상으로부터 물려받은 영지 안에 머문 반면, 다른 계통은 그의 소유를 프랑코니아로 확장하게 되었다. 그게 바로 프랑코니안 계였다.

프랑코니안 계 후손들은 15세기 초 브란덴부르크에서 왕권에 관여하게 되고, 드디어 1701년 프리드리히 3세(1657~1713)는 스스로 프러시아의 왕이 되었다. 그리고 빌헬름 1세(1797~1888)는 프랑코–프러시아 전쟁의 승자가 되어 1871년 독일의 황제로 등극했다.

반면 슈바비안 계는 재산상속을 둘러싸고 프리드리히 12세와 아이텔 프리드리히 1세 간의 '형제 분쟁'에 휘말렸다. 가족 간의 싸움으로 성은 10개월간 포위되었고, 결국 1423년 완전히 부서지고 말았다. 1454년 쫄레른 출신의 요스트 니콜라스(1433~1488)는 성의 재건에 착수했고, 북서쪽을

우리들의 유산

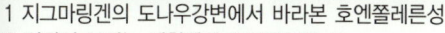

1 지그마링겐의 도나우강변에서 바라본 호엔쫄레른성
2 멀리서 보이는 헤힝겐의 호엔쫄레른 성
3 지그마링겐 호엔쫄레른 성의 성요한 성당Stadtpfarrkirche
  St. Johann의 화려한 내부

향한 세 개의 탑을 가진 말발굽 모양의 위엄 있는 모습으로 다시 세워지게 되었다. 1454년 당시의 설계는 19세기에 성을 재건하는 바탕이 되기도 했다. 그러나 15세기의 모습을 그대로 간직하고 있는 것은 1461년에 봉헌된 미하엘 성당뿐이었다.

1623년 슈바비안의 호엔쫄레른은 '프린스Prince'의 타이틀을 받았고, 수 세기 동안 그들의 재산을 호엔쫄레른 성으로부터 보다 근대적인 헤힝겐의 궁과 하이거로크Haigerloch, 지그마링겐의 성 등으로 옮겼다.

옛날의 호엔쫄레른 성은 30년 전쟁 통에 부서져 버렸으나, 그 후 더욱 강한 요새로 재생되었다. 1667년에서 1771년 사이에는 오스트리아 왕조를 위해 군사적 요충의 역할을 하기도 했으나, 점차 그 중요성을 상실했고 성의 관리조차 어려워져 결국 폐허로 변하고 말았다.

1819년 성의 폐허를 찾은 프러시아의 왕세자 프리드리히 윌리엄 4세. 자신의 조상들이 남긴 자취를 복원·재건하기로 했다. 비용 가운데 3분의 2는 자신이 부담하고, 슈바비안 가의 두 계열에서 나머지를 지원했다. 그런 까닭에 지금도 이 성의 지분 가운데 3분의 2는 프러시안계가, 3분의 1은 슈바비안계가 차지하고 있다는 것이다.

*** 

두 성들 모두 아름답고 화려했다. 지대가 높고 산으로 둘러싸인 헤힝겐의 성은 말 그대로 천연의 요새이기도 했다. 시가지에 접해 있긴 하나 도나우강이 감아 도는 지그마링겐의 성 또한 넘볼 수 없는 요충이었다. 아름다움과 위엄. 이 두 성을 한 마디로 표현할 수 있는 말이었다. 이곳을 기반으로 독일의 지배자가 된 호엔쫄레른가. 지금껏 남겨둔 가문의 상징을 통해 독일인들 뿐 아니라 백규 내외 같은 외국인들에게도 선망의 대상이 되고 있으니, 인간의 일들을 역사로 만들어내는 시간의 흐름이란 과연 무엇인가.

오늘 우리는 '아름답고 푸른 도나우강'의 말 없는 서사시를 들었다. 강물은 호엔쫄레른가의 시련과 번영을 통해 흥망성쇠의 이치를 도란도란 들려주고 있었다.

# 끔찍하게 생생한 옛 삶의 모습
# 메어스부르크Meersburg의 고성

10월 8일 화창한 날씨. 9시 40분쯤 메어스부르크의 마르크트 광장으로 나갔다. 메어스부르크는 이 도시의 중앙에 자리 잡은 고성古城으로부터 나온 이름이다. 도시의 가장 높은 곳. 단단한 암반으로 이루어진 절벽. 그런 곳에 터를 잡고 이미 7세기에 성을 쌓은 것이다. 독일 최고最古의 성. 바로 그들이 자랑하는 알테슐로쓰Alte Schloss였다. 그 안은 이 성의 생활사를 보여주는 뮤지엄Alte Schloss Museum으로 쓰이고 있었다. 이곳에 들어가려면 다리를 건너야 했다. 절벽 위에 세워진 성. 성으로 들어가는 다리 위에서 내려다보면 14m 깊이의 낭떠러지가 아찔했다. 축성의 1차 목적은 외적의 침입에 대한 방어였을 것이다. 다리를 건너기 전 청동으로 만든 한 여인의 흉상이 참하게 서 있었다. 드로스테Annette v. Droste Hülshoff 란 낭만주의 시인. 이 성에 살면서 작품 활동을 한 유명한 시인이었다. 그의 방도 별도로 두 개나 만들어져 있었다.

다리를 건너 들어가자마자 정면에 예수님의 고상이 걸려 있으며, 그 위에는 검은 가죽으로 만들어진 양동이들이 수십 개나 매달려 있었다. 화재에 대비한 물그릇들이었다. 좌측으론 매표소가 있고, 그 위쯤에 붙은 섬뜩한 그림 한 장. 도끼로 오른쪽 손목을 찍는 그림이었다. 하도 오래 되어 그림이 낡긴 했으나, 흘러나오는 피가 너무나 생생하여 몸서리쳐졌다. 방문자들에 대한 경고의 메시지가 바로 이 그림. '이 성의 평화를 깨는 자의 오른 손을 자르겠다' 는 것이 그림의 내용이었다. 그 시절에 이들을 둘러싸고 있던 삶의 각박함이 느껴지는 순간이었다.

이 성의 역사는 시기적으로 메로빙거 왕조로부터 시작되었다. 여러 번 주인이 바뀌다가 1526년 콘스탄츠의 왕자 출신 주교의 소유로 된 것이 근대 이전에는 마지막이었던 듯. 그러나 1803년 그 성은 바덴Baden 주로 넘어갔다. 1837년, 라스베르크Laβberg 출신 독일 학자 바론Baron의 딸이 그 성을 뮌헨 출신의 헤른Herrn von Mayerfels에게 팔아넘겼으며 1911년에는 알폰스Alfons와 이다Ida von Miller에게, 1939년에는 그의 자손들에게 각각 상속되었다.

성 안은 대단했다. 1400년에 가까운 이 성의 연륜이 끔찍했다. 그런데 모든 것들이 지금의 것들인 양 생생했다. 그림 속의 사람들은 지금의 사람들과 무엇이 다르단 말인가. 삐걱거리는 마룻바닥도, 올망졸망 부엌세간들도, 날카로운 무기들도, 정교하게 짜인 살림도구들도, 고스란히 남아 있었다. 그 많은 물건들이 원래의 위치에 그대로 진열되어 있었다. 방도 그대로 둔 채 번호만 매겨져 있었다.

성은 통로를 포함하여 대충 29개의 사이트로 구성되어 있었다. 같은 층에 있는 방들은 문을 통해, 다른 층들은 나선형의 계단으로 이어지고 있었다. 인상적인 것 하나. 부엌에는 돌로 만든 개수대가 밖으로 나 있었고, 부엌 옆방에는 수십 길 깊이의 우물이 파여 있다는 것. 아내는 그것이 신기한 듯 내게 그 점을 일깨워주려 노력했다. '당시 사람들이 얼마나 여자를 배려했기에 우물조차 여기에 팠겠느냐' 고. 방어용으로 만든 성인데, 그럼 우물만 성 밖에 파 놓으면 어쩌나? 물 뜨러 가기 위해 일일이 다리를 들어 올려야 하고, 물 뜨러 갔다가 적에게 잡히기라도 하면?︿︿

보덴호반에서 올려다 본 메어스부르크 구성의 아름다운 모습

성역의 평화를 지키기 위해
방문자에게 경고한 옛 사인

***

성은 낡았지만 아름다웠다. 그러나 넘치는 자기 방어의 의지를 느끼면서는 좀 끔찍해지기도 했다. 지금도 날카롭게 빛을 내는 각종 무기들. 그것들은 결국 자기 자신을 겨냥한 것들에 불과했다. 유구한 세월 속에 내려 앉은 먼지만 털어내면, '전투적 의지'는 다시 살아나 시퍼런 날을 세울 태세였다. 그렇게 고단한 삶의 자취들. 복잡한 옛 성의 방들을 다 돌아보니 숨이 막혀왔다.

# 허황한 제왕의 꿈과 현실
# 호엔슈방가우성과 노이슈반슈타인성

12월 20일. 날씨가 기막히게 좋았다. 어제 우리는 퓌센을 지나 슈방가우에 도착했다. 그곳엔 우리가 보아야 할 두 개의 성, 호엔슈방가우Hohenschwangau와 노이슈반슈타인Neuschwanstein이 있었다. 숙소를 찾았으나 슈방가우엔 빈 방이 없었다. 한참동안 헤매다가 좀 떨어진 브루넨Brunnen에서 아파트 하나를 이틀간 빌렸다. 집 앞은 탁 트인 목장, 뒤쪽엔 포르겐 호수가 널찍이 펼쳐져 있었다. 창문을 여니 탁 트인 벌판 건너 산 중턱에 그 두 개의 성이 마주 보였다. 그러니 우리는 '뒷걸음치다가 개구리 잡은 격'이었다.

다음 날 느지막이 집을 나서 차를 달리자 채 10분도 안 걸려 나타나는 두 성. 티켓 센터에서 두 성의 입장권을 끊고 가이드 비용까지 지불한 다음 가까운 호엔슈방가우성에 먼저 들렀다. 차를 세운 다음 걸어서 10분 정도의 거리. 올라가는 길에 호엔슈방가우성의 성당Schlosskapelle Christkönig이 있었다. 수십 여 석의 아담한 규모. 입구에 서 계신 성모가 아름다웠고, 제대 앞엔 예수고상이 걸려 있었다. 단순하면서도 정숙한 분위기의 성당이었다.

***

호엔슈방가우성. 주인공 루드비히 2세는 1845년 8월 25일 여기서 태어났다. 바바리아의 부왕 막시밀리안 2세와 어머니 메리 사이에서. 그리고 그의 동생 오토가 있었다.

부왕이 죽은 1864년 3월 10일, 18살을 갓 넘긴 나이로 그는 바바리아의 왕위에 올랐다. 그는 어린 시절을 이곳 호엔슈방가우성에서 보냈다. 모친, 종들, 그리고 들판과 계곡의 농부들 사이에서. 가정교사가 그의 교육을 맡았지만, 활동적인 루드비히의 마음에 항상 들어맞지는 않았던 듯, 그를 사로잡은 것은 독일 전설들을 그려낸 호엔슈방가우성의 그림들이었다. 생에 대한 그의 낭만적 관점은 부조父祖로부터 이어내린 내력이었고, 성 안의 그림들은 그런 그의 생각을 심화시켰다. 그는 문학과 음악에 심취한 로맨티스트였다. 그 점이 한 나라의 왕으로서는 결격사유였을까.

어린 시절 그는 호엔슈방가우성 근처의 아름다운 계곡과 숲을 쏘다녔다. 그는 주변의 산들과 헌신적이면서도 단순한 주민들을 좋아했다. 그러나 그는 마음을 털어놓을 만한 사람을 만나지 못했다. 처음부터 그는 문학을 좋아했다. 특히 쉴러Friedrich von Schiller의 시와 드라마에 나타나는 분위기를 사랑했다. 쉴러의 시는 이상을 지향하던 열정적 로맨티스트 루드비히의 마음에 꼭 들어맞았던 것이다. 그 때문인지 그는 세속적인 세계로부터 우아하고 아름다운 영적인 낙원으로 도피하게 되었다.

열여섯 살 되던 1861년 2월 2일. 문학에 심취해 있던 루드비히는 새로운 음악과 만났다. 바그너Richard Wagner의 오페라 〈로엔그린 Lohengrin〉의 공연을 보게 된 것이다. 주제를 다루어 가는 바그너의 재치 속에 낭만적인 꿈이 모두 실현되고 있음을 루드비히는 느꼈다. 이때부터 그는 바그너의 모든 곡들과 그에 관해 출판된 모든 것들을 입수하기 시작했다. 바그너와의 만남이 그의 운명을 불행 쪽으로 기울게 했을까. 그는 대학교육을 채 마치지도 못한 나이에, 세상 경험을 제대로 해보지도 못한 나이에 왕이 되었다. 유년시절 얻은 몽환과 낭만의 세계에서 헤매던 그는

고성을 찾아, 음악을 찾아

· · · ·

339

쉴러와 바그너를 차례로 만난 이후 더욱더 환상의 세계로 빠져들었다. 현실적으로 해결해야 할 일들이 산적한 한 나라의 국왕이 몽환의 세계에 빠져 헤매게 되었으니 결과는 불을 보듯 뻔했다.

사실 그는 바그너 외에 독일의 철혈재상 비스마르크도 만났다. 루드비히는 '숭배'라고 불러도 좋을 정도로 비스마르크를 좋아했다. 죽기 직전 그에게 도와달라고 절규했던 루드비히. 그러나 비스마르크도 루드비히의 비극적인 결말을 막지 못했다.

적은 내부에 있었다. 바바리아 정부의 관료들과 왕족들. 호화스런 성을 세 개(노이슈반슈타인 성, 린더호프 성Schloss Linderhof, 헤렌힘제 성 Schloss Herrenchiemsee)나 지었거나 짓고 있었으면서 그에 만족하지 않고 더 많은 성들을 지으려던 루드비히. 재정의 파탄과 정치적 입지의 상실을 우려한 정치인들과 왕족들로서는 국왕을 설득하려 애썼을 것이다.

루드비히는 그 과정에서 점점 세상으로부터 고립되어갔고, 결국 반대파 정부 관료들의 명령으로 몇몇 정신과 의사들은 왕의 정신병에 대한 일종의 '허위 보고서'를 내게 되었다. 그들의 대표가 바로 구덴 박사Dr. Gudden였다.

1886년 당시 노이슈반슈타인 성에 머물러 있던 루드비히는 뮌헨에서 왕위를 회수하기 위한 사절단이 오고 있다는 사실조차 알지 못했다. 같은 해 6월 10일 새벽 4시 전부터 쿠데타는 시작되었고, 갖은 우여곡절 끝에 루드비히는 결국 사로잡혔다. 6월 12일 새벽 4시 전후로 그는 정신과 의사들, 경비원들과 함께 노이슈반슈타인 성을 떠나 베르크 성Schloss Berg에 유폐되었다. 슈타른베르크 호수Starnbergsee 곁의 성. 그가 한 때 즐겨 지내던 곳들 중의 하나였다. 모든 문들은 봉쇄되고, 출입문은 밖에서만 열 수 있게 되었다.

13일 식사 후 오랫동안 창가에서 망원경으로 슈타른베르크 호수를 내다보던 루드비히는 오후 늦게 산책을 원했다. 구덴 박사의 허락으로 오후 6시를 약간 지난 시각, 산책에 나선 두 사람. 박사는 아무도 자신들을 따라

독일 슈방가우Schwangau의 호엔슈방가우Königsschloss Hohenschwangau성

오지 말라는 신호를 보냈다. 그러나 두 사람은 오후 7시까지 돌아오지 않았다. 모든 사람들이 나서서 뒤졌으나, 결국 두 사람은 밤 11시 쯤 시신으로 물 위에 떠올랐다. 왜 당시 구덴 박사는 아무도 따르지 못하게 했을까. 두 사람의 죽음은 아직도 풀리지 않는 수수께끼로 전해진다.

***

중앙에 큰 왕관 모양의 샹들리에가 번쩍이는 왕관의 홀, 알프스와 함께 두 개의 호수(알프제Alpsee, 슈반제Schwansee)가 보이는 발코니, 탄호이저Thanheuser와 함께 바그너 오페라의 주제로 선택된 내용의 그림이 붙어 있는 식당, 네오고딕 양식으로 만들어진 침실, 마찬가지로 네오고딕 양식의 기도실, 천정과 벽에 현란한 그림으로 가득한 의상실, 바그너 오페라의 모티프 '로엔그린'의 벽화가 붙어 있는 거실, 독서실, 바그너 오페라의 가장 중요한 주제 '파르지팔Parzifal'의 이야기가 그려진 그림들이 가득한 가수의 홀 등을 돌아보며 루드비히의 꿈을 더듬어 보았다. 한 나라의 왕이면서 환상의 세계를 헤맨 로맨티스트 루드비히. 그는 끝내 환상의 세계를 떠나지 못하고 냉혹한 현실의 덫에 걸려 41세로 요절하고 말았다.

방마다 그득한 건 백조의 문양들이었다. 심지어 문고리까지 백조였다. 그는 백조를 좋아했다. 독일에 오니 백조가 많았다. 강이나 호수가 있는 곳이면 어디에나 백조가 있었다. 조막만한 오리들과 먹이 싸움을 벌이는 백조들에게 실망한 건 사실이나, 둥둥 떠다니는 겉모습만은 참으로 의연했다. 먹이를 두고 오리들과 아귀다툼하는 백조의 현실. 그래서 '푸른 도나우 강의 백조'는 환상의 존재일 뿐이다. 루드비히가 백조의 현실적인 모습에 눈길을 주었더라면, 아마도 그는 환상의 덫에서 일찌감치 탈출할 수 있었을 것이다. 그럴 수만 있었다면, 그에겐 백성들의 어려움도 보였을 것이고, 낭만적인 성을 짓느라 국고를 탕진하지도 않았을 것이다. 그러나 역사에 가정은 없는 법. 루드비히는 갔고, 그가 남긴 여러 채의 성들은 남았다.

성에는 당대의 역사와 예술, 그리고 철학이 고스란히 남아있었다. 세계의 많은 사람들이 이곳을 찾아 그의 꿈과 당대의 예술을 바라보고 있었다. 우리 역시 그들 속에 섞여 이 성들이 내포한 역사적 · 예술적 의미를 음미하고 있었다.

## 폐성의 고적함과 수도원의 호화로움
# 와인 익어가는 바하우Wachau 계곡의 언밸런스


2005년 10월의 마지막 날. 마지막 날은 언제나 애잔하지만, 바람에 낙엽 구르는 10월의 마지막 날은 중늙은이들을 '미치게 한다.' 이런 날은 가수 이용의 노래라도 들으며 꾸르몽의 시라도 읊으며, 기어이 낙엽 길을 걸어야 한다. 그러나 나그네의 길에 오른 우리는 한시도 머물 수 없다. 차라리 '구름에 달 가듯이' 굴러가는 목월 시인의 나그네였으면 얼마나 좋을까. '낙엽 따라 가버리는' 인생을 '이리저리' 아쉬워하는 차중락의 나그네일 뿐이다. 그래서 된 서리 내린 이 아침, 이국의 객창客窓은 더욱 쓸쓸하다.

***

요한슈트라우스와 슈베르트를 낳은 빈Wien. 그곳에 입성하기 전, 우리는 바하우 계곡을 찾기로 했다. 깜깜한 어제 밤, 겨우 찾아들어온 게스트하우스. 새벽녘, 열어젖힌 창문을 통해 말없이 흐르는 도나우를 목격할 수 있었다. 바하우의 한복판에서 하룻밤을 보냈음을 자고 일어나서야 알았던 것이다! 게스트하우스의 식당에서 식사 중 만난 미국인 부부 톰Tom과 샤론Sharon. 헝가리에 산다는 그들도 바하우를 극찬, 우리의 호기심을 자극했다.

원래의 명칭 '바호바Wahowa'로부터 나온 바하우. 서기 830년경 슈핏츠Spitz로부터 악스바흐Aggsbach에 걸친 도나우의 좌측 제방을 뜻하는 말이었다. 1200년경 도나우 강변에 살던 무명의 문인은 서사시 〈니벨룽겐의 노래Nibelungenlied〉를 지었고, 이 노래 속에 이 지역의 이름도 언급되었다. 최근 700년이나 된 이 작품의 한 조각이 멜크 수도원의 도서관에서 발견되었다. 읽을 순 없었지만, 그것은 지금 그 도서관에 전시되어 있었다.

십자군 전쟁에 참여했던 군인들이나 순례자들 말고도 많은 상인들과 여행객들을 이곳으로 실어 나른 도나우강. 1192년에는 오스트리아의 대공 레오폴드 5세가 십자군 전쟁으로부터 돌아오던 영국의 사자왕 리처드를 이곳 뒤른슈타인의 쿠엔링스Kuenrings 성에 몇 달이나 가둠으로써 전 유럽에 충격을 주기도 했다.

옥토를 적셔 포도를 살찌우고 유럽인의 마음까지 어루만져온, 2826km의 장강 도나우. 전체 길이의 13%가 오스트리아를 통과하고, 그 10분의 1이 바하우를 통과한다. 멜크Melk 수도원 주변에서 크렘스Krems 주변까지 40km에 가까운 길이의 계곡이 바로 바하우다. 1994년 유럽지역 자연유산으로 지정되었고, 2000년 유네스코의 세계문화유산 목록에도 올랐다.

우리가 바하우 계곡에서 찾아낸 테마는 '삶과 죽음의 이중주'였다. 삶의 아름다움을 구가하는 한편에선 피할 수 없는 죽음의 운명, 그 슬픈 장송곡을 들려주고 있었다. 신의 은총도 영광의 찬양도 모두 증발하고 껍데기만 남아있는 성 요한 교회, 해골들을 겹겹이 진열해 놓은 성 미카엘 교회는 수백 페이지의 성서나 장강대하의 설교, 수 없이 올려지는 위선의 예배 등이 필요 없는, 말 그대로 인간들을 위한 교과서였다. 목숨이 붙어있는 동안 무엇을 추구할 것인가. 그토록 갈구하는 명예와 영리의 치욕적인 결과가 어떤 것인가를 웅변으로 보여주고 있었다. 왜 우린 무언가를 차지하려고 아등바등 다투며 끝없이 자신의 이익과 행복만을 기구하는가. 폐허로 변한 이 교회들이 보여주는 진리 외에 더 무슨 말이 필요할까.

'삶과 죽음의 이중주'를 느끼게 한 건 악슈타인 폐성과 멜크 수도원.

쇤뷔헬의 숙소를 나서 멜크 수도원의 반대방향으로 30분 쯤 달리던 우리

1 바하우 계곡 오버라른스돌프Oberarnsdorf의 농가 벽에 그려진 포도수확 모습
2 바하우 계곡의 멜크수도원Stift Melk
3 악슈타인 폐성Burgruine Aggstein

는 안개에 싸인 산 위에 아련히 보이는 성 하나를 만나게 되었다. 폐성廢城 악슈타인Burgruine Aggstein. 도나우의 우측, 야우에를링 산Mt. Jauerling 정상이었다. 표지판엔 그저 '악슈타인성'으로만 표기되어있을 뿐 그것이 현재 폐성인지 아닌지에 대해서는 알 수가 없었다.

 으레 안개와 산이 만나면 선계가 되고, 선계 속의 건축물은 환상으로 변한다는 내 믿음만 의연할 뿐이었다. 그래서 산에 오르기 전 '폐성 악슈타인'은 환상 속의 아름다운 성이었다. 정확한 수종은 알 수 없었으나 주로 오리나무, 자작나무, 갈나무 등 활엽수 일색이었다. 그 숲 사이의 가파르고 좁은 길로 우리의 자동차는 땀 흘리며 올라갔다. 단풍이 고왔다. 빛깔이 채 바래지 않은 나뭇잎들이 길바닥을 덮고 있었다. 그 위를 미안스레 밟고 가며, 아직도 나무 가득 매달려 반겨주는 단풍들을 마음에 담았다.

산 위의 주차장에 이르러서야 비로소 우리는 환상 아닌 악슈타인의 실물을 볼 수 있었다. 한 쪽 벽면은 떨어져 나가고, 투박한 터치로 자연석 위에 붙여 지은 성. 지금껏 제법 많이 보아온 성들에 비해 아주 소박하고 거칠었다. 몇 개의 문을 통해 겹겹의 성벽들을 통과하니 작은 광장이 나오고. 그 우측의 까페에선 지금도 영업을 하고 있었다. 들어가 차 한 잔으로 옛 기분을 느껴보려 했으나, 워낙 깊은 세월의 골을 뛰어넘긴 어려웠다. 광장을 지난 곳에 이 성의 핵심부가 있었다. 계단을 통해 올라 본 공간에는 거실과 궁, 성당, 부엌 등이 있었다. 모든 공간엔 가구도 온기도 없었다. 오직 흐릿한 삶의 흔적과 깨진 돌덩어리들만 과거의 일들을 속삭이고 있을 뿐. 작은 성당엔 화려한 천정화도 제대 뒤쪽의 황금 조형물도 모두 떨어져 나가고 없었다. 좌측의 말 탄 기사와 우측의 성모자만이 고독하게 이 성당을 지키고 있었다.

성의 꼭대기에 올라 뿌옇게 안개 덮인 도나우와 강변마을들을 내려다보았다. 성에 오르기 전엔 산 위의 성이 환상이고 아랫동네는 현실의 공간이었다. 그러나 지금은 정반대였다. 널브러진 돌덩어리들과 깨어져나간 문들, 그리고 그들 사이에 켜켜이 앉아 헛되이 흘러간 세월의 궤적을 보여주는 먼지. 지독한 모순의 현실이 이곳에서 재현되고 있었다. 바로 전에 이곳을 환상의 세계로 보았던 우리 아닌가. 세상과 인생의 이치가 바로 그랬다. 나와 너, 이곳과 저곳, 지옥과 천국, 낙원과 아수라의 차이란 근본적으로 없었다. 우리는 폐허에서 아직도 꺼지지 않고 있는 삶의 의욕과 그 비참한 결말을 보았다. 남은 건 몇 개의 돌덩어리들 뿐. 무얼 찾아야 하는가. 돌덩어리들 속에서 과거의 영화를 찾아낼 것인가. 아니다. 잠시 왔다 돌아가는 우리의 삶. '텅 빈 겸허'와 '아름다운 허무'나 배워갈 일이다. 그것으로 족하다.

멜크 수도원. 높은 산이 가리지만 않았다면 수백 리 밖에서도 보일 듯 장대한 규모였다. 들어가는 입구에서부터 사람들의 기를 죽였다. 노랑의 바탕색은 사람들의 마음을 따스하게 했으나 규모와 제도의 화려함은 사람을 짓눌렀다. 각 층 각 방마다 진열된 물건들이야 세월의 산물일 것이니 그렇다 치고. 수백 년 간 만들어온 문헌들을 모셔둔 도서관에서 우리는 비로소 약간의 위안을 받을 수 있었다. 책 속의 진실이 중요한 건 아니지만, 그간 들러온 많은 성당과 교회에서 별로 보지 못하던 보물들이기 때문이었다.

성당에 들어서면서 우리는 일종의 좌절을 경험했다. 그곳은 황금으로 맥질된 공간이었다. 어디 한 군데 차분하게 눈을 둘만한 곳이 없었다. 우리는 대충 휘둘러 본 다음 그곳으로부터 뛰어나왔다. 유럽의 성당들은 대부분 그렇게 화려했다. 멜크 수도원의 성당에서 우린 비로소 유럽의 성당들이 지닌 의미를 깨닫게 되었다. 언필칭 '주님의 성전'이라면서 그곳을 그토록 화려하게 치장해온 이유는 무엇일까. 그것이 '주님의 뜻'에 부합된다고 착각한 것일까. 세속의 영역까지 지배하려 애쓰던 그들의 과거를 보여주며, 후세에 대한 교훈의 자료로 삼으려 했던 것일까. 그들의 안중에 우리처럼 가난한 자들의 모습은 보이지도 않겠지. 우리는 화려한 궁과 성채를 지어놓고 세속의 황제와 대립하던 대주교의 모습을 잘츠부르크에서 이미 확인한 바 있다. 헬브룬 궁의 파티에 귀족들을 모아놓고 그들의 몸에 물을 뿜어대며 자신의 권력을 과시하던 대주교의 모습을.

그 수도원이 지금도 살아있는지 알 수는 없으나, 진정한 수도원이라면 가난한 자들의 편에 서서 예수님의 자기희생을 가르쳤어야 했다. 작고 낮은 집에서 몸소 밭 갈고 베 짜며 가난한 자들을 섬기는 지혜를 가르쳤어야 했다. 그러나 멜크 수도원은 호화로움만 전시된 아방궁이었다. 당대 예술의 핵심들을 잘 보존한 공로가 있긴 하지만, 그건 수도원으로선 부차적인 사항일 뿐이다.

그 점에서 멜크 수도원도 악슈타인성처럼 '폐허' 일 뿐이었다. 겉모습은 정반대로 다르나 둘 다 폐허인 점은 마찬가지였다. 표면적으로 악슈타인성은 '초라한 죽음' 이고, 멜크 수도원은 '화려한 삶' 이다. 그러나 초라한 죽음의 모습을 통해 인생의 겸허함을 배우게 한다는 점에서 악슈타인성은 멜크 수도원보다 훨씬 '종교적이고 경건' 했다. 반대로 멜크 수도원은 화려함을 통해 신의 영광을 보여주려 했을까. 과연 '신의 영광' 과 '인간의 비참함' 은 의미적으로 대립 항인가. '내 아버지의 성전을 더럽히지 말라' 고 일갈하시면서 채찍을 휘두르신 예수님의 말씀, 그 진실이 이 경우엔 해당되지 않는단 말인가.

***

바하우 계곡과 도나우 강변. 그 사이를 지나오면서 인간의 삶과 죽음을 생각했다. 삶과 죽음을 보여주는 흔적들이 그곳엔 많았다. '마음이 가난한 자' 란 '긍정적인 허무혼의 소유자' 다. 욕망과 자기과시가 그득한 뱃살로 어찌 인간의 영혼을 보듬을 수 있는가. 도나우 강은 속삭였다. "모든 것을 아낌없이 버리라!"고.

바하우 계곡의 쇤뷔헬성

# 길 가다가 주운 보석, **오라바 성**

　11월 20일 오전 11시 헝가리의 부다페스트를 향해 폴란드 라비키의 숙소를 출발. 부다페스트로 가려면 슬로바키아Slovenska Republika를 종단할 수밖에 없었다. 다만 통과지역일 뿐 애당초 우리의 계획에 슬로바키아는 들어있지 않았다.

　아직도 사회주의의 잔재가 남아서 저토록 경직되어 있다고 세관의 불친절에 투덜대면서도, 우리의 눈길은 창밖에 펼쳐지는 광활한 평원과 나지막한 산들에 꽂혀 있었다. 평원 너머 하늘엔 뭉게구름이 그득하고 그 위론 파란 하늘. 늘 구름에 가려 음산하기만 했던 북쪽을 벗어난 것이 분명했다. 작은 목조 주택들이 빽빽이 들어찬 산 중턱. 땟국 졸졸 흐르던 사회주의 시절의 남루일까. 어쩌면 그 시절에 조성된 집단 거주지일지도 모른다고 우리는 추정했다.

　말로만 듣던 슬로바키아. 벨벳혁명 이후 체코슬로바키아연방공화국에서 떨어져 나온 나라. 지금이 마침 대통령 선거철인지 후보자들의 포스터가 곳곳에 붙어 있었다. 사실 슬로바키아에 대한 정보가 전무한 우리였다. 이곳의 화폐를 한 푼도 갖고 있지 않았을 뿐 아니라 화폐 이름이 무엇인지도 모르고 있던 우리였다. 그냥 통과만 하기로 했기 때문이다.

　시계를 보며 어두워지기 전에 국경을 빠져 나가야겠다고 걱정하는 순간. 우리는 신기루 같은 것을 보았다. 그러나 차를 세우고 자세히 보니 신기루가 아니라 높은 산언덕에 아스라이 솟은 옛 성이었다. 특히 약간 굽어진 정상 꼭대기에 붙여 지은 성의 한 쪽 면은 금방 쓰러져 내릴 듯 했다. 가늘게 솟은 언덕 자체가 약해 보였기 때문이다. 도저히 그냥 지나칠 수 없었다. 그간 상당수의 성들을 보아왔지만, 이곳엔 분명 어떤 사연이 들어있을지도 모른다는 생각을 하게 되었다.

오라바 성The Castle of Orava. 매표소에 가니 다행히 성 전속 가이드 아가씨가 있었다. 가이드 없이는 성 안을 구경할 수 없었다. 영어가 유창한 그녀. 그녀의 설명을 들으며 슬로바키아 관광객 7~8명과 함께 투어에 나섰다.

이 성의 역사가 기록에 등장한 것은 1267년. 당시엔 1층만 돌로 세워졌고, 다른 층들은 목조였다. 1370년 이 성은 오라바 카운티County의 중심이 되었고, 그 즈음 지금 보는 모습의 상당 부분이 증·개축되었다. 상성上城, 중성中城, 하성下城 등 세 구조로 이루어진 이 성은 전형적인 방어용 요새였다.

1474년 이후 마테오Matthew왕은 광장을 만들게 하고, 중성에 생활을 위한 공간을 만들게 함으로써 성은 활성화되기 시작했다. 성 앞엔 부속 건물들이 자리 잡기 시작 했고. 1534년 두보프카Janz Dubovca는 성을 카운티의 권부로 삼았다. 성을 재건축하고 새로운 요새도 만들기 시작했다. 그는 또한 상성에 반원형의 탑을 세우도록 했고, 1539년엔 두 개의 큰 원형 요새들도 만들었다. 중성에는 포砲를 설치할 층계도 만들었으며 포를 발사하기 위한 구멍을 뚫기도 했다.

1539~1543년에 두보프카는 타워와 상성의 암벽 사이에 5층의 궁을 세웠다. 새로운 요새를 세운 것은 터키의 위협이 그 이유였다. 하성의 해자와 도개교跳開橋는 1543년에 완공되었다. 사실 이 성의 방어는 성벽을 향해 세워진 이른바 '아카이브 타워'에 의존하는 것만은 아니었다. 신축 이래 계속 보강된 성벽 자체의 시스템도 효과적 방어 수단이었던 것. 두보프카가 죽은 뒤 유산을 둘러싼 후계 다툼이 일어나 성을 저당 잡혀야 할 정도

슬로바키아의 오라바성The Castle of Orava ▲
지방 소도시의 주택가 ▶
슬로바키아에서 만난 관광 안대판 ▼

로 상황이 악화되자, 광산주 프란티섹 투르조Frantisek Thurzo가 돈을 치르고 이 성을 차지했다. 그로부터 상성의 나무 계단과 도개교로 연결되는 중성과 상성 사이의 계단들도 돌계단으로 바뀌었다. 성 안 뜰에 우물을 팠고, 서쪽 벽 가까운 하성에는 한 층의 주거공간도 만들었다.

상성에서 내려다보이는 아름다운 채플. 투르조는 두 성문들 사이에 터널을 파고 그 위로 큰 테라스를 만드는 등 옛 건축물들을 부분적으로 사용하면서도 새롭게 건축을 시작했다. 채플의 내장 역시 뒤에 투르조의 뜻에 맞게 정비되었고. 가장 두드러진 것은 17세기 초에 만들어진 투르조의 르네상스 식 무덤과 1751~1752년에 만들어진 바로크식 천장이었다.

투르조의 미망인 엘리자베스 쪼보르Elizabeth Czobor가 죽자 이 성은 그 딸들의 차지가 되었다. 정치, 사회, 경제의 변화로 이 성은 점차 본래의 기능을 잃었고, 몇몇 관리인만 거주함에 따라 성은 퇴락되었다. 1800년의 대화재로 성의 목조부분들은 큰 손실을 보았다.

그 뒤 슬로바키아 최고最古의 오라바 뮤지엄이 설립되었고, 1868년 첫 전시회가 열렸다. 당시에는 채플, 기사의 방, 원래의 가구를 갖춘 방들, 미술관, 무기실, 자연과학관, 인류학 관련 유물관 등 소박하긴 하나 매력적인 구조였다. 성이 심하게 퇴락되기 시작한 19세기 말 20세기 초 큰 보수작업을 실시했고, 중세기의 성들이 그러했듯, 제 3 정문의 공간과 터널의 테라스에 철봉을 설치하여 성벽을 보호하게 되었다. 당시에 독일 화가 막시밀리안 만Maximillian Mann이 오늘날 보는 벽화들을 완성했다. 2차대전 후에도 오라바성은 크게 보수·혁신되면서 오늘에 이르게 되었다.

길 가의 뾰족한 산 위에 참한 모습으로 올라앉은 오라바 성. 우리에게 잘 알려지지 않은 슬로바키아만큼이나 생소했지만, 돌아보니 만만치 않은 역사를 보여주는 성이었다. 예기치 않은 곳에서 우리는 '대박'을 건진 셈이었다.

쉬농소성

# 시간이 멎어버린 역사의 공간, 루아르강과 앙부와즈 성

2006년 1월 24일. 다시 파리로 돌아왔다. 자동차를 반납할 목적도 있었지만, 모든 '떠남'은 '돌아옴'을 기약한다는 평범한 이치, 그 재확인의 의미도 담긴 일이었다.

애당초 이곳을 출발하기 전, 뒷날을 기약하며 '건너 뛴 곳들'이 두어 군데 있었다. 루아르 Loire강변의 고성들과 파리 시내의 루브르 박물관. 전자는 파리 시내로부터 2백여km 남쪽으로 내려간 곳이지만, 마음만 먹으면 당일로 다녀올만한 거리였다. 그래서 파리에 숙소를 정한 다음 오가기로 한 것이다. 숙소는 변함없이 끄레뗄의 기쁨이네 집.

다음 날 아침. 밥상머리에서 박세혁 선생은 상세한 도로지도와 함께 놓쳐선 안 될 핵심사항들을 우리에게 설명했다. 그의 강의를 들으며 출발점으로 다시 돌아왔음을 깨달았다. 그간 유럽 여러 나라의 고성들을 비교적 세밀히 관찰한 우리로선 프랑스의 고성이라 하여 새삼스러울 게 없었다. 그 '같고 다른 점'을 분명히 잡아낼 수 있으리란 확신이 섰다.

루아르 강. 1020km에 달하는 거리도 거리려니와 그 주변의 절경과 풍요로운 자연은 더욱 감동적이었다. 환상적인 자연 속에 숨듯이 서 있는 고성들. 프랑스를 대표하는, '자연과 역사의 어우러짐'이랄까. 중세의 프랑스는 정치적·외교적으로 안정되지 못한 시기였다. 백년 전쟁, 종교 전쟁 등 나라를 불안하게 만든 사건들도 많았다. 루아르 강 유역에 산재한 30여

개의 고성들은 한 시기 정치와 역사의 주 무대가 되었던 곳들이다.

앙부와즈Amboise, 블루아Blois, 샹보르Chambord, 쉬농소 Chenonceau, 앙제Angers, 슈베르니Cheverny, 빌랑드리Villandry, 뒤세 D'usse, 아제 르 리도Azay le Rideau 등 아름다운 고성들. 투쟁과 갈등, 열 정과 고통, 불행한 비극과 낭만적 모험들, 덧없는 영화와 빛나는 유산들, 승 리의 환희와 패배의 굴욕 등등. 어느 성이든 실제 역사와 연결되지 않는 게 없었다. 온갖 예술품으로 화려하게 꾸미고 정부情婦를 들여앉히거나, 수시 로 동류同類들을 불러 호화로운 파티로 영화를 과시하던 곳. 그러나 왕들만 이 그런 고성을 짓거나 소유한 것은 아니었다. 귀족들, 부유한 부르조아 계 급 등이 화려한 건물들을 세우거나 옛날의 저택들을 수리·복원하여 쓰기 도 했다. 그들은 자신들의 영지領地 가까이에 살면서 수시로 그곳에서 사냥 놀이를 하거나 파티를 벌이는 일이 스스로를 영예롭게 만든다고 믿은 걸까.

아침 일찍 들른 쉬농소 성. 셰르Cher강을 가로지른 다리 위에 우아한 성 하나가 단정하게 올라앉아 있었다. 앞쪽엔 미려한 정원이 꾸며져 있었 으며 주변의 숲길은 마치 동화 속으로 들어가는 통로 같았다.

왕은 정부인 다이아나Diane de Poitiers를 그곳에 살게 했지만, 왕의 사후 왕비 캐더린Catherine은 성을 빼앗고, 그녀를 내쫓아 버렸다. 그림 으로 장식된 방들 모두 화려하고 아름다웠으며, 셰르강과 주변의 숲이 조 화를 이룬 외관은 환상적이었다. 사냥을 핑계로 이곳에 나오던 프랑스 국 왕과 다이아나의 긴장감 넘쳤을 사랑. '금지된 사랑'의 장소로 이보다 더 절묘한 곳이 어디에 있을까. 그들은 흘러가는 물을 바라보며 낭만적인 시 간들을 즐겼으리라.

쉬농은 포도의 주산지. 포도주 익는 냄새가 슬금슬금 풍기는 듯 했다. 쉬농에서 약간 벗어난 뚜레인Touraine의 와이너리에 들렀다. 와인을 시 음한 우리는 기념으로 입맛에 맞는 화이트와인 두 병을 샀다. 따스한 햇 볕, 맑은 공기와 물 덕분인가. 와인은 향기롭고 달콤했다.

다음으로 들른 곳은 앙부와즈 성. 시가지와 길 하나를 경계로 서 있는 성이었다. 성 안엔 두 개의 궁전 건물과 생 위베르St. Hubert 교회가 있었다. 옛날 로마군대 주둔지에 세워진 앙부와즈 성. 성벽의 모서리에 기대어 서니 끝없이 뻗어나간 루아르 강물과 성, 그리고 도시가 환상적인 조화를 이룬 채 석양 속에 빛나고 있었다.

성 안 뜰에는 레오나르도 다빈치의 흉상이 석양을 향해 서 있었다. 진짜인지 알 수는 없었으나 위베르 교회 안에는 다빈치의 무덤도 있었다. 1516년 1월 정착 이후 1519년 5월 2일 사망할 때까지 다빈치는 성 근처 Clos-Luce의 저택에 거주했다. '선생님' 혹은 '아버지'로까지 부르며 후대한 국왕 프랑시스 1세의 간청이었으니 다빈치로서도 마다할 이유는 없었으리라. 우리는 다빈치가 만년을 보내며 고안해낸 갖가지 아이디어를 돌아보며 그의 천재성과 열정을 확인할 수 있었다. 그가 남긴 스케치들, 모형들, 각종 전차들은 아름다운 자연의 품에 감싸여 그 시절 이곳에 천재가 살았음을 증언하고 있었다.

그가 생을 마친 클루관에는 안팎으로 그의 자취가 그득했다. 그는 이곳에서 궁정화가로 활약했고, 과학을 연구했으며, 탁월한 아이디어로 많은 업적들을 남겼다. 프랑스 왕의 환대를 받으며 아름다운 성과 자연 속에서 맘껏 사색에 잠기곤 했으리라. 고향을 떠난 그가 따사로운 햇살이 포도를 영글게 하는 루아르강가에 삶을 마감하기 위한 자신의 보금자리를 튼 것도 바로 그런 이유였을 것이다. 앙부와즈와 레오나르도 다빈치. 소설 〈다빈치 코드〉로 그는 21세기 초엽인 지금 새롭게 태어났다. 수수께끼 같은 그의 삶이 사람들의 입에 회자되는 것도 시대를 뛰어넘은 천재에 대한 앙모仰慕 때문일 것이다.

불타는 석양이 루아르를 물들일 무렵, 우리는 앙부와즈의 성벽 위에서 강물을 내려다보며 옛날을 상상하고 있었다. 강물과 시간의 흐름, 태양의 떠오르고 지는 모습은 변함없었을 것이다. 그러나 지금은 프랑시스 국왕도 다빈치도, 그들의 열정도 모두 사라지고 없었다. 생명이 빠지고 남은 형체만이 고즈넉한 저녁 무렵의 강가를 지키고 있었다.

# 유럽여행을 마치며

그곳에 가보고 나서야 나는 내 키가 작음을 알았네

2006. 1. 26. 오후 3시. 파리 라데팡스 한복판의 푸조 소덱사에 차량을 반납했다. 2005. 9. 6. 이곳에서 차를 받아 몰기 시작한지 만 5개월 동안 20개국을 돌았다. 주행거리 18800km. 매일 134km 이상을 달린 셈이다.

진홍색의 작고 단단한 푸조군. 2000cc라는 적지 않은 배기량과 단단한 몸체 덕분인가. 갈 데 안 갈 데 두루두루 다니면서도 속 한 번 안 썩었다. 뒷좌석과 트렁크에 우리의 온갖 잡동사니들을 그득 채우고 다녔지만, 불평 한 마디 내뱉은 적 없는 고마운 동반자였다. 그래서 자동차·컴퓨터·카메라를 포함, 우리 일행은 항상 '다섯'이었다. 마지막에 컴퓨터가 말썽을 부려 약간의 차질을 빚었을 뿐, 나머지 일행들 모두 시종일관 건강했다.

다시 돌아온 파리. 지난 해 남겨 두었던 루아르 강변의 고성들과 루브르 박물관을 둘러봄으로써 장장 5개월에 걸친 유럽여행은 일단 끝을 본 셈이다. 물론 귀국 비행기를 타기로 되어있는 영국 런던에서의 1박 2일 코스가 남아 있긴 하지만 그곳 역시 일정상 미룰 수밖에 없었던 스페인, 포르투갈, 모로코 등과 함께 다시 도전해야 할 곳이다.

***

유럽을 돌면서 우리는 '우리의 키가 작음'을 비로소 깨달았다. 우리가 세계의 중심에 서 있지 않음도 비로소 알았다. 늘 '나'와 '우리', 그 존재의 절대성에 매몰되어 객관적 판단을 내리지 못하던 우리였다.

세상 사람들, 특히 유럽인들의 의식 속에 우리의 존재란 극히 미미했다. 그들은 우리를 몰랐고, 우리의 존재 또한 그들에게 그리 중요치 않았다. 그런 점에서 6·25 사변 때 16개의 나라들이 귀중한 젊음들을 보내 피를 흘려준 역사적 사실은 참으로 '기적'이었다. 지금 우리에게 무슨 일이 일어난다 한들 그들은 과연 자기네 나라 젊음들을 또다시 우리에게 보내줄 수 있을까?

어쨌든 그간 우리는 '나와 우리'에게 지나칠 정도로 갇혀 있었다. 그러니 객관적인 시선으로 세상을 볼 기회란 없었다. 우리의 학교들은 항상 '5천년의 찬란한 역사'를 강조하기에 여념이 없었다. 외국사람 몇이 김치 맛을 칭찬이라도 할라치면, 우리의 언론들은 '한국의 먹거리가 세계의 식탁을 평정했다'는 식으로 과장보도의 유혹에 휘둘리기 일쑤였다. 그래서 우리는 늘 '우리가 최고'라는 자만과 무지에 빠져 세상을 등한시 해온 것이다. 근거 없는 우월감의 소산이라는 점에서 자만은 자긍심과 다르다. 우리가 최고가 아니라는 깨달음으로부터 최고를 지향하는 노력은 시작된다. 근거 없이 헛된 자만에 빠져버린 영혼을 구제할 길은 없다.

대학 강단에서의 20년 세월. 그동안 우리의 영혼들에게 나는 무엇을 가르쳐왔는가? 그들이 정신적으로 '홀로서기'를 할 만한 무슨 언덕이라도 제공했단 말인가? 5척이 갓 넘는 단구로 내 키가 작다고 생각해본 적이 없는, 이 인식의 천박성. '5천년 역사를 그 누가 넘볼 수 있겠는가?'라는 오만한 무지 속에 안주해온 그간의 세월은 일종 '어릿광대의 한 세월' 쯤이나 아니었을까?

아직도 살아 숨 쉬는 기원전 수백 년의 유물·유적들을 만져보며, 그것들의 온기를 느껴보며, 그간 상상과 신화의 세계에 가두어 두었던 역사의 실체를 비로소 깨닫게 되었다. 긴 세월 쌓여 내린 정신사의 적층積層을 목격하며, 맹목으로 살아온 그간의 세월을 새삼 부끄러워할 수밖에 없었다.

젊은 영혼들을 깨우친답시고 강단에 서서 이미 한 세월을 보냈고, 앞으로도 또 한 세월을 보내야 하는 것이 내 입장이다. 그래서 '인식 상의 전환적 계기'는 절실했다. 할 수만 있다면, 우주선이라도 타고 달나라를 가든 화성을 가든 내가 살고 있는 지구를 '객관적 위치'에서 바라보고 싶었다. 그간 중국이나 미국을 다녀왔지만, 그들은 우리의 거울이 될 수 없었다. 너무 밀접한 역사와 현실의 이해관계 속에서 객관적인 우리의 모습을 파악하기란 불가능했다. 그래서 택한 것이 유럽이었다.

우리가 그간 배워온 서구세계. 경우에 따라서는 편향적 세계인식의 근원이자 주범이라 할 유럽. 인식의 큰 부분을 형성하고 있는 유럽의 정신적 질량을 현지에서 느껴 보리라는 야심이 우리의 내면에 그득 차 있었다. 우리가 주로 찾아다닌 곳은 모든 도시의 알트슈타트Altstadt. 옛날이 아직도 살아 숨 쉬는 공간들이었다. 그곳엔 그들이 가꾸어온 어제와 오늘, 그리고 이룩하고자 하는 미래가 한데 어우러져 숨 쉬고 있었다. 그들은 알트슈타트의 껍질을 잘 유지하면서 그 속에 들어있는 알맹이들을 하나하나 바꾸어 나가고 있었다. 우리가 배워야 할 것도 바로 그 지혜와 통찰이었다.

비록 빽빽한 돌집들 사이엔 햇볕 한 줄기 들지 않았지만, 그들은 그 '남아있는 역사'에 자부심을 갖고 있었다. 도처에 널려있는 큰 규모의 박물관과 유적들은 그들이 지니고 있는 자부심의 객관적 증빙자료였다. 아픈 다리를 주물러 가며 박물관과 유적들을 찾아다닌 것도 그런 정신사적 궤적을 탐색하고 싶었기 때문이다.

크고 작은 각종 공동체의 중심에는 늘 교회가 자리 잡고 있었다. 가톨릭과 개신교의 구분이 객관성과 보편성을 지향하는 우리의 판단력을 흐리게 할 수는 없었다. 중요한 것은 그런 성소聖所들을 중심으로 공동체의 삶이 이루어지고 있다는 점, 모든 예술이나 사상, 심지어 형이하학적 물질문명까지 종교나 신앙에 근원을 두고 있다는 점을 확인할 수 있었다. 그렇게 거대한 유럽문명, 아니 세계 문명권들이 근원적으로 신앙 공동체로부터 출발한 것은 아니었을까. 종교적 근원으로 거슬러 올라갈 경우, 지금 불거지고 있는 정치적·이념적 분열의 치료법까지 찾아질 수 있는 건 아닐까. 뜬금없는 생각들도 마음속에 종종 떠올랐다.

유럽의 제대로 된 나라들에서 '관광 진흥'은 국가적 어젠더였다. 우리처럼 말로만 떠드는 관광이 아니라, 외국인들의 피부에 와 닿는 현실적인 정책을 입안하고 실천하는 중이었다. 물론 관광 진흥의 1차적인 목적은 '굴뚝산업'의 정리와 수익 증대였다. 그러나 그런 시책의 대전제는 예외

없이 '역사에 대한 인간의 책무'였다. 그것은 자신들이 소유하고 있는, 아니 '잠시 떠맡고 있을 뿐인' 역사의 흔적들과 그에 대한 자부심을 기반으로 하고 있었다. '역사와 문화의 산업 자원화'는 그것들에 대한 투철한 이해와 보존을 대전제로 한다. 역사와 문화에 대한 이해는, 자신들의 역사가 근본적으로 인류 공통의 자산이라는 인식이 있을 때만 가능하다.

잠시만 시간을 거슬러 올라가 보라. 간단間斷없이 흘러가는 역사의 주인은 과연 누구이며, 특정 집단이나 민족이 '고립적으로' 역사를 이루어온 순간은 과연 있었는가. 인류는 매 순간 개인과 개인, 공동체와 공동체가 서로 긴밀한 관계를 맺으며 역사를 만들어온 것 아닌가. 그런 만큼 '나만의, 우리만의' 독자적 문화나 역사란 사실상 없는 것이다. 말하자면 인류는 크게 보아 '하나의 역사'만을 공유해 왔을 뿐, 서로 다른 독자적 문화를 내세우며 아집과 독선으로 치달아야 할 이유가 없음을, 거대한 유럽 문화의 현장을 돌아보며 깨닫게 되었다. 어느 시대에나 아집과 편견은 있었고, 지금도 일어나고 있는 세계질서의 파행이나 질곡 역시 그런 독선과 아집으로부터 나오는 것임은 분명하다.

지역 간의 역사적 차이, 문화적 차이 등을 자아성찰의 기본적 자료나 토대로 활용하는 지혜가 무엇보다 긴요한 것도 그 때문이다. 로마제국이 거대하게 전개되고, 그것이 지금 지배적인 서양문명의 근간을 이룰 수 있었던 것도 따지고 보면 타 문명이나 타 지역의 정신적 소산에 대한 수용 덕분이었다. 독선과 아집, 배타와 갈등을 극복하는 유일한 길이 바로 그곳에 있었다.

유럽 각지에 흩어져 있는 고대문명의 폐허는 주로 로마문명의 흔적들이었다. 그러나 그 폐허는 말 그대로 멸망의 흔적이 아니었다. 탈피에 성공한 매미는 애벌레의 껍질을 남기지만, 그 애벌레의 껍질은 죽음의 흔적이 아니라 새로운 생명 탄생의 증거물이다. 계속되는 허물벗기를 통해 지금의 모습을 보인 유럽문명. 바로 그 근저에 로마문명이 있었다. 그들은 '역사청산' 혹은 '역사 바로 세우기'의 미명 아래 엄연히 존재하는 역사적 증거물들을 때려 부수지 않았다.

우리가 유럽 역사의 현장에서 읽어낸 이면적 코드는 '지배와 굴종'이었다. 그리고 그런 코드가 구체화된 물증들은 도처에 남아 있었다. 그들은 역사의 증거물들을 잘 보존하여 후손들에게 물려주는 것을 미덕으로 알고 있었다. 물건만 없앤다고 역사가 사라지거나 바뀌는 것은 아니다. 우리가 없애버린 총독부 건물보다 더 좋은 관광자원과 교육 자료가 어디에 있는가. 철거되고 있는 박정희 글씨의 현판보다 더 생생한 역사적 증거물들이 어디에 있는가. 반복되는 것이 역사라지만, 역사의 파행을 막는 방법으로 잘못된 역사의 증거물을 보여주는 것 이외에 또 무엇이 있단 말인가.

***

우리는 다섯 달 남짓 동안 많은 것을 배웠다. 그리고 얼마간 깨달음을 얻기도 했다. 허기 진 우리의 눈엔 참으로 많은 것들이 예사롭지 않았다. 물론 우리의 깨달음 자체가 아집과 편견의 결과 혹은 착각일 수 있다. 그러나 우리는 최소한 우리가 가져왔던 역사적 환상이나 존재에 대한 인식의 오류 자체를 극복할 수는 있었다. 결국 '우리의 존재'가 우리의 고집이나 독선만으로 확고해질 수 없음을 분명히 알아차리게 된 것이다.

객관적 근거를 바탕으로 남들에 의해 인정받는 만큼이 진정한 내 모습일 수 있다. 이 점을 깨닫기 위해 우리는 참으로 먼 길을 돌아와야 했다. '나는 내 키가 이렇게 작은 줄을 몰랐다.' 이것은 깨닫기 이전에 갖고 있던 내 인식의 본질적 한계였다. 그래서 인식의 전환을 경험한 일이야말로 유럽과 유럽문명이 우리에게 준 최고의 선물이었다. 미래에 대한 우리의 새로운 프로젝트는 이 지점에서 새롭게 시작된다. 우리의 다음 세대들에게 던져줄 삶의 지표 또한 이 점으로부터 모색될 것이다. 그래서 유럽은 지금까지 만난 어떤 선생님보다 훨씬 위대한 가르침을 우리에게 던져준 셈이다.

2006. 1. 29. 밤
파리의 숙소에서
백규